KB124015

밤사이

2016년 4월 25일 초판 1쇄 인쇄
2016년 4월 28일 초판 1쇄 발행

지은이 아이수
발행인 이종주

기획 편집 권영은 주수지
경영 지원 배진경 김슬기
마케팅 김정수 신은경

발행처 (주)로크미디어
출판등록 2003년 3월 24일
주소 서울특별시 마포구 성암로 330(상암동) DMC첨단산업센터 3층 14호
Tel (02)3273-5135 Fax (02)3273-5134
홈페이지 rokmedia.com rokmedia.blog.me
E-mail romance@rokmedia.com

ⓒ 아이수, 2016

값 10,000원

ISBN 979-11-5960-995-4 03810

밤사이

During
the
night

아이수
장편소설

ROCOCO

Contents

밤이 지나는 동안

"죄송합니다. 방을 착각했네요."

단정한 목소리가 민호의 귀를 사로잡았다. 슬쩍 어긋나는 걸음, 허벅지가 다 드러나는 짧은 치마, 짙은 화장에 어울리지 않는 단정함이 듬뿍 묻어났다.

토요일이었다. 그리고 가장 바쁜 새벽 1시 즈음이었다. 민호는 사무실로 쓰는 룸에서 현 매출 상황과 프로모션 등에 대해 보고받고 있었다. 지점에 들르면 늘 가장 먼저 하는 일이었다.

민호는 단정한 목소리의 주인공에게서 눈을 떼지 못했다. 손에 쥐고 있던 보고서가 툭, 테이블로 떨어졌다.

"여기는 들어오면 안 되는 곳입니다."

찬희가 무게 잡은 목소리로 경고했다. 여자의 옅은 눈동자가 방 안을 쭉 훑어봤다. 마치 한 사람 한 사람, 모두의 얼굴을 확인하는 듯한 눈초리였다.

가발인 게 확 티가 나는 새까맣고 긴 생머리가 허리까지 내려왔다. 일명 모델 머리라고 불리는 뱅 스타일의 앞머리가 눈썹까지 가리고 있었다. 그 아래로 조막만 한 얼굴이 보였다. 눈이 마주쳤다고 생각하는 순간 그녀가 먼저 시선을 돌렸다.

그녀는 작게 고개를 끄덕여 보이더니 비틀거리는 걸음으로 문을 닫고 나갔다. 술에 취한 탓인가 했더니 15센티미터는 족히 되어 보이는 킬힐 때문인 듯했다.

"어? 형. 민호 형!"

벌떡 일어나 문으로 걸어가는 민호를 찬희가 얼른 불렀다. 하지만 민호는 듣지 못한 것처럼 무시하고 걸어가 문을 열었다. 막 문을 열었던 여자는 이미 사라진 듯 보이지 않았다. 얼른 문밖으로 나가 복도를 둘러보자 건너편 방문을 열고 선 그녀가 보였다. 그리고 마치 테이프를 반복 재생한 것처럼 똑같은 목소리가 들려왔다. 죄송합니다. 방을 착각했네요.

문을 닫고 나온 그녀는 킬힐이 익숙지 않은 듯, 혹 발이 아픈 듯 아슬아슬한 걸음으로 다음 방으로 걸어갔다. 그렇게 룸 여섯 개의 문을 모두 열어 본 그녀가 마지막 방 앞에 섰다. 민호는 시선을 떼지 않은 채 유심히 그녀의 행동을 지켜봤다. 마지막 방문을 연 그녀의 입에서 이번에는 같은 말이 나오지 않았다. 오히려 안으로 들어가기까지 했다.

슬쩍 입술을 깨문 민호는 몸을 돌렸다. 방 안에 있던 식구들이 모두 의아하다는 시선을 던지고 있었다. 가볍게 웃으며 어깨를 으쓱거리고는 방문을 닫았다. 지헌이 왜 그러냐 물었다.

"아는 여자예요?"

"응."

"누군데요? 처음 보는 얼굴인데."

지헌이 놀란 토끼 눈을 하고 물었다. 민호는 한쪽 입꼬리만 슬쩍 올려 웃으며 답했다.

"나랑 잔 여자."

'그만 마셔요. 술은 원래 주량의 80퍼센트만 마시는 거예요.'

'왜요.'

'주량을 채우는 순간, 분명 나중에 후회할 일을 하거든요.'

민호의 말에 그녀는 잠깐 멍한 표정을 지었다. 그게 무슨 뜻 인지 생각하는 듯했다. 30초가량 지나고 난 뒤 이해한 듯 얼굴 가득 미소를 지으며 고개를 크게 끄덕였다. 어쩐지 허망한 듯 느껴지는 미소에 민호는 시선을 떼지 못했다.

'어떤 일을 하면 후회할까요? 처음 본 남자와 돌이킬 수 없는 일 을 한다든지?'

민호의 답을 기다릴 생각이 없는 듯 그녀는 잔을 비웠다. 입 술 끝에는 여전히 미소가 매달려 있었다.

민호는 살짝 웃었다. 유혹인 줄 알았더니 아니었다. 냉소적인 말에 그녀의 성격이 고스란히 배어 있었다.

오랜만에 주형이 하는 칵테일 바에 들른 날이었다. 민호는 제 지정석이나 다름없는 자리에 앉았는데, 그게 그녀의 옆자리였다. 옆에 앉았다 보니 자연스레 말을 섞었다.

그때는 못 알아봤지만 나중에 알고 보니 옆집 여자였다. 집 앞에 있는 술집이니 이상한 일은 아니었다. 그녀 역시 처음 본 남자라고 칭하는 걸 보니 민호를 알아보지는 못한 듯했다. 평소 교류가 전혀 없는 사이였으니 그럴 법도 했다.

'맞는 말이네요.'

그녀는 술맛이 떨어진 듯 자리에서 일어났다. 주형이 맡아 두었던 그녀의 카드로 결제했다. 카드를 받아 든 그녀는 비틀거리는 몸으로 클러치 백을 챙겼다.

대충 아무렇게나 카드를 집어넣고는 몸을 돌린 순간 크게 비틀거리는 바람에 민호가 얼른 일어나 그녀를 부축했다. 거의 껴안은 자세가 되어 버리고 말았다. 향수의 달콤한 내음에 술 냄새가 어우러져 코를 자극했다. 그 향이 믿기 힘들 정도로 달았다.

고개를 가누기 힘든 듯 그의 어깨에 기댄 그녀가 깊은숨을 내쉬었다. 목덜미를 간질이는 숨결이 오싹해 민호는 슬쩍 입술을 깨물었다. 그때, 그녀가 숨이 잔뜩 섞인 목소리로 속삭였다.

밤의

'세상에 믿을 사람 하나도 없으니까요.'

정확히 10분 뒤, 그녀는 믿지 못할 사람인 민호를 제 침대에 들이고 말았다.

"압구정점으로 가실 거예요?"

"음. 그럴 예정이었는데 마음이 바뀌었어. 오늘은 여기에 있을 거야."

민호는 고개를 저으며 소파에 앉았다. 찬희가 웨이터를 불러 술과 안주를 가져오게 했다. 술은 민호가 좋아하는 밸런타인 30년산으로 가져오라 말하는 것도 잊지 않았다.

테이블에는 아직 치우지 않은 노트북이 켜져 있었다. 숫자가 실시간으로 바뀌는 것을 민호는 물끄러미 바라봤다. 매출 실황이었다. 입장객 숫자와 내부 매출 통계가 실시간으로 집계되고 있었다.

클럽 TAKE 청담점. 서울의 내로라하는 클럽 중에서도 상위권으로 손꼽히는 곳이었다. 토요일 밤이니만큼 더 바빴다. 며칠 전 개시한 SNS 이벤트가 성공적이라서 오전 1시인 지금, 이미 목표 매출을 찍어 여유로웠다. 압구정점이야 담당인 재인이 잘하고 있을 테니 걱정하지 않아도 될 터였다.

찬희가 노트북을 옆으로 치우고 술을 깔았다. 웨이터가 들락날락하느라 몇 번이나 문이 열렸다. 민호의 시선이 자꾸 문으로 향하는 것에 지헌이 인상을 찡그렸다.

"확실해요? 모르는 사람 보는 눈빛이었는데."

그 여자가 신경 쓰여 저러는 게 틀림없었다. 민호는 고개를 짧게 흔들었다. 관심 두지 말라는 표현에 지헌이 입술을 삐죽 내밀며 눈을 끔벅였다.

그때였다.

"사람, 잘못, 봤……다니까요!"

비명에 가까운 여성의 목소리가 들렸다. 그를 들은 민호가 벌떡 일어났다. 그 여자다. 그 목소리를 알아차리자마자 자리를 박차고 나갔다. 술을 따르던 찬희가 당황해 그를 쳐다봤다.

"좋다고 와서 엉길 때는 언제고 웬 앙탈이야?"

"사람 잘못 봤다고 말씀드렸잖아요."

"그럼 만지지를 말든가."

"누가 만졌다고……!"

복도 끝에서 그녀는 웬 남자와 실랑이를 벌이고 있었다. 남자는 한눈에 봐도 술이 잔뜩 취해 보였다. 서른은 족히 넘어 보이는 남자는 머리에 잔뜩 바른 왁스만큼이나 능글맞았다. 붙잡힌 손목 탓에 그녀는 이러지도 저러지도 못하고 있었다. 남자가 힘이 센 것도 있겠지만 불편한 구두 탓에 제대로 저항하지 못하는 듯했다.

잠시 바라보던 민호가 그리 걸어갔다. 그 와중에도 그녀의 까만 생머리가 찰랑거리는 게 눈에 들어왔다.

"아, 손님. 죄송합니다. 제 일행이 폐를 끼쳤군요."

민호는 생글생글 웃으며 둘 사이에 끼어들었다. 남자가 당황해 손을 놓자 민호는 웃으며 그녀를 제 뒤로 오게 했다. 예의 바르게 몸을 숙여 사과하는 민호를 그가 뭐 씹은 표정으로 노려봤다.

"취해서 실례한 것 같습니다."

"아니, 저 여자가⋯⋯."

남자가 끼어들려고 하는 찰나, 민호가 이쪽을 흘끗거리던 웨이터에게 손짓하며 말했다.

"아, 여기 앱솔루트 리미티드 에디션 가져다 드려."

웨이터가 눈치 빠르게 대답하곤 바로 움직였다. 민호는 생글생글 웃으며 남자를 바라봤다. 이 정도 성의면 먹고 떨어지라는 의미가 명백했다. 그럼에도 남자는 화를 내지 못했다. 민호의 얼굴을 알아본 탓이었다.

"뭐⋯⋯ 됐습니다."

남자가 옷을 팍팍 털며 구시렁댔다. 끝까지 여자를 노려보기에 민호가 몸을 돌려 그녀의 어깨를 살짝 감싸 쥐었다. 그녀가 움찔하는 걸 가볍게 무시하고는 걸음을 유도했다. 말은 안 했지만 우선 일행인 척하라는 의미를 알아챘는지 그녀도 따라 움직였다.

끝까지 웃음을 고수한 채로 민호가 방으로 들어섰다. 그러기가 무섭게 남자가 문을 닫는 소리가 들렸다. 쾅 닫히는 문소리에 그의 짜증이 고스란히 묻어났다.

어깨를 놔주자 그녀가 바로 몸을 뗐다. 잔뜩 헝클어진 머리를 쓸어 넘기는 그녀는 미묘한 표정을 하고 있었다.

"도와주셔서⋯⋯ 고맙습니다."

도움을 받아 찝찝한 마음과 고마움이 뒤섞인 모양이었다. 민호는 인위적인 미소를 거두고 부드럽게 눈을 깜박였다.

역시 이 여자다.

화장이 진하고 스타일이 달라 못 알아볼 뻔했지만 분명히 그녀였다. 묘한 재회였지만, 그래도 다시 만났다는 사실에 민호는 기분이 좋았다. 이렇게 완전히 다른 사람으로 분한 그녀를 알아본 자신이 대견했다.

어색해하는 그녀를 지나쳐 먼저 소파로 가 앉았다.

"와서 앉아요."

민호가 제 옆자리를 톡톡 쳤다. 찬희가 움직여 옆자리를 내 줬다. 지헌은 아예 멀찍이 가 자리를 피해 줬다. 다들 궁금해하는 눈치였지만 그를 겉으로 티 낼 만큼 눈치 없지는 않았다.

빈 잔에 술을 한 잔 따라 놓고 민호가 다리를 꼬았다. 무릎에 깍지 낀 손을 올린 채 올려다보는 시선은 부드러웠지만, 강했다. 그녀는 잠시 서 있다가 걸어왔다.

신발이 익숙지 않은 게 티가 나는 걸음이었다. 위로 말려 올라갈 만큼 짧은 원피스도 어색한지 연신 신경 쓰는 눈치였다. 가발부터 시작해서 그녀와 어울리지 않는 것이 즐비했다.

그녀가 옆자리에 와 앉자 민호는 가볍게 손을 움직여 머리를 정리해 줬다. 머리카락에만 닿는 손길에 배려가 담겨 있었다. 헝클어졌던 머리가 조금은 차분하게 정리가 되었다.

"그러니까 왜 취한 척 돌아다녀요. 위험하게."

그녀의 눈동자에 동요가 서리는 걸 본 민호는 살짝 웃으며 제 코를 톡톡 쳤다. 그녀에게서는 술 냄새가 조금도 나지 않았다. 아까 실랑이가 있었던 남자만 해도 술 냄새가 강하게 느껴졌다.

야한 옷차림과 짙은 화장을 한 여자가 룸을 돌아다니는 이유는 보통 둘로 나뉘었다. 정말 취해서 방을 못 찾는다거나 아니면 하이에나처럼 물주를 찾아다니는 경우였다. 하지만 민호는 이 여자가 둘 중 어디에도 속하지 않는다고 여겼다.

그녀는 테이블을 흘끗 바라봤다. 그러고는 손을 뻗어 밸런타인이 채워진 술잔을 집어 들었다. 황금빛이 물결쳤다. 민호는 그녀가 하는 행동을 제지하지 않았다. 가만히 바라보기만 했다. 그녀가 그대로 잔을 들어 홀짝 비워 버렸을 때는 살짝 웃기도 했다.

"취한 거 맞아요."

입술을 그러모아 호 하고 바람을 분 그녀가 작게 속삭이듯 말했다. 그녀의 숨결에 술 냄새가 부드럽게 섞여 스며들었다. 밸런타인 향이 이렇게나 달콤했었나. 민호는 순간 움찔했다.

"도와주셔서 감사합니다. 술값은 제가 계산하죠."

그녀는 옷의 가슴 부근에 손가락을 슬쩍 집어넣더니 반으로 접힌 5만 원권을 꺼내 테이블에 올려놓고 자리에서 일어났다. 인사는 이미 충분히 했다는 듯 그대로 저벅저벅 걸어가 방을 나가 버렸다. 놀란 민호가 붙잡을 생각도 못 할 정도로 군더더기 없는 동작이었다.

"하핫, 진짜 재밌는 여자야."

민호는 그만 배꼽을 잡으며 웃고 말았다. 진짜 최고다. 손을 뻗어 테이블 위의 돈을 집어 들었다. 따듯한 온기가 그녀를 떠올리게 했다. 5만 원권 두 장이 그녀가 얼마나 계산에 철저한 여자인지를 보여 줬다.

지헌이 이상하다는 듯 고개를 갸웃거렸다. 민호의 말과 달리 그녀의 행동은 마치 모르는 사람을 대하는 듯했다. 둘이 잔 사이라는 느낌이 전혀 들지 않았다.

"형, 대체 저 여자 뭐예요?"

"형을 기억하는 것 같지는 않네요."

물주 찾는 여자일 리는 없었다. 단 한 번도 이 방 남자들의 손목에 시선을 주지 않았으니까. 보통 돈 많은 남자를 찾는 여자들은 시계를 보고 파악한다. 시계는 딱 보면 명품인지 알 수 있어 옷이나 구두보다 정확했다.

그녀는 얼굴을 확인하고 다녔을 뿐, 그 외에는 시선을 주지 않았다. 물주보다는 특정한 사람을 찾는 느낌이 강했다.

민호는 그게 누구인지 궁금했다. 혹 찾는 사람이 있다면 도와줄 용의도 있었다. 하지만 그녀는 도움받는 게 익숙지 않은 타입인 모양이었다. 아니면 아직 도움을 청할 만큼 절실하지 않든지.

"저 여자, 좋아하세요?"

찬희가 그의 속을 알아차린 듯 물어 왔다.

민호는 누구에게나 친절하기로 유명했지만 이렇게 나서서 친절을 베푼 적은 없었다. 다가오는 여자는 환영해도 먼저 여자에게 관심을 드러내거나 하는 일은 거의 없었다. 그랬던 그가 두 번이나 먼저 움직였다. 소위 말하는 '첫눈에 반한 것'이 아닌가 싶어 묻자 민호가 빙그레 웃었다.

"글쎄, 아직은."

그 대답이 의미심장했다.

민호가 그 여자와 다시 마주친 건 클럽 입구에서였다. 막 3시를 넘긴 시각이었다.

클럽 안에서 마지막으로 그녀를 본 게 2시경이었다. 혼자 바에 앉아 연거푸 술을 들이켜는 모습이 위태로워 보였다. 일행도 없어 보였다. 남자들이 몇 추근거렸지만 전혀 상대하지 않는 눈치였다. 그래도 정신을 잃거나 잠드는 일 없이 제대로 나온 모양이었다. 주량의 80퍼센트만 마시라는 충고를 기억하는 걸까.

민호는 옅은 미소를 띤 채 그녀를 바라봤다. 택시를 잡으려는 듯 보이는 그녀는 가만히 서 있는 것도 힘든지 자꾸 비틀거렸다. 민호는 제게 인사하는 애들을 가벼운 손짓으로 물리고 다가갔다. 거리가 가까워지자 술 냄새가 확 피어올랐다. 꽤 마신 모양이었다.

"또 만났네요?"

뒤에서 슬쩍 알은척했다. 그녀는 흘끗 뒤를 돌아보고는 말았다. 민호를 알아본 건지 확실치 않았다. 그냥 추근댄다고 생각하는 것 같기도 했다. 자신을 전혀 기억하지 못하는 눈치였다.

민호는 그게 야속했지만, 한편으로는 그래서 더 흥미로웠다. 같이 잔 남자를 기억하지 못하다니. 그날을 떠올려 보면 필름이 끊길 정도로 술에 취했던 건 절대 아니었다. 다만 힘든 것 같았다. 심적으로 아주 많이.

손에 클러치 백을 쥔 걸 보아 짐을 찾은 것 같은데 겉옷이 따로 보이지 않았다. 꽤 쌀쌀한 날씨임에도 불구하고 몸통만 겨우 가리는 미니 드레스 차림인 게 신경 쓰였다. 민호는 제 재킷을 벗어 그녀의 등에 둘러 줬다.

"뭐죠?"

갑자기 어깨 위로 느껴지는 무게와 따뜻한 온기에 그녀가 뒤돌아 민호를 마주했다. 얼굴이 벌겋게 달아올랐을 정도로 취했는데도 목소리는 카랑했다. 경계하는 게 느껴져서 민호는 실실 웃으며 한 발 뒤로 물러났다. 술 취한 여자를 건드리려는 의도는 아니라는 걸 보여 주려고 손도 주머니에 찔러 넣었다.

"추워 보여서요. 걸치고 가세요."

"……됐어요. 택시 타면 따뜻하니까요."

"아, 그런가요."

그녀는 필요 없다는 듯 재킷을 돌려주려 했다.

"그럼 택시 타러 가는 동안만이라도 걸치고 가면 되겠네요."

민호는 싱글벙글 웃으며 그리 말했다. 원래는 집까지 태워다 주겠다고 얘기할 생각이었지만 저를 전혀 기억하지 못하는 걸 보니 거절당할 것 같았다. 우선은 그냥 보내 줘야겠다 싶어 미련 없이 손을 흔들었다. 조심히 가요.

그녀가 재킷을 손에 든 채 그를 바라봤다. 그는 이 상황이 뭐가 그리 재밌는지 자꾸 웃음을 흘렸다. 주머니에 찔러 넣은 손을 보아하니 옷을 돌려받을 생각이 전혀 없어 보였다.

"……."

그녀는 물끄러미 응시하던 시선을 거두고 이내 재킷을 다시 어깨에 걸쳤다. 굳이 고집부리지 않는 성격이 또 화끈했다.

"고맙습니다."

그렇게 말하는 그녀의 입꼬리가 조금은 위로 향한 것 같아 민호는 슬쩍 입술을 깨물었다.

손을 내밀고 싶다. 붙잡고 싶다. 그런 욕구가 가슴을 방망이질했다. 살짝 고개를 끄덕여 인사한 그녀가 다시 택시를 잡으려고 하는 걸 민호가 손을 들어 저지했다.

"택시 불러 줄게요. 그래서는 안 잡혀요."

민호는 핸드폰을 꺼내 콜택시를 불렀다. 주로 이용하는 모범택시로, 밤에 여자 혼자 타도 믿을 만했다. 그녀가 사양하지 않고 쳐다보자 민호는 사람 좋은 미소로 대응했다. 어떻게 웃어야 사람의 경계심을 풀 수 있는지 잘 알고 있었다.

택시를 기다리는 동안 민호는 미소를 고수한 채 그녀를 바라봤다. 그녀도 시선을 피하지 않았다.

"사실은 내가 데려다주고 싶었어요."

그러면서 살짝 웃자 그녀가 따라 웃었다. 민호는 가슴이 두근두근했다.

"어떻게 해 보려는 수작인가요? 술 취했으니 쉬워 보여요?"

달콤한 웃음에 어울리지 않는 신랄한 말이 이어졌다. 이런 일이 자주 있었던 모양이다. 여자 입장에서는 당연히 그렇게 생각할 수도 있었다.

민호는 대답하지 않은 채 팔을 뻗었다. 그녀가 살짝 움찔하는 게 보였다. 만지려는 줄 안 듯했다. 민호는 웃으며 손끝을 살짝 흔들었다.

그 손짓에 검은 택시 한 대가 멈춰 섰다. 뒷문으로 걸어간 민호가 문을 열어 줬다. 그녀는 슬쩍 입술을 짓이기고는 순순히 차에 올라탔다. 문을 닫기 전, 그가 고개를 숙였다. 무의식 중에 고개를 든 그녀와 눈이 마주쳤다.

"첫 번째는 우연, 두 번째는 필연, 세 번째는 운명이라고 하죠."

그의 부드러운 숨결이 은밀하게 귓속을 파고들었다.

"저기 파란 간판 앞에 세워 주시면 돼요."

30분 정도 새벽길을 달리자 금세 집 앞 거리에 도착했다. 상가 주택에 살다 보니 집이 길가에 있었다. 역세권에 깔끔하고 세련된 신축 건물, 거기다가 풀 옵션이라는 점에 눈이 멀어 월세로 들어와 살고 있지만, 로데오 거리라는 건 그다지 좋은 옵션이 아니었다.

회사에 있는 낮 동안은 상관없지만 밤에도 시끄러운 무리가 거리를 점령하는 탓이었다. 주변이 거의 다 카페나 옷가게라 그나마 괜찮았는데 지난달 길 건너에 치킨집이 문을 열면서 시끄러워졌다. 다행히 새벽 2시면 문을 닫아 지금은 조용했다.

휑한 거리에 내린 안나는 어깨를 늘어뜨리며 작게 한숨을 내쉬었다. 가발이 갑갑했다. 불편한 옷도 얼른 벗어 버리고 싶었다. 익숙지 않은 짙은 화장 때문에 숨도 못 쉴 만큼 괴로웠다. 혹 저를 알아보고 도망갈까 봐 일부러 변장을 하고 다니지만, 이러다간 그를 찾기 전에 제가 먼저 쓰러질 것 같았다.

불어오는 바람이 쌀쌀해 소름이 오소소 돋았다. 그 남자가 재킷을 걸쳐 주지 않았다면 감기에 걸렸을지도 모르겠다는 생각이 들어 슬쩍 웃었다.

'세 번째는 운명이라고 하죠.'

운명……. 안나는 피식 웃고는 상념을 떨쳐 냈다. 한 발 내디딜 때마다 발이 너무 아팠다. 발이 퉁퉁 부어서 구두를 벗고 싶은 마음이 굴뚝같았다. 어차피 집 앞인데 그냥 맨발로 걸을까 싶을 정도였다. 이웃에게 그런 추태를 보이고 싶지 않아 조심스레 걸어 보지만 정말 고통스러웠다.

결국 현관 앞에 쭈그리고 앉아 발을 주물렀다. 5층까지 언제 걸어 올라가나 한숨이 나왔다. 평소에는 건강해지고 좋지, 하고 올랐던 계단이 야속했다.

"업어 줄까요?"

그때 누군가 말을 걸었다. 다정한 말투, 부드러운 목소리. 아까 들었던 그 목소리에 안나는 시선을 조금 들었다. 깔끔한 검은 구두가 눈에 들어왔다. 짙은 남색 슬랙스의 밑단이 깔끔하게 떨어졌다.

"……스토커예요?"

말이 날카롭게 튀어나왔다. 안나는 클러치 백을 강하게 움켜쥐었다. 여차하면 호신용 전기 충격기를 꺼낼 생각이었다. 부드럽고 친절한 척해 놓고 집 앞까지 찾아오다니.

"오해하면 곤란한데."

그의 입술 사이로 부드러운 웃음이 흘러나왔다. 곤란하다는 말과는 다르게 하나도 곤란하지 않은 눈치였다. 그는 안나의 앞에 똑같이 쭈그려 앉아 시선을 맞춰 왔다. 여전히 한 걸음 정도 거리를 두고 있었다.

"발 많이 아파요?"

"어설픈 친절 베풀지 말고 갈 길 가세요."

"세상에 믿을 사람 하나도 없으니까요?"

"……."

그는 싱긋 웃었다. 그 말이 의미심장하다. 안나는 이상한 기시감을 느꼈다.

"여기 5층 살아요, 나."

안나의 눈이 매우 커졌다. 그 동요를 알아본 남자가 다시 웃음을 흘렸다. 그럴 줄 알았다는 눈치였다. 안나는 입술을 꾹 깨물었다. 이 건물은 한 층에 두 집밖에 없었다. 501호, 502호.

"단발머리 아가씨. 오늘은 전혀 다른 모습이네요."

안나는 그를 알지 못했다. 옆집에 누가 산다는 건 알았지만 관심이 없었다. 그러고 보니 옆집이 주인집이라고 들은 기억이 났다. 취한 탓에 뒤늦게 생각났다. 안나가 인상을 조금 푼 채 물었다.

"……주인아저씨?"

"전 아가씨라고 불렀는데 아저씨라니……. 나 그렇게 늙어 보여요?"

살짝 툴툴대는 것이 귀엽게 보이는 걸 보니 제가 취하기는 무지하게 취했구나 싶었다. 안나는 안도감에 경계를 풀었다.

긴장이 풀리니 몸에 힘이 빠졌다. 저도 모르게 주저앉자 맨바닥의 찬기가 엉덩이에 가득 느껴졌다.

"익숙지 않죠, 이런 구두."

"티 났나요."

안나는 자조적인 웃음을 흘렸다. 발뿐만 아니라 발목도 지끈거릴 정도로 아팠다.

"많이. 같은 층이라니 잘됐네. 업혀요."

"……됐어요."

처음 보는 사람에게, 그것도 남자에게 업히느니 맨발로 걷는 게 더 낫다. 안나는 단호하게 고개를 저었다. 그는 거절당해 놓고도 자리에서 일어나지 않았다. 오히려 같이 주저앉기까지 했다. 현관 한편이라고는 해도 두 사람이 앉으니 현관까지 가로막게 됐다. 이런 새벽에 지나다닐 사람은 없다지만, 조금 신경이 쓰인 안나가 주변을 흘끗거렸다.

"그럼 구두 벗으면 어때요?"

"……네?"

"어차피 건물 안인데 그냥 맨발로 걸어요. 아, 혹시 창피한가? 그럼 같이 벗으면 괜찮으려나."

민호는 호쾌하게 구두를 벗었다. 양말까지 벗으려는 걸 안나가 얼른 저지했다.

"뭐 하는 거죠, 지금?"

"혼자 하면 부끄러워도 같이 하면 안 부끄럽잖아요."

"부끄러움이 2배가 된다고는 생각 안 하세요?"

"네. 안 합니다."

자꾸 웃는다, 이 남자. 안나는 그를 흘끗 바라보고는 한숨을 내쉬었다. 그래도 구두를 벗은 걸 보니 조금 부러웠다. 퉁퉁 부어 살이 구두 밖으로 삐져나올 지경인 제 발을 보니 확 벗어 버릴까 하는 충동이 일었다. 남자가 부추기듯 웃었다.

슬쩍 눈치를 보며 구두를 벗었다. 땀이 차 꽉 끼는 구두를 벗으니 시원했다. 땀에 젖은 발이 부끄러워 손으로 숨기자 그가 자리에서 일어났다. 눈치채지 못할 만큼 배려가 자연스러웠다.

"자, 그럼 갈까요?"

그는 왼손으로 구두를 들고 안나의 클러치 백을 주워 옆구리에 끼고는 오른손을 내밀었다. 그 손을 물끄러미 바라보던 안나가 그 손을 잡았다. 구두를 쥐고 일어서자 발바닥이 차가웠다. 하지만 조금 기분 좋기도 했다. 아픔에 비하면 이 정도는 아무렇지도 않았다.

남자가 왼손을 들어 손목을 현관 센서에 댔다. 카드 키처럼 쓸 수 있다는 스마트 워치인 모양이었다. 덕분에 그가 정말 이곳에 사는 사람이라는 게 증명됐다.

안나는 고개를 갸웃거렸다. 아까부터 이상한 기시감이 머릿속을 어지럽혔다. 그의 이런 친절이 어쩐지 낯설지 않았다. 이내 고개를 빠르게 흔들어 부정했다.

안으로 들어가자, 솔직한 심정으로 살 것 같았다. 클럽 갈 때 신을 용도로 추천받은 킬힐은 사람이 신을 수 있는 게 아니었다. 아무리 예뻐도 이건 아니었다. 고작 몇 시간 사이에 몇 번이나 발목을 접질릴 뻔했다. 익숙해지면 괜찮겠지만 익숙해지고 싶지도 않았다.

"바닥 잘 보고 걸어요. 혹시 뭐에 찔릴 수도 있으니까."

남자는 배려가 몸에 밴 것 같았다. 그렇게 말하는 사이에도 그는 눈으로 계단을 훑고 있었다. 안나는 그와 마주친 적은 없어도 청소하는 사람들은 자주 마주쳤던 게 기억이 났다. 그 덕인지 바닥은 깨끗한 편이었다.

혹시라도 뭐가 떨어져 있을까 봐 바닥을 유심히 살피는 그의 옆얼굴을 보고 있자니 잡힌 손이 뜨거웠다. 발바닥이 차가워서 그의 체온이 더 뜨겁게 느껴지는 듯했다.

"……악!"

그러다가 순간 발을 잘못 디뎌 미끄러질 뻔했다. 그 와중에도 넘어질 수는 없다는 일념으로 그를 붙잡았다. 그를 덮치듯이 끌어안고서야 버틸 수 있었다. 얼른 제대로 계단을 딛고 서는데, 놀란 나머지 다리가 후들후들 떨렸다.

"미, 미안해요!"

그의 품에 안겨 있다는 걸 깨달은 안나가 얼른 고개를 들었다. 그의 가슴이 눈앞에 있었다. 넘어질까 봐 붙잡아 준 듯했다.

"괜찮아요? 다치지는 않았어요?"

끌어안으면서 얼굴을 문댔는지, 그의 셔츠가 더러워진 게 안나의 눈에 들어왔다. 아이섀도와 립스틱 자국이 뚜렷했다. 게다가 강하게 움켜쥔 탓에 주름도 심하게 졌다. 그러나 그는 그런 건 하나도 보이지 않는 듯 안나를 걱정하기 바빴다.

안나가 똑바로 서자 그는 고개를 돌려 시선을 회피했다. 그의 반응이 이상해 안나는 아래를 내려다봤다. 원피스가 거친 움직임에 잔뜩 말려 올라가 있었다. 황급히 옷을 내리고 나자 그의 재킷이 바닥에 떨어진 게 보였다.

"미안해요. 옷이 더러워졌네요."

"옷이야 빨면 되니까 걱정하지 않아도 돼요. 그보다 안 다쳤다니 다행이네요."

구두도 바닥을 구르고 있고 클러치 백도 날아가 버렸다. 그는 태연하게 계단을 내려가 모두 줍기 시작했다. 안나는 미안함에 순간 울컥하고 말았다. 이렇게 민폐를 끼칠 생각은 없었다.

술 마시지 말걸. 지난 1년, 는 거라고는 술뿐이었다. 술이라도 마셔야 견딜 수 있었다. 잘 수 있었다. 하지만 이렇게 민폐를 끼칠 생각은 없었다. 다 이 남자가 오지랖을 떤 탓이다, 괜히 그의 탓을 해 봤다.

"흠집 났으려나."

이 와중에 클러치 백의 흠집 따위를 걱정하는 그를 보니 괜히 화가 났다. 타인의 친절함이 싫었다. 속셈 없는 친절함 따위 없으니까.

"왜 이렇게 잘해 주는 거죠?"

"네?"

남자가 그게 무슨 의미냐는 듯 되물어 왔다. 안나는 눈물이 나려는 걸 꾹 참고 그를 노려봤다.

"무슨 속셈으로 이렇게 잘해 주느냐고요. 왜, 한번 하고 싶어요?"

안나는 자신이 왜 이렇게 쏘아붙이는지 알 수 없었다. 그의 손길에는 그런 흑심이 전혀 느껴지지 않았다. 남의 친절을 고맙게 받아들이지 못하는 자신이 불쌍해서 더 화가 났다. 모욕적인 말일 수 있는데도 그는 딱히 반응을 보이지 않았다. 술 취한 사람의 주정쯤으로 받아들이는 걸까.

안나의 눈에서 눈물이 뚝뚝 떨어졌다. 그에게 화를 낸 옹졸한 제 마음이 창피했다. 도와주는 것도 친절로 받아들이지 못하는 자신이 불쌍했다.

그는 대답은 안 하고 자신의 구두에 킬힐의 굽을 한 짝씩 끼워 넣고는 한 손으로 들었다. 클러치 백도 다시 옆구리에 끼우고는 손을 잡아 왔다.

잔뜩 얼어붙은 손에 그의 뜨거운 체온이 닿자 안나가 순간 움찔했다. 그는 말없이 걸음을 옮겼다. 안나를 배려하는 듯 느릿느릿한 걸음으로 계단을 오르기 시작했다. 안나는 입술을 깨물었다. 후회가 물밀 듯이 밀려왔다. 왼손이 자유로웠지만 눈물을 닦아 낼 생각도 하지 못하고 울면서 그를 따라 계단을 올랐다.

그는 자연스레 안나의 집인 502호로 걸음을 옮겼다. 문 앞에 다다르자 자연스레 손을 놓게 됐다. 따뜻한 온기를 잃은 손에 오한이 들었다. 찬바람이 몸 안을 휘젓는 듯 전신에 소름이 돋았다.

그는 안나의 구두를 발 앞에 내려놓고는 제 구두를 신었다. 그러고는 안나를 마주 본 채 옅은 미소를 지었다. 그 미소가 한결같이 따스했다.

"술 너무 많이 마시지 마요. 자신을 망치는 독이니까."

오지랖이다. 괜한 참견이다. 그런 말이 목구멍을 간질였지만 입 밖으로 나오지는 않았다.

'후회할 일을 하게 되거든요.'

그제야 그의 목소리가 떠올랐다. 까마득히 잊고 있던 친절이었다. 그는 그날과 똑같은 손짓으로 안나의 눈물을 훔쳤다.

"힘들 때는 차라리 나를 찾아와요. 술보다는 내가 더 당신을 위로해 줄 수 있으니까."

"……."

"잘 자요."

그는 끝까지 다정했다. 자신을 스쳐 지나가는 그를 안나가 저도 모르게 돌아봤다. 그는 뒤 한 번 안 돌아보고 501호로 향했다. 복도와 복도 끝이었다.

직선의 복도를 쭉 걸어간 그가 문 앞에 서서는 잠깐 고개를 돌렸다. 시선이 마주쳤다. 손을 살짝 흔들어 인사한 그가 먼저 문을 열고 안으로 들어갔다.

탁, 닫히는 문소리가 날카롭게 복도를 울렸다.

집에 들어온 안나는 거칠게 가발을 벗어 던졌다. 고정하고 있던 실핀이 머리카락을 뽑으며 빠져나갔지만, 그런 것은 무시한 채 소파로 걸어가 엎드렸다.

'마음 놓고 울어요.'

　자신을 안아 주던 그의 다정함이 점점 선명하게 기억에 들어찼다. 울고 싶을 때는 실컷 울어야 한다며 더 울라고 부추기던 남자였다. 부드러운 웃음을 무기처럼 장착한 채 저를 울렸다.

　그게 바로 열흘 전이었다. 퇴근하고 집에 왔을 때 그 정적을 참을 수 없어 집 앞 바에 갔다. 많이 마실 생각은 아니었는데 마시다 보니 한 잔, 두 잔 양이 늘었다. 그러던 중 그가 옆에 앉았다.

　무슨 대화를 했는지는 사실 잘 기억이 나지 않았다. 그만큼 가벼운 대화였다. 그냥 세상 돌아가는 이야기. 그는 저보다는 바텐더와 더 많이 얘기를 나눴다. 자신은 그저 옆에서 듣는 정도였다.

　그러다 술에 취해 그의 부축을 받았다. 그의 어깨는 미소만큼이나 따뜻했다. 너무 따뜻해서 그 온기를 놓치고 싶지 않았다. 그래, 자신은 분명 거나하게 취해 있었다. 그러지 않고서야 그의 온기를 탐하는 짓 따위 하지 않았을 테니까.

　한참 동안 그를 생각하던 안나가 좀비처럼 늘어지는 몸을 억지로 일으켰다. 거추장스러운 옷을 벗어 버리고 욕실로 갔다. 무작정 욕조에 앉았다. 세라믹의 차가운 감촉에 오한이 들었다. 물을 뜨겁게 틀어 놓고는 눈을 감았다.

　온수가 마치 그의 온기처럼 느껴졌다. 찬기가 점차 가셨다.

새벽 5시가 지날 때쯤이었다. 누군가 초인종을 눌렀다. 재인과 통화하며 마감을 확인하고 있던 민호는 조금 놀라 현관을 바라봤다. 이 시간에 찾아올 사람이 있던가?

아래층에 사는 지헌은 아직 청담동에서 마감 치는 중이었다. CCTV로 확인하고 있으니 지헌일 리는 없었다. 주형인가 싶었지만, 그 역시 아직 일하고 있을 시간이었다.

"누구십니까?"

의아함을 안은 채 물었지만 답이 없었다. 초인종도 더는 울리지 않았다. 장난인가? 하지만 1층 현관이 잠겨 있으니 낯선 이는 들어올 수 없었다. 설마 건물에 사는 사람이 장난칠 리는 없고.

민호는 고개를 갸웃거리며 자리에서 일어났다. 인터폰을 켰는데 화면 안에 아무도 보이지 않았다. 그는 인상을 찡그린 채 화면을 노려봤다. 귀신이 누르고 갔나. 환청이었나.

잘못 들었다고 결론 내리고 다시 자리로 돌아가는데, 초인종 소리가 한 번 더 들렸다. 딩동. 그 소리가 조금 섬뜩하게 느껴지기도 했다. 결국은 현관으로 걸어가 안전 걸쇠를 건 채 문을 열었다.

"누구…… 아."

누구냐 묻던 말이 쏙 들어갔다. 열린 문틈 사이로 여자가 보였다. 벽에 반쯤 기댄 채 고개를 숙이고 있었다. 마른 나뭇잎 같은 갈색 단발머리였다. 머리카락에 가려져 얼굴은 제대로 보이지 않았지만, 민호는 그녀라고 확신했다.

민호는 재빨리 걸쇠를 풀고 문을 활짝 열었다. 그제야 그녀가 고개를 들었다. 잠이 쏟아지는지 멍하니 눈을 깜박이는 모습이 아까와 달리 청순해 보였다. 억지로 눈을 떠 민호를 쳐다보려 노력하는 모습이 꼭 잠결에 나온 듯했다.

"……안나 씨?"

민호는 저도 모르게 이름을 불렀다. 아는 티를 내지 않으려고 했는데, 그녀의 상태가 이상해 그만 이름을 부르고 말았다.

"이거……."

늘어지는 목소리가 나른했다. 그녀가 들어 올린 팔에 재킷이 보였다. 그러고 보니 재킷을 돌려받는 걸 아예 잊고 있었다. 내일 줘도 되는데 굳이 이 새벽에 찾아와 돌려주는 연유를 알 수 없었다.

"이 새벽에…… 안 잤어요?"

문밖으로 나가 재킷을 받아 들며 그녀의 안색을 살폈다. 눈을 거의 감고 있는 그녀는 대답이 없었다. 벽에 머리를 기대고 있는 모습이 위태로워 보였다.

"위로……."

"네?"

안나의 입술이 달싹였다. 제대로 듣지 못한 민호가 무릎을 굽혀 그녀와 시선을 맞췄다. 시선을 내리깐 채로 안나가 다시 입을 열었다.

"위로해 줘요."

"……."

"위로해 준다고……."

말을 채 끝맺지 못하고 안나는 깊은숨을 내쉬었다. 그 숨소리가 고혹적이었다. 민호는 입술이 바짝 마르는 것을 느끼며 손을 올렸다. 얼굴을 가리며 흘러내린 머리카락을 들어 올리자 그녀의 반듯한 이마와 선이 예쁜 콧대가 드러났다. 아래로 내리깐 눈은 속눈썹이 짙은 그림자를 만들어 냈다. 그중에서도 핏기 없이 튼 입술이 민호의 시선을 잡아끌었다.

민호는 일순간도 망설이지 않았다. 바로 손을 뻗어 그녀의 허리를 끌어안았다. 그녀의 몸이 중심을 잃고 안겨 왔다. 단단하게 그녀를 품에 안은 민호가 머리를 힘주어 쓰다듬었다.

"잘 왔어요."

마치 무장 해제한 것 같다. 민호는 안나의 변화가 신기했다. 아까까지만 해도 온몸에 가시를 세우고 있었다. 그게 겉으로도 보였다. 자신은 남의 친절을 받아 줄 만큼의 여유도 없으니 건드리지 말라는 분위기가 강하게 풍겨 나왔다. 그래서 민호는 더 다가가고 싶어도 일부러 한 발짝 멀리서 그녀를 대했다. 안아 주고 싶은 마음이 강했지만 아닌 척했다.

그랬던 그녀가 먼저 다가왔다. 민호는 이 기회를 놓칠 수 없었다.

안나의 손을 잡고 안으로 들어온 민호는 우선 그녀를 소파에 앉혔다. 아직 술기운이 남아서 그러는지 그녀는 소파에 몸을 기댄 채 낮은 숨을 내쉬었다. 눈을 거의 감고 있는 게 조금 아쉽게 느껴졌다. 자신을 보게 하고 싶었다.

"안나 씨."

이름을 불러도 반응이 없었다. 민호는 옆에 앉아 소파에 팔을 괸 채 그녀를 바라봤다. 화장기 없는 얼굴이 아까와 전혀 다른 느낌이었다. 대체 왜 그런 진한 화장과 요란한 옷차림을 하고서 클럽을 헤맨 건지 궁금했다. 누구를 찾는 건지, 왜 그렇게 가시를 세우고 있는 건지, 모두 다 궁금했다.

아슬아슬하게 자리하던 머리가 스르륵 흘러내려 안나의 얼굴을 가렸다. 짧은 탓에 귀 뒤로 넘겨도 다시 흘러내리는 모양이었다. 민호는 조심스러운 손짓으로 그 머리를 귀 뒤로 다시 넘겨 줬다.

그러느라 손끝이 뺨에 닿았는데, 그 순간 안나가 몸을 살짝 떨었다. 민호의 손이 귀 뒤로 넘어갔다가 목으로 내려왔다. 손끝이 부드럽게 그녀의 살갗을 자극했다. 그때마다 안나는 속절없이 몸을 떨었다. 싫은 걸까 싶어 손을 떼려는데 그녀가 손을 들었다. 민호의 손을 잡고는 그 손바닥에 얼굴을 비볐다.

두근. 민호는 순간 심장이 강하게 뛰어 숨을 멈췄다가 조심스레 내쉬었다. 손바닥에 뺨을 댔을 뿐인데 어째서 이렇게나 두근거릴까. 아래로 내리깐 눈이 몇 번 깜박였다. 안나는 민호의 손을 잡은 손을 움직여 깍지를 꼈다. 가느다랗지만 단단한 그녀의 손가락이 얽히는 것이 은근히 기분 좋았다.

한참 그렇게 뺨을 대고 있던 안나가 작게 중얼거렸다. 옅은 미소가 입가에 걸렸다.

"……따듯해."

빗장이 풀렸다. 민호는 환한 미소로 답하며 그녀를 끌어안았다. 안나는 반항하지 않았다. 오히려 더 적극적으로 그의 품으로 달려들었다. 소파의 폭이 넓어 둘이 달라붙어도 아무 문제 없었다.

민호의 위에 올라타면서 다리가 불편하게 꺾였지만, 안나는 신경 쓰지 않고 양손으로 뺨을 붙잡고 무조건 입을 맞댔다. 허겁지겁 입을 맞추는 것이 마치 애정을 구걸하는 것만 같았다. 그게 누구라도, 이 순간 자신을 위로해 줄 수 있다면 누구라도 상관없다는 식이었지만 민호는 개의치 않았다.

겹쳐진 입술이 뜨거웠다. 다급하게 키스가 이어졌지만 민호는 부드럽게 혀를 움직였다. 몇 번이나 아랫입술을 물어 강하게 빨아올리자 안나가 거친 숨을 터트렸다. 그 숨이 달콤했다. 기껏해야 민트 치약 향이었는데도 이상하게 특별하게 느껴졌다. 그녀의 뺨을 강하게 움켜쥔 채 진한 키스를 날렸다.

말은 필요 없었다. 둘 다 서로를 갈구하기 바빴다. 입은 떼지 않은 채로 그녀의 옷 안으로 손을 넣은 민호가 부드럽지만 강한 손길로 가슴을 움켜쥐었다. 손 안 가득 들어오는 보드라운 속살에 마치 손바닥이 성감대라도 된 양 느껴졌다.

봉긋한 가슴을 손끝으로 간질이면서도 계속 혀를 움직였다. 혀를 얽어 쪽쪽 빨아올리자 어김없이 신음이 터져 나왔다. 달뜬 신음에 민호의 손에도 힘이 들어갔다.

능숙한 손길로 옷을 벗겨 버렸다. 드러난 몸이 예뻤다. 민호는 그녀의 아담한 가슴에 고개를 파묻었다. 안나는 그의 머리를 끌어안은 채로 뜨거운 숨을 내쉬었다.

"흐응…… 아……."

잇자국이 날 만큼 강하게 빨아올려 가슴 곳곳에 붉은 자국을 만들었다. 일부러 흔적을 남기는 행위였다. 이 밤이 지난다 해서 잊지 말라고 말하는 듯했다. 한 번은 잊혀도 두 번 잊히고 싶지는 않다. 이 사람, 강안나에게 서민호를 알게 해 주고 싶다. 그런 마음으로 가슴에 붉은 꽃을 새긴다.

"으으응……!"

달뜬 신음이 터졌다. 가슴을 찌르르 울리는 신음에 민호는 고개를 들었다. 붉게 물든 입술을 보니 참을 수 없어 입을 맞췄다. 혀로 입술을 할짝이자 안나의 입술이 자연히 벌어졌다. 맞닿은 혀가 얽히고설켰다.

"읏……."

천천히 몸을 겹치자 뜨거운 열기에 절로 신음이 흘러나왔다. 녹아내릴 것만 같은 기분이었다. 그 느낌이 너무 좋아서 민호는 안나를 꽈악 끌어안은 채로 열심히 움직였다. 안아 들다시피 하자 그녀의 입에서 신음이 끝없이 흘러나왔다. 뜨거운 신음이 귀를 달콤하게 간질였다. 그에 자극받아 민호는 더 강하게 그녀를 안았다.

"아아, 안나 씨, 하아."

"읏, 아, 아, 하앗……!"

안나가 민호의 허리에 다리를 감고 목을 꼭 끌어안아 왔다. 몸을 꽉 겹치길 원하는 듯한 행동에 민호는 순순히 응했다. 민호의 몸이 주는 압박감이, 그의 무게가 기분 좋은 듯 안나의 신음은 달콤하기만 했다. 더 강하게 끌어안아 달라는 듯 팔에 힘을 주기까지 했다.

"웃, 흐웃."

그녀는 부드러우면서도 피할 수 없는 뜨거움을 갖고 있었다. 그 열에 녹아 버릴 것만 같았다. 끝이 다가오는 게 느껴져 더 빨리 움직이자 안나의 입에서 끊임없이 신음이 터져 나왔다.

"응, 으응! 아하앗……!"

그 신음을 집어삼키며 민호는 혀를 놀렸다. 맞닿은 혀가 뜨거웠다. 누가 먼저라고 할 것 없이 혀를 얽으며 쾌감을 나눴다.

"하아, 하아!"

절정이 휘몰아쳤다. 민호는 콘돔을 끼지 않았다는 걸 그제야 떠올리고 늦게나마 몸을 뺐다. 크게 숨을 뱉어 내고는 다시 안나를 끌어안았다.

두 사람의 땀으로 범벅이 되었는데도 밀착되는 몸이 너무 기분 좋았다. 이대로 끌어안고 잠들고 싶었다. 같이 씻자고 말해야지, 말해야지 하면서도 몸을 일으키지 못했다. 안나의 가슴을 부드럽게 움켜쥔 채 몇 번 손을 움직이던 끝에 그대로 잠들고 말았다. 안나도 잠이 든 듯 움직임이 없었다.

기분 좋은 무게가 느껴졌다. 조금 춥다고 느꼈는데, 몸 한편에 온기가 닿았다. 안나는 비몽사몽 그 온기를 찾아 몸을 웅크렸다. 몸에 닿는 체온이 따스했다. 그를 한껏 끌어안고 나서야 안나는 눈을 떴다. 눈앞에 살색이 가득하다.

"……!"

기겁해 벌떡 상체를 일으켰다. 커다래진 눈에 알몸의 남자가 들어왔다. 안나는 머리를 망치로 맞은 것 같은 충격에 아무런 반응도 하지 못했다.

몇 번 눈을 깜박이고 나서야 안나는 그가 누군지 기억해 냈다. 친절남, 오지랖남, 주인아저씨……. 그래, 옆집 남자였다. 그러고도 다시 몇 번이나 눈을 깜박여 자신이 왜 그를 끌어안고 있는지 떠올려야 했다. 어젯밤, 목욕을 끝내고 분명 제 침대에서 잤다. 딱 거기까지만 기억이 났다.

안나는 그가 깨지 않게 조심히 고개를 움직여 주변을 둘러봤다. 천장만 봐도 제집은 아니었다. 그의 옆으로 보이는 소파도 낯설었다.

……하다 하다 이제는 집 밖으로도 나가네.

못 살겠다, 진짜. 안나는 거칠게 한숨을 내쉬었다. 근래 몽유병을 겪고 있기는 했다. 하지만 기껏해야 집 안을 돌아다녔지, 집 밖으로 나온 적은 없었다. 식탁 위에서 눈을 떴을 때보다 훨씬 더 큰 충격이 밀려왔다.

안나는 잠시 남자를 내려다봤다. 새근새근 자는 그는 분명 어제 클럽에서, 그리고 집 앞에서 만났던 그 남자가 확실했다. 그렇다는 건 이곳이 옆집이라는 뜻이었다. 몽유병으로 헤매던 중에 집 밖으로 나왔다고 생각하니 소름이 끼쳤다.

"음……. 깼어요?"

나른한 목소리가 들려왔다. 그는 아직 눈도 뜨지 못하고 있었다. 잠결에 한 말인가 싶어 가만히 바라보고 있자 그는 안나의 허리에 팔을 올리고는 '좀 더 자요.' 하고 속삭였다. 그대로 다시 잠드는 것 같았다.

둘 다 알몸으로 같이 자고 있었으니 지난밤 무슨 일이 있었는지는 굳이 생각할 필요 없을 듯했다. 이 남자와 잔 건 이번이 처음도 아니지 않은가. 두 번 다 기억이 안 난다는 게 문제지. 안나는 입술을 꾹 깨물었다.

"혹시 추워요? 미안해요. 그냥 잠들어 버려서……."

잠든 줄 알았던 그가 다시 입을 열었다. 그러면서도 눈을 뜨지 않고 있었다. 잠결에 챙겨 주는 듯했다. 안나는 헛웃음을 흘렸다. 잠결에도 친절을 베푸는 남자라니, 기가 찬다.

그가 손을 뻗어 안나의 허리를 꽉 끌어안았다. 몸이 완전히 밀착되자 그의 몸에서 뿜어져 나오는 열이 고스란히 느껴졌다. 그는 뜨겁다 싶을 정도로 몸에 열이 많았다. 차게 식어 싸늘한 안나의 몸과 대조됐다. 그도 그걸 느꼈는지 배를 어루만져 주었다. 손바닥의 온기에 찬기가 가시는 듯한 느낌이 들었다.

"당신, 이상한 사람이네요."

"음……."

그는 대꾸하기 힘든 듯 살짝 웃기만 했다. 그 웃음의 숨결이 옆구리를 간질이자 안나는 어쩐지 힘이 빠졌다. 그의 어깨 너머로 소파 등받이에 걸쳐져 있는 천이 보였다. 장식용인 듯했지만 팔을 뻗어 끌어당겼다. 보들보들한 천의 감촉이 나쁘지 않았다. 생각보다 크고 길어 둘의 몸을 다 덮고도 남았다. 얇은 천이 피부 위로 부드럽게 내려앉았다.

어차피 엎질러진 물이었다. 생각은 나중에 하자며 안나는 다시 누웠다. 자는 중에도 귀신같이 알아챈 그가 안나를 끌어 안았다. 안나는 그를 흘끗 바라보고는 이내 눈을 감았다. 피부에 닿는 뜨거운 온기 때문일까, 잠이 솔솔 쏟아졌다.

다시 눈을 떴을 때는 이미 해가 중천에 떠 있었다. 이토록 달게 자 본 게 얼마 만이더라. 안나는 남의 집에서, 그것도 남의 품에 안겨 곯아떨어진 자신을 믿기 어려웠다. 몸을 일으키는데 그는 아직도 자고 있었다. 어지간히 잠이 많은 듯했다.

일어난 후에야 몸이 끈적한 걸 알아차렸다. 땀과 그 외의 액체가 다 느껴졌다. 잠깐 한숨을 내쉰 안나는 소파 아래로 내려와 속옷을 주워 입었다. 잠옷으로 입는 티 원피스는 잔뜩 구겨진 채 소파 아래 널브러져 있었다. 그를 주워 든 안나가 남자를 바라봤다.

옆으로 누워 자는 게 불편해 보였다. 소파 폭이 넓기는 했지만, 그래도 성인 둘이 누워 자기에는 넉넉지 않았을 터였다. 배려해 준 게 틀림없었다. 적어도 안나는 자면서 불편하다는 생각은 전혀 들지 않았으니까.

멀끔한 얼굴. 아침인데도 턱이 말끔했다. 몸을 봐도 털이 별로 보이지 않았다. 매끈한 피부에 단정한 얼굴선. 말랐지만 다부진 몸.

분명히 이 남자와 잤다는 건데, 아무것도 기억나지 않았다. 안나는 씁쓸함에 한숨을 살짝 내쉬었다.

이름이 뭐였더라…….

분명 매달 집세를 내고 있는데 이름이 바로 기억나지 않았다. 인상을 찌푸린 채 세 글자를 기억해 내려고 애를 쓰는데 쿡쿡거리는 소리가 들렸다.

"그 표정, 귀여워요."

"……."

"가려고요? 씻고 같이 밥 먹지."

민호. 서민호. 겨우 떠올랐다.

안나는 고개를 살짝 저어 거절하고는 옷을 입었다.

민호는 소파에 반쯤 엎드린 채 그녀를 바라봤다. 머리도 잔뜩 흐트러졌고 막 일어난 터라 얼굴도 부었는데 왜 이렇게 예쁠까. 평소의 화장도, 짙은 화장도 다 어울리지 않았다. 민얼굴이 가장 예뻤다. 화장하면 그 예쁜 장점들이 다 가려지는 기분이었다.

"간밤에 실례했어요."

안나는 그대로 자리에서 일어났다. 얼른 씻고 싶은 마음뿐이었다. 민호를 내려다보자 그는 싱긋 웃으며 손을 살짝 흔들었다.

"잘 가요."

그의 산뜻함이 조금 신경에 거슬렸다. 그걸 느낀 안나는 인상을 살짝 썼다가 이내 표정을 풀고 고개 숙여 인사했다. 현관으로 나가는데 집 구조가 똑같아서 묘한 기분이 들었다. 집 안에서 신는 슬리퍼를 그대로 신고 왔었는지, 분홍 슬리퍼가 현관에 가지런히 놓여 있었다.

문을 열고 나가 몸을 돌리는데 현관에서 일직선상에 놓인

소파가 시야에 잡혔다. 눈이 마주치자 그는 다시 한 번 손을
흔들었다.

그 웃음이 안나의 마음에 작은 파동을 일으켰다.

몸으로 위로받다

할 일이 많은 일요일이었지만, 막상 하루의 반을 공치고 나니 움직이기 귀찮았다. 의자 위에 쭈그려 앉은 안나는 책상에 펼쳐 둔 지도를 하염없이 바라봤다.

어제도 찾지 못했다. 그가 자주 간다고 말했던 클럽을 전전해 보았지만 꼬리조차 보이지 않았다. 벌써 장장 여섯 달이다. 이제 정말 포기해야 하는 걸까. 어쩌면 서울을 떴을지도 모르는 일이었다.

안나는 신경질적으로 클럽 TAKE 위에 엑스 표를 그렸다. 혹시 엇갈리는 걸까 봐 TAKE에 드나든 지도 한 달이 넘었다.

"압구정에도 있었네?"

다른 클럽으로 가 봐야 하나 고민하던 찰나, 압구정에도 클럽 TAKE가 있는 걸 발견했다. 안나는 얼른 컴퓨터를 켜 압구정점을 검색했다. 그러는 그녀의 눈이 조금은 초조해 보였다.

"오늘은 압구정점으로 가 봐야 하나……."

그리 말하지만, 몸이 물먹은 솜처럼 무거웠다. 주말마다 하루도 빠짐없이 클럽을 전전하는 게 말처럼 쉬운 일은 아니었다. 낮에는 또 일 관련 경조사에 참석해야 했다. 그 지친 몸을 이끌고 많은 사람들에게 치여 가면서 사람을 찾는 건 정말 힘들었다. 정신적, 육체적 스트레스도 장난이 아니었다.

안나는 클럽 내부라며 올라온 사진들을 쭉 둘러봤다. 일반적인 클럽이었던 청담점과 달리 압구정점은 공연장 같은 느낌이었다. 게다가 청담점 이상으로 엄청난 인파였다. 사진만 봐도 피곤했다. 눈 위 뼈를 엄지로 꾹꾹 눌러 주니 멍든 것처럼 아팠다.

'그냥 포기하는 건 어때? 그 자식 찾는다고 지난 시간 보상받을 수 있을 것 같아?'

충고의 말이 어설프게 머리를 스쳤다. 안나는 그 자식을 찾겠다고 몸도 마음도 엉망이 되어 버린 지 오래였다.

'속은 거야, 그 자식한테. 결혼 사기라고!'

1년의 연애 끝에 결혼 날짜까지 잡은 사람이 어느 날 갑자기 사라졌다. 처음엔 믿지 않았다. 무슨 일이 있나 걱정했다. 연락 못 하는 사정이 있겠지 하고 기다리길 하루, 이틀, 일주일,

한 달…….

부정했던 일이 현실이 됐다. 그의 집은 텅 비어 있었고 전화 번호는 바뀌어 있었다. 그 외에 그에 대해 아는 건 다 가짜였 다. 사랑을 속삭이고 미래를 약속했던 사람은 세상에 존재하지 않는 가짜였다. 보기 좋게 만들어 낸 허상에 불과했다.

이용당했고 사기당했다는 걸 인정한 순간 안나는 무너져 내 렸다. 그에게 빌려준 돈이 문제가 아니었다. 꼭 돌려받아야겠 다는 마음으로 빌려줬던 게 아니었다. 그와 함께할 미래를 위 해 쓴 돈이었다. 그런데 약속했던 사랑이, 미래가 한순간에 와 장창 부서졌다.

'잊어버려. 좋은 사람 만나. 상처에 약 발라 줄 사람 만나서 행 복해지라고.'

그게 그렇게 맘대로 되지 않았다. 이젠 왜 그를 찾고 있는지 스스로도 모를 지경이었다. 만나서 들을 말이 뻔하지 않은가.

왜 갑자기 사라졌어? 정말 사기였어? 돈이 목적이었던 거 야? 사랑한다던 말은 다 거짓이었어?

뭐라 물어도 올 답은 하나였다. 그 답을 그에게 직접 듣고 싶은 걸까. 그의 입으로 직접 들으면 뭐가 달라질까.

"아, 몰라."

안나는 신경질적으로 지도를 내팽개치고는 자리에서 일어났 다. 전신이 뻐근하다. 밤에 클럽을 헤매고 내일 또 7시까지 출 근하려면 지금 쉬어야만 했다. 침대에 몸을 웅크리고 누워 억지로 눈을 감았다. 이불을 뒤집어썼지만 몸에 오한이 들었다. 원체 손발이 찼는데, 요즘 들어선 온몸이 다 찬 듯 느껴졌다. 전기장판을 틀어 보지만 인위적인 온기가 불쾌하기만 했다.

문득 옆집 남자가 떠올랐다. 그 품이 참 따듯했더랬지.

❖

'출근하십쇼.'

재인은 화가 잔뜩 나 있었다. 새벽에 통화할 때 오후 3시까지 오라고 했는데 그만 잊고 말았다. 안나가 집으로 돌아갔을 때 1시가 넘었으니 그때 일어났어야 했다. 그런데 다시 눈을 떠 보니 이미 5시였다. 핸드폰은 소파 밑에 처박혀서 애처롭게 진동하고 있었다.

민호는 신발장의 거울에 얼굴을 비춰 보며 최종 체크를 했다. 수염 오케이, 눈썹 오케이, 피부 오케이. 잠을 잘 잤더니 얼굴이 훤하다. 잠을 잘 잔 이유를 생각하니 또 기분이 좋아졌다.

살짝 콧노래를 부르며 현관을 나섰다. 복도에 나서자 절로 눈이 502호로 향했다. 꽉 닫힌 문이 꼭 강안나, 그녀를 대변해 주는 듯했다. 어젯밤에는 조금 열리는 듯하더니 아침에는 도로 꽉 닫혔다. 그 변화가 신기했다.

잠시 그 문을 바라보다가 이내 몸을 돌려 계단을 내려갔다.

"오늘 회의 있는 것도 아예 잊어버리고 있었죠?"

"알아서 잘했을 텐데, 뭐."

"서 대표님!"

아이고. 대표님 소리가 나온 것을 보니 재인이 단단히 삐친 모양이었다. 평소에는 다른 동생들처럼 그녀도 민호를 형이라 불렀다. 민호는 샐샐 웃으면서 자리로 가 앉았다.

TAKE 엔터테인먼트는 TAKE 빌딩 최상부에 있었다. 지하 1층부터 3층엔 TAKE 압구정점이 들어와 있고 위로는 녹음실과 연습실 등이 있었다. 그중 최상층이 민호가 일하는 곳이었다. 물론 민호는 이곳에 그다지 머물러 본 기억이 없었다. 그는 몸으로 뛰는 걸 더 좋아했다. 서울 곳곳의 이름난 클럽을 돌아다니며 항상 새로운 아이디어를 짜냈고 평일에는 공연장을 돌아다니기 바빴다. 그래서 일은 대부분 재인이 다 했다.

"너무 화내지 마. 재인이 널 믿으니까 그런 거잖아."

웃는 얼굴에 침 못 뱉는다는 말만큼 서민호와 잘 어울리는 말이 있을까. 재인은 입술을 깨물며 툴툴댔다. 확실히 그의 미소에는 그런 힘이 있었다. 화를 내려다가도 그가 웃으면 맥이 풀렸다.

"쇼케이스 때문에 김호 이사님이 직접 오셨는데 완전 물 먹인 꼴이 됐잖아요."

"그쪽도 대표가 온 게 아닌데 뭘."

"……급이 다르잖아요, 급이."

재인이 이를 악문 채 중얼거렸다. 그래도 민호는 별 타격이 없다. 계속 웃기만 하는 그를 보며 재인은 인상을 찌푸렸다.

지헌의 말이 떠올랐다. 민호가 어떤 여자를 따라 나갔다던. 어떤 여자를 만나도 절대 먼저 손을 내밀지 않는 서민호가 자신을 기억도 못 하는 여자를 따라 나갔다고 했다. 그게 마음에 걸렸다. 어떤 여자였을까. 누구기에 서민호가……

"ROD 내한 공연 쪽은?"

생각을 방해하듯 민호가 일을 시작했다. 스케줄 표를 넘기는 그의 눈빛이 일 모드로 전환된 것에 재인도 잡생각을 내려놨다.

민호는 TAKE 엔터테인먼트 대표라는 직함보다는 클럽 TAKE 사장으로 더 유명했다. 실제로 TAKE 청담점, 압구정점은 월급 사장이 따로 있었지만 민호가 TAKE의 얼굴이었다. 서민호를 몰라본다면 TAKE에 다닌다고 말하지 말라는 말이 있을 정도였다.

청담점에 가려고 밖으로 나오자 여기저기서 알은척해 왔다. 잠시 서서 대화를 나누는데 누군가 큰 소리로 그를 불렀다.

"민호 오빠!"

세희였다. 클럽에 심하게 자주 오는 친구였는데, 붙임성이 매우 좋아 민호에게 잘 엉기곤 했다. 그게 어떻게 잘해 보려는 유혹이 아니라서 민호도 동생 대하듯 편하게 대했다.

"2차 안 갈래요? 어묵탕에 정종 한잔 콜?"

혼자 가까이 왔지만 저 멀리 일행이 몇 있었다. 민호는 웃으며 그녀의 머리를 쓰다듬었다. 말이 쓰다듬는 거지, 헝클어뜨리는 짓궂은 손짓에 세희가 앙탈을 부리듯 툴툴댔다.

"아, 진짜, 오빠도. 맨날 어린애 취급이라니까."

서른다섯이 보면 스물둘은 어린애가 맞거든. 민호가 고개를 젓자 그녀는 입술을 삐죽거렸다. 귀여움이 절로 묻어났다. 크롭 투피스를 입은 모습을 보니 더 앳돼 보였다.

"재밌게 놀아. 오빠는 간다."

산뜻하게 거절하자 아쉽다며 손을 흔들어 인사하고는 쏜살같이 달려 일행에게 가 버리는 모습이 여동생, 아니, 조카 같은 느낌이라 나쁘지 않았다.

"……대체 이 클럽이랑 무슨 관계예요?"

깜짝 놀라 그녀를 돌아봤다. 안나였다. 그녀가 미간을 잔뜩 좁힌 채 서 있었다. 어제와 마찬가지로 긴 머리 가발을 쓰고 있었지만 화장이 덜 진하고 굽도 훨씬 낮았다. 옷도 어제보다는 편해 보였다. 민호는 그게 토요일과 일요일의 차이라는 걸 알고 있었다. 회사에 다니는 걸 생각하면 주말에 이틀 내내 클럽에 오는 건 쉽지 않을 터였다. 특히 그 목적이 노는 게 아닐 경우에는 더더욱.

"안나 씨."

민호가 반가움을 표하며 활짝 웃었지만 안나의 표정은 풀어지지 않았다.

"혹시 이 클럽 주인인가요?"

청담점에서 만났을 때만 해도 그런 생각은 안 해 봤다. 그런데 압구정점에서도 만나니 어쩐지 그런 느낌이 들었다. 민호는 빙그레 웃기만 할 뿐, 답해 주지 않았다.

"지금 온 거예요? 나랑 같이 들어가요."

"……나가던 중 아니셨나요?"

"안나 씨 마중 왔다고 치죠."

안나는 말문이 막혀 가만히 바라보기만 했다. 민호가 손을 내밀었다. 세상에, 참. 이 남자는 손마저도 멀끔하다. 손을 잘 생겼다고 표현하면 이상할까. 안나는 이 순간에 그런 생각을 하는 자신이 우스웠다.

민호와 같이 들어가자 그야말로 하이패스였다. 줄을 설 필요도, 입장료를 낼 필요도 없었다. 가드부터 웨이터까지 모두 그에게 인사하는 것을 보니 진짜 클럽 주인인가 싶어졌다. 그러고 보니 어제도 그런 낌새가 있었다. 웨이터에게 말하는 거나 진상을 다루는 솜씨가 확실히 손님답지는 않았다.

그럼 도움을 받을 수 있을까……?

안나는 슬쩍 눈만 움직여 민호를 바라봤다. 클럽 주인이라면 자주 드나드는 손님 얼굴을 알지 않을까? 어쩌면 그를 알지도 모른다. 민호는 안나의 손을 잡은 채 자연스레 안쪽으로 에스코트하고 있었다. 들어가다 만나는 사람들과 일일이 인사하느라 정신없어 보였다. 딱 보니 마당발이다. 사람 얼굴도 잘 기억하는 듯싶었다.

안나는 머릿속이 복잡했다. 왜 찾느냐 묻는다면 뭐라고 말해야 할까. 그와 무슨 관계냐 묻지는 않을까. 그런 생각이 들자 이 남자와 잤다는 게 기억이 났다. 어젯밤은 전혀 기억에 없었지만 잔 건 사실이었다. 그런 사람에게 전 남자를 찾는다고 말하는 게 꺼려졌다.

그때 다른 목소리가 끼어들었다.

"왜 아직도 여기 있어요?"

민호의 앞을 막아선 여자에게 절로 시선이 갔다. 새빨간 와인색 머리가 인상적인 여자였다. 까만 정장을 입었는데도 육감적인 몸매가 고스란히 드러났다. 민호가 웃으며 반기는데도 그녀의 눈빛은 매서웠다.

"아, 예정이 변경됐어."

"뭐? 청담 간다며……. 이분은 누구?"

어쩐지 자신을 노려보는 느낌이 들었다. 안나는 가만히 서 있기만 했다. 민호와 아는 사이라 하더라도 자신이 인사할 이유도, 상대할 필요도 없었다. 그런데 그게 그녀의 심기를 거스른 모양이었다. 그녀의 눈에 불꽃이 튀는 게 안나에게도 보였다. 그녀는 안나보다 키가 더 크고 체격도 좋았다. 위에서 내려다보는 위압감이 꽤 강렬했다.

민호가 자연스레 몸을 움직여 그녀의 시선을 차단했다. 순식간에 안나의 시야에 민호의 등이 가득 찼다. 설마 지켜 주는 건가 싶어 살짝 웃음이 나려 했다.

"오늘 일정은 취소야. 안 그래도 지금 지헌이한테 전화하려 했는데, 재인이 네가 대신해 줄래?"

"형!"

형? 독특한 호칭에 안나의 눈이 살짝 커졌다. 하지만 민호가 앞을 막고 있어서 그녀는 보이지 않았다.

"손님 있으니까 나중에 말하자. 그럼 수고해."

여자가 단단히 화난 듯했지만, 민호는 화를 낼 여지조차 주지 않고 말을 끊어 버렸다. 그대로 앞으로 걸어가자 그의 손을 잡고 있는 안나도 따라가게 됐다. 스치듯 여자가 보였다. 아예 노골적으로 안나를 노려보고 있었다. 그 시선의 의미를 해석하기도 전에 민호가 방향을 틀었다. 복도를 쭉 따라 걸어가 가장 안쪽에 있는 룸 앞에 섰다.

"저녁 먹었어요?"

"지금이 몇 신데 저녁 먹었는지를 물어봐요?"

새벽 1시에 저녁 먹었느냐 묻는 게 이상해 되묻자 민호가 손목을 들어 시간을 확인했다. 그러고는 태연하게 다시 물었다.

"아, 그런가. 조금 출출하지 않아요? 야식 먹고 싶은 시간이잖아요."

말을 바꾸는 게 선수다. 그는 시간 개념이 없는 것 같았다. 클럽에서 일한다고 생각하니 납득이 갔다. 밤낮이 바뀐 생활일 테니 그에게는 지금이 저녁일 수도 있겠다 싶어 안나는 살짝 고개를 끄덕였다. 그걸 출출하다는 의미로 받아들였는지 민호는 싱긋 웃고는 방문을 열었다.

"자, 들어와요."

리드가 능숙하다. 안나는 잠깐 그를 바라봤다. 그는 산뜻한 미소를 고수한 채 그 시선에 응했다.

안나는 지금 그에게 솔직하게 털어놓고 도움을 요청할지 말지 고민하고 있었다. 남에게 도움을 청하는 게 익숙하지 않아서 좀 꺼려졌다. 특히 그 상대가 이 남자라면 더더욱 문제였다. 친절남, 오지랖남. 말하면 도와주려 힘써 줄 게 분명했다. 하지만 대가로 뭘 요구할지 전혀 짐작도 가지 않았다.

차라리 흥신소처럼 돈을 요구하면 편할 텐데, 이 남자가 고작 그런 일로 푼돈을 요구할 것 같지도 않았다.

민호는 한 마디도 거들지 않은 채 가만히 서 있었다. 방문을 잡고 있는 손에서 인내심이 느껴졌다. 안나는 이런 타입이 제일 거북했다. 속내가 전혀 보이지 않는다.

"아니요. 가 볼게요."

아직도 잡고 있는 손을 놓으려고 손가락을 폈다. 하지만 민호는 미동이 없었다. 손을 꽉 잡고 있어서 놓을 수가 없었다. 손을 내려다보다가 다시 그를 쳐다보자 그는 웃는 얼굴로 말했다.

"안나 씨는 순순한 성격은 못 되나 봐요?"

"……네?"

"애교도 없죠?"

"……저기요."

"호의를 이용할 만큼 약지도 못했고."

"이봐요!"

안나가 날카롭게 소리쳐 말을 끊자 민호가 냉큼 대답했다.

"서민호. 알잖아요, 내 이름."

저기요, 이봐요, 그런 식으로 부르지 말라는 뜻이었다. 안나의 눈에 조금 힘이 들어갔다. 그를 노려보았지만 그는 여전히 유들유들한 반응이었다. 작게 한숨을 내쉰 안나가 알았다며 다시 말했다. 일부러 그의 이름을 말할 때는 힘을 잔뜩 줬다.

"좋아요, 서민호 씨. 나에 대해 뭘 안다고……."

"나도 좋아요."

"네?"

민호가 말을 뚝 끊었다. 뭘 보고 자기를 판단하는 거냐고 화를 내던 안나가 멍하니 반문했다. 지금 뭐라 말한 거냐고 그녀의 눈이 되묻자 민호는 아까보다 더 환하게 미소 지으며 한 음절씩 또렷하게 답해 줬다.

"좋다고요, 강안나 씨."

"……."

머리가 멍했다. 무슨 말을 들은 건지 이해가 가지 않았다. 좋아한다? 이 남자가 저를? 안나가 아무런 반응도 보이지 않고 가만히 있자 민호는 방문을 잡고 있던 손을 들어 그녀의 눈앞에 흔들었다. 안나 씨? 내 말 듣고 있어요?

안나는 입이 썼다. 세상에서 제일 재미없는 농담을 들은 기분이었다.

"저는 싫어요, 서민호 씨. 자기 멋대로 판단하고 저에 대해 함부로 말하고."

거기까지 말한 안나가 한쪽 입꼬리를 살짝 들어 올렸다.

"속이 시꺼먼 사람, 싫어하거든요."

안나는 그의 손을 뿌리치고는 몸을 돌렸다. 민호는 생각보다 순순히 손을 놔줬다. 얼마나 꽉 잡고 있었는지 손이 다 저릿저릿했다. 피가 안 통했다가 갑자기 통해 저린 손이 마치 허전한 것처럼 느껴져 안나는 입술을 질끈 깨물었다.

온 길 그대로 걸어 나가는데 머릿속에 드는 생각이라고는 그의 미소뿐이었다. 싫다는 말을 들으면서도 그는 웃고 있었다. 충격을 받거나 실망한 기색 따위는 찾아볼 수가 없었다.

것 보라. 얼마나 가벼운 마음이면 그럴까.

"……짜증 나."

속이 쓰렸다. 스테이지로 나가니 음악이 시끄럽게 귀를 때렸다. 이런 인파 속에서 사람을 찾으려면 엄청난 집중력이 필요했다. 한쪽 벽에 기대섰지만 안나는 조금도 집중하지 못했다. 모든 사람의 얼굴이 똑같아 보였다. 빛이 어두워서 더 구분하기 어려운 것도 있었지만, 가장 큰 이유는…….

"우유 마실까 봐요."

"……."

"속이 좀 하얘지지 않을까 해서요."

덤덤하게 들려오는 목소리가 선명했다. 음악 소리가 귀가 아플 정도로 컸는데도 아주 잘 들렸다. 그만큼 거리가 가까웠다. 안나는 제 옆에 꼭 붙어 선 민호를 쳐다봤다. 여전히 웃는 얼굴을 보니 기가 차 말이 안 나왔다.

"자존심도 없나요? 싫다는 사람한테 치근대게?"

"자존심으로는 사랑 못 해요. 밥도 안 먹여 주고요."

"……."

말로는 이길 재간이 없다. 안나는 그냥 무시해야겠다고 판단하고는 고개를 앞으로 돌렸다. 몇몇 사람들이 이쪽을 쳐다보고 있었다. 그중 누군가는 민호에게 알은척하기도 했다. 그 시선이 따가웠다. 아무래도 여기서는 유명 인사인 모양이었다.

그런 사람이 저에게 좋다고 하는 것도 안나는 이해가 가지 않았다. 이런 사람의 장난에, 혹은 가벼운 마음에 휘둘리기에는 너무 지쳤다. 안나는 연애의 연 자도, 사랑의 사 자도 듣기 싫었다.

아무래도 오늘은 힘들 것 같다고 생각한 안나가 몸을 돌려 사람들 사이를 비집고 나갔다.

"안나 씨!"

뒤에서 민호가 부르는 소리가 어렴풋이 들렸지만 이내 음악 소리에 파묻혀 사라졌다.

뛰어가면 잡을 수 있겠지만 민호는 멈춰 섰다. 강안나는 몰아붙여서는 안 되는 타입이란 걸 어렴풋이 느끼고 있었다. 그래도 오늘은 손을 잡지 않았는가. 그 정도로 만족하기로 했다.

지헌에게 연락한 민호는 즉시 청담점으로 갔다. 월요일 새벽이라 바쁜 건 없었다. 실적 체크하고 다음 일정을 맞춰 보는 게 다였다. 새벽 3시가 지나니 집에 가도 될 만큼 한가해졌다.

민호가 계속 시간을 확인하자 지헌이 다가왔다. 그도 마감까지 더는 할 일이 없었다. 가볍게 한잔하겠느냐는 질문에 민호도 고개를 끄덕였다. 스카치를 들고 오는 그와 같이 앉았다.

"재인이 목소리가 안 좋던데요."

"그래? 무슨 일 있나?"

한 잔 받아 들이켠 민호가 금시초문이라는 듯 눈을 크게 떴다. 자신이 청담점에 온 뒤로 무슨 일이 있었나 싶었다.

그런 민호의 반응에 지헌이 쓴웃음을 흘렸다. 민호는 재인을 믿고 신뢰하지만 여자로 보지는 않았다. 그러니 재인이 질투해도 전혀 눈치채지 못했다. 가끔 보면 일부러 모르는 척하나 싶기까지 했다.

"그 여자, 압구정점에도 왔다면서요."

"안나 씨?"

그새 이름으로 바뀌었다. 지헌이 눈을 크게 뜨자 민호는 미소로 답했다. 안나의 이야기가 나온 것만으로 기분이 좋아진 듯 보였다.

그 정도로 그 여자에게 진심인가 싶어 지헌은 놀람을 감추지 못했다. 민호가 한 여자에게 이렇게 노골적으로 관심을 보인 적은 없었다. 여자가 없었던 건 아니지만, 지헌이 아는 민호는 오는 여자 안 막고 가는 여자 안 막는 타입이었다.

"찾는 사람이 있는 것 같아. 누구를 찾는 건지 대충 예상은 가지만."

"제비한테 걸렸대요?"

"그런 느낌이야."

"그럴 타입으로는 안 보였는데, 보기와 다르게 순진한 구석이 있나 보네요."

순진한 구석이 있다. 민호는 그만 웃고 말았다. 안나의 본래 모습을 본다면 아마 지헌도 고개를 끄덕일 것이다. 억지로 강한 모습을 하고 있지만 안나는 딱 봐도 남자를 잘 몰랐다. 설마 사랑이라는 말을 이용해 사기를 치고 다니는 족속이 있을 줄은 꿈에도 몰랐을 것이다.

"되게 좋은가 봐요, 형."

민호의 표정을 본 지헌이 그리 말하며 한 잔 들이켰다. 딱 봐도 재인의 짝사랑은 여기까지인 듯했다. 민호의 표정이 그의 진심을 말해 주고 있었다.

"어디에 그렇게 반했어요?"

별생각 없이 물었는데 민호가 조금 쑥스러워했다. 세상에. 지헌은 혀를 깨물어 놀람을 숨겼다. 민호의 밑에서 일한 지 벌써 6년이 넘었지만 정말 처음 보는 표정이었다. 지금 뺨에 홍조가 든 건가? 방이 어두워서 착각한 건 아닐까? 지헌이 놀라든 말든 민호는 부드럽게 웃으며 손을 들어 제 가슴을 톡톡 두드렸다.

"여기가 반응했어."

이 여자라고. 제가 그토록 찾아 헤매던 그 사람이라고.

마지막 잔을 비운 민호가 자리에서 일어나며 말했다. 그건 지헌에게 말하는 게 아니라 스스로에게 하는 말 같았다.

"이제 조금씩 확인해 나갈 거야. 정말 이 여자가 맞는지."

"형이 그토록 찾던 그…… 상대요?"

지헌이 조심스레 물었다. 겉옷을 들던 민호가 순순히 고개를 끄덕였다. 시계를 본 민호는 마감을 부탁한다고 말하고는 이내 방을 나갔다. 홀로 남은 지헌이 복잡한 심경으로 핸드폰을 봤다. 재인의 문자메시지가 와 있었다.

"야……. 너 가망이 없다."

지헌은 차마 대놓고 하지 못할 말을 중얼거렸다.

룸 밖에서 만난 찬희에게 운전을 부탁한 민호가 집에 도착했을 때는 거의 4시가 다 되어 가고 있었다. 새벽녘 공기가 찼다. 찬희를 돌려보내고 집으로 올라간 민호는 복도에 들어서자마자 멈춰 섰다. 문 앞에 웬 그림자가 있었다. 복도가 어두컴

컴해서 제대로 보이지 않았다. 민호가 한 발 내딛자 그제야 센서가 반응해 복도 불이 쫙 켜졌다.

"······안나 씨?"

밝아지고 나서야 그 그림자의 정체가 사람이었다는 걸 알아차렸다. 갈색 단발머리가 딱 봐도 안나였다. 집으로 향하는 민호의 발걸음이 급해졌다. 끝내는 조금 뛰기도 했다.

안나는 민호의 집 문에 기대 쭈그려 앉아 있었다. 그녀의 앞에 주저앉은 민호가 살펴보니 그대로 잠든 듯했다. 민호는 잠시 안나를 바라봤다.

자신을 기다리다가 그대로 잠든 걸까? 아까 싫다고 도망간 사람이 왜 제집 문 앞에서 자고 있는 건지 이해가 가지 않았다. 한번 튕겨 본 것 같지는 않았다. 진심으로 벽을 둔 게 느껴졌는데 어째서······?

"안나 씨. 일어나 봐요. 여기서 자면 입 돌아가요."

깊이 잠이 든 건지, 어깨를 흔들어도 반응이 없었다. 집에 있다가 나온 건지 어제와 비슷한 류의 티셔츠에 분홍 슬리퍼를 신고 있는 모습이 상황에 어울리지 않게 귀여웠다. 잠결에 춥긴 추웠는지 긴 티셔츠 안으로 무릎을 집어넣은 채 팔로 꼭 끌어안고 있었다. 뺨을 만지자 얼음장처럼 차가웠다. 대체 얼마나 오랫동안 여기서 이러고 있던 건지 감도 오지 않았다.

우선 안아서라도 안으로 데리고 들어가야겠다고 생각한 민호는 비밀번호부터 입력했다. 문이 열리는 소리가 나자마자 그녀의 앞에 무릎 꿇고 앉았다. 티셔츠를 무릎에서 빼낸 후 무릎 사이에 팔을 끼워 넣고 등에 팔을 둘렀다. 떨어지지 않게끔 품으로 끌어당기는데 안나가 작게 신음했다.

"깼어요, 안나 씨?"

얼굴을 쳐다보자 안나의 눈이 파르르 떨리는 게 보였다. 추워서 그러는 것 같기도 했다. 민호가 바라보는 사이 그녀의 눈이 반쯤 떠졌다.

안나 씨? 민호가 작게 한 번 더 부르자 안나가 고개를 들었다. 아직 잠에서 안 깨서 그런지 눈에 초점이 맞지 않았다. 그래도 민호를 알아본 걸까, 안나가 팔을 들었다.

"……기다렸어요……."

너무 작은 소리라 바람 소리밖에 들리지 않았다. 그럼에도 민호는 알아들었다. 안나는 고개를 민호의 가슴에 파묻고는 목을 끌어안았다.

"따듯해……."

목덜미 부근에서 들리는 목소리에 민호는 척추가 다 찌릿찌릿했다. 새벽만 되면 더없이 솔직해지는 그녀가 신기했지만 지금 중요한 건 그게 아니었다. 팔에 힘을 줘 그녀를 안은 채 자리에서 일어난 민호가 문을 열고 안으로 들어갔다.

신발을 벗은 뒤 잠시 고민하던 민호는 이내 침대로 향했다. 그의 침대는 거실에 있었다. 침실에 햇빛이 너무 많이 들어온다는 이유였다. 아침에 자야 하는 그에게 햇빛은 쥐약이었다.

안나를 침대에 내려놓는데 그녀가 목을 놔주지 않았다. 그 바람에 안나를 덮치는 자세가 됐다. 팔로 몸을 지탱해 보지만 안나가 끌어당기니 버틸 재간이 없었다. 결국 몸에 힘을 뺀 민호가 그녀를 끌어안으며 누웠다. 그의 무게가 기분 좋은 듯 안나의 입꼬리도 살며시 올라갔다. 아까 클럽에서 봤던 비웃음이 아니었다. 정말 맑고 순수한 웃음에 민호는 속절없이 가슴이 뛰었다.

아무것도 바르지 않은 입술은 보드랍고 윤이 흘렀다. 그래서 키스하고 싶은 욕구를 참을 수가 없었다. 살짝 벌어진 입술 사이로 보이는 분홍빛 혀도 마치 얼른 키스해 달라고 보채는 듯했다.

"……으응."

혀끼리 맞닿는 감촉이 지나치게 야릇했다. 말랑말랑한 혀에 힘을 줘 그녀의 혀에 얽었다. 도망치듯 빠져나가는 혀를 붙잡으려고 입속을 유영했다. 달콤한 타액이 입술을 적셨다. 혀를 핥다가 그대로 입천장을 쓸자 민호의 목을 끌어안은 안나의 손에 힘이 들어갔다. 목을 지그시 누르는 손짓이 끈적했다.

"안나 씨."

고개를 든 민호가 그녀를 바라봤다. 안나는 여전히 눈을 살짝 내리깐 채였다. 그 눈이 자신을 쳐다보지 않는 것에 민호는 뭔가 이상하다는 걸 느꼈다. 얼굴 앞에서 손을 흔들어 보는데, 반응이 없었다. 멍해 보이는 눈동자가 살짝 젖어 있었다. 흥분한 탓인지는 알 수 없었다.

민호는 잠시 가만히 바라보기만 했다. 밤에만 솔직해지는 게 이상하다 싶었는데 이유가 있었던 모양이다.

"안나 씨, 내 말 들려요?"

"……응."

대답하는 걸 보니 깨어 있는 건 확실한 듯했다. 그렇지만 이상한 기운을 무시할 수는 없었다. 민호는 흐트러진 그녀의 머리카락을 정돈해 주고는 옆으로 누웠다. 그러자 안나가 품에 매달려 왔다. 마치 그의 체온이 몸에서 떨어지는 게 싫은 듯 느껴졌다.

"안나 씨. 나 누군지 알겠어요?"

"……."

이번에는 대답이 바로 나오지 않았다. 여기가 어딘지 알겠느냐 물어도 묵묵부답이었다. 아무래도 정상적인 상태는 아닌 것 같았다. 잠결인 건가 싶어 어깨도 흔들어 보고 뺨도 톡톡 건드려 봤지만 달라지는 건 없었다. 얼른 안아 달라고 앙탈을 부리기까지 했다. 이상하다고 느낀 민호가 거리를 두자 결국 그녀의 눈에 눈물이 맺혔다.

"위로, 해 준다고……."

운다. 막 눈물을 흘리며 우는 게 아니라 훌쩍거렸다. 이 순간에 이런 생각을 해도 되는 건지 모르겠지만 미치도록 귀여웠다. 민호는 얼른 엄지로 눈가를 쓸어 주며 미안하다고 속삭였다. 대체 무슨 상황인 건지는 모르겠지만 우선 안아 줘야겠다.

❖

'우리 상견례는 언제 해? 날짜를 잡아야 나도…….'

'왜 그렇게 재촉해. 내 사정도 생각해 줘, 좀.'

'오빠 왜 그렇게 까칠한데? 그냥 물어본 거잖아.'

'시간 될 때 얘기해 줄 테니까 좀 가만히 있어.'

어느 순간부터 까칠해졌다. 그때는 몰랐는데 생각해 보니 결혼식 날짜를 잡으면서부터였다. 결혼을 구체적으로 얘기하자 그는 돌변했다. 이기적으로 굴지 말라고 했다. 어련히 알아서 할 거니까 얌전히 기다리라고 했다. 그 말을 철석같이 믿고 기다렸으니 세상에 이런 천치가 또 있을까.

'내가 자존심 때문에 너한테 말 안 하려고 했는데, 지금 회사가 위태위태해. 밀린 돈 못 갚으면 고소 먹게 생겼어. 그런데 지금 팔자 좋게 결혼 소리가 나오겠냐?'

진지하게 화를 내는 모습에 안나는 그의 사정도 모르고 힘들게 했다며 자책했다. 진작 알았으면 도와줬을 텐데 왜 혼자 속앓이했느냐며 타박했다. 결혼하면 이제 같이 헤쳐 나가야 하는 건데 혼자 마음 쓰지 말라며 제가 먼저 돈을 줬다.

돈을 내밀자 그는 주저했다. 고개를 저으며 못 받겠다고 했다. 결혼하면 같이 집 구할 돈이지 않냐고, 이 돈을 자신이 어떻게 쓰냐고 했다. 안나는 웃으며 그의 손에 꼭 쥐여 줬다. 오빠 회사가 망하면 집이 다 무슨 소용이냐고, 집은 전세를 살아도 좋고 월세를 살아도 좋으니 필요한 데 쓰라며 웃었다.

멍청한 년. 그가 속으로 얼마나 비웃었을까.

누구……?

누군가 자신을 확 끌어안고 있었다. 그 압박감이 묘하게 기분 좋았다. 눈앞에 보이는 건 살갗과 머리카락. 단편적인 정보로 그게 목이란 걸 알아차렸다. 조금 시선을 올리니 귀가 보였다. 귀가 참 매끈하다. 귓불에 살짝 귀를 뚫었다는 표가 났다.

안나는 멍하니 눈을 깜박였다. 등을 쓰다듬는 손길이 따듯했다. 완전히 잠에서 깬 후에야 고개를 들어 올려 그의 얼굴을 확인했다.

서민호……. 또 이 남자다. 눈을 옆으로 돌려 주변을 확인하니 그의 집인 것 같았다.

설마 이틀 연속으로 그를 찾아올 줄이야. 안나는 몽유병을 진작 고치지 못한 자신을 원망했다. 평생 병원에 다녀도 고치지 못하긴 했지만.

그는 잠결에 손을 움직이는 듯 눈을 감고 있었다. 안나는 그의 얼굴을 가만히 쳐다봤다. 꽉 감긴 눈이 그림같이 수려했다. 남자인데도 생각보다 속눈썹이 길어 눈매가 짙은 색을 띠었다.

몽유병이 생기면 이 남자를 찾아오는 이유는 아마도 하나. 그의 온기에 기대고 싶은 마음이 은연중에 나타난 것이다. 안나는 그런 자신의 나약함에 치를 떨었다. 뻑뻑한 눈을 몇 번 깜박이며 한숨을 내쉬는데 입술에 쪽 하고 입술이 내려앉았다.

눈도 못 뜬 주제에 입술 위치는 기가 막히게 찾아낸다. 안나는 기가 막혀 화도 안 났다. 아니, 둘이 알몸으로 자고 있는데 뽀뽀 정도는 아무것도 아니려나.

"좀 놔줘요."

"조금만 더 자요. 우리 잠든 지 얼마 안 됐어요."

"그건 서민호 씨고 전 아니에요."

"맞다. 안나 씨 조금 달라 보이던데. 지금처럼 이렇게 까칠

하지도 않았고 애교 만발에…….”

“제가! 기억 못 하는 일은 말하지 말아 주세요.”

안나가 기겁해서 그의 어깨를 밀어내자 민호가 눈을 떴다. 그의 눈에 놀람이 가득하다. 기억하지 못한다는 게 충격인 모양이었다. 안나는 속으로 한숨을 집어삼키고는 몸을 일으켰다. 그의 말대로 잠든 지 얼마 안 됐는지 피곤했다. 특히 허벅지 사이가 아픈 게…….

따라 몸을 일으킨 민호가 정색하고 물었다.

“진짜 기억 못 해요? 나랑 그렇게 뜨거운 시간을 보냈는데?”

“윽…….”

안나가 인상을 팍 찡그렸다. 밤새 무슨 일을 했는지 하나도 기억 못 하는데도 그의 말을 들으니 막 상상이 되려 했다. 굳이 상상하고 싶지 않아 안나는 고개를 절레절레 흔들었다.

“내가 안나 씨 얼마나 위로해 줬는데 기억 못 한다니까…… 되게 억울하네요.”

민호가 입술을 삐죽 내밀며 투덜댔다.

위로……. 그 말을 들으니 안나는 제 예감이 맞았음을 알았다. 몽유병으로 제정신이 아닌 상태에서 무작정 그의 온기를 탐하러 온 게 맞았다.

안나는 그를 보고 똑바로 앉았다. 알몸으로 무릎을 꿇는 게 어쩐지 이상한 느낌이었지만 개의치 않았다.

“서민호 씨. 제가 몽중유행증이란 걸 앓아요. 그래서 밤에 기억이 없어요. 폐를 끼쳐서 죄송합니다. 앞으로 그냥 문 안 열어 주시면 돼요.”

"몽중유행증요?"

"몽유병이라고 하죠. 다시는 이런 일 없도록 하겠다고 장담은 못 하겠어요. 제 의지로 되는 일이 아니니까요. 그냥 무시해 주시면 좋겠어요."

말을 마친 안나가 몸을 돌렸다. 침대 아래로 내려가려는데 민호가 팔을 낚아챘다.

"그렇게는 못 하겠는데요."

그의 목소리가 평소와 다르게 진지했다.

"나는 백 번이고 천 번이고 문 열어 줄 겁니다. 안나 씨 환영할 거예요."

"하……."

안나는 기가 차서 말이 안 나왔다. 고개를 돌려 그를 노려봤다. 민호의 표정은 덤덤했다. 그래서 그의 의중을 읽기가 더욱 어려웠다. 안나의 날카로운 시선을 받고 나서야 민호의 입술이 옅은 호를 그렸다. 그 표정이 아까 등을 쓰다듬던 손길만큼이나 따뜻했다.

"말했잖아요. 나는 안나 씨 좋아해요. 안나 씨가 몽유병으로 오든, 맨정신으로 오든 나는 기쁘게 안을 거예요. 당신을 거부하는 일 따위 못 해요. 아니, 안 해요."

안나는 입술을 꾹 깨물었다. 그는 세상에서 제일 무서운 족속에 해당했다. 감언이설로 사람 마음을 파고든다. 이런 타입은 질리도록 겪었다. 말하는 그대로 믿어 봐야 돌아오는 건 배신뿐이었다. 안나는 코웃음을 치며 그를 비난했다.

"날 안지 못해서 안달 났어요?"

하지만 소용없었다. 민호는 조금도 타격받지 않은 듯했다. 그는 오히려 웃으면서 말했다.

"웃기지 마요. 안나 씨가 나를 안으러 오는 거잖아요."

"그게 무슨……."

안나의 미간이 깊게 파였다. 그게 무슨 소리냐고 되묻는 안나를 보며 민호가 손에 힘을 줬다. 붙잡힌 손목이 저릿저릿했다. 그를 내려다보는 사이 민호가 입을 열었다.

"내 품을 그리워했잖아요. 안아 달라고 했어요. 내 품에 안겨서 비로소 안심하고 잠들었어요, 안나 씨."

"……."

"나는 안나 씨 받아들였어요. 이제 안나 씨가 나를 받아들일 차례예요."

민호는 제 얘기는 끝났다며 손을 놔줬다. 팔에 그의 손자국이 벌겋게 나 있었다. 얼마나 힘을 준 걸까. 안나는 되받아치지 못하고 멍하니 손을 내려다봤다.

졸리다며 다시 자리에 누운 민호가 손을 뻗어 그 자국 위를 문질렀다. 피부를 쓰다듬는 손길이 부드러우면서도 진득했다. 그게 오싹오싹했다. 허리까지 떨릴 정도로 오싹해서 안나는 결국 그 손을 뿌리쳤다. 민호의 입술 끝이 살짝 말려 올라갔다.

"그런데 안 늦었어요, 회사?"

그때 민호가 현실적인 이야기를 꺼냈다.

세상에. 민호가 그 얘기를 꺼냈을 때가 7시였다. 7시면 이미 회사에 도착했어야 하는 시각이었다. 월요일 아침에는 특히 할 일이 많았다. 입사한 지 이제 2년, 아직 말단인 안나는 비서실의 온갖 잡무를 도맡아 했다.

얼굴이 새하얗게 변한 안나는 즉각 침대에서 뛰어 내려갔다. 알몸에 티셔츠만 입은 채 속옷은 옷 속에 숨겨 떠났다. 옆집이니까 가능한 일이었다.

"그냥 두고 갔어도 됐는데."

크큭, 큭. 민호는 자꾸 웃음이 났다. 낮의 강안나도 귀여운 구석이 있었다. 혼자 남은 민호도 자리에서 일어났다. 자신이 알기로 안나는 차가 없었다. 이 앞은 로데오 골목이라 택시를 잡으려면 큰길로 나가야 했다. 적잖이 고생할 게 뻔했다.

빠르게 욕실로 향한 민호가 칫솔을 집어 들었다. 1시간 정도밖에 자지 못했는데도 기분이 참 좋았다. 절로 콧소리가 났다.

같은 시각, 건너편 집 욕실에서 안나 역시 칫솔을 집어 들고 있었다. 모터를 달았다고 할 만큼 빠른 손놀림으로 이를 닦고 세수한 안나는 고민할 것도 없이 정장을 꺼내 몸에 걸쳤다. 초조한 손놀림에 팬티스타킹을 한번 찢어 먹고 나서야 조금 진정했다.

지금 나가서 택시를 잡으면 운 좋으면 30분 만에 도착할 수 있을 것이다. 하지만 막힌다면……. 적어도 8시 30분 전에는 회사에 들어가야 했다. 그 후에는 상무님이 출근하신다. 비서가 상사보다 늦게 출근하는 일은 있을 수 없었다. 그것도 자신은 말단 비서였다.

구두를 신고 일어난 안나가 신발장에 달린 거울을 바라봤다. 화장은커녕 기초도 바르지 못한 피부가 푸석해야 하는데 윤이 났다. 순간 안나는 바쁜 것도 잊고 제 얼굴을 응시했다. 근래 이렇게 얼굴에 생기가 돌았던 적이 있던가.

그 이유를 추측하던 안나가 이내 몸을 떨었다. 이럴 때가 아니었다.

얼른 문을 열고 나간 안나는 계단을 향해 몸을 돌리다가 다시 멈칫했다. 민호가 차 키를 손에 든 채 서 있었다.

"나 필요하죠?"

얄미울 정도로 매력적인 웃음을 그린 채로.

민호는 강남 지리를 아주 잘 알았다. 어디로 가야 덜 막히는지 꿰고 있었다. 아침 출근도 안 하는 사람이 어떻게 이렇게 잘 아느냐고 묻자 이 시간에 집에 오는 경우가 많다고 했다.

민호는 정말 사람 대하는 게 능숙했다. 안나가 초조함을 감추지 못하고 계속 핸드폰만 확인하자 그는 그런다고 시간이 멈추거나 하는 일은 없다면서 마음 편히 가지라 했다.

자신을 믿으라고, 그러면 알아서 8시까지 회사 앞에 데려다주겠다며 호언장담했다. 그리고 정말로 8시 정각에 회사 앞 사거리에 도착했다.

안나는 연신 고개를 숙여 고맙다고 인사했다. 그가 아니었다면 분명히 지각했을 터였다. 덕분에 상사보다는 일찍 들어갈 수 있게 됐다. 안도의 한숨을 내쉬는 안나에 비해 민호는 미간을 좁힌 채 주변을 둘러보고 있었다.

"……안나 씨. 진짜 여기 다녀요?"

"네?"

정말 고마웠지만, 고마운 건 고마운 거고 시간이 없는 건 시간이 없는 거니 그와 사담을 나눌 여유는 전혀 없었다. 안나의 반응에서 그를 눈치챈 민호가 알겠다며 들어가 보라 했다.

"정말 고마워요. 나중에 사례할게요."

민호는 고개를 끄덕여 답했다. 안나는 그가 신경 쓰여 살짝 망설였지만 이내 차에서 내렸다. 빈말은 아니었다. 정말 저녁을 산다든지, 어떤 식으로든 사례할 생각이었다. 밤에 폐를 끼치기도 했고. 생각해 보니 그의 연락처 하나 몰랐지만 어차피 옆집이니 상관없다 싶었다.

사옥 안으로 뛰어가는 안나의 뒷모습을 물끄러미 바라보는 민호의 얼굴에 웃음기가 사그라졌다. 그의 시선이 안나가 들어간 회사 건물을 향했다. 차 안에서 올려다봐서는 꼭대기가 보이지 않는 엄청난 높이의 쌍둥이 빌딩이 위압감을 뿜어냈다.

H. 건물의 모양만으로도 H전자라는 티가 확 났다. 안나가 뛰어 들어간 입구에 'H전자 R&D 캠퍼스'라고 떡하니 적혀 있기도 했다.

"와. 여기서 한진원이 나올 줄은 몰랐네?"

슬쩍 혀를 깨물며 속을 진정시킨 민호가 웃음을 흘렸다.

옆집에 사는 여자를 제가 운영하는 클럽에서 만날 확률이 얼마나 될까. 그리고 그 여자가 제 절친한 친구가 있는 회사에 다닐 확률은?

이걸 운명이 아니라고 말할 수 있을까?

핸드폰을 꺼내는 민호의 손이 벌벌 떨렸다. 심장이 주책맞게 부르르 떨렸다. 어디론가 전화를 거는 그의 입꼬리가 설렘을 안은 채 위로 치솟았다.

"죄송합니다!"

연신 고개를 숙여 사과하며 안으로 들어섰다. 다행히 상무님은 아직 출근하지 않은 모양이었다. 자리에 가방을 내려놓는 안나에게 사수 지연이 걸어왔다.

"무슨 일이야? 무지각 타이틀이 깨졌네?"

지각은커녕 항상 정각 전에 와서 일하던 안나였다. 그렇기에 오늘 같은 일은 처음이었다. 비록 안나가 해야 했던 일을 대신한 탓에 지연은 기분이 좋지는 않았지만, 무슨 일이 있었던 건 아닌지 걱정도 됐다.

안나가 다시 고개 숙여 사과했다.

"알람을 못 들어서요. 정말 죄송해요."

"뭐야. 늦잠 잔 거야? 안나 씨답지 않네."

거짓말을 해 봐야 통하지 않는다. 솔직하게 말하자 지연도 매우 화내지는 않았다. 다만 오늘 해야 할 일을 잔뜩 주고 갔다. 안나는 얼른 준비실로 뛰어가 화장을 하고 돌아왔다. 전화기 앞에 앉아 연락처를 펼치며 안나는 작게 한숨을 내쉬었다.

정말 문제였다. 여태껏 몽유병을 겪어도 집 밖으로 나가는 일은 없었다. 그래서 항상 알람을 듣고 깰 수 있었는데, 민호의 집으로 가 버렸으니 알람이 들렸을 리 없었다.

문을 잠가 봤자 열고 나가니까 소용이 없네. 어쩜 좋지…….

몽중유행증은 잠결에 몸이 기억하는 과거의 행동을 하는 병이었다. 몽유병으로 서울에서 부산까지 기차를 타고 갔다는 사례도 있었다.

그러니 문을 걸어 잠그는 것 정도로는 아무 소용이 없었다. 안나가 할 수 있는 일이라고는 다시 병원에 가 검사를 받아 보는 일이었다. 그래 봤자 상담을 받거나 진정제를 처방받는 정도밖에 방법이 없다는 걸 잘 알기에 안나의 표정이 한층 어두워졌다.

이 몽유병은 하루 이틀 지속되어 온 게 아니었다. 올해만 해도 벌써 장장 네 달째였다. 그가 잠적한 뒤로 갑자기 발병했다. 그에게 받은 상처와 배신감, 스트레스가 원인이었다.

어렸을 적 엄마를 따라 핀란드에 이민 갔을 때도 몽유병을 앓곤 했다. 안나에게 몽유병은 일상이나 다름없었다. 조금만 스트레스가 쌓여도 몽유병은 어김없이 찾아왔다. 의사의 말로는 지나치게 예민한 탓이라고 했다. 약물 치료도 소용이 없어 몽유병의 원인이 되는 스트레스를 안 받는 것만이 방법이었다.

성인이 된 후로는 어느 정도 잠결의 자신을 통제한다고 생각했다. 하지만 사기를 당하자 무너진 정신을 쉬이 추스를 수 없었다.

"상무님 오신다."

갑자기 들린 목소리가 안나의 상념을 걷어 냈다. 벌떡 일어난 안나도 주변 비서들과 함께 예를 갖춰 섰다. 이 실장의 모습이 먼저 보였다. 비서팀의 수장이었지만 아무도 인사하지 않았다. 그의 뒤로 상무가 모습을 드러내기를 기다렸다. 엘리베이터에서 조금 늦게 내린 상무가 딱딱하게 굳은 얼굴로 걸어왔다. 그가 상무실에 들어가기까지 모두 고개 숙여 인사만 할 뿐, 숨소리 하나 내지 않았다. 안나도 조용히 서 있었다.

안나에게 상무는 멀기만 한 존재였다. 하지만 한편으로는 그가 친근하게 느껴졌다. 하늘 같은 상무가 친근하다니 이상한 말이었지만 그럴 수밖에 없었다. 그 역시 몽유병을 앓고 있다는 것을 알기 때문이었다.

'윤예하. 어디 있어! 윤예하!'

며칠 전 상무실에 큰 비상이 걸렸다. 상무가 갑자기 난동을 피웠다. 헤어진 여자 친구를 찾으며 발광한 것이다. 그 탓에 한진원 상무와 윤예하 대리의 스캔들은 현재 비서팀의 가장 따끈한 이야깃거리였다. 둘이 다시 재결합하느냐 마느냐를 두고 내기까지 하곤 했다.

다른 사람들은 한진원 상무가 몽유병이라는 것까지 아는 눈치는 아니었지만 안나는 알았다. 자신의 증세와 너무도 비슷했다. 겪어 본 사람만이 아는 증세였다.

상무가 상무실로 들어간 후 자리에 앉았다. 오늘 전화를 돌려야 하는 연락망에 다시 시선을 내리는데 주변이 시끄러웠다. 상무의 스캔들로 쑥덕거리는 목소리였다. 어차피 이 실장이 밖으로 나오면 조용해질 터였다.

수화기를 들면서 안나는 잡생각을 모두 내려놨다. 지금부터는 집중하지 않으면 안 됐다. 실수했다가는 돌이키지 못한다.

일 모드로 전환된 그녀의 표정이 진지했다.

사수 지연은 그런 그녀를 유심히 바라봤다. 평소와 달리 조금 허둥대는 모습이 낯설었다. 지금은 여유를 갖고 본래의 모습으로 돌아왔지만 분명 아침에는 꼭 다른 사람 같았다. 절대 빈틈을 보이지 않던 여자였다. 가끔은 사이보그가 아닌가 싶을 정도로 사무적으로 일만 했다. 비서팀에서도 누구와 친해지려는 시도조차 하지 않았다. 일을 남들의 배로 하니까 별다른 불만은 없었지만 무슨 생각을 하고 사는지 궁금할 때는 있었다.

"안녕하십니까. H전자 디자인 경영 센터 한진원 상무 비서팀의 강안나입니다."

평소와 다름없는 사무적인 목소리를 들으니 아침에 헐레벌떡 뛰어왔던 게 마치 거짓인 것만 같았다. 회사가 아닌 곳에서는 감정 표현을 할까 궁금할 정도였다. 안나가 크게 웃음을 터트린다든지, 눈에 눈물을 매달 정도로 웃는 건 아예 상상이 가질 않았다.

벌써 2년이나 같이 지냈지만 여전히 속 모를 여자였다.

아침에 늦은 만큼 더 일에 매달리던 안나는 점심시간이 되어서야 한숨 돌렸다. 종일 전화를 돌렸더니 입과 귀가 따가울 정도였다. 나중에는 정말 기계적으로 말을 뱉어서 자신이 무슨 말을 하고 있는지 기억도 못 했다. 스스로 느끼기에도 테이프를 틀어 둔 것 같았다.

사내 식당에서 가볍게 식사를 마친 안나는 1층 카페로 향했다. 아침에 하도 정신이 없어서 차 한 잔 마시지 못했다.

"4천 2백 원입니다. 결제 도와 드릴게요."

돈을 내미는데 진동이 울렸다. 전화 올 곳이 있나 싶었다. 잔돈을 지갑에 넣은 후에 핸드폰을 꺼내 들자 모르는 번호였다. 스팸 알림이 뜨지 않는 걸 보니 스팸 전화는 아니었다. 잠시 망설이다가 통화 버튼을 눌렀다.

— 아, 받았다. 안나 씨?

기분 좋은 울림의 목소리가 귓속을 파고들었다.

"……서민호 씨?"

— 그걸 모르셨어요? 애초에 강안나 씨와 집 계약한 것도 회사 이름 보고 한 거였잖습니까.

집으로 돌아와 계약서를 확인한 민호가 부동산에 전화를 걸자 부동산 업자는 황당하다는 듯 말했다. 그녀가 다니는 회사가 국내 굴지의 대기업 H전자였기 때문에 심사에 통과했다며 'H전자 다닌다고 말씀드리니까 묻지도 따지지도 말고 바로 계약하라고 하셨잖습니까.' 하고 다시 한 번 못을 박았다.

그의 말을 듣고 나서야 민호는 어렴풋이 그때를 기억했다. 분명 그런 말을 들은 기억이 있는 것도 같았다. 기본적으로 집 계약은 민호의 소관이 아니라 깊게 생각해 보지 않았다. 안나가 옆집에 사는 것도 여태 모르다가 저번에 술집에서 만난 후에야 기억했으니 할 말이 없었다.

민호는 쓰게 웃으며 전화를 끊었다. 시계를 확인하고 다시 침대에 누웠다. 거의 자지 못했기 때문에 체력이 한계에 다다랐다. 그런데 정신이 말똥말똥했다. 몸은 피곤하다고 비명을 지르는데도 자꾸 입가에 미소가 걸렸다.

결국 1시간 정도 잤을까, 절로 눈이 떠졌다. 몇 시간은 푹 잔 것처럼 머리도 말똥말똥했다. 다시 잠들기는 힘들 것 같아서 자리에서 일어났다. 씻고 나오니 딱 점심시간이었다. 점심 먹을 생각을 하다가 안나를 떠올렸다. 그녀도 지금쯤 점심을 먹고 있을 듯했다.

민호는 고민 없이 전화를 걸었다. 전화번호야 월세 계약서에 나와 있었다.

— 서민호 씨?

안나의 목소리가 괜히 더 반가웠다. 헤어진 지 몇 시간 됐다고. 아침에는 괜찮았는지, 혼나지는 않았는지, 점심은 먹었는지 이것저것 묻는 동안 안나는 짤막한 대답만 던졌다. 절대 한 발자국도 다가오지 않겠다는 의지가 보였다. 비록 폐는 끼쳤지만 마음 줄 일은 없으니 접근하지 말라는 경계마저 느껴졌다. 소위 말하는 철벽이라는 안나의 반응에도 민호는 딱히 아쉬워하거나 당황하지 않았다.

"사례한다고 했잖아요. 오늘 저녁 어때요?"

— …….

"제가 아는 맛집으로 갈래요? 아니면 안나 씨가 에스코트할래요?

안나의 대답은 바로 나오지 않았다. 망설이는 게 고스란히 느껴졌지만 민호는 그 반응이 귀엽기만 했다. 그냥 저리 가라고 밀어내고 싶지만 폐를 입었으니 그러지도 못하고 난감해하는 게 틀림없었다. 그런 속마음이 그대로 밖으로 드러나는 여자였다.

숨기는 게 없다. 좋으면 좋다, 싫으면 싫다, 확실했다. 물론 좋다고 표현하는 건 아직 못 봤지만, 적어도 싫은 것에는 확실히 표현했다.

— 저 언제 퇴근할지 정해지지 않아서요. 오늘은 좀…….

"괜찮아요. 저는 남는 게 시간이거든요. 특히 월요일은.

— ……좋아요. 제가 아는 곳으로 가요, 그럼.

말이 조금 빨라졌다. 속전속결로 얼른 사례하고 끝내 버리고 싶은 것이다. 민호는 웃음이 나는 걸 애써 참고 고개를 주억거렸다.

"끝나면 전화해요. 내 번호 저장해 두고요."

— 전화할게요.

번호 저장하라는 말은 못 들은 척한다. 아, 귀여워라.

"기대할게요, 데이트."

— ……네?

"그럼 파이팅."

민호는 안나의 대답을 안 들을 생각으로 먼저 전화를 끊었다. 자기 페이스로 끌고 갈 필요가 있었다. 끊긴 전화에 황당해할 안나의 표정이 절로 그려졌다. 하지만 역시 실물로 보고 싶었다. 저를 노려보는 안나의 눈이 좋았다.

'속이 시꺼먼 사람, 싫어하거든요.'

왜 그런지 알 듯했다. 그녀가 겉과 속이 같은 사람이었다.

점심을 먹으러 부엌을 서성이던 민호가 냉장고를 열다가 웃음을 피식 흘렸다. 우유가 딱 눈에 들어왔다. 평소에는 아무 생각 없이 보던 우유였다. 투명한 통을 가득 채운 우유가 오늘따라 더 하얗게 보였다. 우유를 마신다고 정말 속이 하얘질 리는 없겠지만 민호의 손은 어느새 우유를 집어 들고 있었다.

월요일부터 목요일까지는 클럽에 나가지 않았다. 회사에 나가 일을 보거나 다른 곳을 돌아다녔다. 대학로라든지 홍대, 강남이 그의 주 활동 구역이었다. 생각해 보니 오늘 보려던 내한 공연이 있었다. 9시 공연이니 안나와 밥 먹고 같이 보면 좋을 텐데, 퇴근이 늦어진다면 아마 어려울 듯싶었다.

잠시 고민하던 민호가 지헌에게 전화를 걸어 올라오라 했다. 지헌은 4층에 살고 있었다. 지금쯤이면 일어났을 시간이었다.

"제이슨 내한 공연요? 형 그거 전부터 보고 싶어 하셨잖아요."

아무래도 비싼 티켓을 날릴 것 같아서 차라리 지헌에게 다녀오라 하자 그가 놀라서 되물었다. 제이슨이 단독 내한 공연을 갖는 건 무려 6년 만이었다. 게다가 공연계의 신성이라 불리는 카드사에서 주최해서 더더욱 기대하고 있었다. 그를 알기 때문에 지헌은 영 의아해하는 눈치였다.

"너 보러 가. 가서 사진 찍어 와."

"다른 예정 있으세요?"

"데이트."

"컥……."

지헌의 반응이 격하다. 그도 그럴 것이 지헌은 한 번도 민호가 여자 때문에 일을 미루는 걸 보지 못했다. 단 한 번도. 그는 공연을 즐기기도 했지만, 공연장과 스테이지 등 기획을 보러 가는 이유가 컸다. 절대 놀러 가는 게 아니었다. 그런 그가 일을 미루다니, 지헌은 도저히 이 상황을 이해할 수 없었다.

"뭐 먹을 거야? 제육볶음?"

민호는 뭘 그런 걸로 놀라느냐는 식으로 아무렇지 않게 배달 음식 메뉴판을 뒤적였다. 지헌이 왔으니 배달을 시킬 요량이었다.

그의 태연함에 지헌은 혀를 내둘렀다. 그때 한 번 봤을 뿐이라 그녀가 어떤 여자인지는 알지 못했다. 하는 행동이 희한했던 것만 생생히 기억났다. 민호가 그녀에게 반했다는 건 알았지만 이렇게 푹 빠졌을 줄은 몰랐다.

"제육볶음 둘 시킨다?"

아예 설명해 줄 생각도 없는 듯했다. 그래도 지헌은 궁금한 건 못 참는 성격이라 그냥 넘어가지 못했다. 식당에 전화를 거는 그에게 달라붙어 물었다.

"대체 어떤 여자이기에 형을 그렇게 사로잡았어요?"

"뭐가 어떤 여자야."

거기까지 말한 민호가 말을 끊고 음식을 주문했다. 지헌은 입이 근질근질해 그 순간에도 발을 동동 굴렀다. 민호가 전화를 끊자마자 지헌의 말이 속사포처럼 쏟아졌다.

"그렇잖아요. 그냥 평범해 보였는데 대체 어디에 그렇게 빠졌느냐고요. 와, 대박! 이럴 정도로 예쁜 것도 아니고 끝장나는 몸매도 아닌데 형이 이렇게 좋아하는 게 이해가 안 돼서요. 더 예쁜 여자도 많잖아요."

"외모지상주의에 전 불쌍한 중생 같으니라고."

민호는 한마디로 짤막하게 일축했다. 어째 하는 얘기가 다 외모뿐이다. 얼굴, 몸매. 어떻게 그런 걸로 운명의 상대를 고르겠는가. 제 심장이 반응했다고 얘기했는데도 귓등으로도 듣지 않은 눈치였다. 말해 봐야 무슨 소용이 있겠느냐며 민호는 입을 다물었다.

처음 안나를 만났을 때부터 이 여자는 뭔가 다르다는 것을 예감했다. 그녀의 말 한 마디 한 마디에서 묻어 나오는 상처 때문인지도 몰랐다. 그녀는 마치 심장에 구멍이 뚫린 사람 같았다. 그 공허함을 채우려는 듯 술을 마시는 모습이 안쓰러웠다. 그래도 그때까지는 사랑은 아니었다.

취한 그녀를 부축해 술집을 나왔을 때 집을 묻자 그녀는 고개를 푹 숙인 채로 손만 들어 올렸다. 바로 건너편에 있는 카페를 가리키는 손짓에 민호가 고개를 갸웃댔다. 안나는 부축이 필요 없다는 듯 민호에게 기댄 몸을 일으켜 혼자 걸어갔다. 그 비틀거리는 걸음이 위태로웠다.

민호는 그녀를 그냥 보낼 수 없다고 생각했다. 기껏해야 길 하나 건너는 거고 지나가는 차도 없는데 위험하다는 생각이 들었다. 집까지만 바래다주겠다며 그녀를 부축했다.

어깨를 끌어안자 안나가 고개를 들었다. 취해서 붉어진 눈가가 속을 자극했다. 그녀는 수작이라 생각했는지 입꼬리를 살짝 올려 비웃었다. 하지만 밀쳐 내지는 않았다.

그녀를 부축해 길을 건너자 안나가 카페 옆 현관으로 향했다. 그제야 민호는 그녀가 자신과 같은 주택에 산다는 걸 알아차렸다. 안나가 클러치 백을 현관 센서에 올렸다. 삑 하고 소리가 나며 문이 열렸다.

'잘 가요.'

짧게 인사하고 안으로 들어가는 안나를 허망하게 바라보다가 문이 닫혔다. 유리문이 만들어 낸 절단이 마치 그녀와의 관계를 끊어 내는 것만 같이 느껴졌다. 민호는 얼른 문을 열고 안으로 들어섰다. 어지러운 탓에 계단을 오르지 못하고 벽에 머리를 기댄 채 서 있는 안나를 발견했다. 한걸음에 뛰어간 민호가 그녀를 끌어안았다.

'내게 기대요. 위로해 줄게요.'

안아 주지 않고는 배기지 못할 위태로움이 안나를 휘감고 있었다.

한 상무 비서팀은 총괄인 이제윤 비서실장 밑으로 크게 두 파트로 나뉘었다. 본사에서 나온 비서팀과 디자인 경영 센터 내부 비서팀이었다.

안나는 내부 팀에 속했다. 그중에서도 말단이라 하는 업무는 대부분 잡무였다. 그러다 보니 가장 먼저 출근하고 가장 늦게 퇴근했다. 오늘은 특히 늦게 출근한 것도 있고 해서 상무가 퇴근하고도 자리를 뜨지 못했다. 설거지와 탕비실 정리를 마쳤을 때가 오후 8시였다.

너무 늦지 않았을까 싶어 잠시 망설였다. 지금 와서 취소하기도 뭐하지만, 서민호라면 진짜 기다렸을 듯한 느낌이 들었다. 취소하는 건 생각도 안 해 봤을 것만 같았다.

안나는 가방을 챙겨 엘리베이터에 올랐다. 로비에 나와서야 전화를 걸었다. 너무 늦어서 오늘은 안 될 것 같다고 말해 주길 바랐다. 물론 딱히 기대는 안 했다. 그래도…… 하는 마음으로 전화를 거니 민호가 밝은 목소리로 전화를 받았다.

― 지금 끝났어요?

"네. 너무 늦지 않았나요?"

― 아뇨. 딱 좋아요. 지금 어디예요?

그럼 그렇지. 늦었다고 할 사람이 아니었다. 그의 말대로 오늘이 월요일이라 그런 것도 있었다. 월요일에 클럽은 정말 한가할 테니까. 안나는 민호에 대해 잘 몰랐지만 그가 클럽 TAKE의 주인이라고 확신하고 있었다. 사실 그렇게 틀린 말도 아니었으니 민호도 정정하지 않았다.

"막 나왔어요. 1시간 정도 걸릴 것 같은데 9시에 집 앞에서 볼까요?

― 나오세요. 아까 안나 씨 내려 드린 곳에 있으니까.

밤사이

"······네?"

안나는 귀를 의심했다. 아까 자신을 내려 준 곳에 있다니, 그럼 이미 와 있다는 소리일까? 언제 끝날지도 모르는데, 심지어 언제쯤 끝날 거라고 얘기한 것도 아닌데 언제 나올 줄 알고 와서 기다린단 말인가. 기가 막혔다. 조금 걸음을 빨리해 밖으로 나갔다.

짙은 은색의 몸체가 은은하게 가로등 불빛 아래 빛나고 있었다. 잘빠진 차의 라인이 꼭 주인을 닮았다. 안나는 쓴웃음을 짓고는 그쪽을 향해 걸어갔다. 안나를 발견했는지 민호도 차에서 내렸다. 차에 팔을 괸 채 어서 오라며 손짓하는 그의 표정은 환하기만 했다. 오래 기다렸을 텐데, 그런 데서 보이는 짜증이나 지루함 같은 건 전혀 느껴지지 않았다.

"언제부터 기다렸어요?"

"맞춰 봐요."

"······됐어요."

"큭큭, 얼마 안 기다렸어요. 배고프죠? 어디로 갈까요?"

안나의 반응이 재밌는지 그는 실없이 웃었다. 그가 플러스 전극이라면 안나는 마이너스 전극이었다. 그래서 더 서로 끌리는 게 아닐까.

얼른 타라는 그의 손짓에 안나는 아무 말 하지 않고 차 문을 열었다. 민호도 다시 차에 올라탔다. 차 안이 따듯했다.

"전화하면 오지 그랬어요."

"그럼 그만큼 늦게 만나잖아요. 일찍 보고 싶었어요."

"······."

참 거침없다. 안나가 슬쩍 미간을 좁히자 그는 웃으며 대꾸
했다.

"제가 원래 연애할 때는 저돌적이거든요."

"뭐 할 때요?"

기가 막힌다. 안나가 완전히 인상을 찡그렸는데도 민호는
생글생글 웃기만 할 뿐이었다. 갈까요? 하고 차를 출발하는 것
이 능청스럽기까지 했다.

"그래서 어디로 간다고 했죠?"

"서민호 씨."

"회사 근처예요? 여기 맛집 많죠."

"……"

하아. 들으라고 크게 한숨을 내쉬자 민호가 크게 웃음을 터
트렸다. '원래 이런 성격이에요. 알아서 받아들여요.' 심지어
뻔뻔하기도 했다. 차가 골목 밖으로 빠져나가자 안나는 내비게
이션에 가려는 음식점 주소를 찍었다. 10분이면 도착하는 곳이
었다. 상호를 본 민호가 자신도 여기 안다며 좋아했다.

"음식 취향이 맞나 봐요."

그러든지 말든지. 안나는 무시하고 창밖을 바라봤다. 대화
를 나눌수록 점점 더 말려드는 느낌이 다분했다. 무시가 답이
라고 고개를 돌렸지만 그가 자신을 바라보는 시선이 강하게 느
껴졌다.

안나가 대꾸하지 않아도 그는 알아서 대화를 이어 갔다. 가
끔 묵묵부답을 제멋대로 해석할 때가 있었다. 그러면 안나는

그것을 정정하고자 입을 열어야 했다. 그게 바로 민호가 원하는 바였다. 그걸 알면서도 당하는 식이었다.

그가 말한 대로 음식 취향이 잘 맞았다. 퓨전 한식집이었는데, 둘 다 만족스럽게 식사를 마쳤다. 밥을 먹는 동안은 민호도 조용했다. 안나는 생각보다 젓가락질이 서툰 그를 보고 살짝 웃음이 났다. 뭐든 완벽하게 잘 해낼 것 같은 그의 허점을 본 기분이었다.

밥을 먹고 나왔을 때는 이미 11시가 다 되어 가는 무렵이었다. 그래서 커피라도 한잔 하자는 민호의 제안을 받아들일 수 없었다. 내일은 절대 지각하면 안 된다는 안나의 말에 민호도 고집부리지 않았다.

5층 복도에서 멈춘 안나가 제집 방향으로 몸을 꺾기 전, 잠시 민호를 바라봤다. 그는 부드러운 미소를 지은 채 서 있을 뿐이었다. 여전히 속을 읽을 수 없었다.

안나는 그와 여기서 인연을 끝내고 싶었다. 더는 그에게 폐를 끼치고 싶지도, 휘말리고 싶지도 않았다. 그러기 위해서는 저부터 다스려야 했다. 아무리 지금 그에게 이제 서로 상관하지 말고 살자고 말해 봤자 밤에 그를 찾아가면 아무런 소용이 없었다.

그런 안나의 속을 알아차린 듯 살짝 입술 끝을 들어 올렸다. 그 미소가 자신만만했다. 안나가 움찔하며 인상을 찡그리자 그가 손을 뻗어 흐트러진 안나의 옷깃을 정돈해 줬다. 사심 하나 느껴지지 않는 단정한 손놀림인데도 안나는 긴장하고 말았다.

"조금만 마음 편하게 생각하면 안 되나요, 안나 씨는?"

"······네?"

"뭐, 됐어요. 이거 하나만 알아 둬요."

안나의 쇄골 위를 톡톡 쳐 옷의 구김을 편 민호가 손을 떼며 빙그레 웃었다. 얇은 입술이 매끄럽게 호를 그렸다. 안나는 그 입술에서 시선을 떼지 못했다.

"나는 항상 여기 있어요. 언제든지 당신을 안아 줄 준비가 되어 있고."

"······."

"지금 당장 안겨도 돼요."

안나는 심장이 덜덜 떨릴 정도로 오한이 들었다. 장난치지 말라고 대꾸해야 하는데 그러지 못했다. 할 수 있는 거라고는 도망치는 것뿐이었다. 탁탁, 구두 굽 소리가 대리석 바닥을 시끄럽게 울렸다. 그가 쳐다보는 걸 느꼈지만 문을 열고 안으로 들어가는 데에만 집중했다.

문을 쾅 닫고 나서야 그의 시선에서 도망친 기분이 들었다. 안나는 구두도 벗지 못하고 주저앉았다. 어느새 눈에 맺혔던 눈물이 후두둑 떨어졌다.

서민호는 무서운 사람이다. 달콤한 독 사과 같은 사람이다. 약해진 마음을 파고들어 와 안에서부터 좀먹어 들어가는 악마와 같다.

드르륵. 그때 핸드백 속에 넣어 둔 핸드폰이 울렸다. 징징 울리는 진동이 현실감 있게 느껴졌다. 안나는 눈물을 닦을 생각도 못 하고 얼른 핸드폰을 꺼내 들었다. 액정에 뜬 '강진현'이라는 이름이 이 순간 더없이 반가웠다.

"응. 진현아."

— 집이야?

"응, 응. 막 들어왔어."

— 잘됐네. 나 좀 재워 주라.

"근처야? 알았어. 나 씻고 있을 거니까 알아서 들어와."

— 그래. 한 20분 정도 걸릴 거야.

"알았어."

안나의 목소리가 한결 밝아졌다. 전화를 끊으려는데 진현이 물었다.

— 울었어?

수화기 너머로 그를 알아차려 주는 것만으로도 마음이 뭉클했다. 안나는 얼른 고개를 저으며 아니라고 부정했다. 그는 조금 찜찜해하는 듯했지만 이내 알겠다며 전화를 끊었다.

진현이 오기 전, 엉망이 된 화장부터 지워야겠다는 생각이 들어 안나는 몸을 일으켰다.

"울었네, 울었어."

얼굴을 보자마자 진현이 인상을 찡그리며 타박했다. 씻을 때 찬물로 부기를 뺐다고 생각했는데 그래도 티가 나는 모양이었다. 안나는 슬쩍 혀를 깨물었다.

"어쩐 일이야?"

"술 마셨는데 차가 끊길 것 같더라고. 너 만난 지도 좀 됐고 해서 왔지."

"술 마셨다는 애가 웬 술을 사 왔어."

"해장술."

진현의 대꾸에 안나는 피식 웃음을 흘렸다. 한 봉지 가득 술이다. 안주인 듯 감자칩도 보였다. 이 밤에 맥주와 감자칩을 먹으면 내일 얼굴이 어떻게 될지 뻔하다. 무의식중에 고개를 절레절레 흔들어 거부하자 진현은 입술을 씰룩대며 혼자 먹을거라 말했다.

맥주 대신 대추차를 끓여서 진현과 마주 앉은 안나는 감자칩을 빤히 바라봤다. 하나만 먹을까, 과연 하나만 먹고 멈출 수 있을까 따위의 생각을 하는데 진현이 찬 맥주 캔을 이마에 톡 쳤다. 찬기가 오싹하게 느껴졌다. 시선을 들자 인상을 팍 찡그리고 있는 게 보였다.

"아직도 포기 못 했어?"

"그런 거 아니야."

"그런 거 아니면 왜 울었는데."

진현이 맥주를 들이켜는 동안 안나는 뜨거운 찻잔만 손에 든 채 아무 말도 하지 않았다. 뭐라고 말해야 오해 없이 속마음을 표현할까 고민하고 있었다. 결국 차가 식어 버릴 때까지 입을 다물고 있던 안나가 겨우 한마디를 뱉었다.

"사람이 무서워서."

"……."

안나는 슬쩍 웃고는 잔을 내려놨다. 진현이 팔을 뻗었다. 무슨 속셈인지 알 수 없어서 가만히 보고 있었더니 머리카락 사이에 손을 넣어 잔뜩 헝클어트린다. 커다란 손바닥이 머리를 비비적대는 게 그다지 기분 나쁘지는 않았다. 위로해 주는 거라는 걸 안다. 안나는 괜히 툴툴대며 고개를 피했다.

"과자 먹은 손으로 어딜."

"아, 맞다."

진현이 화통하게 웃으며 옷에 손을 문질러 닦았다. 야, 옷으로……. 안나가 질겁하자 그는 뭐 어때, 하면서 다시 감자칩을 하나 집어 먹었다.

안나는 고개를 절레절레 흔들고는 자리에서 일어났다.

"먹은 건 치우고 자."

"같이 좀 있어 주지, 그걸 먼저 들어가냐?"

"내일도 7시 출근이야."

"그놈의 회사는 엄청 부려 먹는다니까. 대기업이라고 다 좋은 게 아니에요."

"딴 데 가면 안 그래? 이 일이 어디 가나 다 그렇지."

"으휴. 너 고생하는 거 보면 이 오빠 마음이 찢어진다, 찢어져."

"입 다물고 먹기나 해."

"입 다물면 어떻게 먹냐?"

한 마디도 안 진다. 눈을 흘기자 진현은 뭐가 그리 재밌는지 발라당 넘어져 가며 웃었다. 안나는 포기하고 방으로 향했다. 그런 안나의 뒤에 대고 진현이 한마디 덧붙였다.

"강안나. 너 소개팅할래?"

막 방문을 열고 들어가던 걸음이 멈췄다. 안나는 한참 문고리를 바라보다가 진현을 향해 고개를 돌렸다. 맥주를 들이켜던 그와 눈이 마주쳤다. 태연한 눈빛 속에 걱정이 잔뜩 가라앉아 있었다.

"신원 확실한 녀석으로 소개해 줄게."

장난기 있게 윙크도 곁들여 가며 얘기하는 진현을 잠시 바라보던 안나가 짧은 한숨을 내쉬었다.

"다 먹으면 양치하고 자."

슬쩍 웃으며 말을 돌려 버렸다. 진현의 시선이 뜨거웠다. 무시하고 방으로 들어가 문을 꼭 닫았다. 공간이 단절되자 한숨 돌릴 여유가 생긴다.

"어휴, 저 바보……."

안나가 들어간 방을 흘끗 쳐다본 진현이 한숨을 내쉬었다. 보면 참 똑똑하고 현명한 여자인데 연애에 관해서는 영 어수룩했다. 격하게 표현하자면 바보 천치였다.

사람을 믿어도 너무 잘 믿었다. 1년을 만나면서 그 남자가 어디서 뭐 하는 사람인지조차 제대로 모른 것도, 그가 하는 말만 듣고 믿은 것도 다 사람을 너무 믿은 탓이었다. 설마 다른 목적을 가지고 접근했을 거라고는, 거짓으로 점철된 사기꾼일 거라고는 전혀 상상도 해 보지 않은 것이다.

사람이 어떻게 그렇게까지 순수할 수 있을까. 그렇게까지 남을 믿을 수 있을까. 진현이라면 절대 타인을 그 정도로 신뢰하지 않았겠지만, 안나의 특수한 가정환경을 생각하면 이해가 안 가는 건 아니었다.

안나는 유치원도 졸업하기 전에 아버지를 여의고 어머니를 따라 핀란드로 이민을 갔다. 어머니가 거기서 재혼을 했는데, 그 핀란드 아버지에게 엄청난 사랑을 받고 자랐다고 했다.

밤차기

진현은 어릴 적 안나와 헤어지고 거의 20년 만에 다시 만났는데, 그녀에게서 재혼 가정이라든지 이민자 가정에서 받았을 만한 상처를 전혀 느끼지 못했다.

그렇게 곱게 컸다. 타인을 함부로 믿어서는 안 된다거나 겉과 속이 다른 사람이 있다는 등의 기본 상식을 모를 만큼 곱게 자랐다. 모른다기보다는 설마 자신에게 그럴 리는 없다고 믿는 게 더 맞을 터였다.

갑자기 감자칩이 영 느끼하게 느껴져 진현도 손을 털었다. 과자 가루 떨어뜨리지 말라고 잔소리할 안나가 절로 상상이 가 대충 물티슈로 닦아 내고 자리를 정리했다.

그 남자와 헤어진 후로 진현은 일부러 안나네 집에 자주 놀러 왔다. 특히 이곳으로 이사 온 뒤로는 한 달에 한 번은 꼭 왔다. 혹 다른 사기라도 당하는 건 아닌지 지켜볼 요량이었다.

그래서 안나는 아예 진현이 자고 가기 좋게끔 수납형 침대 소파를 샀다. 평소에는 수납함에 이불을 넣어 두는 식이었다. 진현은 익숙한 손놀림으로 이불을 꺼내 펼쳤다. 양치하라는 안나의 말이 떠올라 화장실로 가는데 꾹 닫힌 안나의 방문이 눈에 밟혔다.

꾹 닫힌 모양새가 마치 강안나 마음 같다.

철컥.

귀에 거슬리는 소리가 났다. 깊게 잠든 게 아니었던 터라 그

소리를 듣자 진현은 잠에서 깨고 말았다. 잠결에 잘못 들었나 싶어 잠시 눈을 깜박이며 귀를 기울였다. 그사이 시야가 선명해져 자리에서 일어났다. 이상한 소리는 더는 나지 않는데, 다른 게 진현의 시야에 잡혔다.

소파에서 정면으로 보이는 현관문이 어딘지 이상했다.

"……뭐지?"

문이 열려 있었다. 자세히 보니 신발 하나가 밑에 껴 제대로 닫히지 않은 상태였다. 진현은 화들짝 놀라 벌떡 일어났다. 밤중에 누가 집에 들어왔다는 소리였다.

……누가?

진현은 본능적으로 안나의 방으로 향했다. 안나의 방문도 반쯤 열려 있었다. 불길한 느낌에 등줄기가 서늘해졌다.

"강안나!"

깜짝 놀란 진현은 앞뒤 가리지 않고 무조건 방문을 열고 들어갔다. 그런데 침대 위에는 아무도 없었다. 이불이 내팽개쳐진 채 나뒹굴고 있었다. 어디를 봐도 누가 들어왔다기보다는 안나가 나간 쪽에 더 가까운 모양새였다.

진현은 인상을 찡그린 채 밖으로 뛰었다. 문을 열고 몸을 내밀던 진현이 순간 멈춰 섰다.

복도 반대편 문이 열렸다.

"기다리고 있었어요."

남자의 목소리는 아주 또렷하게 들렸다. 복도를 울린 목소리가 진현의 귀에 들어온 순간 안나가 남자의 에스코트에 따라 안으로 들어갔다.

문이 탁 닫혔다. 남자는 진현을 보지 못한 듯했다.

진현은 한참 동안 멍하니 서 있었다. 자신이 모르는 사이 안나와 옆집 남자 간에 무슨 관계라도 생긴 걸까? 그렇다면 안나는 왜 모두가 잠든 새벽에 저 남자를 찾아갔을까? 의문투성이다. 뭐 하나 짐작조차 가지 않았다. 그렇다고 저 집에 쳐들어갈 수는 없으니 진현은 우선 집 안으로 돌아갔다.

그러나 진현은 한숨도 자지 못했다. 안나가 신경 쓰여 잘 수가 없었다. 결국 가져온 맥주를 마저 비우고 밤을 꼴딱 새웠다.

자기 전에 맞춰 뒀던 알람이 울렸다. 진현은 피곤이 덕지덕지 묻어나는 눈가를 비비며 알람을 껐다. 세수라도 할까 하는데 문이 열렸다.

"……일어났어?"

마치 도둑질하다 들킨 사람처럼 미묘한 표정을 지은 안나가 안으로 들어서더니 진현을 흘끗 보고는 부엌으로 가 물을 따라 마셨다. 어색한 기류가 흘렀다. 진현은 슬쩍 입술을 깨물었다가 놓고는 자리에서 일어났다.

"대체 어디 갔다 오는 거야?"

"어, 그냥, 잠깐."

"그냥 잠깐 뭐."

말꼬리를 잡는 게 쉬이 넘어갈 기색이 아니었다. 안나는 다른 컵에 물을 따라 진현에게 건네고는 뻐근한 목을 문질렀다.

"그냥 좀 나갔다 왔어. 내가 그런 것까지 보고해야 해?"

"야, 강안나."

진현이 헛웃음을 흘렸다. 안나는 시계를 흘끗 보고는 출근해야 한다며 자리를 떴다. 진현은 그녀를 붙잡지 못했다. 옆으로 빠져나가는 안나의 뒷모습만 슬쩍 노려봤다. 사람이 걱정해서 그런 걸 알면서도 아무 말도 하지 않는 게 야속했다.

"나한테 비밀 만들지 마, 강안나."

"뭐래."

욕실로 들어가던 안나가 그 말을 듣고는 피식 웃었다. 이미 비밀이 가득하다는 눈치였다. 꽉 닫힌 욕실 문을 노려보는 진현의 눈이 가늘어졌다.

아무래도 옆집 남자에게 직접 물어봐야겠다.

그만 민폐 끼쳐야지, 하고 마음먹은 것과 달리 몸은 그에게 위로받길 좋아하는 모양이었다. 오늘도 어김없이 민호에게 꽉 끌어안긴 채 잠에서 깬 안나는 허망함에 한숨을 내쉬었다.

확실히 아침에 약한지 안나의 숨결이 목을 간질여도 민호는 반응이 없었다. 다만 손만 느릿느릿 움직여 안나의 등을 어루만져 줬다. 무의식적인 행동인 건지, 손이 움직이는 것과 달리 깼다는 티는 나지 않았다.

잠깐 그를 바라보다가 안나는 고개를 돌렸다. 아까부터 알람이 울리고 있었다. 알람 노래가 다른 게 자신의 핸드폰은 아닌 듯했다. 하긴 잠결에 핸드폰을 챙겨 왔을 리는 없었다. 몸을 완전히 돌리자 베개 옆에 핸드폰이 보였다. 기종이 다른 게 민호의 것인 듯했다.

'안 늦었죠, 오늘은……'

민호가 정수리에 입을 붙여 왔다. 목소리에 잠이 덕지덕지 붙어 있었다. 화면을 본 안나는 피식 웃고 말았다.

안나 씨 깨우기

깨우긴 누가 누굴 깨운단 말인가. 자신은 눈도 못 뜨면서. 그래도 6시로 알람을 맞춰 준 덕에 오늘은 어제 같은 사태는 벌어지지 않을 듯했다. 솔직하게 고맙다고 말하니 민호가 머리에 대고 후후 웃음을 흘렸다. 정수리가 간지럽다.

'아침은 먹고 다녀요? 뭐라도 먹을래요?'

여전히 눈도 못 뜨면서 무슨 아침 타령인지. 안나는 자꾸 웃음이 났다. 실없는 웃음을 흘리는 자신이 이상해서 몸을 일으켰다. 이제는 알몸으로 그의 옆에서 일어나는 것도 익숙해질 지경이었다.

주섬주섬 옷을 챙겨 입는 동안 민호도 기지개를 켰다. 뻑뻑한 눈을 몇 번 깜박이고 나서야 고개를 조금 들었다. 팔에 머리를 받친 채 나른하게 누워 있는 모습을 보니 어쩐지 부러운 마음이 들었다. 안나는 다시 웃음이 나는 입가에 억지로 힘을 줬다. 표정을 굳히고 고개 숙여 인사했다.

'지난밤 또 폐를 끼쳤네요. 잠을 안 잘 수도 없고…… 정말 곤란하게 됐어요.'

어떻게 하면 몽유병 상태의 자신이 집 밖으로 나가지 않게 할 수 있을까. 민호에게 사과하면서도 안나는 그 해답을 찾지 못했다. 병원에서는 입원 치료를 권유할 텐데 회사 때문에 그건 어려웠다. 최선의 방법은 민호가 문을 안 열어 주는 거라지만 그는 그럴 생각이 추호도 없어 보였다.

민호는 그런 안나를 잠시 바라보다가 까끌까끌한 턱을 매만졌다. 겉보기로는 그다지 티가 나지 않았는데 아침이라고 수염이 솟아오른 모양이었다.

'안나 씨. 너무 부담 가지지 마요.'
'폐를 끼치고 있는데 어떻게 부담 가지지 않죠?'
'흠. 여기 오는 거 죽기보다 더 싫어요?'
'……'
'그건 아니죠?'

안나는 대답하지 않았다. 대답하면 그가 원하는 방향으로 끌려갈 것만 같았다. 그래서 묵묵부답으로 대응했지만, 민호는 마치 대답을 들은 것처럼 말을 이어 갔다.

'어차피 자기 의지로 할 수 있는 일이라면 그냥 일어나게 놔둬요. 나는 안나 씨와 같이 자는 게 좋고 안나 씨도 싫지 않잖아요.

밤의 안나 씨는 나를 정말 좋아하기도 하고.'
'서민호 씨.'

안나가 미간을 잔뜩 일그러뜨리자 민호는 농담이었다는 양
마지막 말은 취소할게요, 하고 덧붙였다. 하지만 진심으로 내
뱉은 말이라는 걸 민호도 안나도 알았다.

'내가 폐가 아니라면 폐가 아닌 거죠. 그렇지 않나요?'
'……늦겠네요. 이만 가 볼게요.'

안나는 대답을 회피했다. 민호는 싱긋 웃어 보일 뿐, 대답을
강요하지 않았다. 그녀가 현관으로 향하는 걸 바라보다가 한
마디 던졌다.

'1594184.'
'네?'
'현관 비밀번호요.'
'서민호 씨!'

안나가 당황해서 소리치자 민호는 크게 웃음을 터트리며 몸
을 한 바퀴 빙그르르 굴렸다. 이불로 전신을 감싼 채 엎드려
눕고는 손을 흔들어 보였다.

'오늘도 활기찬 하루 보내요.'

자기 하고 싶은 말만 하는데도 어쩜 저렇게 자상할까. 이런 상황, 이런 관계만 아니라면 그는 정말 최고의 남자였다. 하지만 안타깝게도 안나에게는 해당되지 않았다. 현관 앞에 멈춰 선 채 그를 노려보다가 몸을 팩 돌려 현관을 나갔다.

'정말 귀엽다니까.'

문이 닫히기 전 민호가 중얼거리는 소리가 들렸지만 애써 무시했다.

....-4184

거래처의 전화번호를 확인하는데, 끝자리가 4184였다. 그게 눈에 들어오는 순간 아침의 기억이 휘리릭 재생됐다. 안나는 작게 한숨을 내쉬었다.

민호의 말은 틀린 게 하나도 없었다. 사실 요즘 들어 그에게 많이 위로받고 있는 건 부정할 수 없는 사실이었다.

몽유병은 아직 낫지 않았지만, 하루에 한 번은 토기가 올라오던 게 없어졌다. 밥을 잘 먹었다. 예전에는 몇 술 뜨면 바로 속이 더부룩했는데 요즘은 속이 편했다. 두통도 줄었다. 정말 손오공의 금고아라도 쓴 것처럼 두통에 시달려 약을 달고 살았다. 그랬던 두통도 지금은 참을 수 있는 수준으로 줄었다.

마음이 약해져서 자꾸 그의 말에 현혹됐다. 폐를 끼친다는 생각을 내려놓고 그에게 의지하고 싶다는 생각이 마음을 갉아 먹었다. 힘들어 죽겠다고, 나도 그런 놈 잊고 싶다고 약해 빠진 마음이 외치는 걸 서민호는 너무나 잘 알고 파고들었다. 마음은 멋도 모르고 그에게 문을 열어 주려 했다.

……안 돼.

그래선 안 됐다. 전 남자 친구에게 마음을 열었던 것에 비해 속도가 너무 빨랐다. 그래서 서민호는 안 된다. 이렇게 속도 없이 그를 믿어 버렸다가 다시 배신당하면 이번에는 정말 회복이 불가능했다. 그땐 정말 버틸 수 없게 된다.

"안나 씨. 백화점 좀 다녀와."

"네."

사수 지연의 목소리에 안나는 냉큼 반응해 자리에서 일어났다. 그녀가 주는 선물 목록을 받아 들었다. 언제 상념에 젖어 있었느냐는 듯 재빠른 행동이었다.

"어차피 곧 점심시간이니까 밖에서 먹고 오든가. 오늘은 여유 있게 움직여도 돼."

"네."

웬일로 지연의 목소리가 나긋나긋하다 했더니 오늘 상무님이 본사로 출근하신 탓이었다. 본사 팀이 그를 따라 본사로 출근했기 때문에 오늘 비서실은 매우 평화로웠다. 알게 모르게 본사 팀과 센터 팀 사이에 묘한 경쟁 심리가 있었다. 안나는 말단인 데다가 본인이 그런 것에 관심이 없었지만, 지연만 해도 항상 센터 팀 비서들과 어울리기 일쑤였다.

"상무님 오늘은 본사에서 퇴근하시나요?"

"그럴 예정이라 들었어. 변수가 없는 건 아니지만."

안나는 짧게 고개를 끄덕이고는 다녀오겠다고 인사했다. 상무님 이름으로 돌릴 선물을 사러 가야 했다. 가는 김에 간식거리도 같이 살 생각이었다.

밖으로 나와 택시에 올라타는데 문득 민호 생각이 났다. 어젯밤도 본의 아니게 폐를 끼쳤으니 그의 선물도 하나 살까 하는 생각이 들었다. 또 저녁 식사를 하기는 그렇고 선물이라도 줘서 넘기려고 했는데 그의 취향을 하나도 몰랐다.

옷이나 소품은 딱 봐도 비싼 것들이었다. 비서로 일하고 있다 보니 생긴 눈썰미는 그가 입는 옷이 보통 고급 브랜드가 아니라는 걸 알려 줬다.

시계만 봐도 일반적인 스마트 워치와는 차원이 달랐다. 그만큼 돈을 벌고 있을 거고 그가 일하는 세계가 그런 부분에 민감한 곳이니 이해는 했다. 다만 자신이 선물해 줄 수 있는 수준이 아닐 뿐이었다.

게다가 민호는 꾸미는 걸 좋아하는 듯했다. 그러니 자기 취향이 확고할 게 뻔했다. 괜히 취향이 아닌 선물은 해서 좋을 게 없다는 걸 잘 아는지라 마땅히 선물할 만한 게 떠오르지 않았다.

머리를 단정하게 손질하는 걸 좋아하던데 헤어 세팅 제품이나 사 줄까. 그런 것도 설마 브랜드 따져 가며 쓰나. 아아, 잘 모르는 사람에게 선물해 주는 게 이렇게 어려운 일이던가. 차라리 전화해서 뭘 좋아하느냐고 단도직입적으로 물어볼까.

안나는 택시에서 내려 백화점에 들어갈 때까지 자신이 민호 생각만 하고 있다는 걸 인지하지 못했다.

안나가 돌아가고 다시 잠들었던 민호는 꿀잠을 방해하는 초인종 소리에 인상을 찌푸렸다.

일어나기 싫다. 지금도 안 일어나고 있지만 더욱더 격렬하게 안 일어나고 싶다.

이 시간에 안나가 되돌아왔을 리는 없었다. 시간을 확인하고 싶었지만 핸드폰으로 손을 뻗는 것도 귀찮았다. 민호는 눈도 뜨지 않은 채로 머리를 굴렸다.

이 시간에 집에 찾아올 사람이 있던가? 지헌? 주형? 그럴 리 없었다. 택배? 택배는 보통 회사에서 받았다. 가끔 종교인들이 문을 두드리곤 했던 게 떠올랐다. 대체 어떻게 들어오는 건지, 그들은 잘도 들어와서 단잠을 방해했다.

에라, 모르겠다. 민호는 그냥 다시 자기로 했다. 꼭 필요한 연락이라면 전화를 할 터였다.

"계십니까."

그런데 문밖에서 웬 남자의 정중한 목소리가 들려 눈을 떠 현관문을 바라봤다. 그런다고 그 너머에 선 남자가 보일 리는 없었지만.

결국 무거운 몸을 일으켰다. 알몸으로 잠들었기 때문에 뭐라도 주워 입어야 했다. 하지만 그마저도 귀찮아서 그냥 알몸으로 인터폰을 향해 걸어갔다. 인터폰에 비친 남자는 멀끔한 차림새를 하고 있었다. 넥타이핀이 매우 센스 있었다.

화면 중앙에 잡히는 넥타이핀을 물끄러미 바라보는데 그가 팔을 들었다. 시계를 보는 팔 동작에 민호는 잠시 그를 지켜봤다. 남자의 얼굴은 보이지 않았다. 그러나 제스처만으로도 그가 조급해한다는 걸 알 수 있었다. 그는 몇 번 더 시간을 확인하고는 다시 초인종을 울렸다. 하는 짓이 하도 희한해서 민호는 그저 지켜보기만 했다.

"출근한 건가."

안에서 아무런 반응이 없으니 집에 없다고 생각하는 모양이었다. 양복을 입은 걸 보아 그 역시 출근길에 들렀다는 느낌이 강했다. 출근길에 찾아왔다는 건 뭔가 중요한 사유가 있을 걸로 보였다. 민호는 여전히 그의 정체를 알 수 없었지만, 문을 열고 얼굴을 보기로 했다.

"잠시 기다려요."

인터폰을 켜고 그리 말하자 막 몸을 돌리던 그가 다시 문을 바라봤다. 민호는 우선 이불을 팽개치고 옷을 주워 입었다. 꼴이 말이 아니었지만 세수하고 나오기에는 그가 너무 바빠 보여 대충 거울을 보고 정리만 한 후 문을 열어 줬다.

"누구시죠?"

그렇게 물어보기가 무섭게 민호는 바로 답을 알아차렸다. 문을 여는 순간, 눈이 마주친 순간 그가 안나와 닮았다는 걸 느꼈다. 안나가 남자라면 이렇게 생기지 않았을까 싶을 정도로 비슷한 느낌을 풍기는 남자가 조금 매서운 표정을 한 채 민호를 노려봤다.

"실례인 줄은 알지만 물어봐야겠군요. 안나와 무슨 관계입니까, 당신?"

그는 마치 물어뜯으려고 온 늑대 같았다. 민호는 그의 말에 담긴 의미를 파악하느라 바로 대답하지 못했다. 그러자 그는 더 화난 표정을 지으며 몰아붙였다.

"설마 모른다고는 하지 않겠죠. 어젯밤에 안나와 만나는 거 봤습니다."

호오? 안나가 밤에 찾아오는 걸 봤다? 안나에게 집중하느라 다른 기척을 눈치채지 못했던 모양이었다. 민호는 입꼬리를 슬쩍 올려 웃고는 팔짱을 꼈다.

남자는 얼굴뿐만 아니라 분위기에서도 안나의 느낌이 났다. 단정한 차림새라든지, 철벽을 두르고 있는 경계심이라든지, 그런 것이 똑 닮았다.

"글쎄요. 제가 안나 씨와 무슨 관계인지는 몰라도 당신과 안나 씨의 관계는 알겠군요."

가족, 친척. 뭐가 됐든 타인은 아닐 것이다. 민호의 대답에 그는 조금 움찔했지만 이내 어깨에 힘을 빼고는 재킷 안주머니에서 명함을 꺼내 내밀었다.

"실례가 많았군요. 저는 강진현, 안나 사촌입니다."

"서민호입니다. 제 명함은 안에 있는데……. 들어오시죠."

민호는 그의 명함을 받아 들고는 안으로 들어갔다. 시계를 잠깐 바라본 진현이 이내 뒤따라 들어갔다. 회사보다 안나가 더 중요한 모양이었다. 민호는 서둘러 이불을 침대 위로 치웠다.

"커피라도 드릴까요?"

"아니요. 곧 가 봐야 합니다."

"그렇군요. 회사, 늦지 않겠어요?"

"아직은 괜찮습니다."

민호의 명함을 받아 든 진현은 그가 생각보다 건실한 직업을 가진, 그것도 대표라는 것에 조금 놀랐다. 이 명함이 진짜라면.

예전 그 자식은 회사, 집 주소, 심지어 통장에 핸드폰까지 모두 다 가짜였다. 진현은 빠르게 주변을 훑었다. 그사이 민호가 모카 포트를 불 위에 올리고는 소파로 와 앉았다.

"그래서 뭐가 궁금하신 거죠?"

"안나와 사귀는 건 아닌 것 같은데, 무슨 관계인지 알고 싶습니다."

"그게 강…… 그러니까, 강진현 씨와 무슨 상관인데요?"

민호는 느긋하게 다리를 꼬고 앉아 그를 바라봤다. 반응하는 방식도 안나와 비슷하다. 그렇지만 성별이 남자라서 그런지, 아니면 그가 자신에게 가시를 드러내고 있어서 그런지 딱히 호감이 가지는 않았다.

"서민호 씨가 안나에게 상처를 줄 사람이라면 제가 용납하지 못하기 때문입니다."

피식. 민호는 그만 솔직하게 웃음을 흘리고 말았다. 예의 바르게 대하고 싶었는데 솔직히 그의 말이 너무 웃겼다.

"아, 미안합니다. 웃으려던 건 아니었는데. 강진현 씨 말이 너무 웃겨서 말이죠. 안나 씨가 일곱 살 꼬마입니까? 강진현 씨가 참견하게?"

민호의 말이 꽤 신랄했지만 진현은 딱히 화를 내지 않았다.

그의 말대로 안나는 옆에서 챙겨 줘야 할 미성년자가 아니었다. 충분히 판단할 수 있는 나이였고 자신의 선택에 스스로 책임을 져야 하는 나이였다. 하지만 그랬다가 피를 봤다. 봐도 심하게 봤다. 다시 일어설 수 없을 만큼 무너져 내렸다.

그래서 이번에는 지켜 주고 싶었다. 안나가 좋은 사람을 만나 예전 상처를 털어 내고 일어서기를 바랐다. 그러니까 그녀가 누구를 만나는지는 굉장히 중요했다.

"뭐라 말하든 상관없습니다. 저는 안나를 지키고 싶고, 서민호 씨가 안나에게 해가 된다면 제 선에서 끊어 낼 생각입니다."

진현의 반응이 생각보다 강경했다. 민호는 그가 얼마나 안나를 아끼고 있는지 느낄 수 있었다. 이렇게 옆에서 든든하게 지탱해 주는 사람이 있는데도 안나는 어째서 그렇게 불안하고 위태로웠던 걸까. 가족이라 하더라도 마음을 내주지 않는 걸까. 아니면 그녀의 마음 안쪽의 상처까지는 보듬어 주지 못한 걸까.

"그게 정말 강안나 씨가 바라는 겁니까?"

"다시 상처받는 것보다는 낫겠죠."

"흠. 강진현 씨 본인이 생각해도 지나친 참견이죠, 지금?"

민호는 웃으며 자리에서 일어났다. 커피를 가지러 부엌으로 가며 말을 이었다.

"안나 씨와 사귑니다. 좋은 인연을 이어 가고 싶습니다. 제가 안나 씨 상처받지 않게 잘 보듬어 주죠."

"……."

"이런 말을 한다고 해서 뭐 신뢰가 갈까 싶네요. 뚫린 입으로 무슨 말을 못 하겠어요."

포트의 뚜껑을 열자 크레마가 예쁜 황금빛을 띠었다. 컵을 두 잔 준비하는데, 뒤로 진현이 다가왔다.

"적어도 입에 발린 말만 하는 사람보다는 낫군요."

진현은 이제 가 봐야 한다고 말했다. 모카 포트를 내려놓은 민호가 몸을 돌려 싱크대에 허리를 기댄 채 그를 바라봤다. 나른한 자세였다. 어떻게 보면 성의 없는 자세이기도 했다. 하지만 진현은 그의 자세와 태도에서 묘한 자신감을 느꼈다. 멀끔한 외모가 주는 신뢰도 때문은 아닐 터였다.

민호는 제 얼굴을 뚫을 것 같은 시선에도 아랑곳하지 않고 태연하게 그를 마주 봤다. 진현의 시선이 곱지만은 않다는 걸 알 텐데도 미소 짓기까지 했다.

"성인 남녀의 연애에 뭘 바라는 건지는 모르겠지만 적어도 안나 씨가 절 찾아 밤을 헤매는 일은 없을 겁니다. 이 집, 제 회사, 다 제 명의니까 도망은 못 쳐요."

"……"

민호의 말에 진현이 움찔했다. 안나가 예전 남자를 찾아다니는 걸 아는 눈치였다. 그 이유도 아는 게 틀림없었다. 그렇지 않고는 저런 말을 할 리 없을 테니까.

진현은 이내 고개를 끄덕이고는 몸을 숙여 인사했다.

"당신을 완전히 믿는 건 아닙니다만, 우선 지켜보죠."

도망치지 못한다고 하니까. 진현이 하지 않은 말이 절로 들리는 것 같았다.

이런 가족이 있다니, 안나는 참으로 복 받은 사람이구나. 어쩐지 자신이 다 뿌듯해 민호는 진현을 배웅하는 내내 미소를 금치 못했다.

커피 향이 기분 좋게 집 안에 감돌았다. 마시는 건 포기하고 커피 향을 맡으며 다시 침대에 누웠다. 잠이 올지는 미지수였지만 밤에 일하려면 지금 자 둬야 했다.

안나가 퇴근했을 때 민호는 집에 없었다. 지금쯤 일하고 있을 것 같다는 생각이 뒤늦게 들었다. 초인종을 몇 번 누르다 포기하고 돌아섰다. 집으로 가려다가 잠깐 현관문을 바라봤다.

'1594184. 현관 비밀번호요.'

민호의 목소리가 또렷이 기억났다. 잊고 싶어도 이미 기억해 버린 번호에 안나의 시선이 현관의 도어록으로 향했다. 비밀번호를 가르쳐 준 건 원하는 대로 드나들라는 의미겠지만, 주인 없는 집에 함부로 들어가는 건 내키지 않았다. 결국 문고리에 쇼핑백을 걸어 두고 집에 갔다.

가볍게 씻고 나온 안나는 저녁 준비를 했다. 예전에는 툭하면 사 먹곤 했는데, 경제적 문제도 있고 건강에도 안 좋아 올해부터는 직접 해 먹으려 노력했다. 혼자 살면서 밥해 먹기란 쉽지 않았지만, 주말에 하루만 신경 쓰면 일주일은 생활할 수 있었다. 비록 냉동 밥 신세이긴 했지만.

1인분씩 포장해 둔 냉동 밥을 꺼내고 간단히 찌개를 끓였다. 김치찌개는 손도 많이 안 가고 맛도 좋아서 자주 먹는 메뉴였다. 맛있는 김치만 있으면 물만 부어도 중간은 갔다. 김치는 진현이 가져다줬다. 엄마 몰래 가져왔다고 말해 안나를 기함하게 했던 김장 김치였다. 답례라도 드려야겠다고 생각해서 진현을 통해 선물을 보냈는데, 받으셨는지는 알 수 없었다.

아버지 쪽 식구들 중 연락하는 건 진현이 유일했다. 진현이 먼저 SNS로 안나를 찾아냈다. 생각해 보면 항상 그가 먼저 연락하고 아껴 주고 신경 써 줬다. 고마웠지만, 어째서 그렇게까지 하는 건지 가끔은 신기할 때도 있었다.

사실 친척에 대한 기억이 거의 없었다. 어렸을 때 같이 산과 들을 뛰놀았던 진현이야 당연히 기억하지만, 어른들은 얼굴만 기억하는 정도였다. 그도 그럴 것이 아버지를 너무 일찍 여의 었고 핀란드로 가게 되면서 아예 연락이 끊겼다. 어머니마저 돌아가시고 나니 끈 떨어진 낙동강 오리알 신세라고 할까, 그렇게 되고 말았다. 그렇게 낯선 한국 땅에 홀로 선 안나에게 진현은 그야말로 유일무이한 존재였다.

찌개를 식탁에 올리고 계란말이를 자르는데 초인종이 울렸다. 집에 찾아올 사람이 진현 말고는 없어서 그 소리가 굉장히 낯설었다. 진현은 연락 없이 찾아오는 성격은 아니었다.

"누구세요?"

물어보며 인터폰을 확인하자, 뜻밖에도 서민호였다.

출근했던 게 아니었나? 안나의 눈썹이 살짝 움직였다. 옷을 한번 내려다봤다. 혼자 살다 보면 누구와 마주치기 힘든 차림새를 할 때가 많아 신경 써야 했다. 집에서 입는 긴 티셔츠가 미묘했다. 허벅지 아래로 내려오는 길이라서 아래에 아무것도 안 입은 탓이었다. 서둘러 바지를 입고 현관으로 향했다.

"출근하신 줄 알았는데요."

문을 열자 민호가 환한 웃음을 지으며 반가워했다. 그의 손에 쇼핑백이 들린 것을 보고 나서야 안나는 그가 왜 찾아왔는지 알아차렸다.

"주형이네에 있었어요. 알죠, 그 바?"

"……요 앞에요?"

"네. 거기 바텐더 겸 알바 겸 청소부 겸 주인이 제 친구 주형이거든요."

피식. 안나는 그만 웃고 말았다. 민호의 말이 참 적절했다. 몇 번 가 본 적이 있는 바는 작고 조용해서 일하는 사람이 두 명밖에 없었다. 그중 한 명이 지나치게 많은 일을 담당한다 싶었는데 주인이라서 그런 거였다. 알아들었다는 듯 고개를 끄덕이자 민호도 따라 웃었다.

"그런데 이건 뭐예요?"

민호가 쇼핑백을 살짝 흔들며 물었다. 쇼핑백 입구에 붙여두었던 테이프가 뜯어진 걸 보니 안을 본 게 확실했다. 그럼에도 물어보는 것을 보니 내용물이 뭐냐는 질문이 아니라 왜 주느냐는 질문인 듯했다.

"일 때문에 백화점에 갔는데 민호 씨 생각이 나서 샀어요. 자꾸 폐를 끼치니까 뭐라도 해야겠다 싶어서요."

"정말입니까?"

민호가 놀란 표정을 지었다. 안나는 뭐가 정말이냐고 묻는 건지 알 수가 없었다. 어젯밤에도 찾아간 걸 폐라고 생각해서 놀란 건가?

아무리 그가 폐 끼친다고 생각하지 말라 했다지만 그건 분명 폐였다. 민폐. 그리고 그다지 놀랄 일은 아니었다. 의아함에 고개를 갸웃거리자 민호가 들뜬 표정으로 다시 물었다.

"정말 일하다가 내 생각을 했어요?"

"……."

그 부분이었나.

안나는 입을 꾹 다물었다. 하지만 민호는 이미 신이 난 상태다. 쇼핑백을 열어 봤다가 다시 안나를 보는 등 감격해 어쩔 줄을 몰라 했다. 별것도 아닌 건데 너무 좋아해서 안나는 오히려 창피했다. 좀 더 제대로 된 선물을 줬어야 하나 싶었다.

"그런데 이건…… 어떻게 먹는 거예요?"

민호가 예쁘게 포장된 유리병을 꺼내 들었다. 투명한 유리 안에 예쁘게 담긴 대추청이 모습을 드러냈다. 백화점 식품 매장에 갔을 때 직원이 너무 열성적으로 설명해서 넘어가고 말았다. 자신도 대추차를 마시곤 해서 두 개 샀다.

"그냥 뜨거운 물에 타 마시면 돼요. 제가 그렇게 마시거든요. 간에 좋다고 해서…… 밤에 일하시고 술 드시잖아요. 신경 안정에도 좋다고 했고…… 아, 대체 뭘 주절주절 설명하고 있는 거죠. 그냥, 별거 아니라 죄송하네요."

안나가 주저하며 설명하자 민호는 싱긋 웃었다. 그러더니 속삭이듯 물었다.

"설명해도 돼요?"

"네?"

"지금 기뻐서 미쳐 버릴 것 같은데, 제가 어떤 기분인지 설명해도 되겠느냐고요."

"……그러시든가요."

자기 기분 설명하는 것까지 양해를 구하다니……. 대충 대답하자 민호가 갑자기 팔을 뻗어 안나를 와락 끌어안았다.

"꺅!"

생각지 못한 격한 포옹에 저도 모르게 비명을 내질렀다. 그래도 민호는 놔주지 않았다.

"당장 키스하고 싶은데 참은 거예요. 안나 씨, 진짜 왜 이렇게 사랑스러워요?"

"사랑스럽다니…… 이, 이상한 소리 말고 놔요, 그만."

"일하는데 막 내 생각이 났어요? 내 걱정도 해 주고. 내가 뭘 좋아할지, 어떤 걸 선물할까, 막 고민하고 그랬다는 거잖아요."

"이상한 의미 부여하지 말고……."

안나는 몸을 비틀다가 포기했다. 놔줄 생각이 없어 보였다. 발버둥을 멈추자 민호는 그녀를 더 꽉 끌어안으면서 볼에 뽀뽀마저 날렸다.

"서민호 씨!"

보자 보자 하니까 끝이 없다. 화를 내며 고개를 돌리자 민호가 틈을 놓치지 않고 입술에 뽀뽀를 날렸다. 그리고 뽀뽀는 금세 키스로 바뀌었다. 민호의 어깨를 밀던 안나의 손이 작게 떨렸다. 손에 힘이 들어가지 않는다.

이곳이 현관이라는 것도 잊어버릴 정도로 진한 키스였다. 안나는 거울의 찬기를 등으로 느끼고 나서야 아직 문도 열려 있음을 떠올렸다. 물론 이 시간에 5층 복도를 지나다닐 사람은 아무도 없다지만, 문이 열려 있다는 것만으로도 이상야릇한 기분이 들었다.

민호가 그런 안나의 혀를 가볍게 입술로 물었다. 미묘한 자극에 움찔거리자 그는 눈을 곱게 접어 웃었다. 눈웃음이 참 매력적이었다. 입을 떼자 절로 가쁜 숨이 흘러나왔다.

"정말 고마워요."

눈을 똑바로 바라보면서 고맙다고 말하는 그를 보니 안나는 기분이 이상했다. 폐를 끼쳐 선물한 건데 고맙다는 소리를 들으니 뭔가 대단한 거라도 해 준 것만 같았다. 다음에는 제대로 된 선물을 해 줘야겠다는 생각이 들었다. 그렇게 생각하고 난 후에야 자신이 지금 무슨 생각을 한 건지 깨달았다.

'다음'이라니⋯⋯. 당연하게 다음을 생각하는 스스로가 어이가 없어서 작게 한숨을 내쉬었다.

"엇, 안나 씨. 식사 중이었어요?"

그제야 김치찌개의 고소한 냄새를 알아차렸는지 민호가 물어 왔다. 안나는 작게 고개를 끄덕이며 말했다.

"막 먹으려던 참이었어요. 민호 씨는⋯⋯."

드셨나요, 하고 물으려던 말이 쏙 들어갔다. 그의 눈이 반짝이는 게 보였다. 기대하는 눈치였다. 눈을 깜박거리는 것을 보니 생각지도 않던 말이 튀어나왔다.

"안 드셨으면…… 같이 드실래요? 냉동 밥이라 맛은 그냥 그럴 테지만…….."

"안나 씨. 바른대로 말해 봐요."

"뭘요."

또 무슨 말을 하려고……. 속으로 다 중얼거리기도 전에 민호의 말이 먼저 튀어나왔다.

"솔직히 나 좋아하죠?"

"……."

"잘 먹을게요. 안나 씨가 해 준 밥이라니, 냉동 밥이 아니라 얼음을 줘도 맛있을 거예요."

그러고는 태연하게 신발을 벗고 안으로 들어선다. 기가 차서 아무 말도 못 하고 가만히 서 있자 민호가 뒤를 돌아봤다. 아, 하고 작게 소리를 내더니 다시 돌아와 현관문을 닫았다. 얼른 가요, 하고 자연스럽게 어깨에 팔을 얹는 것에 안나는 헛웃음만 흘렸다.

정말 자기 페이스로 끌고 가는 데 능숙한 남자였다.

냉동실에서 밥을 하나 더 꺼내 전자레인지에 돌렸다. 국도 다시 데우고, 계란말이는 양이 부족할 것 같아 프라이를 두 개 더 했다. 차리고 보니 정말 대접하기 빈약한 밥상이었다. 하지만 걱정한 게 무색할 정도로 민호는 정말 기뻐하며 맛있게 먹었다.

"진짜 간만에 집 밥 먹네요. 정말 맛있어요."

극찬까지 날려 가며 한 공기를 싹싹 비웠다. 한 공기 더 해 동해서 가져다주자 그것도 남김없이 다 먹었다. 누가 보면 밥 도 못 먹고 다니는 줄 알겠다 싶을 정도로 잘 먹었다. 안나는 그런 민호를 보는 것만으로도 배가 불렀다.

"평소 밥은 어떻게 드시기에?"

"사 먹죠. 여기 근처에 백반집 있거든요. 아래 4층에 같이 일 하는 동생 사는데 같이 시켜 먹거나 아니면 가서 먹거나 그래 요."

안나는 잘게 고개를 끄덕였다. 자신도 직접 해 먹기 전에는 그래 왔다. 그래도 집 근처에 먹을 만한 식당이 있다는 건 감 사한 일이었다. 문제는 그마저도 질리면 정말 한 끼 한 끼가 괴로움의 연속이 된다.

"그럼 차라리 식사를 대접할 걸 그랬네요."

"네?"

"어쭙잖은 선물보다 제대로 된 밥 한 끼가 나은 것 같아서 요. 사실…… 민호 씨 선물 고르는 것 너무 어려웠어요."

"뭘 줘도 좋아했을 텐데 왜 어려웠어요?"

민호가 자연스레 대화를 유도했다. 대추차를 끓여 와 자리 에 앉은 안나가 미간을 조금 찌푸렸다. 면전에 대고 당신 취향 이 너무 깐깐할 것 같아서 그랬다고는 차마 말하기 힘들었다. 뭐라고 말해야 할까 고민하다가 그냥 가볍게 대답했다.

"마음에 드는 걸 드리는 게 좋잖아요. 마음에 들지 않는 선 물은 처치 곤란이니까요."

"그렇게 배려해 주는 게 정말 좋아요."

밤서이

"그런 일을 많이 해서 그래요. 직업병이죠."

"무슨 일인데요?"

"비서예요. 막내라 잡일 담당이죠."

생각보다 대화가 잘 이어졌다. 안나는 민호에게 대추차를 권하면서 순순히 입을 열었다. 민호와 이렇게 평범한 대화를 하는 게 뭔가 신기했다.

민호는 대화를 유도하는 데 익숙했다. 말할 생각이 없던 것도 아무렇지 않게 얘기하게 됐다. 리액션이 좋아서 그런지, 눈을 맞추며 진지하게 들어 줘서 그런지 대화하는 게 즐거웠다.

"다네요."

"단것 싫어해요?"

"아뇨. 사실 좋아해요. 마카롱 이런 거 잘 먹거든요. 이것도 잘 마실 수 있겠어요."

"다행이네요."

안나는 진심으로 안도했다. 사면서 가장 걱정했던 부분이 그거였다. 단걸 싫어하는 남자들이 많아서 걱정했는데, 판매 직원이 이런 단맛은 괜찮다며 자꾸 권유했다. 그래서 사기는 했는데 싫어하면 어쩌나 싶었다.

안나가 눈에 띄게 안도하자 민호는 그런 그녀가 귀여워 죽을 것 같았다. 어떻게 이런 선물 하나에도 저렇게 마음 써 주고 배려해 줄까. 본능적인 친절인가. 찻잔의 온기를 손으로 느끼고 있는 그녀를 보며 가볍게 제안했다. 그녀가 너무 부담 갖지 않게, 아주 조심스레.

"그럼 정말 식사 대접해 줄래요?"

"네?"

"밤에 우리 집 오면 그다음 날에 밥 같이 먹을래요?"

"……."

안나는 바로 대답하지 못했다. 물론 아까는 아무렇지 않게 '다음'을 생각한 자신이 어처구니가 없었지만, 객관적으로 봤을 때는 분명 다음이 있을 터였다. 오늘 밤만 봐도 앞으로 가지 않을 자신이 없었다. 간다고 마음먹는다고 가는 것 아니고, 안 간다고 작정한다고 안 가는 게 아니었다.

"아, 밥하는 게 힘들면 그냥 백반집에서 같이 먹어도 되고요."

안나가 망설이자 민호가 서둘러 말을 붙였다. 부담 주려는 건 아니라면서 눈치를 봤다. 거절하지 않았으면 좋겠다는 마음이 고스란히 느껴졌다.

안나는 인상을 찡그리며 웃었다.

"그러면 집 밥이 아니잖아요."

"그래도…… 밥하는 게 쉬운 일이 아니라는 건 잘 알아서요. 안나 씨 힘들게 하려는 의도는 절대 아니에요."

민호와 같이 밥을 먹게 되면 매번 이렇게 냉동 밥을 대접할 수는 없다. 매일 밥을 하는 건 쉬운 일이 아니었다. 반찬도 매번 다르게 할 자신도 없다. 일주일에 한 번 준비해 두는 것도 힘들었다. 거기다가 퇴근 시간이 일정하지 않으니 시간 맞추기도 쉽지 않을 터였다. 아무리 민호가 늦게 출근한다고 해도 그도 개인 사정이 있을 테고.

생각 끝에 안나는 고개를 짧게 흔들었다. 아무리 생각해도 무리였다.

"미안해요. 그건 좀 힘들겠어요."

"그럼 주에 한 번?"

거절할 줄 알고 있었다는 양 민호가 바로 다시 물었다. 무조건 해 줘야 한다고 강요한다기보다는 애교를 부리는 듯한 말투와 표정이라서 안나는 자꾸 마음이 풀어졌다. 슬쩍 웃으며 고개를 끄덕이자 민호가 환호하듯 주먹을 흔들었다. 해냈어! 그의 주먹이 그리 외치는 듯했다.

일주일에 한 번 정도야 어떻게든 되겠지.

그렇게 생각하는 한편 안나는 자신의 경계심이 많이 풀어졌다는 것도 느꼈다. 그게 좋은 건지 아닌 건지는 알 수 없었다. 민호가 손을 내리자 손끝이 닿았다. 안나의 시선이 절로 내려갔다. 식탁의 유리 위에 올려놓고 있던 터라 차게 식은 손끝에 온기가 느껴졌다. 그러고 보니 민호는 따듯한 사람이었다. 손도, 등도, 품도.

안나의 시선을 따라 아래를 내려다본 민호의 입꼬리가 살짝 올라갔다. 손끝이 닿아도 피하지 않는다. 그만큼, 딱 손끝만큼 그녀의 마음이 열렸다. 그 미세한 변화가 정말 기뻤다.

민호는 전화를 한 통 받더니 이제 출근해야 한다면서 일어났다. 그제야 안나는 지금이 자정에 가까운 시간이라는 것을 알아차렸다. 기껏해야 밥 먹고 대화 잠깐 나누었을 뿐인데 어째서 시간이 사라졌을까. 시간 가는 줄도 모른다는 말은 이럴 때 쓰는 거구나. 혀를 슬쩍 빼물었다.

같이 밥 먹는 날은 그때그때 시간을 맞추기로 했다. 민호는 주말이 가장 바쁘고 평일에는 안나가 퇴근 시간이 들쑥날쑥한 탓이었다. 그래도 오늘처럼 시간이 맞는 날이 있을 테고 서로 맞추려면 계속 연락을 주고받아야 하니 어떻게 보면 민호가 가장 원하던 바가 아닌 듯싶다.

　　"음…… . 지금 가면."

　　"네?"

　　신발을 신다 말고 민호가 핸드폰을 들었다. 바삐 손가락을 움직이더니 이내 고개를 들고 안나를 향해 미소를 날렸다.

　　"4시에는 돌아와요."

　　"…… ."

　　새벽 4시. 그 시간이 의미하는 바를 모르지는 않았다. 하지만 대답하고 싶지 않아서 안나는 가만히 서 있기만 했다. 민호는 태연하게 신발을 신고는 덧붙였다.

　　"만약 그전에 오면 1594184. 알죠?"

　　숫자 하나하나 또박또박 말하는 민호를 보며 안나는 미간을 조금 찡그렸다. 팔짱을 낀 채로 민호의 곁으로 다가가 벽에 몸을 살짝 기대고 서선 한마디 했다.

　　"얘기 다 해 놓고 이런 말 하기는 좀 그렇지만…… ."

　　"무슨 문제라도 있어요?"

　　안나가 무슨 말을 할지 모르겠다는 듯 민호가 눈을 크게 떴다. 안나는 한숨이 나오는 걸 참고 말을 이었다.

　　"나를 뭘 믿고 자꾸 비밀번호를 알려 줘요. 내가 민호 씨 없을 때 집을 털기라도 하면 어쩌려고."

"하하. 안나 씨가요?"

민호가 화통한 웃음을 터트렸다. 재밌는 농담이라도 들었다는 반응이었다. 안나는 입이 써서 같이 웃지 못했다. 민호는 자꾸만 작년의 자신을 떠올리게 했다. 자신도 저렇게 타인을 쉽게 믿었다. 그 사람에 대해 뭘 안다고 그렇게 맹신했을까. 지금 생각하면 우습기 그지없다.

민호는 한참을 배를 잡고 웃더니 눈물까지 훔쳤다. 그러고는 씩 웃으며 말했다.

"좋아요. 가져가요. 다 가져가도 돼요."

미쳤나. 솔직히 그 말을 듣자마자 안나는 그렇게 생각했다. 그런데 민호가 다음 말을 뱉었을 때는.

"그럼 나는 안나 씨를 갖지 뭐."

얼굴을 붉히고 말았다.

40도의 온기

"토요일 결혼식, 안나 씨 담당이지? 준비 잘해. 화환 예약은 했어?"

"네. 골프 가신다고 하셨죠?"

"응. 비 오라고 아주 기우제를 지내고 있다."

점심 먹고 들른 카페에서 같은 비서실의 선배 혜선을 만났다. 자연스레 합석한 안나는 그녀의 말에 그만 웃고 말았다.

"이건 뭐, 주말이 주말이 아니야."

여지없는 불평에 안나는 간간이 맞장구를 치며 커피를 홀짝였다. 골프 접대에 가게 되면 데이트를 취소해야 한다는 푸념이 이어졌다.

"주말인데 왜 못 만나느냐고 하면 내가 할 말이 없다니까."

"남자 친구분은 주말 출근 안 하시나 봐요."

"안 해. 부러워 죽겠어. 내가 오죽하면 너희 사장님 비서 안 뽑으신다니? 하고 진지하게 물어봤다, 야."

혜선이 속이 탄다며 커피를 단숨에 들이켰다. 얼음을 콰드득 씹어 먹는 게 속에 열이 가득한 듯했다.

안나는 현재 일에 큰 불만이 없었다. 뭉뚱그려 잡일이라고 표현하고는 했지만 자신이 의미 없는 일을 하고 있다고 생각하지 않았다.

한 상무의 비서 업무는 한 사람이 다 하는 게 아니었다. 비서팀 전원이 하나가 되어 그를 보좌하기 때문에 한 사람도 허투루 일할 수 없었다. 그래서 안나는 제게 주어진 일을 열심히 할 뿐이었다.

안나는 혜선이 본사 팀을 부러워하는 걸 자주 봤다. 그래서 자신의 능력을 좀 더 확실히 보여 줄 만한 일을 하고 싶어 한다는 걸 알고 있었다. 그녀를 물끄러미 바라보며 안나는 자연스레 상무님을 떠올렸다.

그는 까다롭고 무뚝뚝한 성격이기는 했지만 비서팀과는 그다지 마찰이 없었다. 그와 대면하는 일은 대부분 비서실장이 알아서 했다. 비서실장은 24시간 상무님을 보필한다고 해도 과언이 아니었다.

한진원은 나쁜 상사일까? 아니, 꽤 좋은 상사에 속했다. 손가락으로 창틀이나 테이블 아래를 쓸어서 먼지를 확인하거나 책상 위의 지문 하나에도 화를 내는 상사도 있다는데, 그는 그런 스트레스는 전혀 주지 않았다.

상무님은 좀 나아지셨나 모르겠네.

그를 생각하다 보니 자연스레 그의 몽유병이 떠올랐다. 몽유병은 치료할 수 있는 병이 아니라서 원인을 파악해 제거해야만 나아졌다. 그의 원인은 헤어진 연인이었다.

'윤예하 데려와!'

오죽하면 회사에서 그녀를 데려오라고 난동을 피울 정도로 깊게 사랑했다. 그렇게 사랑하는 사람과 어째서 헤어졌는지는 비서진, 아니, 회사 내에 모르는 사람이 없었다. 현실이 둘을 갈라놨다. 안나는 그의 사랑이 이루어져야만 몽유병이 나으리라 생각했다.

나는? 그 자식을 잊으면, 용서하면 나을까? 잊을 수 있을까. 용서할 수 있을까? 안나의 머릿속에 그와 민호가 동시에 떠올랐다.

어째서…….

"안 올라가, 안나 씨?"

혜선의 목소리에 안나가 퍼뜩 고개를 들었다. 그녀의 눈동자가 혼란을 담고 있어서 혜선이 의아한 눈초리를 보냈다.

안나는 얼른 컵을 들고 일어섰다. 어느새 식어 빠진 녹차가 손끝을 차갑게 했다. 컵을 잠깐 내려다보다가 혜선을 따라 걸음을 옮겼다. 엘리베이터를 향하는 동안 찬기가 손을 타고 위로 올라왔다.

마음이 시렸다.

혜선의 바람이 무색하게도 비는 오지 않았다.

방명록에 상무의 이름을 적는 것으로 안나의 가장 중요한 임무는 끝났다. 안으로 들어가 자리에 앉아 있는데 핸드폰이 울렸다. 무음 상태로 바꾸면서 보니 민호였다.

마지막으로 그를 본 게 목요일 아침이었다. 이제는 그의 품에서 눈을 뜨는 것도 익숙했다. 익숙해졌다는 건 어느 정도 포기했다는 뜻이기도 했다. 민호에게 가지 않겠다고 발버둥 치기보다는 얼른 그를 찾아내는 쪽에 집중하기로 마음먹었다.

목요일 저녁, 일이 바빠서 집에 못 간다는 민호의 연락을 받았다. 집에 오든 안 오든 자신과 무슨 상관이냐고 답하고 싶었지만, 그가 그렇게 말해 주는 이유를 잘 알기 때문에 안나는 그냥 알겠다고만 대답했다.

금요일 새벽, 안나는 민호의 현관문 앞에서 눈을 떴다. 바보 같은 몸뚱이가 그가 오지 않는다는 것도 기억 못 하고 그를 기다린 모양이었다. 감기에 걸릴까 봐 집에 들어오자마자 감기약부터 찾아 먹어야 했다.

금요일 밤에는 그를 찾아 나갔다가 오늘 아침에나 집에 돌아왔다. 그러고는 소파에 앉아서 꾸벅꾸벅 졸다가 결혼식장으로 향했다.

몽유병 상태의 자신은 민호의 비밀번호를 모르는 건지, 아니면 눌러선 안 된다고 생각하는 건지 그의 집에 들어가지는 않았다. 그것만큼은 사양하고 싶었기 때문에 다행이긴 했다.

—주말 내내 '매우 바쁨' 확정이기는 한데, 오늘 저녁 어때요?

바쁜 건 끝났느냐고 묻자 민호는 바쁘다면서도 약속을 잡아왔다. 저녁 먹고 클럽으로 갈 예정인 모양이었다. 그것도 나쁘지 않다. 클럽 TAKE는 그가 가장 자주 입에 담았던 곳이니 안나도 압구정점에 몇 번 더 가 볼 생각이었다.

문제는 자신이 이런 몸 상태로 집에 가서 밥을 할 수 있느냐였다. 안나는 바로 대답하지 못하고 잠시 고민했다. 냉장고에 뭐가 있는지, 그리고 밥을 먹게 되면 반찬은 뭘 해야 하는지도 생각해 봐야 했다. 인터넷을 뒤지는 사이 민호에게서 한 번 더 연락이 왔다.

—많이 바쁜가요?

이대로 답장하지 않으면 바빠서 그런가 보다 하고 넘어갈 듯했다. 피곤하니 그것도 나쁘지 않겠다고 생각하는 머리와 달리 손이 먼저 움직였다.

—아니에요. 회사 일로 결혼식에 와서.

왜 변명하고 있는 건지 모르겠다. 안나는 자신을 비웃었다. 결혼식은 아직 시작도 하지 않았다. 모두 서로서로 인사 나누기 바빴고 옆자리에 앉은 사람이 누군지도 알지 못할 정도로 안나는 화면 속 음식 사진에 집중하고 있었다.

—결혼식? 나도 결혼식 왔는데. 우리 통하는 데가 또 있네요.

결혼식이 한창인 시즌이었으니 별로 놀랄 일이 아니었다. 민호의 말을 안나는 대수롭지 않게 넘겼다. 여기서 2시쯤 나간다고 하면 장 보고 3시쯤이면 집에 갈 수 있을 것이다. 6시쯤 만나는 게 어떠냐고 쓰는 사이 민호가 먼저 말을 이었다.

—혹시 막, 같은 곳인 거 아니에요?

설마 그렇게까지 우연이 겹칠까. 안나는 피식 웃고는 쓰던 말을 전송했다. 민호는 자신도 6시가 좋다고 답했다.
하지만 안나는 몰랐다. 설마 제 상사가 민호의 친구일 줄은.
그랬기에 같은 결혼식에 참석했다는 것도.

전복 샐러드에 새우 파스타, 스테이크 등 식사가 푸짐하게 나왔지만 그 어느 것도 안나의 입맛을 살려 주지는 못했다. 잠을 얼마 자지 못한 탓에 고기는 더더욱 먹기 힘들었다. 그나마 단호박 수프로 입을 적시고 위안 삼았다.
알지도 못하는 사람의 결혼식을 보는 게 이게 몇 번째인지 셀 수도 없었다. 지난달에 참석한 결혼식만 세 번이었으니 신랑 신부 얼굴도 제대로 기억하지 못했다.
처음에는 결혼식에 참석하는 게 정말 고역이었다. 저는 결혼 준비하다가 모든 게 파투가 났는데, 남의 결혼식에 와서 박수 쳐 주고 축하해야 한다는 게 견디기 어려웠다. 일면식도 없

밤서리

는 여자의 웨딩드레스가 안나의 가슴에 칼을 꽂았다. 턱시도를 입은 신랑은 모두 그 남자로 보이기도 했다. 이젠 아무런 감흥이 없으니 많이 나아졌다고 말할 수 있을지도 모른다.

밖으로 나오니 구름 가득한 하늘이 어둑어둑했다. 비가 올 것만 같았다. 안나는 문득 혜선이 떠올랐다. 이미 라운드를 돌 텐데…… 이왕 올 거 조금만 일찍 왔으면 좋지 않았냐고 투덜대는 모습이 눈앞에 선했다.

장을 보고 가면 도중에 비를 맞을 것만 같아 집에 먼저 들를까 하고 고민하는데, 뒤에서 익숙한 목소리가 들렸다. 안나는 바로 고개를 돌리지 못했다. 귀가 먼저 반응해 그의 목소리를 좇았다.

"회사로 바로 간다니까."

주변이 시끌벅적한데도 그의 목소리는 또렷하게 들렸다.

"알았어. 농땡이 안 피워."

안나는 천천히 뒤를 돌아봤다. 아무리 그도 결혼식에 왔다고 했지만, 설마 같은 장소일 줄이야. 운명의 장난 같은 우연의 연속에 안나는 웃음도 나오지 않았다.

사람들에 가려져 민호의 모습은 보였다가 안 보였다 했다. 그는 전화 통화를 하면서 로비를 걸어 나오고 있었다. 반듯하게 정장을 갖춰 입은 모습이 솔직히 아까 봤던 신랑보다 멋있었다. 흔히 말하는 '잘생겨서 민폐'인 하객이 바로 저런 사람을 칭하는 건가 싶을 정도였다. 위로 깔끔하게 올린 머리나, 통화하느라 흘러내려 소매 위로 드러난 시계까지, 단순한 것들 하나하나까지도 멋이 가득했다.

회사라고 말하는 걸 보니 클럽을 말하는 건 아닌 것 같았다. 클럽 주인이었던 게 아니었나 따위의 생각을 하는 사이 민호가 로비를 빠져나갔다. 안나는 물끄러미 그를 바라봤다.

　그가 자신을 보지 못해서 다행이라는 생각이 들었다. 어쩐지 그에게 이 우연을 알려 주고 싶지 않았다. 만약 알았다면 그가 얼마나 기뻐했을지 보지 않아도 쉬이 상상할 수 있었다. 안나는 그걸 피하고 싶었다.

　자꾸 민호와 접점이 생기는 게 두려웠다.

"뭐가 그리 좋아요?"

　재인이 영 이상하다는 듯 고개를 갸웃거렸다. 아는 사람 결혼식에 간다는 핑계로 민호는 잠시 나갔다 왔다. 어제부터 진행한 공연 때문에 바빠 죽겠는데 그는 꼭 가야 한다면서 막무가내였다. 정말 얼굴만 비추고 왔는지 2시간도 걸리지 않았지만, 돌아온 그는 뭐가 그리 좋은지 연신 싱글벙글댔다.

　민호는 어깨만 살짝 으쓱해 보이고는 최종 검토에 나섰다. 대답을 안 해 주는 게 어쩐지 수상쩍었다. 재인은 매우 신경 쓰였지만, 민호가 그런 걸 싫어한다는 걸 잘 알기에 꼬치꼬치 캐묻지는 못했다. 마음속에 안 좋은 감정이 스멀스멀 올라왔다. 그가 기분 좋은 이유를 생각하자 떠오르는 얼굴이 하나 있었다.

밤새미

'너도 알잖아. 민호 형 운명론자인 거.'

지헌의 목소리가 가슴을 휘저었다. 물론 재인도 알고 있었다. 민호는 술에 취하면 늘 운명론을 설파하는 버릇이 있었다. 그가 얼마나 오랫동안 운명의 상대를 찾았는지 재인도 알고 있었다. 그는 여자를 만나면 항상 그녀가 제 운명의 상대인지 아닌지 확인부터 했다.

운명이 성립되려면 두 가지 조건이 있다고 했다. 그중 1번은 '심장이 반응하는가?'였다. 재인은 그 1번을 충족시키지 못했다.

'그래서 그 여자가 운명의 상대라고?'

재인의 질문에 지헌은 아무 말도 하지 않았다. 하지만 그의 눈이 대신 말해 주고 있었다. 보라고. 민호를 보면 답이 나오지 않느냐고.

화면에 리허설이 한창인 무대가 잡혔다. 그를 보고 있는 민호의 시선이 진지했다. 민호는 현장 업무는 뛰지 않았다. 다만 워낙에 일을 좋아하기 때문에 아이디어를 내거나 무대 연출에 참여하는 경우가 많았다. 재인은 그를 잠시 바라보다가 이내 생각을 떨쳐 내고 일에 집중했다.

"공연 시작할 때 온다고요? 밥 먹으려고 했는데."
"집에서 먹고 올 거야."

"집에 무슨 밥이 있다고……?"

일을 얼추 마친 민호가 자리에서 일어났다. 집에 들렀다가 오겠다는 말에 재인의 눈이 휘둥그레졌다. 물론 시간이 좀 남기는 했다. 보통 때는 건물 내 입점해 있는 식당에서 이른 저녁을 먹으며 시간을 보냈다.

민호가 혼자 살고 집에서 요리도 안 한다는 걸 아는지라 재인은 집에서 밥 먹고 오겠다는 민호의 말이 매우 이상하게 느껴졌다. 집에 밥은커녕 쌀도 없을 게 분명했다.

"무슨 약속이라도 있는 거예요?"

"사실…… 응. 저녁 약속이 있어."

"그럼 그렇다고 말을 하지, 뭘 집에 가서 밥을 먹는다고."

왜 거짓말하느냐고 인상을 찡그리자 민호가 슬쩍 웃었다. 네가 하도 잔소리해서 그렇잖아. 덧붙이는 말이 짓궂어 재인은 치, 하고 코웃음을 쳤다.

"바쁠 때 나가니까 그렇죠. 다녀옵쇼."

시간 맞춰 오라고 끝내 잔소리를 덧붙였다.

민호는 웃으면서 고개를 끄덕이고는 재킷을 걸쳤다. 그 얼굴에 웃음이 만연해서 재인은 괜히 입술이 바짝 말랐다. 누구와의 약속이냐고, 아까부터 기분이 좋던 이유가 그 약속 때문이냐고, 묻고 싶은 말이 목구멍을 자꾸 때려 댔다.

그게 참 아팠다.

주차장으로 들어가던 민호가 급히 차를 멈췄다. 잠시 주변을 둘러보다가 핸드폰을 꺼내 검색까지 했다. 그러고는 후진해서 로데오 거리를 쭉 돌았다. 얼마 가지 않아 꽃집을 발견할 수 있었다.

"혹시 여기 튤립 있나요?"

"네. 이쪽으로 오세요."

다행히 찾는 꽃이 있어 민호는 기분 좋게 안으로 들어갔다. 주인처럼 보이는 여자가 어떤 색을 찾느냐 물었다.

"사랑 고백이 빨간 튤립 맞습니까?"

"네, 맞아요."

여자는 조금 웃으며 민호를 붉은 튤립 앞으로 안내했다. 원색의 꽃들이 눈을 즐겁게 해 줬다.

"요즘은 이쪽 수입 튤립을 많이 찾으세요. 네덜란드에서 온 겹튤립이라는 건데, 색이 좀 더 차분하면서도 잎이 많아 강렬하죠?"

"예쁘네요. 그걸로 해 주세요. 사이즈는 그냥 중간 정도? 부담스럽지 않을 정도로요."

"네. 고백하시는 건가요?"

여자의 말에 민호는 웃기만 했다. 그런 거창한 이유의 꽃다발은 아니었다. 그저 말로 표현하는 것보다는 꽃이 덜 부담스러우리라 생각했을 뿐이었다. 핸드폰으로 한 번 더 시간을 확인했다. 아직 20분 정도 남았으니 시간은 충분했다. 연락할까 하다가 괜히 바쁜데 신경 쓰이게 할까 봐 그만뒀다.

완성된 꽃다발은 과하게 튀는 법 없이 차분해서 민호의 마음에 쏙 들었다. 갈색과 흰색, 붉은색이 잔잔하게 어우러진 꽃다발은 딱 안나 같았다. 꽃다발을 보고 그녀를 떠올리는 게 단순히 안나에게 반했기 때문만은 아니었다. 정말 안나의 느낌이 났다. 크라프트지의 마른 갈색은 그녀의 머리카락을 떠올리게 했고 겹튤립의 가라앉은 색상은 그녀의 성격을 닮았다.

"정말 마음에 드네요. 감사해요."

"다행이네요. 손에 쥐고 있으면 금방 만개하니까 주의해 주세요. 따뜻하면 피어나거든요."

건네주기도 전에 활짝 피어 버리는 걸 조심하라는 뜻이었다. 민호는 고개를 끄덕이며 한 번 더 고맙다고 말했다. 상상했던 것보다 훨씬 더 마음에 들었다. 이 꽃다발이 안나의 마음에도 들기를 바랐다.

차에 오르자 어느새 10분도 남지 않았다. 집 앞이니 조급해할 필요는 없었다. 그럼에도 가슴이 뛰어 민호는 슬쩍 혀를 깨물었다. 안나에게 꽃을 주고 같이 밥을 먹는다는 생각만으로도 이미 즐거웠다.

사실 민호는 꽃집에서 꽃다발을 사는 게 처음이었다. 회사에서 쓰는 꽃다발은 민호가 주문하는 게 아니고 선물할 데가 있으면 대부분 재인의 손에서 처리했다.

그러다 보니 직접 꽃을 골라 이렇게 만들어 달라 주문을 한 건 오늘이 처음이었다. 그래서 좋아하는 여자를 위해 꽃을 사는 게 이렇게 가슴이 떨리는 일인지 처음 알았다.

차에서 내리면서 마지막으로 거울을 보고 눈, 코, 입, 턱 모두 체크했다. 거울에 비친 제 표정이 잔뜩 상기되어 있었다. 민호는 슬쩍 웃고는 위로 올라갔다.

"네, 나가요."

초인종을 누르니 안에서 안나의 목소리가 들렸다. 두근거림이 점점 더 심해졌다. 꽃다발을 등 뒤로 숨긴 채 서 있는데 문이 열렸다. 안나는 문만 열어 주고는 바로 몸을 돌리려 했다. 얼굴을 볼 새도 없었다. 민호는 얼른 그녀의 팔목을 붙잡았다.

"안나 씨."

"네?"

"밥도 좋지만, 우리 얼굴 좀 봐요."

민호에게 잡힌 손을 잠시 내려다본 안나가 민호와 시선을 맞췄다. 그제야 민호는 웃을 수 있었다.

"나 안 보고 싶었어요? 우리 이틀 만에 얼굴 보는 건데."

"……"

"내 품이 그리워서 울지는 않았어요?"

"서민호 씨."

안나의 반응은 예상을 벗어나지 않았다. 안나가 한숨을 쉬려는 찰나, 민호는 꽃다발을 그녀의 눈앞에 들이밀었다. 시야에 가득 차는 붉음에 그녀는 아무런 반응이 없었다. 감흥이 없는 건지, 반응할 수 없는 건지 알 수가 없어서 민호는 잠시 눈치를 살폈다.

후우, 한숨 소리가 나고 안나가 입술을 깨무는 게 보였다. 민호는 재빨리 그녀의 손을 위로 올려 꽃다발을 쥐여 줬다. 안나는 싫은 듯 손을 빼려 했지만 민호가 좀 더 힘이 셌다. 안나가 진심으로 손을 뿌리치지 않기도 했다.

"저 손도 얼른."

"서민호 씨."

안나가 싫다는 의사를 담아 그를 불렀지만, 민호는 웃음으로 대응했다. 빙그레 미소 지은 채로 왼손으로도 꽃다발을 쥐기를 종용했다. 물러설 기미가 보이지 않자 안나는 결국 한숨을 내쉬며 왼손으로도 꽃다발을 쥐었다. 그런 안나의 양손 위로 민호가 제 손을 겹쳤다.

"뭐 하는 거예요."

"쉿."

민호가 입으로 쉿 소리를 내며 턱짓으로 꽃을 가리켰다. 안나는 의아한 마음을 감추지 못한 채 꽃다발에 시선을 줬다. 붉은 튤립들이 예뻤다. 일하면서 꽃을 볼 일이 많았지만 튤립은 자주 보는 꽃은 아니었다.

민호의 의중은 알지 못했지만, 그래도 꽃이 예뻐 잠시 바라보는데 꽃잎이 서서히 벌어지기 시작했다.

"아……."

느린 속도로 꽃잎이 벌어지면서 점점 더 화려하고 강렬해졌다. 민호도 말로만 들었지, 실제로 보니 훨씬 더 놀라웠다. 입을 다물 줄 모르는 안나를 보며 민호가 속삭이듯 물었다.

"왜 이런 줄 알아요?"

"……모르겠는데요."

같이 손을 잡고 선 터라 거리가 가까웠다. 그의 숨소리조차 들릴 정도로. 그를 깨달은 안나가 조심스레 숨을 내쉬었다.

"우리가 따뜻해서 그런 거예요. 우리 마음이 따뜻해서."

안나가 꽃에서 시선을 들었다. 마음이 따뜻하다고 말하는 민호의 표정이 보고 싶었다. 그런데 그 순간, 쪽 하고 입술이 닿았다가 떨어졌다. 안나가 미처 반응하지 못하고 멍하니 바라보자 민호가 환하게 웃으며 말했다.

"따뜻해요, 안나 씨."

그렇게 말하는 민호의 목소리가 따뜻했다.

지난번에 같이 퓨전 한식집에 갔을 때 민호가 소고기 요리를 고른 것을 떠올린 끝에 안나는 밀푀유 나베로 메뉴를 정했다. 배추와 소고기를 켜켜이 쌓아 주기만 하면 되는 아주 간단한 요리였다.

민호가 오기 전에 육수를 우리고 냄비에 재료를 넣어 두었다. 먹을 때 끓이면 되기 때문에 다행히 준비하는 게 어렵지 않았다. 그 외 반찬이라곤 김치밖에 없었지만, 샤브샤브가 워낙에 화려한 모양새를 하고 있어서 초라해 보이진 않았다.

준비하는 것보다 무엇을 준비할지 고심하는 데에 더 오랜 시간이 걸린 탓에 안나는 이런 일을 매주 해야 한다는 게 걱정이었다.

다행히 민호는 매우 좋아해 주었다. 무엇을 준들 안 좋아할까 싶기도 했지만, 그래도 제대로 잘해 주고 싶었다. 고기를 먹고 남은 국물에 칼국수까지 끓여 먹었다. 민호는 식성이 참 좋았다. 먹는 걸 참 좋아하는 사람인데 항상 외식만 한다는 게 조금 안쓰럽게 느껴졌다.

"안나 씨는 어쩜 이렇게 요리 솜씨가 좋아요?"

내내 극찬하던 민호가 너무 많이 먹었다며 혀를 슬쩍 깨물었다. 그 짓궂은 표정을 보니 안나는 조금 뿌듯했다.

"민호 씨가 착한 거겠죠. 뭘 해 드려도 잘 드시니까."

"에이, 아니에요. 제가 보증하는데 안나 씨 음식 솜씨 진짜 좋아요."

"맛있게 드셨다니 다행이네요. 차 드릴까요? 커피가 나으려나."

"아, 저는 커피 부탁합니다."

내버려 두면 쉬지 않고 칭찬할 기세라 안나는 자리에서 일어서며 말을 끊었다. 그러고 보니 남을 위해 요리를 한 적은 지금이 처음이었다. 심지어 그를 위해서 요리해 본 적도 없었다. 작년까지만 해도 안나 역시 외식파였다. 밥을 해 먹기 시작한 게 얼마 되지 않았으니 정말 민호가 처음이었다. 아, 진현에게 라면을 끓여 준 적은 있었다.

그를 인식하자 조금 묘한 기분이 들었다.

"아메리카노로 드릴까요, 믹스로 드릴까요?"

집에서 뭘 잘 안 먹는 데다가 몽유병에 지나친 카페인 섭취가 안 좋다고 해서 커피마저도 빈약했다. 한 번도 신경 써 본 적 없는 것들이 민호를 앞에 두자 다 신경 쓰였다. 그나마 지난번에 진현이 자기는 믹스 커피를 안 먹는다고 말해서 인스턴트 아메리카노를 사다 둔 게 전부였다.

"아, 전 믹스요."

안나는 민호의 대답에 조금 놀랐다. 겉보기에는 스타벅스 커피가 아니면 마시지 않을 것 같은데 생각 외로 털털했다. 단 걸 좋아한다고 했으니 믹스 커피도 취향인 건가.

"안나 씨도 믹스예요?"

"네."

"우리 역시 통한다니까요."

시시껄렁한 얘기를 하며 민호가 자연스레 옆으로 다가왔다. 자기는 두 개 타 달라고 말하면서 쓰레기를 치우는 등 손을 움직였다.

"민호 씨, 희한하다는 소리 안 들어요?"

"제가 희한해요?"

민호는 마치 그런 말은 처음 들어 본다는 듯 눈을 크게 떴다. 자신이 어디가 희한하냐고 묻는 듯했다. 안나는 슬쩍 웃기만 했다. 커피가 제대로 녹은 것을 확인하고 그에게 잔을 내밀었다. 그나마 커피 잔이 두 개 있어서 다행이라 생각했다.

잔을 넘기는 손이 맞닿았다. 민호가 손을 움켜쥐듯 힘주어 잔을 가져갔다. 그 손가락의 힘이, 온기가 진한 여운을 남겼다. 안나는 그를 잠시 바라보다가 제 잔을 들었다. 커피의 뜨거운 열기가 여운을 앗아 간다.

"제가 희한하면 안나 씨도 희한해지는 건데?"

"제가 왜요?"

"우리 많이 닮았잖아요."

그렇게 말하면서 민호가 콧잔등을 살짝 찡긋거렸다. 안나는 우리가 뭐가 닮았느냐 되묻고는 몸을 돌려 거실로 향했다. 민호가 그 옆을 따르면서 많이 닮았다고 반박했다.

"안나 씨, 믹스 커피 좋아하죠? 나도 좋아하니까 우리 닮은 거죠."

"얼마나 닮을 게 없으면 그걸……."

"그런 소소한 것부터 시작하는 거예요. 안나 씨는 그럼 우리가 데이트할 때마다 커피 취향 때문에 싸우면 좋아요?"

"……왜 우리가 데이트한다는 가정을 해야 하죠?"

"생각해 봐요. 우리, 음식 취향도 간도 잘 맞죠? 근데 안 맞아 봐요. 내가 막 짜게 먹어. 안나 씨한테는 소금국인데 막 그게 맛있대. 그런 사소한 거에서 스트레스받는 거라니까요?"

"아니, 맞는 말이긴 한데, 그걸 굳이 왜 우리 둘이……."

하도 기가 차서 안나는 말을 버벅거렸다. 민호가 웃으면서 타이밍을 빼앗았다. 소파에 앉은 안나의 옆에 딱 붙어서 앉고는 잔을 들지 않은 손을 잡았다. 안나가 조금 굳은 채 손을 빼내려고 하자 커피 쏟는다며 말렸다. 그 말에 넘어가 움직임을 멈췄더니 손을 놓을 타이밍을 완전히 놓치고 말았다.

민호가 고개를 돌려 안나를 마주 봤다. 제게 쏟아지는 시선에 안나도 그를 보지 않을 수가 없었다. 너무 가까웠다. 조금만 고개를 들이밀면 그대로 입술이 붙을 만큼.

안나는 저도 모르게 그의 입술을 바라봤다가 시선을 들었다. 눈이 마주치자 민호가 곱게 눈웃음을 지어 보였다. 그 미소마저도 따뜻했다.

서민호는 40도 같은 남자였다. 몸을 담갔을 때 가장 기분 좋게 느껴지는 온도. 너무 뜨거우면 피하고 싶을 텐데, 뜨끈뜨끈해서 오히려 더 다가가고 싶었다.

"안나 씨에 대해 더 많이 알고 싶어요. 무엇을 좋아하는지, 쉬는 날에는 뭘 하는지. 내 생각은 얼마나 하는지. 좋아하는 음악은 뭔지. 영화 보러 가자고 하면 갈 건지."

도중에 이상한 말이 하나 끼어 있었지만, 지적하기에는 그의 목소리가 가진 힘이 너무 컸다.

"안나 씨는 안 궁금해요? 내 나이가 몇인지. 진짜는 뭐 하는 사람인지. 뭘 좋아하는지."

안나는 아무 말도 하지 못했다. 그가 강제로 잡아 뜯은 빗장의 자물쇠는 이미 제 역할을 하지 못하고 있었다. 역시 그는 무서운 사람이었다. 거부해도 거부해도 밀고 들어왔다.

그녀의 침묵을 어떻게 받아들인 걸까. 민호는 제 커피 잔을 테이블 위에 내려놨다. 그러고는 안나가 들고 있는 잔에 손을 뻗었다. 안나는 가만히 그가 하는 행동을 지켜보기만 했다. 그가 잔을 뺏다시피 들었다. 안나는 그가 가져가도록 손에 힘을 뺐을 뿐이었다. 안나의 잔까지 테이블에 내려놓은 민호가 완전히 몸을 틀어 안나를 바라봤다.

"싫으면 밀어내요."

"……서민호 씨."

"손잡는 거, 싫어요?"

민호는 이미 양손으로 안나의 손을 꼭 잡고 있었다. 안나의 시선이 저절로 손으로 향했다. 자신의 손이 그다지 작다고 생각해 본 적 없는데, 그의 손에 감싸이자 거의 보이지 않을 정도였다. 크고 남자다운 단단한 손가락들이 손을 얽어 왔다.

싫은가? 싫지는 않았다. 좋다 싫다로 구분해야 한다면 좋은 쪽에 가까울 것이다. 안나는 결국 대답하지 못했다. '좋다'가 그가 원하는 대답임을 알기 때문이었다.

"키스는?"

갑자기 튀어나온 키스라는 단어에 안나가 퍼뜩 고개를 들었다. 그리고 바로 입술이 맞닿았다. 그녀가 고개를 들기만을 기다린 듯 민호가 기습적으로 입술을 겹쳤다. 안나의 어깨가 움찔했다. 입술 사이로 비집고 들어오는 혀가 너무도 부드러운 탓이었다.

억지로 하는 키스가 분명할 텐데, 이상하게도 그의 키스는 부드럽기만 했다. 강압적이지 않았다. 싫다면 얼마든지 밀어낼 수 있었다. 싫다면.

안나의 등이 소파에 닿았다. 승낙의 의미로 받아들였을까, 민호는 주저하지 않고 안나의 위로 몸을 겹쳤다. 자연스레 안나의 몸이 소파에 기대어 눕는 형태가 되었다. 입술을 살짝 뗀 민호가 낮게 가라앉은 목소리로 속삭였다.

"심장, 뛰어요?"

심장이 안 뛰면 죽는다. 하지만 안나는 그리 말하지 못했다. 작년 가을 이후로 제 심장은 멈춘 것과 다름없었다. 그가 도망가듯 모든 흔적을 지우고 사라졌을 때. 그 남자에게 속았다는 걸 알았을 때. 제게 사랑한다 말했던 김주원이라는 남자 자체가 거짓이었다는 걸 깨달았을 때.

처음에는 회사가 부도나서 잠적했다는 그의 말을 믿었다. 핸드폰도 정지하니까 당분간 연락이 안 될 거라고 했다. 제가 돕겠다는 안나에게 그는 도울 수준의 빚이 아니라며 자신이 알아서 하겠다며 전화를 끊었다. 그게 마지막 통화였다. 그를 도울 방법을 수소문하는 사이, 안나는 자신이 알던 그의 회사명이나 위치 같은 게 모두 다 거짓임을 알게 됐다.

남지이

그러고 나니 대체 어디서부터 거짓말이었던 건지 알 수 없었다. 진현은 딱 잘라서 처음부터라고 말했다. 부정할 수 없었다. 자신이 알던 모든 것이 거짓이었으니까.

그가 고의적으로 도망쳤다는 걸 인정했지만, 안나는 그를 찾는 걸 그만둘 수 없었다. 묻고 싶었다. 대체 왜 그랬느냐고. 왜. 단순히 돈이 목적이라고는 생각하지 않았다. 고작 몇 천만 원을 노리고 1년이나 사람을 속일 거라고는 생각하지 않았다. 그 이상의 다른 이유가 있으리라 믿었다. 그리고 그걸 듣고 싶었다. 그 사람의 입으로 직접.

'분명 너 하나만 작업한 거 아니야. 그런 사람들 수법 뻔하다고. 너도 그놈한테 속은 수많은 여자들 중 하나일 뿐이야. 정신 차려, 강안나!'

진현의 말이 진실일 가능성이 높다는 걸 안나도 알고 있었다. 하지만 부정했다. 아니리라. 설마 그런 건 아니리라.

"들려요?"

민호의 목소리가, 손의 감촉이 안나를 현실로 되돌렸다. 안나가 멍한 시선으로 그를 올려다봤다. 그는 안나의 손을 잡아 끌어다 제 가슴에 올려두었다. 손바닥에 그의 가슴이 고스란히 느껴졌다.

"이렇게 뛰어요."

"……."

"안나 씨에게 반응해, 여기가."

두근, 두근. 그의 심장 뛰는 소리가 손바닥을 파고들었다. 손바닥이 따듯하다고 느껴졌다. 항상 차갑기만 하던 손이 민호의 온기로 따듯해졌다. 안나는 저도 모르게 손가락을 조금 움직였다. 손끝에 민호의 가슴이 닿았다. 단단하면서도 부드러운 느낌이 손에 착 달라붙었다.

"나 사실 안나 씨가 나를 봐 주기를 원했어요."

민호가 안나의 손을 잡아 위로 올렸다. 검지 끝을 살짝 이로 깨물었다. 안나는 순간적으로 손을 빼려 했지만 꽉 잡혀 있어서 소용이 없었다. 손끝에서 그의 입술의 감촉이 너무도 노골적으로 느껴졌다. 살짝 혀가 닿았을 때는 속절없이 몸을 떨었다.

"밤에 만나는 안나 씨는 나를 봐 주지 않거든요. 당신을 안은 사람이, 위로해 주는 사람이 나라는 걸, 나 서민호라는 걸 알아줬으면 했어요."

민호의 말에 안나는 조금 놀라고 말았다. 사실 자신은 그저 기억이 없을 뿐이었다. 밤이면 그를 찾았고 또 아침이면 그의 곁에서 눈을 떴지만, 그사이의 시간은 안나에게는 존재하지 않는 거나 다름없었다. 하지만 그 시간이 진짜로 존재하지 않는 게 아니듯 민호에게는 그 시간이 그 나름의 의미를 지닐 터였다.

안나의 표정에서 그녀의 생각을 읽은 민호가 작게 웃었다. 그러면서 붙잡은 손끝에 입을 맞추는데, 그게 마치 입술에 받는 키스처럼 느껴져서 안나는 괜히 바짝 마른 입술을 핥았다.

"내게 마음을 열어 줘요. 정말 위로할 수 있게 허락해 줘요."

민호의 말 한 마디 한 마디가 독이었다. 달콤한 독. 위험하다는 걸 알면서도 손을 뻗게 한다.

"많은 욕심 부리지 않을게요. 나 한 번만 안아 줘요."

간악하다. 나쁜 남자다. 다정하게 웃고 있지만, 부드럽게 속삭이며 애원하지만 그는 분명 저 말이 거짓말임을 알고 있다. 절대 한 번으로 끝나지 않을 것을 알면서, 아니, 한 번으로 끝나게 두지 않을 것이면서 저리 유혹하는 것이다.

안나의 눈동자가 파르르 떨리는 걸 보면서도 민호는 생글생글 웃기만 했다. 미워할 수 없는 다정한 웃음이었다. 민호가 따뜻한 손길로 머리를 매만져 주었다. 흐트러진 갈색 머리카락이 그의 손가락 사이에서 서걱거렸다.

이마를 가리는 머리를 치워 줄 때는 손끝이 이마를 간질였다. 안나는 머리를 조금 뒤로 뺐다가 소파에 닿자 움찔했다. 뒤로는 도망갈 공간이 없었다. 앞에는 서민호가 버티고 있다. 도망가는 방법은 그를 거절하는 수밖에 없었다. 하지만 입이 벌어지지 않았다. 그사이에 민호의 손은 눈 옆을 지나 귀에 닿았다. 머리를 귀 뒤로 넘겨 주는 손길이 세심했다. 솜털이 다 삐쭉삐쭉 서 버릴 만큼 손끝의 감촉이 오싹했다.

"응? 안나 씨."

재촉하듯 애교 섞인 목소리를 낸다. 남자가 애교를 피우는 목소리가 이리도 매력적이었던가. 처음이라 모르겠다. 이런 남자는 처음이었다. 서민호라는 존재가 안나에겐 매우 특이했다.

"뭐가 있나요?"

"응?"

안나가 겨우 입을 떼자 민호가 반갑게 되물었다. 안나는 깊은숨을 내쉬며 어깨를 늘어뜨렸다. 애초에 거절은 선택지에 들어 있지 않았다.

"어디를 보나 서민호 씨가 손해 보는 관계잖아요. 나랑 엮여서 무슨 이득이 있어요."

"이득요?"

"그래요. 아무것도 바라지 않는다곤 하지 마요. 그런 거……
안 믿으니까."

'이제'. 덧붙이고 싶은 단어를 억지로 빼냈다. 한 번 속지, 두 번은 속지 않는다. 그러지 않는 방법은 간단했다. 처음부터 믿지 않으면 된다.

안나의 눈에 힘이 들어가는 걸 보면서 민호는 오히려 웃음을 흘렸다. 시종일관 진지해 보이지 않는 태도였지만 그가 진지하단 것은 안나가 제일 잘 알았다. 그래서 더 무서웠으니까.

"바라는 게 왜 없어요."

순간 움찔한 안나의 눈이 커졌다. 바라는 게 있다는 말이 이리도 두렵게 들릴 줄은 몰랐다. 잔뜩 긴장한 안나를 바라보며 민호는 자신이 낼 수 있는 가장 부드러운 목소리로 속삭였다.

"안나 씨를 바라요."

안나의 눈동자가 크게 요동치는 걸 보며 민호는 또박또박 다시 말했다.

"안나 씨를 원해요. 말했잖아요. 여기가 안나 씨에게 반응한다고. 내 가슴 뛰는 거 못 느꼈어요? 안나 씨에게만 뛰어요, 이 심장."

머리가, 가슴이, 허리가 징하고 울릴 정도로 달콤한 고백이었다. 안나는 몸의 떨림을 감추지 못했다. 그의 말을 이성적으로 해석하기 전에 몸이 먼저 반응했다.

자신이 바라는 건 오로지 강안나뿐이라며 민호는 다시 한 번 그녀의 손끝에 입을 맞췄다.

"운명을 믿어요, 안나 씨는?"

"······그런 것 안 믿어요."

안나는 인상을 쓰며 고개를 숙였다. 운명 같은 추상적인 것은 절대 믿지 않았다.

"나는 믿어요. 운명. 그리고 안나 씨가 내 운명의 상대 같단 말이에요."

운명의 상대. 이게 다 큰 성인 남자가 할 만한 이야기인가? 그를 비웃어 줄 생각이었는데 입술이 움직이지 않았다. 안나의 미간에 희미하게 골이 팼다. 민호의 표정이 지나치게 진지했다. 허투루 뱉는 말이 아니라고 믿게끔 했다.

"운명의 상대는 평생 한 번밖에 안 나타나요. 안나 씨가 내 운명의 상대라면 나는 안나 씨 못 놔줘요."

그의 목소리에, 손에 힘이 들어갔다. 꽉 붙잡힌 손이 저릿저릿했다. 심장도 그에게 잡힌 듯 같이 저릿저릿했다.

"놓치고 후회하고 싶지 않으니까."

안나는 이를 악물었다. 자꾸만 감정이 복받쳐 올라서 몸에 힘을 꽉 줘야만 참을 수 있었다. 너무 힘을 주는 바람에 뼈 속까지 덜덜 떨릴 정도였다. 그런 안나를 민호는 부드럽게 어루만져 주었다.

"대체 뭘 보고 내가 당신 운명의 상대라는 거죠? 옆집에 살아서? 우연히 몇 번 만나서?"

복받친 감정을 드러내지 않으려 하다 보니 말이 신랄하게 튀어나왔다. 애들 장난도 아니고 운명의 상대가 말이나 되느냐고 눈빛으로 쏘아붙였다. 그래도 민호는 상처받는 법이 없었다. 그는 살짝 혀를 빼무는 귀여운 짓을 하고는 웃었다.

"몰라요. 하지만 내가 운명의 상대를 확인하는 방법이 두 가지 있는데, 1단계를 통과한 건 안나 씨뿐이에요."

"……1단계?"

안나가 인상을 팍 쓴 채 되물었다. 그의 말 자체가 뜬구름 잡는 것처럼 들렸다. 민호는 고개를 끄덕이면서 말했다.

"안나 씨만 보면 심장이 두근거려. 안 보면 보고 싶고, 보면 좋아 미치겠고, 같이 있으면 즐겁고 행복해요."

"……."

"다른 여자 보고는 이런 기분 든 적 없었어요."

안나의 얼굴이 빨개진 걸 아는지 모르는지 민호는 진중하게 마음을 고백했다. 눈을 똑바로 바라보면서 말하는 민호 때문에 안나는 정신을 차릴 수가 없었다. 저도 모르는 사이 눈물이 뚝뚝 떨어졌다. 민호는 말하면서 손을 움직여 엄지로 안나의 눈가를 훔쳐 주었다.

"당신을 좋아하게 된 이후로 모든 여자가 오징어로 보이는 거 알아요?"

"뭐라고요?"

안나가 울다 말고 인상을 찡그렸다. 눈을 찌푸리니 눈물이

후두둑 떨어졌다.

"그러니까 안나 씨가 책임져야 해. 나 이제 김태희도 오징어로 보인단 말이에요."

그러면서 슬쩍 윙크까지 날렸다. 안나는 순간 너무 황당해서 헛웃음이 터졌다.

"아, 웃었다."

그러자, 민호는 활짝 웃었다. 웃으라고 한 말이 맞는 모양이었다. 그는 부드러운 손짓으로 안나의 뺨을 쓸어 주다가 그대로 제 쪽으로 끌어당겼다. 키스하려는 게 분명하다는 걸 알면서도 안나는 몸에 힘을 뺐다.

"이리 와요. 안아 줄게."

말하는 와중에도 민호는 손을 움직여 안나의 허리를 끌어안았다. 안나는 거부하지 않았다. 그의 손이 닿은 등허리가 뜨거웠다. 그녀를 꼭 끌어안은 민호가 자세를 바꿨다. 안나가 먼저 소파에 눕게 됐다. 침대 소파라서 공간은 넉넉했다.

민호가 위에서 그녀를 내려다봤다. 눈이 잠시 마주쳤다. 그림자가 져 빛이 있을 리 없는데도 안나는 그 눈동자가 반짝반짝 빛난다는 느낌을 받았다.

입술이 다시 맞붙었다. 벌써 수없이 키스했지만 지금이 가장 달콤하게 느껴졌다. 민호의 입술에 애정이 듬뿍 담겨 있었다. 뺨을 쓰다듬던 손이 귀를 간질이고 목으로 내려갔다. 그의 큰 손 아래 목이 잡히자 안나는 형용할 수 없이 복잡한 감정이 들었다.

좋았다. 그리고 무서웠다. 그를 믿기 시작한 저 자신을 느낀 탓이었다. 그럼에도 그저 지금 이 순간은 그런 걸 생각하고 싶지 않았다. 그냥 몸이 가는 대로 마음이 가도록 내버려 두고 싶었다.

민호의 손이 옷깃을 벌리고 안으로 들어갔다. 쇄골 아래 드러난 뼈대를 손바닥으로 지그시 눌렀다. 가슴에 닿는 손바닥의 감촉에 압박이 느껴지는데 이상하게도 안심이 됐다. 마치 마음을 어루만져 주는 듯한 느낌이었다.

"단추, 풀어 봐요."

입술을 살짝 뗀 민호가 야한 부탁을 던졌다. 그러면서 아랫입술을 스윽 핥았다. 안나는 순순히 손을 움직였다. 단추를 잡는 손이 떨렸다. 몇 번 놓치고 나서야 첫 번째 단추를 풀었다. 좀 더 벌어진 옷깃 사이로 민호가 얼굴을 묻었다.

"......!"

순간적으로 움찔한 안나가 몸을 움츠리자 그러지 말라는 듯 민호가 혀를 내밀었다. 혀에 닿는 살결이 부드러웠다. 혀 아래서 녹아내릴 것만 같이. 안나가 단추 하나를 더 풀자 가슴이 완전히 벌어졌다. 브래지어 위로 봉긋하게 솟은 가슴에 쪽쪽 입을 맞췄다. 말랑말랑 부드러운 살갗이 그의 입술 아래서 붉게 물들었다.

"읏......."

참지 못한 신음이 흘러나왔다. 그게 부끄러워 입을 꾹 다무는데, 민호의 손이 등 뒤로 향했다. 후크를 푸는 손끝이 등을 간질였다. 손끝의 뭉툭한 살로 등을 긁는 게 오싹오싹했다.

다리를 부르르 떠는데 발끝에 다른 진동이 느껴졌다. 소파 아래로 떨군 발에 닿는 게 있었다. 지이잉, 울리는 진동으로 보아 핸드폰 같았다. 마룻바닥에 닿아 징징대는 소리가 생각보다 크게 울렸다. 그럼에도 민호는 움직임을 멈추지 않았다. 후크가 풀려 느슨해진 브래지어 사이로 입술을 묻었다. 입술을 피부에 붙인 채 점점 더 안쪽으로 이동했다. 달아오른 붉은 돌기를 찾아 혀로 간질였다.

"흐읏⋯⋯. 전화, 민호 씨, 전화⋯⋯."

누구의 핸드폰인지 알 수 없었다. 하지만 누군가의 핸드폰은 분명 울리고 있었다. 끈질긴 진동에도 민호는 대답이 없었다. 아니, 오히려 그런 것에 신경 쓸 여력이 있느냐고 혼내듯 입술로 가슴을 앙하고 깨물었다. 깜짝 놀라 몸을 비틀며 피하자 민호가 살짝 웃음을 흘렸다. 그 웃음마저도 자극이 됐다.

몸을 조금 일으킨 민호가 안나를 내려다봤다. 흐트러진 머리칼이 평소보다 붉게 느껴졌다. 손가락에 얽어 빙빙 돌리며 가지고 놀고 싶은 그런 짓궂은 마음이 들었다. 그 사이로 보이는 이마도, 콧날도, 홍조가 든 뺨도, 입술도 다 예뻤다. 제 색으로 물든 모습이 너무 예뻐서 참을 수가 없었다.

전화가 자신의 것이라는 것 정도는 알고 있었다. 전화를 건 사람이 재인이라는 것도, 왜 전화했는지도. 그럼에도 전화를 받고 싶은 생각이 들지 않았다. 이 시간을 방해받고 싶지 않았다. 그러는 사이 전화가 끊겼는지 진동이 멈췄다.

안나가 눈만 움직여 아래를 가리켰다. 전화를 확인하라는 눈짓에 민호는 쓰게 웃으며 핸드폰을 집어 들었다. 소파 밑에 반쯤 가려진 걸 보아하니 아까 떨군 모양이었다.

"민호 씨 거네요. 가 봐야 하는 거…… 아닌가요?"

토요일 저녁이었다. 안나는 민호가 주말 내내 바쁘다고 했던 게 그제야 떠올랐다. 얼른 옷깃을 여미며 자리에서 일어나려 하는데 민호가 왼손으로 그런 그녀의 어깨를 저지했다. 일어나지 못하게 하는 손짓에 안나가 주춤하는 사이 그는 주저없이 핸드폰 배터리를 분리했다.

"민호 씨!"

"이런 거, 하나도 중요하지 않아요."

그리 말하는 민호의 머릿속에도 오늘 일정이 떠오르고 있었다. 하지만 괜찮을 거라며 넘겼다. 공연은 제가 없어도 진행될 것이고 문제가 생긴다면 재인과 김 전무가 처리할 것이다. 혹시라도 집으로 찾아오면 여기서도 그 소리를 들을 수 있다. 그렇게 깔끔하게 정리해 넘겼다.

"이 순간을 방해받을 수는 없어요."

그리 말하는 민호의 얼굴에 미소가 가득했다. 안나는 바짝 마른 입술을 핥고는 마른침을 삼켰다. 절대 가볍게 넘어갈 것 같아 보이지 않았다.

핸드폰을 테이블 위에 대충 내려놓고 다시 몸을 겹친 민호가 그녀의 입에 쪽 하고 뽀뽀하며 말했다.

"나 대신 일할 사람은 많지만 안나 씨를 안아 줄 사람은 나밖에 없으니까."

화르륵, 불이 붙은 듯 뺨이 달아올랐다. 이 남자는 엄청난 말을 눈 하나 깜빡 않고 술술 말한다. 부끄러움은 듣는 안나의 몫이다. 그런 반응을 더 좋아하는 것 같기도 했다. 안나는 짧게 한숨을 내쉬었다. 그 입꼬리가 살짝 말려 올라가 있었다.

"좋아요. 대신…… 침대로 가요. 불도…… 끄고."

정신이 없을 때는 몰랐지만 불빛이 지나치게 환했다. 민호는 짧게 고개를 끄덕이고는 안나를 일으켜 줬다. 상체를 일으킨 안나가 몸을 옆으로 틀어 바닥에 발을 딛자 민호는 그녀의 허벅지 아래에 팔을 넣고는 순식간에 들어 올렸다.

"악! 민호 씨!"

깜짝 놀란 안나가 버둥거리면서 소리를 지르자 민호는 그녀가 떨어지지 않도록 꼭 붙든 채 자리에서 일어났다. 왼팔로 등을 받치고 팔을 잡아 제 쪽으로 기대게 했다. 자칫했다가는 둘이 같이 엎어질 판이었다.

"어어, 넘어져요. 꼭 붙잡아."

민호가 정말 고꾸라지는 척 상체를 앞으로 숙이자 안나는 기함하며 그의 목을 끌어안았다. 밑에 테이블이 있어서, 넘어졌다가는 큰 사고로 이어질 수 있었다.

안나가 숨도 못 쉴 정도로 꽉 끌어안자 그제야 마음에 든 듯 민호는 제대로 일어섰다. 꾸준히 운동한 보람이 있는 건지, 아니면 너무 기분이 좋아서 못 느끼는 건지 안나는 그다지 무겁지 않았다.

"직접 걸어갈 수 있어요."

뒤늦게 민호가 고의적으로 그런 걸 깨달은 안나가 작게 투덜댔다. 입술을 삐죽이자 민호는 그런 안나의 이마에 쪽쪽 뽀뽀하며 웃었다. 입꼬리가 아래로 내려갈 줄을 모른다.

"민호 씨, 나이가 어떻게 돼요?"

"갑자기 왜요?"

"사실 다섯 살인 건 아닌지 의심스러워서요."

안나가 눈을 가늘게 뜨며 노려보자 민호가 박장대소를 터뜨렸다. 하는 짓이 애 같다는 소린데 그게 뭐가 그리 재밌을까. 안나는 내려 달라고 하는 건 포기한 채 그를 쳐다봤다. 민호는 자연스럽게 침실을 찾아갔다. 집 구조가 비슷해서 헤매는 일은 없었다.

"몇 살 같아요?"

"다섯 살요."

"맞아요. 서른다섯."

서른다섯……. 기껏해야 서른 정도 됐을까 하고 생각해 온 지라 안나는 조금 놀랐다. 미묘한 표정에 민호가 고개를 갸웃거리면서 침실 문을 열었다.

"하는 일은 클럽 TAKE 관련 회사를 운영하고 있고요. 노는 걸 워낙 좋아해서 클럽에서 살다시피 해요."

"사장이신 줄 알았는데……."

"처음에는 그랬죠. 회사 차리기 전에는. 책상 앞에 앉게 되면서 사장은 다른 사람 시켰어요. 몸이 열 개라도 부족하겠더라고."

"……."

"또 궁금한 거 있어요?"

민호가 싱긋 웃으며 안나를 침대로 내려놨다. 엉덩이가 침대에 닿자 안나는 얼른 옷깃을 여몄다. 블라우스는 잔뜩 흐트러지고 브래지어는 후크가 풀린 탓에 가슴이 완전히 드러나 있었다. 그에게 알몸을 보인 게 한두 번이 아니라는 건 알지만, 제정신이라 그런지 참을 수 없이 부끄러웠다.

"감추지 마요. 다 보여 줘."

민호가 무릎으로 앉은 채 제 셔츠 단추를 풀었다. 그러면서 눈짓을 하는 것이 마저 벗으라 말하는 것 같았다. 안나는 잠시 망설이다가 남은 단추에 손을 가져갔다.

침실 불은 켜지 않은 상태였다. 하지만 환하게 들어오는 바깥의 불빛 탓에 불을 켠 것과 다름없었다.

반나신 상태로 민호가 안나에게 슬금슬금 가까이 다가왔다. 손으로 침대를 짚은 채로 무릎으로 기어 오는 것이 마치 놀아 달라고 조르는 맹수 같은 느낌이었다. 귀엽지만 자칫하면 물려 버릴 것 같은. 안나는 저도 모르게 뒤로 상체를 뺐다. 하지만 이내 위로 덮쳐 오는 민호에게 깔리고 말았다. 도망갈 생각이 없기도 했지만, 도망갈 곳도 없이 그의 안에 갇혔다.

"안나 씨. 나 봐요."

보고 있는데도 보라는 말에 안나가 의아한 시선을 던졌다. 안나의 갈색 눈동자에 자신이 비치자 민호는 환하게 웃었다.

얼마나 바랐던가. 안나가 자신을 바라봐 주기를. 알아주기를. 당신을 안아 주는 이가, 위로해 주는 이가 저 서민호라는 것을.

"좋다."

그 마음이 입 밖으로 튀어나왔다. 그 미소를 보는 순간 안나는 가슴에 묘한 충격을 느꼈다. 징하고 울린 가슴이 저릿저릿했다.

처음이 아니었다. 하지만 하나도 기억하지 못했다. 그나마 제정신이었던 처음은 술에 취한 탓에 기억이 희미했다. 민호의 품 안에서 어떤 식으로 흐트러졌는지, 얼마나 신음을 흘렸는지, 얼마나 그를 갈구했는지 안나는 하나도 몰랐다.

그런데 마치 몸이 아는 것처럼 그의 손길이 익숙했다. 그가 만지는 방식이나 애무가 낯설지 않아서 긴장되기보다는 오히려 마음이 편해졌다. 그를 끌어안고 가슴을 맞대는 건 기분 좋기까지 했다.

"기억 못 해도 좋아요. 오늘 완전히 새로 쓸 거니까."

민호가 가슴을 끌어안은 채로 말을 하자 살에 소리가 울려 이상한 기분이 들었다. 참지 못하고 몸을 조금 비틀었다. 하지만 놔줄 민호가 아니었다. 오히려 살짝 깨물며 피하지 못하게 했다. 그의 집요한 애무에 안나는 제 몸이 반응하는 걸 생생히 느끼고 말았다.

"······내가 이상하지 않아요?"

"뭐가 이상해요?"

민호가 그런 생각 하지 말라는 듯 입술에 힘을 줬다.

"읏······."

입술 사이에 낀 가슴에 강한 자극이 오자 안나는 속절없이 신음을 흘렸다. 꾹꾹 누르는 것으로도 모자라 혀로 핥으며 민호가 한 손을 아래로 내렸다. 그 손길에 안나가 몸을 굳혔다. 다리를 오므려 피하려 했지만 이미 그의 손은 여린 허벅지 사이에 자리를 잡은 후였다.

"민호 씨와 처음······ 자는 것 같아요."

밤지미

"그게 왜 이상해요. 괜찮아. 다만 안나 씨가 오늘을 기억 못한다고 하면 화낼 거지만요."

살짝 웃은 민호가 입술을 오므려 뽀뽀를 날리는 시늉을 했다. 안나는 메마른 입술을 슬쩍 핥으며 고개를 끄덕였다. 오늘은 절대 잊지 못하리라.

"……으응."

"여기…… 약하죠?"

민호는 그럴 줄 알았다는 듯 미소 지었다. 어디가 약한지, 어디를 느끼는지 이미 잘 알고 있다는 눈치였다. 자극에 반응한 안나의 몸이 그를 원하고 있다는 것도. 벌써 몇 번이나 그를 받아들인 몸은 이미 상대가 민호라는 걸 아는 듯했다. 그가 만져 주는 것에 기뻐했다. 안나는 그런 제 몸의 반응이 낯설면서도 신기했다.

민호가 몸을 떼어 반쯤 벗고 있던 바지를 완전히 벗었다. 안나는 부끄러워 슬쩍 시선을 피했다. 민호는 짓궂은 마음이 들었는지 그녀의 손을 끌어다 제 몸에 얹었다. 웃, 작은 신음을 흘리며 안나는 고개를 더 멀리 피했다. 시선을 피했더니 손의 감촉이 더 생생했다. 그를 아는 듯 민호가 손을 움직였다.

"나도 이래요. 부끄러워할 필요 없어요."

민호의 말에 안나는 천천히 고개를 돌려 그와 마주했다. 신기하게도 부끄러움이 조금 가셨다. 검지를 조금 움직이자 바로 반응이 왔다. 민호도 마냥 웃기는 힘든 듯 조금 인상을 찡그렸다. 살짝 찡그린 눈이 매력적이었다. 그제야 안나도 웃을 수 있었다. 살짝 입꼬리를 올려 웃으니 민호도 어쭈? 하는 식으로 웃고는 팬티를 벗어 버렸다.

민호가 바지 주머니에서 지갑을 꺼냈다. 안나는 갑작스러운 그의 행동에 의아해했다. 지갑에서 콘돔을 하나 꺼낸 그는 혀를 슬쩍 빼물며 웃었다. 두어 번 예상에 없던 관계를 가진 적이 있던 터라 하나 정도 비상으로 가지고 다녔다. 그걸 오늘 쓰게 될 줄은 몰랐지만, 챙겨 두기를 잘했다는 생각이 들었다.

안나는 슬쩍 혀를 깨물었다. 몽유병이 시작되면서 생리 주기가 완전히 엉망이 되었다. 산부인과에서는 수면 클리닉에서와 마찬가지로 스트레스를 줄이라는 답변을 받았다. 병이 있거나 약을 먹을 정도는 아니라고 했지만, 좋은 상태도 아니라고 했다. 그래도 그가 피임을 신경 써 주는 게 고마웠다.

민호가 안나의 위로 몸을 겹쳐 누웠다. 완전히 알몸으로 맞닿는 몸이 아까보다 훨씬 편한 느낌이 들었다. 긴장이 풀어진 게 티가 났다.

"나 받아 줘서 고마워요."

안나가 작게 속삭이자 민호는 웃으면서 입을 맞췄다. 쪽 하고 입술에만 닿았다가 떨어지자 오히려 안나가 더 아쉬움을 느꼈다. 키스하고 싶었다. 진하게 입을 맞춰 주면 좋겠다는 생각이 들었다. 그러다가 이내 생각을 바꿨다. 그가 해 주길 기다릴 필요가 없었다. 안나는 손을 움직여 그의 목을 끌어안으며 입을 맞췄다.

민호가 완전히 몸을 겹치자 안나는 버티지 않고 다리를 벌려 줬다. 그 안으로 자리한 민호가 안나와 시선을 맞췄다. 달뜬 얼굴이 예뻤다. 눈물이라도 흘릴 것처럼 젖은 눈도, 붉게 달아오른 뺨도 자신 때문에 그런 거라 생각하니 그렇게 예쁘게 보일 수가 없었다.

"으응……."

중심을 맞추자 안나의 입에서 달콤한 신음이 터져 나왔다. 민호는 그 신음 하나도 놓칠 수 없다는 다시 입을 맞춘 채로 움직였다. 뜨거움이 점차 퍼져 나갔다. 결국 안나의 눈에 눈물이 살짝 맺혔다.

그를 보자 사랑스러우면서도 조금 더 울리고 싶은 욕구가 동시에 치밀어 올랐다. 넣어 달라고 졸랐으면 하는 마음이 들었다. 제게 애교를 부려 주길 원했다. 그게 너무 많이 요구하는 거란 걸 알고 있지만, 남자의 음심이라는 게 그러했다.

"읏."

그때 민호는 안나에게 혀를 깨물리고 말았다. 아프라고 한 건 아닌 듯했다. 그러나 놀란 나머지 조금 소리를 내며 입을 떼자 안나가 달뜬 숨을 뱉으며 속삭였다.

"애태우지 마요……."

하……. 한 방 먹었다.

민호는 쓰게 웃으며 입을 겹쳤다. 그와 함께 허리를 깊숙이 밀어 넣었다. 그 안이 얼마나 뜨거운지 오히려 민호가 허리를 떨었다. 여태 몇 번이나 안았던 몸이었지만, 그에게도 마치 오늘이 처음인 것처럼 느껴졌다.

"아, 아앗…… 으응!"

안나의 신음이 민호의 목 너머로 삼켜졌다. 그의 혀가 천장을 간질이고 목 깊숙이 파고들어 신음조차 제대로 흘리지 못했다. 그사이 민호는 그녀의 몸 가장 깊숙한 곳을 차지했다. 그녀의 안이 어찌나 강하게 조이면서 반응하는지, 참기 힘들 정도였다.

"후우, 안나 씨……."

안나를 부르는 숨에 흥분이 잔뜩 배어났다. 안나는 젖어 흐린 시야에 가득 차는 민호를 보고는 살짝 미소 지었다. 웃음이 저절로 나왔다. 몸이 그를 받아들인 걸 느꼈다. 깊숙이 들어온 그의 것이 아프거나 거북하지 않았다. 오히려 얼른 움직여 줬으면 하고 원할 정도였다.

어째서 몽유 상태의 자신이 민호를 찾아갔는지 알 것 같은 기분이었다. 그에게 안기고 싶었을 것이다. 그가 위로해 주기를 바랐을 것이다. 그의 위로는 이렇게나 가슴 따듯하니까.

"좋아요……."

"안나 씨."

"어, 얼른…… 더 안아 줘요."

채근하는 건 조금 부끄러웠지만 진심이었다. 진심으로 그에게 안기고 싶었다. 그녀의 말에 민호가 화답하듯 움직였다. 다시 입을 맞추며 빠르게 허리를 움직였다. 그녀의 진심을 들은 이상 망설일 이유는 전혀 없었다.

좋다. 이 순간만큼은 서로가 서로밖에 보이지 않을 만큼 좋았다.

민호는 자신의 세상이 강안나로 도배되는 것을 느꼈다. 그녀의 말 한 마디 한 마디가, 행동, 눈짓 하나하나가 다 예뻐 미칠 것만 같았다.

"하아, 아! 아! 아앙!"

움직임이 격렬해질수록 안나의 신음도 점차 커졌다. 깊숙이 찔러 올릴 때마다 쾌감이 머리끝까지 도달했다. 민호가 안나의 목덜미에 입술을 묻었다. 쭉쭉 빨아올려 붉은 자국을 만들어 내자 그 또한 쾌감으로 다가왔다. 안나가 참지 못하고 몸에 힘을 주자 안쪽이 강하게 조여 왔다. 민호도 잇따라 거친 신음을 내뱉었다.

"진짜 좋아. 허억, 허억. 안나 씨, 정말 좋아……!"

민호의 고백이 터져 나왔다. 안나는 머릿속을 지배한 쾌락에 허덕이다가 그를 바라봤다. 제 얼굴 위로 떨어지는 그의 땀조차 자극이 됐다. 그도 이성을 유지하기 힘든지 미간을 강하게 좁힌 채 헐떡이고 있었다. 그 표정이 섹시하게 느껴졌다.

안나는 망설이지 않고 그의 목에 손을 둘러 그를 끌어안았다. 다리 역시 그의 허리를 감아 교차했다. 그를 원하는 마음을 몸으로 표현했다. 이대로 모든 걸 잊고 그가 주는 사랑에 몸을 맡기고 싶었다. 이 순간만큼이라도 행복하고 싶었다.

민호도 안나의 등 뒤로 팔을 둘러 그녀를 강하게 끌어안았다. 놔주지 않겠다는 소유욕이 그 팔에 담긴 힘에서 드러났다. 답답할 정도로 꽉 끌어안은 채 귓가에 속삭였다.

"이제는 혼자 울게 두지 않을게요."

그 말을 듣자마자 눈물이 툭 떨어졌지만 안나는 입가에 미소를 건 채로 그에게 매달렸다. 고마웠다. 이루 다 말할 수 없을 만큼 고마웠다.

안나의 안에 자신을 새기겠다는 듯 강하게 찔러 넣으며 민호가 사랑을 속삭였다. 안나는 피하지 않고 다 받아들였다. 다시 맞붙는 입술에 애정마저 넘나들었다.

"안나 씨, 안나 씨!"

안나는 그의 입에서 나오는 제 이름이 듣기 좋았다. 그의 목소리에 담긴 애정이 느껴졌다. 끝이 다가온 듯 민호의 움직임이 더 빨라졌다. 그가 내쉬는 숨결이 안나를 흥분케 했다. 그를 끌어안으며 안나도 그의 움직임에 화답했다.

흥분한 민호가 다시 입을 맞췄다. 이가 부딪히고 입술이 긁혔지만 그마저도 좋았다. 안나 역시 흥분으로 더는 이성적인 사고가 불가능했다. 그저 그가 주는 쾌락에 몸을 내맡기고 싶었다.

그를 더 강하게 끌어안았다. 서로의 심장박동이 한데 어우러져 누구의 것인지 분간할 수 없었다.

— 고객님이 전화를 받을 수 없어 소리샘으로…….

삐 소리가 난 후에도 재인은 전화를 끊지 못했다. 바쁘게 돌아다니던 찬희가 그런 재인을 발견하고 다가왔다.

"민호 형 연락 돼?"

그녀가 이 바쁜 시간에 전화를 걸 사람이라고는 지금 코빼기도 안 보이는 민호밖에 없었다. 그리고 그 추측은 틀리지 않은 듯 재인이 고개를 저었다.

"전화를 받을 수 없대."

"그래? 다른 일이 있나."

찬희가 그러냐며 어깨를 으쓱거리고 자리를 뜨려고 하자 재인이 버럭 화를 냈다.

"넌 형이 연락도 없이 안 오는데 이상하지 않아? 아까 시작할 때 온다고 했다고."

복도라서 소리를 질러도 아무 문제 없었지만, 지나가던 사람들이 의아한 듯 쳐다봤다. 찬희는 그런 사람들에게 별일 아니라며 웃어 보이고는 재인을 다독였다.

"그럴 때도 있는 거지. 어차피 김 전무님 오셨으니 굳이 형이 필요한 것도 아니잖아? 저녁 약속 있다고 했다며. 약속이 길어지나 보다 하면 되는 거 아니야?"

사실 민호가 연락이 안 되는 게 처음 있는 일은 아니었다. 지금처럼 오겠다고 말하고 오지 않는 경우는 극히 드물기는 했지만, 애도 아니고 어련히 알아서 오겠지 하고 넘길 수 있는 문제였다. 무슨 일이 생겼다면 회사나 클럽으로 연락이 왔을 것이다. 그러니 지금 민호와 연락이 안 된다고 초조하게 구는 건 그녀답지 않았다.

그가 없어서 일이 안 돌아가는 것도 아니고, 알아서 잘하고 있는데 이렇게 나오는 걸 보니 다른 이유가 있겠다 싶었다. 찬희는 민호가 누구와 있는 건지, 무슨 일을 하고 있는 건지 전혀 몰랐다. 그저 재인의 반응을 보니 떠오르는 여자가 하나 있을 뿐이었다. 지헌의 말을 듣자 하니 민호가 아주 푹 빠진 모양이었다.

"왜, 뭐가 거슬려?"

"시끄러워."

덤덤하게 속을 찌르자 재인이 인상을 잔뜩 구긴 채로 그를 지나쳐 갔다. 그 걸음이 매서운 게 속이 단단히 뒤틀린 듯 보였다. 찬희는 머리를 긁적이고는 쓰게 웃었다. 형이라 부르며 좋은 동생, 능력 있는 직원으로 위장하고 있지만 그녀가 민호를 포기하지 못했다는 건 TAKE 식구라면 누구나 아는 사실이었다.

"이래서 사내 연애는 안 된다니까. 아, 이건 연애도 아니구나."

그저 이루어질 수 없는 짝사랑일 뿐. 재인이 공과 사는 구분할 줄 아는 성격이라 다행이었다. 그렇지 않았다면 이 자리에 있을 수 없었을 테지만.

안나가 잠든 걸 확인한 민호가 자리에서 일어났다. 거실로 나가 핸드폰을 켰다. 막무가내로 연락을 안 받았으니 재인이 잔뜩 화났을 게 절로 상상이 갔다. 새벽에라도 들를 생각이었다. 어차피 토요일이라 늦게 들러도 상관은 없었다. 불 켜진 핸드폰이 11시라고 친절히 알려 줬다. 이미 공연은 막바지에 이르렀을 시간이었다.

"어, 재인아."

전화를 받는 재인의 목소리가 많이 가라앉아 있었다. 이렇게 화났을 때는 서툴게 사과해 봐야 소용없는 걸 알고 있었다.

밤새

"공연은?"

— 오지도 않은 사람이 뭘 궁금해해요.

"삐졌어? 알아서 잘할 거라고 믿으니까 그러지."

— 언제 올 건데요.

단단히 토라졌구나 싶어 조금 웃고 말았다. 그 웃음을 들었는지 재인이 씩씩대는 소리가 이어졌다. 미안, 미안. 얼른 사과하고 본론을 전했다.

"아마 마감 전에는 들를 것 같아."

— ……지금 오는 게 아니고요?

되묻는 목소리가 한층 가라앉았다. 대표의 직무 유기니 그럴 법도 했다.

"그렇게 됐어. 뭐, 나 필요한 일 있는 건 아니지?"

— ……알아서 하세요.

민호가 필요한 일이 있을 리가 없었다. 그를 둘 다 아는지라 재인이 먼저 전화를 끊어 버렸다. 민호는 슬쩍 웃고는 김 전무에게 전화를 걸어 상황을 물었다. 그 후 지헌에게 연락해 청담점까지 확인한 후에야 침실로 돌아갔다.

"깼어요?"

안나와 눈이 마주쳤다. 자리에서 일어난 건 아니지만 눈을 뜨고 있었다. 나른하게 누워서 눈을 깜박이는 모습이 가슴 떨리게 섹시했다. 곁으로 다가가 침대에 걸터앉자 안나가 졸린 듯 눈을 몇 번 깜박였다. 얼굴을 가리는 머리카락을 쓸어 올려주자 다시 눈을 감았다. 많이 피곤한 모양이었다.

"가 봐야 하는 거 아니에요?"

"음, 이왕 늦은 거 더 늦어도 돼요."

"저 때문에……. 미안해요."

눈도 못 뜨면서 자책하는 게 귀여웠다. 완전히 침대 위로 올라가 이불 속으로 파고들자 안나가 옆으로 조금 비켜 줬다. 하지만 민호가 원하는 건 그게 아니었다. 도망가지 말라고 품으로 끌어안았다. 벗어나려는 움직임은 없었다. 가슴팍에서 그녀의 숨결이 느껴졌다.

"내가 같이 있고 싶어서 그래요."

방금 그 말은 조금 부끄러웠는지 고개를 더 아래로 내려 버렸다. 그러는 게 더 귀엽다는 걸 모르는 게 분명했다. 민호는 뽀뽀하고 싶은 충동이 일었다. 스물아홉 여자가 이렇게 귀여워도 되는 걸까.

"그럼 나 좀 더 자도 돼요?"

"피곤해요?"

"어제 거의 못 자서……. 문은 알아서 잠기니까 가야 하면 그냥 가시면 돼요."

거의 자지 못한 데다 결혼식까지 다녀왔다. 와서 좀 쉬고 싶었지만 민호와의 약속 때문에 전혀 쉬지 못했다. 그러다 보니 완전 방전 상태였다. 원래 같았으면 오늘도 그를 찾으러 나갔겠지만 그럴 체력이 없었다.

"알았어요. 나 신경 쓰지 말고 푹 자요."

사실 민호는 조금 신경 쓰이는 게 있었다. 일을 생각하면 지금 가는 게 옳았지만 적어도 새벽까지는 안나의 곁에 있을 생각이었다. 지금 잠들면 밤의 안나가 나타날지도 모르는 일이었

밤시

다. 혹시라도 자신이 가고 난 뒤 몽유 상태의 그녀가 밖을 돌아다닐까 봐 걱정됐다. 제집 앞에서 저를 기다린 전적이 있기에 신경 안 쓸 수가 없었다. 그런 걱정을 하고 있다고 말할 수는 없으니 그냥 같이 있고 싶다는 핑계로 곁에 남았다.

아무 걱정도 하지 말고 푹 자요. 도중에 깨지 말고. 머리카락에 입을 맞추며 속삭였다. 잠들어서 이 말을 들었는지는 모르겠다. 민호도 안나의 등을 어루만져 주다 눈을 감았다.

이대로 아침이 왔으면 좋겠다.

'김주원, 알죠? 같이 만난 적 있잖아요!'

그의 SNS에는 항상 클럽 파티 정보가 뜨곤 했다. 그와 친구를 맺은 DJ들도 항상 올 거냐며 묻곤 했다. 안나는 클럽에 같이 다니지 않았지만, 주원이 클럽에서 노는 걸 막지도 않았다.

그가 워낙 그런 문화를 즐긴다는 걸 알고 있었다. 한번은 이태원에서 같이 데이트하던 중 그와 안면이 있는 DJ들과 합석한 적이 있었다. 그래서 후에 주원을 찾아다닐 때 그 DJ가 일하는 클럽부터 찾아갔다.

'누구요?'

하지만 마치 그런 이름은 처음 듣는다는 식의 반응이었다.

게다가 그는 요즘 누가 그렇게 실명을 트고 만나냐면서 안나를 어수룩하다고 비웃기까지 했다. 주원의 인상착의를 설명해도 그런 사람 수두룩하다며 무시했다.

'이봐, 언니. 악질한테 걸린 모양인데, 그럼 여기 한번 죽치고 다녀 봐. 우리 클럽, 안 와 볼 수는 있어도 한 번만 올 수는 없거든. 그놈이 여기 또 나타날지 누가 알아?'

그때 DJ와 같이 있던 여자가 그런 얘기를 해 줬다. 그 자식이 놀러 오면 그때 붙잡으면 되지 않겠느냐고 말해 줬다. 일리가 있었다. 그래서 그쪽 위주로 그를 찾아다녔다. 하지만 안나가 못 알아보는 건지, 그가 안 오는 건지 번번이 허탕만 쳤다.

'근데 언니, 너무 청춘을 낭비한다. 나 같으면 그냥 똥 밟은 셈 치고 딴 남자 만날 것 같은데.'

조언해 줬던 여자, 킴과는 그 후 좀 더 친해졌다. 그녀는 이태원의 클럽에서 일한다고 했다. 혹시라도 자기가 보게 되면 알려 주겠다며 연락처도 주고받았다. 고마웠다. 비록 성과는 없었지만, 그래도 그렇게 도와주는 게 정말 고마웠다.

그녀와 대화를 나누면 나눌수록 안나는 자신이 얼마나 멍청하고 어리석었는지 느꼈다. 어쩜 그렇게 의심 한 번 안 했을 수가 있느냐는 말에 할 말이 없었다. 어째서 사랑하는 사람을 의심해야 하는 거냐 물었다가 비웃음만 샀다.

'그래서 찾으면 뭐 어쩔 건데? 돈, 그거 못 받을 것 같은데. 그 런 새끼가 아이고, 잘못했습니다 하고 돈 줄 리가 없잖아?'

'……'

'속여서 미안하다고 듣고 싶어? 아니면 널 사랑한 것만은 진심 이었다, 이런 말을 듣고 싶어?'

그녀의 말이 속을 후벼 팠다. 그러고 나서야 깨달았다. 제 1년 여의 시간을 보상받길 원했다. 제발 그 마음만큼은 거짓이 아 니기를 바랐다. 그를 용서하고 다시 잘해 보기 위해서가 아니 었다. 그에게 돈을 돌려받기 위해서가 아니었다.

킴의 표정이 답을 말해 준다. 진심일 수 없다고, 가지고 논 것뿐이라고 그녀가 대신 말해 준다.

"왜 자면서 울어요."

눈가를 훔쳐 주는 손길이 따뜻했다. 잠이 깰 만큼 따뜻했다. 눈물에 젖은 눈을 몇 번 깜박이고 나서야 눈을 뜰 수 있었다.

"……안나 씨?"

눈이 마주치자 민호가 살갑게 웃었다. 마음을 묵직하게 짓 누르던 돌이 그 웃음에 조금 무게가 줄어든다. 안나는 저도 모 르게 그를 따라 조금 웃고 말았다.

"아직 안 갔어요?"

"울다 웃으면 엉덩이에 뿔 나요. 확인하고 갈까."

그러면서 슬금슬금 엉덩이로 손을 뻗는다. 안나는 피식 웃 었다. 하지만 몸을 움직일 기분이 들지 않아 그만 손을 허락하고 말았다. 엉덩이를 쓰다듬는 손길이 상냥하면서도 짓궂었다. 묘한 기분이 들었다.

"화를 안 내니까 뭔가 이상하네."

이상하다고 말하면서도 손을 멈추지 않는다. 그 손길이 꼭 위로해 주는 것 같다고는 말하지 못하고 안나는 웃기만 했다. 이상하게 웃음이 헤펐다. 자꾸 웃음이 났다.

"몇 시예요?"

"2시. 더 자요."

가 봐야 하는 것 아니냐고 물으려다가 안나는 그냥 입을 다물었다. 작은 욕심이 들었다. 그냥 이대로 더 자고 싶었다. 그런 마음을 안 걸까, 민호도 가겠다고 말하지 않았다.

"옆에…… 있을 거예요?"

조심스레 묻자 민호의 눈이 조금 커졌다. 놀란 반응이라 안나는 살짝 긴장한 채로 그를 쳐다봤다.

"나 누군지 알죠? 몽유병인 거 아니죠?"

"……왜 그래요, 서민호 씨."

몽유병이라니. 정신이 이렇게 말짱한데. 안나는 살짝 고개를 갸웃거렸다. 몽유병 상태의 자신이 이런 느낌이었을까? 민호가 당황하는 게 이상하게 느껴졌다.

"옆에 있어 달라는 안나 씨라니…… 너무 솔직해서 순간 몽유병이 도진 건가 싶었어요."

"내, 내, 내가 언제……."

안나의 얼굴에 불길이 치솟는다. 언제 옆에 있어 달라고 했나? 있을 거냐고 물어봤지. 그 말이 그 말이라는 걸 알긴 아는 건지 안나는 부끄러움에 고개를 들지 못했다. 베개에 고개를 파묻어 버리자 민호가 웃음을 터트렸다. 부끄러워하는 그녀를 끌어안으면서도 웃음을 멈추지 못했다.

"미안. 좋아서 그랬어요. 좋아서."

안나는 애꿎은 입술만 괴롭혔다. 그는 정말 좋은지 얼굴 이곳저곳에 뽀뽀하느라 바빴다. 말랑한 입술이 닿는 기분이 나쁘지 않았다.

"……근데 그 말은 몽유병일 때의 전 솔직하단 말인가요?"

민호의 반응을 보자면 그랬다. 안나는 처음으로 기억이 없는 그 순간이 두려워졌다. 무슨 말을 하는 걸까. 민호에게 뭐라고 했을까. 혹시 모든 걸 다 털어놓은 건 아닐까 싶어 오한이 들었다. 안나의 낯빛이 창백해지는 걸 본 민호는 그저 그녀를 꼭 끌어안아 줄 뿐이었다.

"밤의 안나 씨는 제가 좋아서 어쩔 줄을 몰라 하더라고요. 민호 씨 좋아해요, 민호 씨 없이 못 살아요! 맨날 그런다니까요."

민호가 안나의 목소리를 흉내 내면서 방정을 떨었다. 저를 따라 하지만 하나도 닮지 않아서 오히려 웃겼다. 안나는 순간적으로 돋았던 소름이 가시는 걸 느끼며 웃었다.

"기억은 없지만 그게 거짓말인 건 알겠네요."

"아, 들켰나?"

민호가 능청스럽게 거짓말임을 인정했다. 마음 쓰지 말라고 배려해 주는 게 느껴져서 안나는 깊이 물어보지 않기로 했다. 그러나 사실 그 속에는 물어보기 두려워서 일부러 회피하는 자신이 있었다.

"그런데…… 민호 씨 여기가 더 솔직한 것 같네요."

모르는 척 무시하려 했지만 허벅지를 자꾸 찔러 오는 바람에 무시할 수가 없었다. 시선은 맞추지 못한 채 지나가는 말처럼 말했다. 그러자 민호가 답지 않게 조금 당황하며 몸을 뗐다.

"아하하, 그게……."

남자라서 어쩔 수 없다며 민호가 이불을 들어 하반신을 가렸다. 하지만 이불 위로도 알 수 있을 만큼 솟아 있었다. 아까는 그러지 않았던 것을 생각하면 아침 발기라든가 하는 것은 아닌 듯했다. 몸을 겹쳐서 그렇다는 걸 알고 나니 안나의 뺨도 조금 뜨거워졌다.

"그냥 이렇게 안고만 자도 좋아요."

거짓말. 이렇게 속 보이는 거짓말은 처음이었다. 그래서 피식 웃고 말았다. 밤의 자신은 대체 얼마나 솔직한 걸까. 이보다 더 솔직할 수 있을까? 안나는 기억하지 못하는 자신에게 묘한 질투를 느끼고는 팔을 들었다. 민호의 목에 팔을 두르며 속삭였다.

"나는 조금 더 원해요."

"……."

민호의 눈이 커진 게 보였다. 안나도 이렇게나 적극적인 자신이 놀라웠지만 멈추지 않았다. 그의 입술에 가볍게 입을 맞췄다. 민호가 얼굴 여기저기에 입을 맞춰 주면서도 입술만큼은 건들지 않아서 아쉬움을 느꼈던 터였다. 그런 아쉬움을 남기고 싶지 않았다.

"밤이니까…… 조금은 솔직해지고 싶었어요."

말이 끝나기가 무섭게 민호가 움직였다. 양손으로 뺨을 붙잡은 채 격렬한 키스를 날렸다. 자연스럽게 그가 위로 올라탔다. 하반신을 가리던 이불이 안나의 몸 위로 떨어졌다.

이불의 감촉이 부드러웠다. 그 너머로 민호의 감촉이 느껴졌다. 다리 사이로 파고들어 오는 그의 다리에 짓눌린 이불이 중심에 닿았다. 그제야 안나는 자신도 그를 무척이나 원하고 있었음을 깨달았다.

오늘 밤만큼은 아무것도 가리지 않고 솔직해지고 싶었다.

"오셨네요, 형."

찬희가 먼저 민호를 알아보고 인사했다. 민호는 하품하다가 그를 보고는 얼른 입을 가렸다. 살짝 눈을 찌푸리며 웃고는 '재인이는?' 하고 물었다. 찬희가 민호의 표정을 따라 하면서 고개를 절레절레 흔들었다.

"그냥 안 올 거라고 말하지 그랬어요."

"약속이 길어질 줄은 몰랐어."

"단단히 삐쳤어요. 형이 안 온다고 무슨 일이 있는 것도 아닌데, 아주 성질이…… 거참."

지헌과 달리 찬희는 재인이 민호의 일거수일투족에 신경 쓰는 걸 별로 좋아하지 않았다. 그게 말투에서 드러나 민호는 슬쩍 웃기만 했다.

"어디 있어?"

"청담점 갔어요."

"오, 다행이다."

마주치지 않아도 된다고 웃으며 민호가 걸음을 옮겼다. 룸으로 들어가 찬희에게 현황 보고를 받으며 지헌에게 전화를 걸었다. 노트북으로 압구정점뿐만 아니라 청담점도 같이 볼 수 있어서 전화로 보고받을 요량이었다. 그런데 전화를 받는 목소리가 여자였다.

— 여보세요.

"엇. 재인이야?"

— 어째 출근하셨나 보네요.

말에 가시가 있다. 그를 눈치챘지만 무시하고 본론으로 들어갔다.

"그럼 재인이 네가 보고 올려."

— ······.

원하는 대답이 들려오지 않았지만 민호는 아무 말도 하지 않았다. 그녀에게 제가 해 줄 수 있는 말은 아무것도 없었다.

'나는 안 되는 거예요?'

재인이 술김에 고백한 때가 떠올랐다. 거의 2년 전 이야기였다. 그전에도 좋아하는 건 알았지만, 실제로 고백할 줄은 몰라서 조금 놀랐다. 그리고 안쓰러웠다. 자신은 그녀가 원하는 답을 해 줄 수 없었다.

좋은 느낌인 것과 좋아한다는 감정은 다르다. 재인은 좋은 동생이었고 멋진 여자였다. 하지만 그녀를 본다고 가슴이 두근거리고 좋아서 미칠 것 같은 건 아니었다. 민호는 그녀를 잃을 각오로 거절했다. 결과적으로는 좋은 동생으로 남았지만 그게 좋은 일인지는 가끔 헷갈렸다. 오늘처럼 이렇게 대놓고 질투를 드러낼 때는.

아침에 일어났을 때, 혼자라는 사실이 이렇게나 크게 다가올 거라고는 생각도 해 보지 못했다. 그러다가 자신이 꼭 끌어안고 있는 베개를 보고는 피식 웃고 말았다. 민호가 품에 넣어 준 게 틀림없었다. 베개를 끌어안고 자는 버릇은 없었으니까.

핸드폰을 확인하니 민호의 문자메시지가 있었다. 곤히 자니 깨우지 않는다고 자기 꿈을 꾸라는 내용이었다. 자기 전에 얘기했으면 모를까, 일어난 후 보면 무슨 소용일까. 가볍게 웃어 넘겼다.

시리얼과 과일로 속을 채우는데, 식탁에 장식해 둔 튤립이 눈에 들어왔다. 붉은 튤립이 잔잔하면서도 강렬하게 존재감을 드러냈다. 그를 보자 입가에 희미한 미소가 피었다.

지난밤 클럽을 전전하지도, 인파 속에서 헤매고 다니지도 않아서 그런지 몸이 아주 가뿐했다. 몽유병이 있었는지는 알수 없었다. 민호와 함께한 시간은 기억했고 침대 위에서 얌전히 일어났으니 없었을 것 같기는 했다. 그렇게 따지면 근래 있어 처음 몽유병 없이 달게 잔 날이었다. 그를 찾으러 가지 않은 날 몽유병을 앓지 않았다. 그리 생각하자 심경이 복잡했다. 지친 몸과 마음이 이제 그만 찾으라고 말하는 것 같았다.

어김없이 밤이 찾아왔다. 처음으로 안나는 아무 일도 없는 상태에서 그를 찾아 나서지 않았다. 일부러 명상에 좋다는 클래식을 틀어 놓고 휴식을 취했다. 몇 번이나 시계를 보기는 했어도 움직이지 않았다. 해야 할 일을 안 한 것 같은 죄책감이 들면서도 한편으로는 속이 시원했다. 생각이 휙휙 바뀌었다. 나중에는 어떤 게 잘하는 건지도 알 수 없어졌다.

그렇게 새벽 2시가 돼서야 침대에 누웠다. 시트를 갈았는데도 왠지 민호의 체취가 느껴지는 것 같아서 기분이 이상야릇했다. 한참을 조용히 숨을 들이 내쉰 끝에 베개에 묻은 향이라는 걸 깨달았다. 베개 커버를 바꿀까 하다가 그냥 눈을 감았다.

어쩐지 잠이 잘 왔다.

"대박. 윤예하 씨 호출이야."

회사에 가니 난리 아닌 난리가 났다. 상무가 출근하자마자 윤예하 대리를 호출했다. 조만간 다시 합치는 게 아닐까 말이 나오기는 했지만 그게 오늘일 줄은 아무도 예상하지 못했다.

안나도 조금은 얼떨떨한 마음이었다. 오늘 출근한 상무의 얼굴은 전보다 더 처참했다. 이목구비가 평소보다 훨씬 더 날카롭게 느껴졌다. 주말 사이에 무슨 일이 있었던 걸까 궁금할 정도였다. 그럼에도 그의 안광만큼은 서늘하게 빛났다.

윤예하를 호출한 것을 보니 어쩌면 각오했기 때문일 수도 있겠다는 생각이 들었다.

엘리베이터 문이 열리는 순간부터 비서팀 전원의 시선이 한 여자에게 고정됐다. 그녀가 상무실 문을 열고 들어갈 때까지 모두가 숨죽여 지켜봤다.

안나는 둘이 다시 이어지길 바랐다. 그래야 한 상무의 몽유병이 나으리라 믿었다. 그게 둘에게 행복한 일이라고 믿기 때문이기도 했다. 스트레스의 원인을 제거하라. 그게 몽유병을 치료하는 방법이었다. 한 상무가 윤예하 대리와 헤어진 게 스트레스의 원인이라면 둘이 다시 이어져 행복하면 된다.

내 스트레스의 원인은······.

예하가 상무실 안으로 들어가는 걸 물끄러미 바라보는 안나의 시선이 복잡했다. 그녀가 부럽기도 하면서도 한편으로는 안쓰러웠다. 그녀에의 동정심이 서민호를 그려 냈다. 아무리 생각해도 민호와 자신 간의 관계는 민호에게 손해였다. 백이면 백 누구나 그리 말할 것이다.

시간이 얼마나 지났을까, 안에서 조금 큰 소리가 났다. 마치 다투는 듯했다. 모두 눈을 동그랗게 뜨고 상무실 문만을 쳐다보고 있었다.

"싸우는 거야?"

"싸우는 것도 같고······."

문과 벽이 두꺼워 말을 알아들을 수는 없었다. 이 실장이 눈짓하자 속닥거리던 이들 모두가 입을 다물었다.

"한가합니까, 여러분?"

이 실장의 한마디에 모두 짠 것처럼 바로 몸을 움직였다. 안나 역시 컴퓨터 화면으로 시선을 돌렸다. 오늘 보내야 하는 메일 번역본을 최종 체크하는데 문이 벌컥 열렸다. 반사적으로 시선이 갔다. 눈이 벌게진 윤예하가 뛰쳐나왔다. 놀란 감정을 감추고 다시 화면을 바라보는데 그녀의 눈물진 얼굴이 머리에서 떠나지 않았다.

하루아침에 사랑하는 사람이 증발해 버리는 것과 이별을 통보받는 것 중 어느 게 더 타격이 클까. 만약 그가 사기 치고 떠난 게 아니라 그냥 헤어지자고 했다면 몽유병이 생길 만큼 고통스럽진 않았을까? 그냥 널 가지고 놀았을 뿐이니 헤어지자고 했다면 차라리 나았을까?

똑같지. 뭐가 낫다는 거야.

안나는 제 생각에 자조하고 말았다. 어떻게든 좋게 생각해 보려는 마음이 아직도 남아 있었다. 상처를 제대로 마주하고 소독하고 약을 발라야만 한다는 걸 아는데 자신은 상처를 덮는 것에만 급급했다. 그 속에 고름이 차 있다는 걸 어렴풋이 느끼지만, 외면한다.

"이야. 형 오늘 나들이 가기 최상의 날씨래요."

같이 퇴근하는 지헌이 핸드폰에서 눈을 떼지 않은 채 말했다. 늙은 형 운전시키고 편하게 옆에 얻어 타는 주제에 말도 많다며 민호는 투덜댔다.

지헌은 어울리지 않게 운전 면허증이 없었다. 술 마시고 운전할까 봐 아예 면허도 따지 않았다는 말에 굉장히 이성적인 사고라고 생각했는데 그 탓에 항상 운전은 민호의 몫이었다. 뭐, 대부분 대리 기사를 부르긴 하지만.

"주형이랑 같이 한잔하실래요, 형?"

"그럴까."

나쁘지 않은 제안이었다. 아침 먹을 시간이기도 하니 순두부찌개에 소주 한잔 하면 딱 좋겠다 싶어 민호는 가볍게 고개를 끄덕였다.

지헌이 주형에게 연락하는 사이 민호는 시계를 흘끗 쳐다봤다. 안나는 이미 출근했을 시간이었다. 만약 그녀가 곁에 있었다면 꽉 끌어안고 자고 싶은 기분이었다. 지난밤에는 퇴근도 못 한지라 사실 안나가 매우 그리웠다. 그녀가 또 제집 앞에서 쪼그리고 잔 건 아닐까 일하면서도 내내 걱정했다.

어제는 클럽에서 안 마주치긴 했는데…… 혹시 다른 데 간 거 아니야?

복도에 CCTV를 설치해 버릴까. 못된 생각이 움터 민호는 쓰게 웃었다. 복도, 계단, 현관…… 아, 현관엔 CCTV가 있다. 그게 떠오르자 가서 확인해 볼까 하는 생각이 들었다. 적어도 그녀가 밤에 나갔다 왔는지는 알 수 있을 터였다. 양심과 욕심 사이에서 저울질하는 사이 집에 도착했다. 지헌을 먼저 내려 주고 주차한 민호는 현관 CCTV 앞에 서서는 잠시 고심했다.

"뭐 하세요, 형?"

지헌이 말을 걸어오지 않았다면 정말 CCTV를 확인했을지도 몰랐다. 민호는 아무것도 아니라면서 그를 따라 걸음을 옮겼다. 한 번도 생각해 본 적 없는데, 결혼하면 의처증 생기는 거 아닌가 하는 마음이 조금 들어 반성했다.

"넌 연우가 지금 뭐 하고 있을지, 지난밤에는 얌전히 집에 있었는지, 이런 생각 해 본 적 없냐?"

"네?"

뜬금없는 소리에 지헌이 의아한 시선을 던졌다. 연우는 지헌의 여자 친구였다. 세 달밖에 되지 않은 따끈따끈한 사이였다. 지헌은 콧잔등이 가려운지 잠시 벅벅 긁고는 고개를 갸웃거렸다.

"집에서 잘만 자던데요?"

"응?"

"화상 통화 하잖아요. 그리고 연우, 걔는 셀카 중독이라서 지가 알아서 위치 인증해요."

이 닭는 사진도 보낸다며 지헌이 고개를 절레절레 흔들었다. 가만히 이야기를 듣던 민호가 슬쩍 이를 악물었다. 자신들은 아직 그런 관계가 아니었다. 셀카를 찍어 보내거나 화상 통화를 할 만큼 가깝지 못했다.

이제는 사귄다고 말해도 되는 걸까? 민호는 아직 그렇다고 확답하지 못했다.

"하, 안나 씨 보고 싶다."

"뭐예요, 형."

지헌이 피식 웃으며 핀잔을 날렸다.

"셀카 찍어 보내 주면 바로 홈 화면에 깔 텐데."

"아, 형. 적당히 합시다."

밤사이

지헌이 손사래를 치며 뜯어말렸다. 백반집 앞에서 기다리고 있던 주형이 둘을 보고는 의아한 듯 고개를 갸웃거렸다.

"그러니까 내 고민은."

잠시 말을 끊고 소주를 한 잔 들이켠 민호가 씁쓸한 표정을 지었다. 소주의 쓴맛 때문인지 고민의 무게 때문인지는 분간하기 어려웠다. 주형은 잔을 채워 주며 그런 민호를 바라봤다. 지헌은 핸드폰으로 뭘 하는지 손가락이 안 보일 만큼 바빴다.

"그 남자를 내가 찾아내서 해결해 줘야 하는 건지, 지금처럼 모르는 척하고 있어야 하는 건지 그게 고민이다, 이거야."

주형도 안나를 기억했다. 민호와 만나기 전에도 가게에 오던 손님이었다. 늘 혼자 바에 앉아서 술만 홀짝홀짝 마시던 모습이 묘하게 기억에 남곤 했다. 괴로움을 술로 푸는 사람이 많기는 했지만 그녀는 좀 더 색다른 분위기를 풍겼다. 자신을 포기하고 마시는 듯싶다가도 딱 철벽을 쳤다.

남자에게 받은 상처가 있다는 걸 처음 봤을 때 바로 느꼈다. 그 상처가 매우 깊다는 것도. 그럼에도 오는 추파를 모두 거절하고 술로만 아픔을 달래는 모습이 눈에 콕 박혔다. 만약 민호가 대시하지 않았다면 주형도 가만히 지켜보기만 하지는 않았으리라.

"어느 놈인지도 모르잖아요."

"그건 그렇지. 뭐 조사하려고 하면 못 할 건 없는데, 이름이나 얼굴 정도는 알아야 찾기 수월하지."

"문 딸까요?"

옆에서 지헌이 범죄자가 할 법한 소리를 뱉었다. 민호는 빈 소주병으로 한 대 칠까 싶은 욕구를 꾹 참고 무시했다.

"중요한 건 그게 아니야. 중요한 건…… 안나 씨가 그걸 원하느냐 이거지."

민호가 푸념하듯 중얼거리고는 한 잔 더 들이켰다. 술이 달짝지근하면서도 참 썼다. 쓰다고 뱉자니 달고, 달다고 마시기엔 쓰다.

"자존심 강하죠?"

주형이 이해한다는 듯 고개를 끄덕였다. 민호도 수긍했다. 자신이 대충 눈치채고 있다는 걸 알기만 해도 물러나 마음을 닫을 것 같아 두려웠다. 이대로 계속 아무것도 모르는 척하고 있어야 하는 걸까. 자신이 그녀의 아픔을 달래 주고 슬픔을 줄여 줄 수는 없는 걸까.

"이제 막 시작하는데, 내가 너무 욕심부리는 건가……."

안나가 이만큼 마음을 열어 준 것만으로도 정말 기뻤다. 늘 밤에만 솔직하던 그녀가 처음으로 자신을 마음에 담아 준 것 같아서 행복했다. 일하는 내내 안나 생각이 머릿속에 맴돌았다. 그녀의 귀엽고 솔직한 모습이 생생했다.

"제가 봐도 너무 몰아붙이지 않는 게 좋을 것 같아요."

"그렇지?"

주형의 말에 민호도 동의했다. 그녀가 자기 일을 직접 털어 놓을 일은 아마도 없을 것이다. 그게 그녀의 자존심일 테니까. 그렇다면 민호가 할 수 있는 일은 그녀가 그 남자 일을 그냥 잊어버리기를 기다리든가, 그 남자를 찾아 해결을 보는 것을 기다리는 정도였다. 제가 할 수 있는 일이 고작 그 정도밖에 되지 않는다는 게 괴로웠지만, 현실이 그랬다.

안나는 몰아붙여서는 안 되는 사람이었다.

"그래. 기다려야겠지……."

민호는 어깨에 힘을 빼고는 한 잔 더 마시라며 술을 따랐다.

─오늘 언제 퇴근해요?

오늘은 상무가 정시에 퇴근한다고 했다. 다만 회식이 잡혀 있었다. 막내인 안나가 빠지겠다고 할 수는 없는 노릇이었다.

─아, 아쉽네요.

회식이 있다고 솔직하게 말하자 민호는 아쉽다고 답했다. 연락은 그게 끝이었다. 못 만난다니 그걸로 끝인 건가 싶어 조금 미묘한 기분이 들었다. 당연하게도 뭔가 다른 말이 나올 거라 생각한 탓에 조금 얼굴이 화끈거렸다. 안나는 핸드폰을 물끄러미 바라보다가 끄고 다시 일에 집중했다.

외국계 회사가 아니다 보니 입사할 때는 외국어 능력이 강점이 될 줄은 몰랐지만, 여러 언어를 할 줄 아는 덕에 안나는 다른 비서들과는 조금 다른 업무를 주로 담당했다. 외국 회사와의 미팅 자료를 상무가 보기 쉽게 번역해 정리한다든지, 국

제 전화 응대가 주로 안나의 몫이었다.

가장 잘하는 핀란드어는 쓸 일이 전무했지만 그래도 중국어와 영어는 꽤 쓸 일이 많았다. 이러려고 배운 언어는 아니었지만 그 덕에 입사했다고 해도 과언이 아니었다.

'안나. 미셸을 우리 가족으로 맞이해도 되겠니?'

어머니가 돌아가신 후로도 새아버지 크리스는 안나에게 매우 잘해 줬다. 다만 그는 아직 정정한 나이였고 좋은 사람이 있었다. 미셸은 좋은 사람이었다. 크리스와 닮은 점이 하나도 없는 동양인 딸에게도 매우 잘해 줬다. 다만 그곳에 정을 붙이지 못한 건 안나였다.

아니, 정을 떠나서 자신이 피해 줘야 한다는 걸 알아차렸다. 심지어 이미 성인이 된 후였다. 대학을 졸업하고도 새아버지와 같이 살 수는 없었다. 그전에 자립했어야 하는 것을 크리스가 같이 살자고 붙잡아서 둘이서 서로를 보듬으며 살았다.

크리스가 새 사람을 찾았듯이 안나도 자신의 인생을 선택해야 했다. 그래서 어머니의 고향에 가겠다고 했다. 크리스의 반대가 있기는 했지만 그건 한국에 가는 걸 반대하는 게 아니라 너무 멀어 자주 볼 수 없기 때문이었다. 보고 싶을 거라며 슬퍼하는 그를 두고 홀로 한국행 비행기에 올랐다.

한국 생활은 쉬운 듯 쉽지 않았다. 그나마 엄마와 한국어로 생활해서 언어에 문제가 없다는 것만이 위안이었다.

"안 끝났어, 안나 씨?"

지연이 다가왔다. 고개를 든 안나는 그제야 모두 퇴근 준비 중이라는 것을 알아차렸다. 마무리 짓고 일어나겠다고 설명하고 부랴부랴 파일부터 저장했다.

"내일 상무님 출장 가신대."

"내일요?"

예정에 없던 출장이었다. 안나가 놀라 토끼 눈을 하자 지연이 연신 고개를 끄덕였다.

"실장님만 따라가신대."

지연이 주변을 슬쩍 둘러봤다. 본사 팀이 자리를 뜬 걸 확인하고 나서야 작게 속삭였다. '내일 본사 팀 없어. 실장님도 없고. 완전 우리 천국인 거지.' 그런 그녀의 얼굴이 들떠 있었다. 사실 엄밀히 말하면 휴일이나 다름없었다. 차이가 있다면 회사에 나와서 쉰다는 것? 맡은 일은 해야 하겠지만, 그래도 마음만큼은 편하리라.

"그런데 무슨 출장이에요?"

"글쎄. 갑자기 정해진 거라 아무도 몰라. 이 실장님이 함구하셔서."

소속 비서에게까지 말하지 않는 출장이라니 어쩐지 뭔가 이상했다. 그래도 뭐 참견할 일은 아니니 그저 맡은 일이나 잘하면 된다고 생각하며 안나는 프로그램을 껐다. 자리에서 일어나자 지연도 같이 움직였다. 기다려 준 모양이었다. 고맙다고 말하며 같이 준비실로 갔다. 화장을 고치고 있던 혜선이 가볍게 눈웃음을 흘렸다.

"실장님이 카드 주고 가셨어. 장소는 H호텔."

"우와. 대박. 어쩐 일이래요?"

"윤예하 씨랑 잘되어 간다는 뜻 아니겠어?"

혜선의 말에 지연이 역시, 하고 고개를 끄덕였다. 사물함에서 겉옷을 꺼내며 안나도 둘의 대화를 들었다.

"그럼 그 약혼은 깨지는 걸까요?"

"그렇겠지. 하여간 대단해, 윤예하 씨. 어떻게 우리 상무님을 사로잡았나 몰라."

"완전 신데렐라죠. 참…… 부럽네요."

어깨를 으쓱거리며 웃은 혜선이 화장실로 향하자 지연도 파우치를 들고 뒤따랐다. 홀로 준비실에 남은 안나는 핸드폰을 확인했다. 민호에게서 온 연락은 없었다. 신도시 아파트 분양 문자메시지만 한 통 와 있었다.

"안나 씨는 남자 친구 없어?"

"네?"

"한 번도 남자 친구 얘기하는 일이 없길래."

안나는 살짝 웃기만 했다. 남자 친구가 있을 때도 회사에서는 그런 내색을 해 본 적이 없었다. 그 정도로 동료들과 친한 것도 아니었고 내색할 만한 일도 없었다.

"뭐야? 반응이 미묘한데? 썸남이야?"

지연이 콕 찔러 왔다. 민호를 썸남이라고 할 수 있을까? 그렇다고 남자 친구라고 할 수 있을까? 몇 번이나 잤고 어제는 제 의지로 자기도 했지만, 그를 그런 호칭으로 부를 수 있을지에 대해서는 자신이 없었다.

"지연 씨는요? 곧 3주년 아니에요?"

"어머, 말 돌리는 것 봐. 남자 냄새가 나."

지연이 눈을 가늘게 뜨며 새침한 표정을 지었다. 안나가 웃음으로만 응수하자 '말하기 싫은가 보다.' 하고 자기 얘기로 넘어갔다. 지연은 항상 남자 친구 얘기를 해서 얼마나 사귀었는지, 기념일은 언제인지 모두 알 정도였다.

"난 요즘 좀 식은 것 같아."

그녀의 푸념을 열심히 들어 주는데 핸드폰이 울렸다. 안나는 저도 모르게 빠른 손놀림으로 핸드폰을 움켜쥐었다. 눈치 빠른 지연이 바로 시선을 던졌다. '그 남잔가 봐?' 그녀의 목소리에 놀리는 기가 가득했다. 전화가 계속 울려서 잠깐 받고 오겠다며 자리를 떴다.

"저 철벽녀에게도 남자가 있었네."

혜선의 목소리가 어렴풋이 들렸다.

철벽녀……. 언제 그런 별명을 얻었는지는 알 수 없었다. 그런 식으로 불리고 있다는 것도 몰랐다. 철벽이라. 틀린 말은 아니리라. 그와 사귈 때는 남자 친구가 있으니까 거리를 뒀고, 그와 헤어진 후에는 상처받아서 마음을 닫고 살았으니까.

홀 바깥으로 나오고 나서야 안나는 통화 버튼을 눌렀다. 주변이 조용해서 창가 쪽으로 걸어가며 전화를 받았다.

"여보세요."

— 회식은 잘하고 있어요?

대뜸 뱉은 목소리가 상냥했지만, 어쩐지 들뜬 기색이었다. 술을 마신 건가 하는 생각이 들었다. 그의 주변도 조금 왁자지 껄했다.

"저녁 먹고 있어요. 술 마셨어요?"

— 아. 티 나요?

그러면서 또 웃는다. 주변에서 여자냐? 여자야? 하고 묻는
게 안나에게도 들렸다. 스스럼없는 게 친구들인 모양이었다.
개중에는 아예 핸드폰에 대고 안녕하세요! 하고 인사하는 이도
있었다. 대체 누구인지 알고서나 인사하는 건지 궁금했다.

어느 게 민호의 목소리인지 구분할 수 없을 정도로 시끄러
워지자 안나는 잠시 기다렸다. 시끌벅적한 소리를 듣고 있는데
조금 웃음이 났다. 서른다섯이라면서, 친구들과 떠드는 소리는
20대와 별반 다를 바 없게 느껴졌다.

— 후, 지독한 놈들. 미안해요, 안나 씨.

"통화해도 괜찮아요?"

주변이 좀 조용해진 게 친구들을 피해 빠져나온 모양이었
다. 안나는 창 아래를 물끄러미 내려다봤다. 어느새 어두워져
가로등과 조명만이 호텔 앞 숲을 빛내고 있었다. 그 은은한 빛
에 민호의 얼굴이 설핏 떠올랐다가 사라졌다.

— 물론 괜찮죠. 제가 전화했잖아요.

"듣고 보니 그러네요."

참 희한했다. 민호와 통화하는 것만으로 기분이 풀어졌다.
어쩌면 자신은 민호가 연락해 주기를 기다렸던 건지도 모르겠
다. 그렇게 생각하자 조금 부끄러워졌다. 민호에게 마음이 간
걸 부정조차 할 수 없게 됐다. 그가 비집고 연 빗장이 완전히
풀린 듯 제 기능을 하지 못했다.

"밥은 먹고 술 마시는 거예요?"

— 안나 씨, 내 건강 걱정해 주는 거예요?

"……."

— 하하. 진짜 안나 씨 다정하다니까. 안주 잔뜩 있어요. 여기 탕수육도 있고 롤도 있고 초밥도 있어요.

"있는 것과 먹는 건 다르죠."

— 날카롭네요. 안나 씨. 알았어요. 꼭꼭 씹어 먹을게요.

아무래도 진짜 다섯 살 같다. 고개를 절레절레 흔들면서도 안나의 입가는 여전히 살짝 올라가 있었다.

"역시 남자 친구인 거지?"

어느새 나온 건지 지연이 키득거렸다. 안나가 화들짝 놀라서 돌아보자 그녀는 혀를 살짝 빼물고는 손을 흔들었다. 화장실에 가려고 나온 모양이었다. 당황해서 아무 말도 못 하고 그녀의 뒷모습을 바라보고 있자 민호의 목소리가 들렸다.

— 왜 대답을 안 해요?

"네?"

— 네, 맞습니다. 이 남자가 내 남자 친구입니다. 왜 말 안 하느냐고요.

"……."

— 나 삐질 겁니다?

아무 답도 하지 않자 민호가 투덜대는 소리가 들려왔다. '나만 안나 씨가 내 여자 친구인 줄 알았나 봐. 내가 남자 친구답지 않았던 게 뭐야. 못 해 준 게 뭐가 있어. 아, 서러워라. 강안나 씨 남자 친구란 소리 듣기 이렇게 힘드나.'

아무리 봐도 들으라고 하는 소리였다. 안나는 황당해 헛웃음이 다 나왔다. 얼른 다른 손을 들어 입을 틀어막았다. 그사이 민호가 다시 귀여운 소리를 했다.

—흥. 나 삐졌어. 안주 안 먹고 술 마실 겁니다.

정말 서른다섯답지 않게 귀여웠다. 안나는 결국 소리 없이 한참을 웃었다. 민호의 주변이 다시 조금 소란스러워졌다. 친구들이 그를 다시 발견한 듯했다.

"민호 씨."

—응?

"고마워요."

그게 안나의 최선이었다. 남자 친구, 여자 친구라는 호칭으로 정의하고 싶지 않았다. 하지만 이 감정만큼은 전하고 싶었다. 그 덕분에 웃을 수 있다는 게 정말 고마웠다.

—흥. 어쩔 수 없지. 하지만 나 진심이에요. 진심으로 안나 씨의 소중한 사람이 되고 싶어요.

귀여웠던 게 언제였느냐 싶을 정도로 순식간에 그의 목소리가 진중해졌다. 그래서 진심이라는 걸 느낄 수 있었다. 그는 가벼운 듯싶으면서도 절대 가볍지 않았다. 운명의 상대. 그가 저를 그렇게 칭했던 게 다시금 기억이 났다. 운명의 상대. 그 말이 이렇게 무거운 단어인 줄, 그때는 몰랐다.

—내가 안나 씨의 운명의 상대였으면 좋겠어.

"……."

—내 욕심이려나.

민호의 옅은 웃음이 전화 너머로도 전해졌다.

묻고 싶었다. 어떻게 그리 확신하느냐고. 내가 당신의 운명의 상대가 아닐 가능성이 훨씬 높은데 어째서 고작 가슴이 뛴다는 이유로 운명의 상대라 하느냐고.

호감이 생기면, 좋아하면 가슴은 뛰게 되어 있다. 그럼 세상 연인은 모두 운명인 걸까? 그렇다면 왜 헤어질까. 왜 사랑이 식고 왜 권태기가 올까. 생각하면 생각할수록 냉소적인 생각만 들었다. 그럼에도 안나는 한 마디도 하지 못했다. 예전 같았다면 쏘아붙이고도 남았을 텐데 그러고 싶지 않았다.

"내⋯⋯."

— 응?

"아니에요. 들어가 봐야겠어요. 술 너무 많이 마시지 마요."

— 알겠어요. 안나 씨도 조심히 들어가요.

무언가 말하려던 것 같은데 그냥 대화를 끝내는 쪽을 선택한 듯 민호도 말을 아꼈다. 그 잠깐의 망설임을 느껴 안나는 전화를 끊고 나서야 한숨을 내쉬었다.

내 운명의 상대가 민호 씨예요? 그렇다고 확신할 수 있어요?

어쩌자고 그런 말을 하려고 했을까. 본인도 그런 확신이 없으면서 왜 그에게 물으려 했을까. 우습기 짝이 없었다.

배경 화면이 문득 시야에 잡혔다. 차분하지만 강렬한 붉음을 뽐내는 튤립이 화면에 가득했다. 시들기 전 모습을 간직하고 싶어서 찍은 사진이었다. 그를 보고 있으니 마음속이 더 어지러워진다.

"뭐 해?"

화장실에서 나온 지연이 안 들어가느냐며 말을 걸었다. 통화도 끝난 것 같아 보이는데 가만히 서 있는 모습이 의아한 모양이었다. 안나는 얼른 몸을 돌리며 그녀 곁으로 걸어갔다. 지연이 피식 웃으며 말했다.

"안나 씨는 참 속 모를 사람이야."

"네?"

"마음 터놓고 지내는 사람 있어?"

"……."

"오해하지 마. 나한테 터놓으라는 얘기 아니니까."

답이 궁금했던 건 아닌 듯 지연은 그대로 새로 음식을 가지러 갔다. 접시를 집어 드는 그녀를 물끄러미 바라보다가 자리로 돌아갔다. 어느새 디저트를 가져와 먹고 있던 혜선이 왜 이렇게 늦게 오냐며 투덜댔다. 본사 팀과는 아예 테이블도 따로 쓰느라 잠시 혼자 앉아 있었던 게 마음에 들지 않은 듯했다. 얼른 사과하며 자리에 앉아 물을 들이켰다.

"여기 크레페 맛있어. 마카롱도."

먹어 보라며 혜선이 접시를 내밀었다. 마카롱을 하나 집어 드는데, 문득 민호가 떠올랐다. 마카롱을 좋아한다고 했던 기억이 났다. 그런 사소한 것까지 기억하는 자신이 신기하면서도 우스웠다. 지나가는 말이나 다름없던 게 이리도 강하게 뇌리에 박혔나. 그가 하는 말을 하나도 놓치지 않고 싶던 걸까.

"아, 정말 맛있네요."

"별로 안 달고 맛있지? 여기 옆에 베이커리에서 팔거든. 이따 나 살 건데 같이 갈래?"

뷔페로 들어오는 입구에 베이커리가 있던 걸 안나도 봤다.

잠깐 망설이다가 이내 고개를 끄덕였다. 사다 주면 좋아할 것 같았다. 그 속을 눈치챈 듯 혜선이 음흉하게 웃었다. 안나는 그만 저도 모르게 얼굴을 붉히고 말았다.

"안나 씨, 이런 모습 처음이네."

혜선이 대놓고 놀리면서 웃었다. 이미 누굴 주려는 건지 다 알고 있는 눈치였다. 그렇게 얼굴에 다 드러나는 타입이라고 생각해 본 적이 없는데, 어쩐지 오늘은 다 들키는 기분이었다.

"부끄럽네요."

"어머, 그게 보통이거든?"

혜선이 못 말리겠다며 고개를 저었다. 외국에서 오래 살았다더니 마인드가 다른가, 어째 다르다.

"안나 씨, 핀란드에서 살았다고 했지?"

"네."

"거기 사람들은 다 그래?"

"네?"

"못 알아들으면 됐고."

혜선은 아무것도 아니라며 자리에서 일어났다. 디저트는 질렸다고 아이스크림을 가지러 간다고 했다. 안나도 뭐라도 가져올 생각으로 같이 자리에서 일어났다. 그런데 결국 걸음을 멈춘 곳은 마카롱 코너였다. 혜선이 한참을 웃었다.

"그럼 다음에는 데리고 올 거냐?"

"뭐가 다음이야."

"어쭈."

친구들 모임에서 여자 이야기가 빠질 리가 없었다. 요즘 만나는 사람이 없느냐 묻기에 좋은 사람이 있다고 했더니 난리가 났다. 늘 운명론을 전파하고 다녔던 터라 대체 서민호의 '운명녀'가 누구냐며 부르라느니 전화를 하라느니 시끄러웠다.

회식이 있어서 못 온다고 했더니 끝나고 오면 되지 않으냐며 되받아치는 친구들을 보며 민호는 자신이 이 자식들에게 뭘 그리 잘못했나 곰곰이 생각해 봐야 했다. 귀에 딱지가 앉도록 운명론을 전파한 탓이라고는 생각지도 못한 채.

안나와 전화할 때도 바꿔 달라느니 목소리를 들려 달라느니 하도 난리를 쳐 대서 자리를 빠져나와야 했다. 그대로 있다가는 전화기를 빼앗기고 친구들이 안나에게 이쪽으로 오라고 종용할 것 같은 느낌이었다. 이런 하이에나들 같으니라고. 뜯어먹지 못해 안달이 났다.

다행히 안나의 목소리는 밝았다. 정말 사귀는 사이인 것처럼 다정하게 통화하고 나니 기분도 좋았다. 지금은 이 정도가 딱 좋다.

솔직히 민호는 아직 안나를 친구들에게 선보이고 싶지 않았다. 그게 그녀에게는 고스란히 부담이 될 것을 잘 아는 탓이었다. 물론 자신은 친구도 보여 주고 싶고 좀 더 같이 시간을 보내고 싶고 그렇지만, 안나의 속도에 맞춰 주고 싶었다. 남자 친구라는 말에도 대답하지 않는데, 그녀에게 제 속도를 강요할 수는 없었다.

회식이 끝나고 집에 가면 잠깐 얼굴 보지 않겠느냐 물어보려 했지만, 안나가 서둘러 전화를 끊으려고 하는 것이 느껴져 그냥 말을 삼켰다.

"그보다 한진원이 소식 좀 가져와 봐."

자꾸 안나 씨를 보여 달라고 보채니 민호는 아예 화제를 바꿔 버렸다. 그러자 지난번에 민호의 전화를 받았던 게 기억난 태주가 바로 반응했다.

"맞다. 너 저번에도 진원이 소식 물었지. 왜?"

"안나 씨가 진원이네 회사에 다니더라고."

"H전자?"

"디자인 경영 센터 비서라는데. 소속까지는 모르겠고."

그러고 보니 계약서에 명함이 있었다. 거기에 쓰여 있겠다 싶어 집에 가면 그것부터 확인해 봐야겠다고 생각했다.

"디경이면 한진원 담당이잖아."

"그러니까."

"그럼 한진원이한테 직접 물어봐."

"걔가 지금 그럴 만한 사정이 아니니까 옆으로 파는 거지. 됐다, 됐어."

민호가 그걸 말이라고 하느냐며 투덜댔다. 약혼을 깨느냐 마느냐 하는 상황에 걔가 잘도 딴 데 신경 쓰겠다며 입술을 삐죽거렸다. 민호는 무조건 약혼 깨고 제 사랑 찾아가라는 쪽이었지만, 상대가 상대이니만큼 그리 쉬운 문제는 아니라는 걸 알고 있어 아무 말도 하지 않았다. 진원이 먼저 나서서 고민 상담을 하는 성격도 아니라 참견하지 않았다.

"어떻게 만났냐, 근데?"

문득 궁금해졌는지 태주가 묻자 다들 맞아, 어떻게 만났어? 하고 질문을 쏟아냈다. 민호는 피식 웃으며 윙크를 날렸다. 주변에서 눈 썩는다며 화를 냈지만 아랑곳하지 않고 말했다.

"운명적으로 만났지."

집 앞에 도착했을 때가 딱 자정이었다. 평일이라 클럽에 안 가기도 했고 평소보다 일찍 귀가하기도 했다. 물론 이유는 딱 하나였다. 안나 얼굴 한번 어떻게 볼 수 있지 않을까 해서.

계단을 올라가며 문자메시지를 하나 남겼다. 자고 있을 수도 있으니 전화는 민폐일 것 같았다. 그런데 생각보다 답이 빨리 왔다.

—아직 안 자요.

간결한 문자메시지에서 안나의 목소리가 들리는 것 같아 민호는 슬쩍 웃었다. 술을 꽤 마신 탓에 웃음이 평소보다 헤펐다. 문자메시지 하나에도 이렇게 기쁠 수가 있을까. 그런 자신이 웃겨서 또 웃었다.

—그럼 잠깐 볼래요?

그렇게 문자메시지를 보냈을 때가 막 4층을 오르던 때였다. 5층 계단으로 올라가는 곳에는 문이 하나 더 있었다. 잠그거나 하지는 않아 열기만 하면 됐다. 그 문을 여는데 다른 소리가 났다. 인기척에 민호는 저도 모르게 고개를 들었다. 탁, 탁, 탁. 가벼운 소리가 복도를 울렸다. 발걸음 소리 같은…….

"안나 씨?"

깜짝 놀라 멍청한 표정을 한 채 안나를 올려다봤다. 너무 취해서 헛것이 보이는 걸까. 어째서 안나가 눈앞에 있는 건지 바로 파악이 되지 않았다.

"그래도 일찍 들어왔네요. 못 보고 자나 했는데."

"……기다렸어요, 나?"

반쯤 붕 뜬 채로 계단을 올라갔다. 마음이 붕 뜨자 몸도 날아갈 것만 같이 가벼웠다. 순식간에 계단을 다 오른 민호가 마지막 계단만을 남겨 둔 채 안나를 마주했다. 눈높이가 비등하다.

"주고 싶은 게 있어서요. 아니면 내일 주려고 했는데……."

지난번 대추청을 선물해 줬을 때는 문고리에 걸어 두고 갔다. 그걸 아느냐 말하고 싶었는데 입이 떨어지지 않았다. 그냥 살짝 떨리기만 했다. 나를 만나서 얼굴을 보고 직접 주고 싶다는 게 무슨 의미인지 묻고 싶은 충동이 방망이질 쳤다. 그런데 말이 잘 안 나와서 민호는 되는대로 행동했다.

그대로 안나를 끌어안고 입을 겹쳤다.

예전에는 국내 아티스트 위주로 공연을 기획했지만 요즘은 해외 뮤지션의 내한 공연도 담당하는 터라 해외 에이전시와 계약하는 경우가 많았다.

"우리도 외국어 능력자가 있으면 좋을 텐데."

요즘은 하도 통화 앱 기능이 좋아서 현지 에이전시와 실시간으로 연락을 취했다. 문제는 통역사를 항상 옆에 두고 있을 수 없다는 것이었다. 급할 때는 본부장인 재인이 나섰지만 한계가 있었다.

민호의 말에 재인도 고개를 끄덕였다. TAKE 엔터테인먼트에도 일반 회사처럼 각종 부서가 있었지만 딱히 이렇다 할 외국어 전문가는 없었다. 특히 이쪽 계통을 자세히 아는 사람으로 골라야 하기에 더 어려웠다.

지금까지는 프리랜서와 계약해 왔지만, 아예 전속으로 제대로 고용하는 게 더 낫다는 게 그녀의 판단이었다.

　"공고 올릴까요?"

　"흠. 올려 봐. 학력은 상관없지만 영국 유학 경험 우대하고, 음악 전공은 더 우대하고, 또…… 아, 해외 출장 가능자로."

　"네."

　"살다 온 사람이면 좋은데. 애들한테 물어볼까."

　애들이라 함은 민호가 클럽에서 만난 친구들을 뜻했다. 그의 말대로 외국에서 살다 온 사람들이 수두룩했지만, 노는 걸 너무 좋아하고 어리다 보니 일해 본 경험이 없는 경우가 많았다. 재인이 표정으로 어린애는 싫다고 말하자 민호는 웃음을 터트렸다.

　"스물다섯 위로 골라, 그럼."

　"네."

　사람을 쓰기로 정하자 재인이 바로 움직였다. 민호는 한숨을 내쉬며 중얼거렸다.

　"어디 능력자 없나. 영국 영어, 미국 영어, 불어 다 할 줄 아는 사람."

　"많은 걸 바라시네요."

　그럴 거면 한 세 명쯤 고용하라며 재인이 투덜댔다. 요즘 프랑스 신진 뮤지션이 또 인기를 끌고 있어서 확실히 불어 가능자도 필요할 것 같았다. 민호는 차근차근히 하자며 웃었다.

　"미희 씨에게도 물어봐. 정규 근무 가능한지."

　"이미 물어봤죠. 애가 어려서 힘들대요."

"아, 그렇군."

프리랜서 통역사로 항상 같이 일하는 미희는 30대 초반으로 애가 둘 있었다. 프리랜서로 일할 때는 친정에 아이를 맡기곤 했는데 항상 그럴 수는 없다고 거절했다며 재인이 말했다. 1년 넘게 같이 일했기 때문에 사정을 잘 아는 그녀가 해 줬으면 하는 바람이 있던 터라 민호는 많이 아쉬웠다.

"대표님, 전화요."

회의실에서 일하던 직원이 핸드폰을 가져다줬다. 아까 들고 들어가선 두고 나온 모양이었다. 고맙다며 받아 드는데 순간 표정이 확 구겨졌다. 발신자를 본 시선이 잘게 떨렸다.

"대표님?"

의아해하는 직원에게 아무것도 아니라고 말하고는 전화를 든 채 밖으로 나갔다. 그 뒷모습이 어쩐지 불편해 보였다. 재인이 고개를 갸웃거리며 그를 바라봤다. 문이 닫히고 나서야 입을 열었다.

"누구 전화야?"

"모르겠어요. 그냥 여사님이라고만 적혀 있어서."

"아아."

성도 없이 그냥 여사라고만 저장한 사람이 누군지는 재인도 알지 못했다. 다만 '여사님' 전화가 올 때 민호의 얼굴에서 웃음기가 사라지는 것은 몇 번 목격했다. 재인은 민호가 나간 곳을 물끄러미 바라봤다. 반투명한 문 너머로 민호의 등이 조금 보였다가 이내 사라졌다.

"어쩐 일이세요?"

전화를 받는 목소리가 사무적이라 할 만큼 가라앉아 있었다. 일부러 그러는 건 아니지만 이 전화를 받을 때면 기분이 처져서 으레 그렇게 됐다.

"아, 벌써 민준이 생일인가요?"

얘기를 듣고 나서야 날짜를 세어 봤다. 까마득히 잊고 있었는데 벌써 그렇게 됐구나 하고 두어 번 고개를 끄덕였다. 이제 스무 살이 되는 '동생'의 생일이었다. 저녁 식사를 하러 오라는 말에 민호는 가볍게 거절했다.

"회의가 있어서요. 민준이에겐 제가 따로 축하한다고 전할게요."

오늘 저녁이라 다행이라는 생각이 절로 들었다. 회의가 있다는 말은 거짓이 아니었고 영국 쪽 시간에 맞추다 보니 자연스레 회의는 저녁에 잡혔다.

"……아버지 생신요?"

민준의 생일과 연관 지어 생각하지 못했던 민호는 인상을 찡그렸다. 열흘 뒤라는 말에 입을 다물었다. 민준의 생일과 달리 아버지의 생신은 대대적으로 파티를 열 터였다. 그 자리에 참석하라는 말에 저도 모르게 웃음을 흘렸다.

그 소리가 전화 너머로 넘어간 모양이었다. 그녀가 안절부절못하는 게 느껴졌다.

"제가 낄 자리가 아니잖아요. 말씀해 주신 것만으로도 충분해요. 아버지께 축하드린다고 전해 주세요."

공식적인 자리였다. 민호는 그런 곳에 얼굴을 비치고 싶지 않았다. 서씨 집안에 첫째 아들은 없는 편이 더 나았다. 새어머니의 이런 마음 씀씀이는 고마웠지만, 솔직히 불편했다. 차라리 없는 자식인 셈 쳐 주면 조금 더 고마울 터였다. 어정쩡하게 챙겨 주니 오히려 거부감이 들었다.

"……아버지께서요?"

그런데 꼭 참석하라는 말이 돌아왔다. 아버지께서 그러길 바란다고. 순간적으로 아버지 나이를 따져 봤다. 육순인가 하고. 하지만 아직 2년은 더 남아 있었다. 작년까지만 해도 불참하겠다 하면 그러라고 넘기던 분이었다. 이상해서 왜 그러시냐 물었더니 그녀는 쉬이 답하지 못하고 망설였다. 그녀에게는 좋지 않은 이유인가 하고 머리를 굴려 봤다. 금세 답이 나온다. 먼저 선수 쳐 말을 꺼냈다.

"아버지가 뭘 주시겠다고 하셨어요?"

아니나 다를까, 그녀의 반응이 뻔했다. 민호가 터트린 웃음이 차디찼다. 그와 반대로 어깨는 점점 더 아래로 처졌다. 바닥을 내려다보는 눈동자에도 그늘이 졌다. 대리석 바닥 위의 반질반질한 구두를 몇 번 바라보다가 이내 눈을 감았다. 눈동자를 힘 있게 몇 번 굴리자 이루 말할 수 없이 뻐근했다.

"걱정하지 마세요. 저 아무것도 안 받을 거니까요. 아버지께는…… 직접 말씀드릴게요."

제가 받으면 동생의 지분이 그만큼 줄어든다. 서씨 집안의 후계자는 서민호가 아니라 서민준이었다.

민호는 굳이 집안에 분란을 일으키고 싶은 생각도, 가족 놀이에 끼어들고 싶은 생각도 없었다. 눈에 띄게 안도하는 그녀의 반응에 피식 웃고는 회의를 핑계로 이야기를 마무리했다. 마지막으로 민준의 생일을 한 번 더 축하해 주었다.

"젠장……."

입안이 꺼끌꺼끌했다. 재작년에 끊은 담배 생각이 절실했다. 담배 대신 단걸로 충당하고는 있지만, 가끔은 전자 담배라도 피울까 싶은 생각이 들었다.

아니야. 안나 씨가 싫어할 거야. 당사자는 그런 말을 한 적이 없는데, 제멋대로 그런 핑계를 만들며 고개를 흔들었다. 일반적으로 비흡연자 여자들은 싫어하니까 딱히 틀린 말은 아니었다. 단거나 먹어야지, 하고 안으로 들어가는데 어제 안나에게 받은 마카롱이 떠올랐다. 오늘 먹으려고 몇 개 들고 왔다.

그렇게 안나 생각을 하니 가라앉았던 마음이 조금이나마 수면 위로 뜬다. 민호는 애써 웃으며 안으로 들어갔다. 가방을 뒤져서 마카롱을 꺼내니 지난밤 귀여웠던 안나의 모습이 저절로 머릿속에 그려졌다.

'마카롱 좋아한다면서요.'
'그 말을 기억해 줬어요?'
'……그런 남자 특이하니까요.'

딱히 민호 씨가 말해서 기억하는 게 아니거든요. 변명하는 게 소위 말하는 츤데레 같다고 하면 화를 낼까. 그저 고맙다며 쪽쪽댔다. 피하지 않는 게 또 사랑스러웠다.

그런 안나를 생각하며 분홍색 마카롱을 한 입 깨물었다. 크림치즈가 들어서 고소하다 생각하는데 안에서 다른 맛이 느껴졌다. 보니 중앙에 라즈베리 잼이 들어 있었다. 안 달다 싶다가 라즈베리 잼이 혀에 닿는 순간 단맛이 확 돌았다. 정말 강안나 같은 맛이었다.

무덤덤하고 무뚝뚝하다 싶다가도 귀여움이 확 퍼지는 강안나. 어떻게 마카롱도 딱 자기 같은 걸 사 왔을까. 진지한 표정으로 판매대 앞에서 어느 걸 살까 고심했을 모습이 눈앞에 선했다. 매사에 진지한 여자. 그래서 정직한 여자.

생각하니 보고 싶어 미치겠다.

퇴근할 즈음이었다. 상무의 출장 덕에 쉬엄쉬엄 일하다가 정시 퇴근을 준비하고 있었다.

—언니, 한번 놀러 오지?

킴이었다. 그녀가 일하는 클럽은 평일에는 한가하기 그지없지만, 목요일이 되면 무료 칵테일 이벤트 같은 걸 해서 사람이 꽤 많다고 했다. 물론 킴이 부르는 건 한가한 날이기 때문이었다. 심심하니 와서 같이 수다나 떨자는 얘기였다.

—그래. 저녁 같이 먹을까?

안나는 크게 고민하지 않고 답장했다. 제 다짐을 말해 주면 그녀도 좋아하리라 싶었다.

김주원. 안나와 킴의 공통점은 그 남자를 찾는 것, 그것뿐이었다. 하지만 몇 번이고 만나 얘기를 나누는 사이 가까워져서 가끔은 이유 없이 만나기도 했다. 오늘처럼 그녀가 클럽으로 부를 때도 있고 주원을 찾아 밤거리를 헤매던 안나가 퇴근 시간에 맞춰 찾아가기도 했다.

어젯밤은 마카롱을 주려고 민호를 기다렸다가 그대로 그의 집에서 밤을 보냈다. 민호의 옆에서 잔 덕인지 몽유병은 없었다. 그래서 안나는 제 몽유병이 민호의 곁에 있으면 나을 거라고 확신할 수 있었다. 물론 그에게는 말하지 않았다. 이유를 설명하기는 어려웠지만, 말하고 싶지 않았다. 민호의 배웅을 받고 출근하니 가슴이 간질간질했다. 잠이 가득한 눈으로 뽀뽀해 달라고 애교를 피우는 것도 참 그다운 모습이었다.

"이제 그만 찾겠다고? 드디어 결심한 거야?"

아니나 다를까, 킴의 반응은 예상과 다르지 않았다. 킴은 화통하게 웃으며 손을 철썩철썩 내리쳤다. 손이 매워 맞은 등이 얼얼했지만 기분은 어쩐지 나쁘지 않았다.

주변에서는 겪어 보지 못한 친구 유형이었지만 안나는 킴이 싫지 않았다. 아니, 오히려 좋아하는 편이었다.

"그동안 정말 고마웠어. 너 아니었으면 못 버텼을 거야."

"그래? 난 얼른 포기하라고 한 것밖에 없는데."

킴이 무슨 소리인지 모르겠다며 딴청을 피웠다. 고맙다는 소리를 듣는 게 어색한 모양이었다. 얼른 주문이나 하자고 메뉴판을 뒤적이는 그녀를 보며 안나는 옅은 미소를 지었다.

저녁 8시면 킴은 클럽으로 출근해야 하기에 가볍게 맥주 한 잔만 즐기기로 했다. 화요일은 이태원의 반값 데이라고 해서 음식점마다 사람들이 넘쳤다. 킴은 자연스럽게 안나에게 팔짱을 끼고는 시끌벅적한 분위기 속으로 스며들었다.

"그런데 무슨 심경의 변화야? 죽을 때까지 찾으려 하더니."

예상했던 질문이라 안나는 그다지 당황하지 않았다. 폭립을 들고 뜯는 모습이 보기 좋아서 미소만 짓고 있자 킴은 입에 바비큐 소스를 묻힌 채로 눈을 동그랗게 떴다. 얼른 말하라고 무언으로 종용하는 그녀가 귀여웠다.

"그냥……. 매여 있으니까 앞으로 나아가질 못해서."

"그런 인생의 진리를 이제야 깨달았다고? 언니도 참 늦다, 늦어."

스물셋에게 들으니 뼈아픈 말이기는 했지만 그 말이 맞았다. 자신은 스물셋보다 더 인생을, 세상을 몰랐다. 안나가 쓰게 웃자 얼른 립이나 뜯으라며 킴이 하나 건넸다.

"그렇다고 이제 나랑 빠빠이 할 거 아니지? 이거 이별주면 나 화낸다?"

맥주잔을 든 채 '그러면 안 돼?' 하고 눈을 찡그리는 킴을 보며 얼른 고개를 흔들었다.

"아니야. 종종 놀러 갈게. 너도 놀러 와."

"언니 집은 한번 놀러 가야지, 하면서도 못 가네. 영 시간이 안 맞아."

"너 놀러 온다고 하면 연차 쓸게."

"그럼 조만간 쳐들어갈게."

킴이 짓궂게 웃으며 맥주잔을 내밀었다. 쨍, 맥주가 흐를 만큼 세게 건배하고는 안나도 입으로 가져갔다. 기분이 좋아서 그런지 더 시원하고 맛있었다.

기분 좋게 마시는 안나를 보고 킴은 하려던 말을 도로 집어넣었다. 맥주잔을 내려놓고 양념이 묻지 않은 새끼손가락으로 눈썹 옆을 긁적였다. 피어싱을 했던 탓에 종종 간지러웠다. 이렇게 고민할 때면 특히 그랬다.

지난 토요일, 안나가 찾는 남자와 비슷한 사람을 봤다. 그 사람이 김주원이라고 딱 잘라 말하지 못하는 건 사진과 머리 스타일이 달랐고 조명 탓에 제대로 알아볼 수 없었기 때문이다. 그 사람인 게 확실한 것도 아닌데, 그만두겠다는 안나의 속을 어지럽힐 이유는 없다고 판단했다. 그전에도 비슷한 사람은 본 적이 몇 번 있었고 그때마다 클럽으로 달려온 안나는 아니라며 고개를 저었다. 그런 전적이 있으니 함부로 말하고 싶지 않았다.

킴은 안나의 결심을 정말로 응원했다. 이 순박한 언니를 도와줘야겠다는 마음이 들어서 매번 손님 얼굴을 뚫어지도록 쳐다보고는 있지만, 아무리 생각해도 이래서 좋을 게 없었다. 안나가 노는 걸 좋아하는 타입이면 말이나 안 했다.

그녀는 클럽에 어울리는 사람이 아니었다. 몸을 흔드는 것도, 음악도 좋아하지 않았다. 심지어 술도 안 좋아했다. 그저 자신을 속이고 도망간 남자를 찾겠다는 일념 하나로 클럽과 술

집을 전전하고 다니는 꼴이 정말 봐 주기 힘들었다. 남자를 찾아다니기 시작한 이후로 10킬로그램 넘게 살이 빠졌다니 그 이상 말해 봐야 입만 아팠다.

"뭐 얼마나 얘기했다고 벌써 8시야. 언니, 클럽 들를래?"

"아니, 오늘은 그냥 갈게."

"그래? 그럼 나 얼른 뛰어갈게. 언니도 조심히 가."

전철역 앞에서 킴과 헤어진 안나는 처음으로 큰 숨을 내쉬었다. 그만두겠다고 소리 내어 말했다. 선언했다. 이제 정말 김주원을 찾지 않겠다고 말했다.

비록 지금도 눈은 지나가는 사람들을 훑었다. 혹시라도 그를 보지 않을까, 이 좁은 서울 땅에 살다 보면 언제 어디서든 마주칠 수 있다는 생각에 항상 긴장을 늦추지 않고 살았다. 그 것도 이제 끝이다. 끝내려고 한다.

아직은 조금 쌀쌀한 날씨 탓에 손끝이 차게 얼어붙었다. 핸드폰을 꺼낸 안나는 망설임 없이 메신저 앱을 켰다. 손이 자연스레 민호를 찾았다. 괜찮다면 만나지 않겠느냐 물어볼 생각이었다.

그때 그의 프로필 사진이 눈에 들어왔다. 평소에는 그냥 바로 채팅 창으로 넘어갔는데, 오늘따라 그 사진이 눈에 들어왔다. 어두컴컴한 사진. 뭔지 알아보기도 힘들 만큼 까맣기만 했다.

2925184

'······응?'

사진을 크게 보려고 눌렀는데 프로필 문구가 같이 나왔다. 그 숫자가 어쩐지 눈에 익었다. 5184····· 4184····· 그래, 현관 비밀번호와 비슷했다.

안나는 저도 모르게 인상을 찡그렸다. 현관 비밀번호와 이리도 비슷한 번호를 프로필에 적어 두다니, 대체 무슨 심보란 말인가? 이 숫자가 무슨 의미라고······.

한마디 해야겠다고 생각하던 순간 움찔했다. 의미 없는 숫자 같지 않았다. 조금 표정을 굳힌 채로 검색 앱을 켰다. 그리고 프로필에 나온 숫자를 검색했다. 이유 모를 식은땀이 등을 타고 흘렀다.

채팅 용어 중국 숫자 암호······.

처음으로 나온 블로그의 글 제목에 절로 눈이 커졌다. 중국어······. 중국어라고 생각하는 순간 안나는 머릿속으로 2925184를 중국어 발음으로 읽어 내렸다. 숫자를 읽고 있는데 한자 단어들이 저절로 떠올랐다.

······愛就愛我一輩子.

날 사랑해. 평생 사랑해. 날 사랑할 거라면 평생 사랑해 줘.

1594184 你我就是一輩子.

평생 너와 나만이.

클릭한 블로그의 내용도 다르지 않았다. 수많은 숫자 단어가 있고 별별 의미가 다 있었지만, 민호가 선택한 숫자들에는 공통적으로 '평생'이라는 의미가 담겨 있었다.

……운명의 상대.

안나는 한동안 그 자리에 못 박힌 듯 움직이지 못하고 서 있었다. 사람들이 지나가는 속도가 빨라진다. 저녁의 쌀쌀한 바람이 휘몰아쳤다.

저녁 9시가 좀 넘은 시각이었다. 회의를 마친 민호는 다른 곳에 들르지 않고 집으로 곧장 들어갔다. 화요일에는 클럽 갈 일이 없었다. 평일에는 지헌과 찬휘, 재인이 알아서 맡은 바 책임을 다해 열심히 일했다.

다른 때 같았으면 아무리 일이 끝났다고 해도 집에 있지 않았다. 집에 혼자 있는 게 싫어서 항상 다른 클럽에 놀러 가거나 하다못해 라이브 공연을 보러 홍대에라도 나갔다.

오늘은 새어머니 전화를 받은 게 있기도 해서 밖에 놀러 나가고 싶은 마음이 들지 않았다. 어깨가 축축 늘어져 소파에 대충 앉아 시간을 보냈다. 맥주를 한 캔 마시겠다고 꺼냈지만, 따 놓고 손도 대지 않아 김만 빼고 있었다.

드르륵. 짧은 진동이 테이블을 울리자 민호의 귀가 쫑긋거렸다. 축 늘어져 소파와 한 몸 같았던 몸을 벌떡 일으켜 문자 메시지를 확인했다.

―저녁 먹었어요?

안나였다. 솔직히 먼저 연락이 올 줄은 몰라서 조금 얼떨떨했다. 퇴근했느냐고 묻자 친구 만나서 맥주 한잔 하고 집에 가는 중이라 했다. 저녁 먹었느냐고 묻는 게 만나자는 의미인 건지, 그냥 대화하고 싶어서 꺼낸 화두인지 구분하기 어려웠다. 그래도 먼저 연락을 줬다는 게 기뻐서 민호는 바로 전화를 걸었다. 그러나 전화는 연결되지 않았다.

—지하철이라 전화받기가 좀 그래요.

글자에도 그녀의 말투가 묻어난다. 목소리를 듣고 싶은 마음에 '그럼 역 앞으로 데리러 갈게요.' 하고 답했다. 확인은 바로 했는데 답이 오지 않았다. 뭐라 대답할지 고민하는 눈치였다. 고민할 새를 주지 않으려고 민호는 지금 어디냐 물으며 겉옷을 챙겨 입었다.

안나를 만나러 밖에 나오니 숨이 확 트였다. 계단을 걸어 내려가다가 문득 4층 계단참에 있는 문이 눈에 띄었다. 이 문에 자물쇠를 달까 하는 생각이 들었다.

아닌가? 문을 열고 나올 줄 아는 걸 보면 자물쇠를 달아 봤자 열고 나올 줄도 알 것이다. 소용없나…… 크게 생각해 본 적이 없었는데, 몽유병 상태의 안나가 밖으로 나갈 수도 있다는 생각이 들자 신경이 쓰였다.

화요일이다 보니 로데오 거리도 조용했다. 아직 문을 열고 있는 카페에는 사람이 그래도 꽤 있었다. 카페 특유의 노란빛 속에 둘러싸인 사람들은 모두 다 행복해 보였다. 저마다 사정

박서이

이 있겠지만, 웃고 있는 모습이 모두 자신들이 세상에서 가장 행복하다고 자랑하는 것 같았다.

민호는 슬쩍 웃고는 옷깃을 여몄다. 초봄의 바람이 아직도 차디찼다.

"안나 씨."

손을 살짝 흔드니 안나가 알아보고 다가왔다. 나오지 말랬는데도 나왔다며 조금 툴툴거리는 그녀의 뺨에 홍조가 돌았다. 술기운 때문인지 추위 때문인지는 알 수 없었지만 잘 어울렸다. 화장을 지우면 더 예쁘리라.

민호는 이상하게 안나의 민얼굴이 좋았다. 화장이 이상한 건 아닌데, 민얼굴에서 느껴지는 순한 느낌이 사라지니 아쉬웠다. 그리고 안나의 화장은 조금 날카로운 감이 있었다. 끝이 뾰족한 눈썹, 새까만 아이라인, 붉은 입술. 그 조합이 냉랭한 분위기를 자아냈다.

"손."

"네?"

손을 뻗어 손바닥을 보이자 안나는 바로 알아듣지 못하고 손만 내려다봤다. 눈을 깜박이더니 이내 다시 시선을 맞춰 왔다. 손을 내민 이유가 자신이 생각한 그 이유가 맞는지 고민하는 눈치였다.

웃으면서 손을 흔들자 고개를 절레절레 흔든다. 못 말린다고 생각하는 게 빤히 보였다. 가방을 들지 않은 오른손을 잡았다. 순간 흠칫하는 게 느껴졌지만 일부러 더 꽉 쥐었다. 다행히 손을 빼려는 움직임은 없었다.

"일찍 끝났나 봐요, 오늘은?"

"네. 이태원에서 이리로 오는 길이에요."

"이태원 갔어요? 혹시 '샘라이언'?"

"어떻게 알았어요?"

안나가 깜짝 놀라 눈을 깜박였다. 이태원에 가게가 얼마나 많은데 단박에 자신이 다녀온 펍의 이름을 대다니, 마치 옆에서 보기라도 한 듯한 눈치였다. 혹시 같은 곳에 있었나 싶어 소름이 쫙 끼쳤다. 그러나 민호는 대수롭지 않게 말했다.

"화요일이니까. 메뉴는 폭립이었겠죠?"

그러면서 남들에게는 들리지 않게 귓속말로 '안나 씨한테서 맛있는 냄새 나요.' 하고 속삭였다. 순간 안나의 얼굴이 확 붉어졌다. 가게에 있는 손님 전원이 폭립을 먹었으니 그 냄새가 진동했을 터였다. 그게 옷에 뱄다고 생각하니 창피했다.

"거기 정말 맛있죠? 분위기도 좋고."

덧붙여 말했지만 안나는 아무것도 안 들리는 듯했다. 빨개진 얼굴로 주춤거리는 그녀를 보며 민호는 웃음을 터트렸다. 맛있는 냄새니까 괜찮다고 말해 줬지만 그녀는 연신 코트를 확인했다. 괜히 알은척했나 싶어 혀를 슬쩍 빼물었다.

"저녁 안 먹었다고 하지 않았어요? 뭐라도 먹을래요?"

"안나 씨는 배부르지 않아요?"

"옆에 있기만 할게요. 뭘 더 먹기는 좀 그렇고요."

"정말로?"

민호는 놀란 기색을 감추지 못하고 되물었다. 그거 데이트라는 거 아냐고 묻고 싶은 마음이 목구멍을 쳐 댔다. 몇 번이나 입술을 오물거렸지만 차마 말을 못하고 쳐다보기만 했더니 안나가 고개를 돌려 쳐다봤다.

"왜 그래요?"

왜 그러냐고? 그걸 지금 몰라서 묻는 건가. 민호는 웃음을 참을 수가 없었다. 기쁜 마음을 표현하고 싶어서 결국 그녀를 와락 끌어안았다. 꺅! 깜짝 놀란 안나가 작게 비명을 질렀다. 사람들이 쳐다본다고, 옷에 냄새 밴다고 밀어냈지만 놔주지 않았다. 되레 더 강하게 끌어안았다. 남들 시선이 무슨 상관이랴. 민호는 안나의 이런 변화가 좋아서 견딜 수가 없었다.

민호가 순두부찌개를 먹는 동안 안나는 정말 맞은편에 앉아 있기만 했다. 밥을 해 줄 자신은 없었지만 혼자 먹게 하고 싶지도 않았다. 혼자 가게에 앉아서 밥을 먹는 그를 떠올리니 한없이 처량했다. 그게 싫다는 게 어떤 의미인지 굳이 생각하고 싶지는 않지만.

가만히 지켜보고 있으려니 민호는 밥 먹는 것도 깔끔했다. 지난번에도 느꼈지만 젓가락질이 매우 단정했다. 안나는 젓가락 쥐는 게 서툴러서 엄마가 몇 번이나 교정해 주셨던 기억이 있었다.

민호의 젓가락질은 마치 교과서에 나올 법할 정도로 완벽했다. 먹는 소리를 내지 않는 것은 기본이고, 입에 뭔가 들어 있으면 말을 하지 않았다. 그런 기본적인 모습들이 이제야 눈에 들어왔다. 생긴 것 이상으로 더 반듯한 사람이었다.

"민호 씨는…… 그 나이까지 혼자인 이유가 정말로 그……
운명의 상대를 찾느라 그런 건가요?"

밥공기를 비운 걸 본 안나가 조심스레 물었다. 물을 마시던
민호와 눈이 마주쳤다. 민호는 눈으로만 살짝 웃고는 계속 물
을 마셨다. 한 컵을 다 마시고 나서야 고개를 끄덕였다.

"왜……요?"

"그런 질문이 어디 있어요."

민호가 피식 마른 숨을 뱉었다. 물을 한 잔 더 따르는 그를
보며 안나는 마른 입술만 혀로 축였다. 묻기가 조심스러웠다.
저에게 현관 비밀번호를 알려 준 의미를. 운명의 상대라는 게
정말 그런 거냐고, 심장이 뛴다는 이유만으로 운명의 상대라고
확신할 수 있는 거냐고.

한 컵 더 비운 민호가 컵을 내려놓았다. 가게 사장님이 서비
스라며 가져다준 사과 한 쪽을 이쑤시개로 찍어 안나에게 내밀
었다. 안나는 딱히 거절하지 않고 손을 들었다. 이쑤시개가 작
아 손이 맞닿았다. 안나의 손이 그의 손을 쓸듯이 지나쳐 이쑤
시개를 잡았다. 민호는 작은 아쉬움을 느끼며 손을 놨다.

"내가 부담스러워요?"

"네?"

"운명 운운하는 게 부담스러우냐고."

"……"

부담. 부담인 걸까. 안나는 그의 말을 곱씹으며 사과를 한
입 베어 물었다. 상큼한 과육이 혀를 자극했다.

한동안 대화가 오가지 않았다. 민호도 안나도 조용히 사과

만 씹었다. TV 속에서 뉴스 앵커가 감정 없는 목소리로 소식을 전하는 소리만 간간이 들려왔다. 요즘 영화계에서 이슈가 되는 영화 소식을 전했다. 천만 관객을 동원하는 데 가장 큰 역할을 했다는 배우의 인터뷰도 나왔다. 민호가 화제를 돌리려는 듯 그 영화 이야기를 했다.

"저 영화 봤어요, 안나 씨?"

부자연스러운 화제 전환에 안나는 웃지 못했다. 그 영화가 무슨 영화인지도 몰랐다. 들리지 않았다. 여성 앵커의 단조롭고 정갈한 목소리라는 건 알겠는데 무슨 말인지 하나도 듣지 못했다. 자신이 한 말에 후회하고 있는 민호만이 보였다.

"아니요. 다 먹었으면 일어나요."

자리에서 일어난 안나가 먼저 가게 밖으로 나갔다. 민호는 움직이지 못한 채 그 뒷모습만 쳐다봤다. 아니요……. 어느 질문에의 대답인지 알 수가 없었다. 막연히 영화를 보지 않았다는 의미로 받아들이기에는 반응이 남달랐다.

"안나 씨!"

막 가게 문을 나서던 안나가 주춤했다. 민호는 벌떡 일어나 뛰쳐나갔다. 지갑에서 손에 잡히는 대로 돈을 꺼내 카운터에 올려놓고는 그녀를 붙들었다. 가방을 쥐고 있는 손이 언뜻 떨리는 듯했다.

"부담스럽지…… 않아요?"

"……."

"나 기다릴 자신 있어요. 안나 씨 속도에 맞출 수 있어."

"……."

"나와…… 사귈래요?"

안나의 고개가 아래를 향했다. 고개를 끄덕이는 건지, 단순히 고개를 숙인 건지 구분이 되지 않는 미묘한 동작이었다. 한참을 고개를 숙이고 있던 그녀가 작게 중얼거렸다.

"……남자 친구라면서요."

보지 않아도 사과처럼 새빨갛게 물들었을 얼굴이 절로 그려졌다. 옆에서 짝짝짝 박수 소리가 들려왔다. 사장님이 허허 웃으며 엄지를 추켜세웠다. 안나가 부끄러워 고개를 들지 못하자 그는 화통한 목소리로 말했다.

"이 남자 진국이여, 아가씨. 술을 쪼깨 잘 마시기는 하는데, 진짜배기니까 놓치지 마셔."

그는 카운터 위에 놓인 돈 중 5만 원권을 민호의 주머니에 넣어 주고는 얼른 가 보라며 손을 내저었다.

민호는 헤벌레 벌어지는 입가를 주체하지 못하고 그대로 안나의 손을 잡고 가게 밖으로 나갔다. 가게 안이 시끌벅적 요란해지는 걸 뒤로하고 길을 건너갔다. 문 닫은 옷가게 앞까지 걸어와서야 안나를 돌아봤다. 그 얼굴이 붉었다.

안나는 저 역시 얼굴이 새빨갛게 달아올랐지만 그의 얼굴을 보니 왠지 웃음이 났다. 서른다섯 먹은 남자가 어쩜 이렇게 천진할 수 있을까. 그를 마주하자 조금 전의 부끄러움은 잊어버렸다. 사풋이 한 발 내디뎠다. 물리적 거리가 줄어들자 거리감이 사라진다.

"나는 솔직히 조금 자신 없어요."

그래서일까. 내내 하지 못한 말이 생각 외로 쉽게 나왔다.

민호의 입술이 언뜻 떨리는 것도 같았다. 그를 보면서 안나는 잠깐 침을 삼키고 다시 말을 이었다. 가슴이 두근거려서 잠깐 멈춰야 했다.

"내가 정말 서민호 씨 운명의 상대인지 모르겠고…… 내 운명의 상대가 서민호 씨인지도 모르겠어요."

듣기 좋은 거짓말은 하고 싶지 않았다. 안나는 정말 확신하지 못했다. 민호가 점점 더 특별하게 느껴지는 건 사실이지만, 그 정도로 운명 운운할 수는 없었다. 이러다 1년이 지나고 2년이 지나 사랑이 식을 수도 있는 일이었다.

"그러니까…… 알아 가고 싶어요. 민호 씨가 말한 운명의 상대인지 확인하는 테스트, 저도 그거 민호 씨를 상대로 해 보고 싶어요."

말이 끝나기가 무섭게 민호에게 끌어 안겼다. 그의 코트에 얼굴이 파묻혔다. 화장이 묻을 거라는 걱정이 살짝 스치고 지나갔다.

"진짜 좋아요, 안나 씨."

"알았으니까 좀 놔줘요. 숨 막혀요."

"좋아서 미칠 것 같아. 하…… 진짜……."

민호의 입술이 아래로 내려왔다. 길거리라는 걸 아예 잊어버린 듯했다. 안나가 당황해서 버둥거렸다. 포옹이야 그렇다 치지만 거리에서 입을 맞출 자신은 없었다.

억지로 빠져나가 멀찍이 도망쳤다. 멍하니 서 있는 민호의 얼굴이 잔뜩 구겨져 있었다. 좋아서 미치겠다는 사람 표정치고는 매우 괴로워 보였다.

"민호 씨?"

"나한테…… 반응해요, 여기?"

민호가 자신의 가슴을 엄지로 콕콕 찔렀다. 안나는 작게 고개를 두어 번 끄덕였다. 생각해 볼 필요도 없었다. 심장 소리가 귓가에 들리고 있었으니까. 그제야 민호가 웃었다. 여전히 일그러진 표정이었지만 환하게 미소를 지어 보였다. 그를 정면으로 본 안나는 가슴이 철렁 내려앉았다. 어째서 이리도 애달프게 웃는 걸까.

"……2번은 뭐예요?"

1번이 '심장이 반응하는가'였다면 2번은 뭘까. 순수한 궁금증에 물었지만 민호는 손을 내밀었다. 그게 꼭 집에 가자는 의미로 보여서 안나는 두말없이 손을 잡았다. 안나를 품으로 당겨 어깨를 감싸 안은 민호가 작게 속삭였다.

"확신요."

"……네?"

너무 작아서 잘못 들었나 싶어 안나가 그를 올려다보며 되물었다. 그 순간 이마에 입술이 닿았다. 바람에 앞머리가 갈라져 드러난 이마에 그의 감촉이 선명하게 묻어났다. 결국은 뽀뽀를 하는구나. 황당함에 어설프게 웃자 민호가 싱긋 웃으며 이번에는 분명하게 말했다.

"확신. 이 사람과 평생을 함께할 수 있다는 믿음."

"……."

안나는 순간적으로 움찔거렸다. 그러자 민호가 어깨를 잡은 손에 힘을 줬다. 그를 바라보는 안나의 눈동자가 희미하게 흔들렸다.

가장 두려워하는 부분이었다. 믿음은 매우 불확실한 것이었다. 아무리 이쪽에서 믿어 봤자 상대는 그렇지 않을 수 있었다. 특히 한 번 배신당한 경험이 있는 탓에 안나는 사람을 쉽게 믿지 못했다.

안나는 터져 나오는 한숨을 소리 없이 흘려보낸 채 민호를 바라봤다. 평생을 함께할 수 있을까, 서민호와? 대답은 아무도 대신해 줄 수 없었다.

민호의 주도로 함께 걸음을 옮겼다. 둘의 보폭이 딱 들어맞는다. 인간관계도 이처럼 잘 맞으면 좋으련만…….

초등학생 아이들처럼 손을 꼭 붙잡고서 집으로 갔다. 추운 바람에도 불구하고 손에 땀이 날 만큼 힘이 들어가 있었다. 그 압박감이 그리 싫지만은 않아서 안나도 손을 빼지 않았다.

집 아래 카페가 눈에 들어왔다. 그를 보는 순간 민호의 걸음이 멈췄다. 멈칫한 안나가 그를 쳐다봤다가 그의 시선을 따라 고개를 돌렸다. 그제야 현관 앞에 누군가 서 있는 게 눈에 들어왔다. 현관이 안쪽으로 들어가 있어서 카페의 밝은 빛에 가려져 잘 보이지 않았다. 이렇게 멈출 정도라면 실루엣만 봐도 누군지 안다는 얘기였다.

"아, 형!"

저쪽에서 먼저 알은척해 왔다.

형……. 미묘한 호칭에 안나는 눈을 깜박거렸다. 형이라는 호칭이 가진 이중적인 의미 때문에 남자의 정체를 파악할 수가 없었다. 클럽에서 봤던 그런 동생인 건지, 친동생인 건지 의아해하는 사이 민호를 형이라 부른 남자가 밝은 표정으로 손짓하며 다가왔다. 민호는 여전히 한 걸음도 움직이지 않고 있었다.

"형이 안 와서 얼굴 보러 왔어. 나 섭섭하다?"

그가 가까이 다가와 걸음을 멈추고 나서야 안나는 친동생이 겠다는 생각이 들었다. 생김새는 닮은 듯 안 닮았는데, 말하는 투나 웃음이 참 닮은 남자였다. 그는 민호의 어깨를 툭 치고는 안나를 바라봤다. 누군지도 모를 텐데도 살갑게 인사를 하는 게 참 민호 동생다웠다.

"안녕하세요. 민호 형 동생 서민준입니다."

틀리지 않았다. 안나는 짧게 고개 숙여 그의 인사를 받았다.

"강안나예요."

"여자 친구세요? 와, 만나서 반가워요."

과한 제스처와 환한 웃음. 안나는 조금 부담스러워 고개를 뒤로 뺐다. 민호가 알맞게 그녀를 제 뒤로 보냈다. 마치 민준의 시선을 막는 듯한 행동이었다. 그럼에도 손은 놓지 않았다.

"카페에서 기다려. 금방 올게."

"내가 데이트 방해한 건가? 미안하네, 그거."

민준은 잠시 고민하는 모습을 보이더니 이내 알겠다며 고개를 끄덕였다. 형이 좋아하는 걸로 시켜 둘게, 하고 웃은 그는 민호에게 가려진 안나를 향해 말했다.

"다음에 제대로 한번 봐요."

"얼른 가."

민호가 휘이휘이 손을 내저어 그를 쫓았다. 안나는 외동이라 평범한 형제가 어떤 느낌인지는 잘 모르지만, 저와 진현과는 전혀 다른 느낌을 받았다.

"가요, 안나 씨."

먼저 걸어가던 민준이 휙 몸을 돌려 뒤로 걸으면서 '안나 씨? 이름이 예쁘네요.' 하고 참견했다. 코트에 손을 넣고 뒤로 걷는 모양새가 위태로웠다. 민호가 인상을 찡그렸지만 그는 웃으면서 한 번 더 몸을 돌려 똑바로 걸어갔다. 어쩐지 민호보다 더 능청스러운 동생이었다. 민호는 그게 자연스러운 반면, 그는 과해서 부담스러운 면이 있었다.

안나는 마른 입술을 축이고 민호를 바라봤다. 그의 표정을 읽을 수가 없었다.

"혼자 올라가도 돼요. 가 봐요."

굳이 5층까지 올라갔다가 내려갈 필요 있느냐며 입을 열었지만 민호는 고개만 짧게 흔들었다. 말은 안 했지만 집까지 데려다주겠다는 의지가 느껴졌다. 그래서 안나도 굳이 강요하지는 않았다.

아무 말 없이 5층까지 걸어 올라갔다. 잡힌 손을 놓으니 찬 바람이 시리게 느껴졌다. 손이 서로의 체온으로 데워진 상태였다. 손끝이 떨어지려는 순간 민호가 다시 손을 잡았다.

"오늘 고마웠어요, 안나 씨."

"뭘요."

"그럼 잘 자요."

대화를 싹둑 종결시켜 버리고는 손은 놔주지 않는다. 말하는 것과 원하는 게 다르다는 게 느껴졌다. 잠시 민호를 바라보던 안나가 작게 숨을 내쉬고 입을 열었다.

"爱就爱我一辈子.(2925184. 날 사랑할 거라면 평생 사랑해 줘.)"

"네?"

잡은 손만 내려다보던 민호가 갑자기 튀어나온 중국어에 고개를 들었다. 민호가 저를 쳐다보자, 그의 눈에 자신이 비치자 안나는 살짝 웃어 보였다.

오늘의 민호는 이상한 점이 많았다. 그건 그만큼 자신이 그에 대해 모르고 있다는 뜻이기도 했다. 동생과의 사이가 미묘하다든지, 사랑에 대해 집착하는 이유가 있다든지, 전혀 아는 바가 없었다. 그런 것들에 대해 궁금증이 생기고 더 알고 싶어진다는 것 자체가 좋은 신호였다.

오늘따라 왜 이러나 짜증이 나기보다는 이런 면도 봐서 좋았다. 그것만 봐도 저는 민호와 사귈 준비가 되어 있었다. 그래서 안나는 그를 다독여 주기로 마음먹었다. 위로해 주고 싶었다. 이왕이면 따뜻하게 안아 주고 싶었지만, 그의 동생이 밑에서 기다리는 게 마음에 걸려 참았다.

"그런 엄청난 말을 해 놓고 왜 주저해요."

"그게 무슨……."

안나의 말을 전혀 이해하지 못하던 민호가 중국어에 퍼뜩 기억을 떠올렸다. 아는 중국어는 하나도 없지만, 떠오르는 건 있었다. 다만 문제는 2925184나 1594184가 어떤 식으로 발음되는지 전혀 몰랐다. 그저 그 의미가 자신이 하고 싶던 말이라서 선택했을 뿐이었다.

혼란스러워하는 민호를 보며 안나는 피식 웃었다. 입술이 다시 말라 버려서 느낌이 이상했다. 이로 강하게 짓눌러 한번 적시고 난 뒤 말했다.

"평생을 걸었으면, 그렇게 빠지게 만들어 봐요. 서민호 씨밖에 모르게."

지하철을 타고 오는 내내 두 문장을 읊조렸다. 서민호에게 운명의 상대란 결국 평생 곁에 있어 줄 상대를 의미하는 것 같다는 결론이 나왔다. 그렇기에 두 번째 조건이 그리도 어려운 걸 테다.

"一生就愛你一人. (1392010. 평생 당신 한 사람만 사랑해.)"

민호는 또 알아듣지 못했다. 중국어라고는 워아이니, 니취 팔러마 밖에 모르는 그에게는 너무도 어려운 말이었다. 그러나 중요한 말이라는 느낌이 강하게 들었다.

"내 입에서 그 말이 나오게 해 봐요."

잘 자요. 손을 뺀 안나가 집 문을 열고 들어갔다. 문이 자동으로 닫히고 이내 철컥 하고 잠겼다. 민호는 한참을 그 앞에 서 있다가 허탈한 웃음을 터트렸다.

"생일 축하한다."

"엎드려 절 받지? 전화도 안 받아서 한참 서 있었잖아."

핸드폰이 코트 안에 있어서 진동을 못 느낀 모양이었다. 회의 때 진동으로 바꿨던 걸 여태 그대로 두고 있었다. 민호는 그제야 제 핸드폰을 켰다. 민준에게서 문자메시지가 한 통, 전화가 두 통 와 있었다. 진동을 벨소리로 바꾸고 자리에 앉았다. 민준이 사 둔 커피는 이미 차게 식어 있었다.

"다시 사 올까?"

"괜찮아. 뭐 사 줄까? 생일 선물도 준비 못 했는데."

"됐네요, 선물 달라고 온 거 아니야."

그렇게 말하면 섭섭하다며 민준이 웃었다. 민호도 입꼬리를
끌어 올리기는 했지만 그다지 웃는 느낌은 아니었다. 민준이
눈을 가늘게 뜨며 그를 훑었다. 여자가 있다는 얘기는 못 들었
는데, 아까 보니 매우 아끼는 사람인 듯했다. 사실 여태껏 한
번도 형의 여자 친구를 본 적이 없었다. 그런데 제게 소개조차
해 주지 않고 뒤로 숨겨 버리니 조금 서운한 마음이 들었다.

"아버지가 서운해하셨어."

"나중에 따로 찾아뵐 생각이었어. 오늘 회의가 8시 넘어서
끝났거든."

거짓말은 아니니 말이 술술 나왔다. 태연한 대답에 민준이
작게 한숨을 내쉬었다. 늘 이런 식으로 가족 모임을 피하곤 했
다. 공식적인 자리라면 절대 모습을 드러내지 않았고 오로지
가족끼리만 모이는 자리에도 웬만해서는 오지 않으려 했다. 그
이유를 알지만 서운한 건 어쩔 수 없었다.

"언제?"

"응?"

"아버지 언제 만날 거냐고. 나도 나가게. 엄마만 아니면 형
도 덜 부담스럽잖아."

"민준아."

민호가 그만하라는 듯 말을 끊었다. 단순히 새어머니가 불

편해서서 그 자리를 피하는 건 아니었다. 자신이 서씨 가족의 일원이라 생각하지 않았다. 아버지가 주시는 무한한 사랑에 감사하긴 했으나 저를 가족으로 대해 주시는 건 달갑지 않았다. 그냥 한 걸음 물러나 있는 게 편했다. 굳이 단란한 가족 사이에 끼어들어 억지웃음을 짓고 싶지 않았다.

민준이 보란 듯이 한숨을 크게 내쉬었다. 얼음이 반쯤 녹아 밍숭밍숭한 커피를 벌컥 들이켜고는 말했다.

"내가 형 선물은 안 받더라도 형한테 선물은 주려고 왔어."

"……."

"아버지가 주신다는 거, 성안실업이야. 연 매출 200억 정도 되더라. 그걸로 형 사업도 더 키워. 회사가 그게 뭐야. 애들 공기놀이 하는 것도 아니고."

민호는 잠자코 듣기만 했다. 연 매출 200억이니, 회사를 주니 마니……. 그 무엇도 자신이 원하는 게 아니었다. 아버지가 뭐라도 더 챙겨 주려 하신다는 건 내내 알고 있었지만, 이번처럼 대놓고 지분을 넘겨주려는 건 처음이었다. 그게 마음에 걸렸다.

"민준아. 서씨 집안 장남은 너야."

"아니, 형이야."

"서민준."

"응. 서민호 형."

의미 없는 소모전에 한숨을 내쉬었다. 대화가 통하지 않으니 식어 빠진 커피만 연신 들이켰다. 쓰고 탄 맛이 나 입안만 쓸데없이 텁텁해졌다.

"그만 가. 나중에 밥 한번 먹자."

결국 먼저 포기한 건 민호였다. 자리에서 일어나는데 민준이 그를 붙잡았다.

"아니. 나 형이랑 술 한잔 하러 왔어."

민호는 미묘한 시선으로 그를 내려다봤다. 민준은 싱글벙글 웃기만 했다. 그 미소가 속을 찔러 와 한쪽 눈을 찌푸렸다.

생일 축하주, 안 사 줄 거야? 하나뿐인 동생 생일인데? 민준의 눈이 사악하게 빛났다. 민호는 슬쩍 입술을 깨물었다. 맹물이 마시고 싶었다. 갈증이 미친 듯이 목구멍을 긁어 댔다. 하지만 동생의 어리광을 안 들어 줄 수가 없었다.

모처럼 여유로운 저녁이었다. 여유를 즐길 새도 없이 안나는 청소에 들어갔다. 며칠 안 했다고 집구석 곳곳에 먼지가 쌓여 있었다. 청소기를 싹 돌리고 걸레질을 하는데 진현에게서 전화가 왔다. 잠시 손을 멈추고 전화를 받았다.

"응."

— 퇴근했냐?

"응. 집 청소하고 있어. 넌 어디야?

— 퇴근 중이야. 그냥 전화했어. 또 주말 내내 헤매고 다녔나 해서.

잔소리 같지만 결국은 제 걱정이라는 걸 알기에 안나는 절로 미소를 그렸다.

늘 느끼지만 유독 더 고마운 사람이었다. 이 집을 처음 구할 때도 진현의 도움이 컸다. 당시 김주원에게 사기당해서 안나는 월급 말고 수중에 돈이 한 푼도 없었다. 새아버지 크리스에게 얘기하면 얼마든지 돈을 보내 주겠지만, 부끄럽고 민망하고 수 치스러워서 차마 말하지 못하고 있었다.

그런 안나에게 진현은 선뜻 목돈을 내밀었다. 보증금으로 쓰라고 했다. 어떻게 이런 큰돈을 덥석 빌려주느냐 팔짝 뛰는 안나에게 그는 딱 한 마디만 했다.

'사촌이잖아.'

그는 그런 사람이었다. 기억조차 흐릿할 정도인 옛날에 같 이 산과 밭을 뛰놀았다는 이유만으로, 같은 피가 ¼ 흐른다는 이유로 그는 너무도 잘해 줬다. 돌아가신 아버지를 떠올리게 하는 웃음을 지으며 다 돕고 사는 거라고 말했다.

물론 지금이야 핀란드에서 돈을 가져와 다 갚았지만, 그 당 시 진현이 없었다면 한국에서의 생활을 이어 나가지 못했을 수 도 있었다.

"괜찮아, 이제 걱정 안 해도."

— 어떻게 걱정을 안 하냐.

"주말에 안 갔어.

— ……진짜?

"응."

정확히 말하면 금요일 밤엔 나갔지만, 토요일부턴 안 갔으 니 딱히 틀린 말은 아니었다. 그 생각이 들자 절로 웃음이 났다. 주말. 안나에게 있어선 인생의 전환점이나 마찬가지였다.

"이제부터 안 나갈 거야."

— 포기한 거야?

묻는 목소리가 조심스러웠다. 안나가 얼마나 힘들어했는지 옆에서 지켜봐 온 터라 그녀가 어떤 마음으로 그리 말하는지 이해하는 듯했다.

그러나 안나는 오히려 후련했다. 전신을 짓누르던 돌을 치워 낸 기분이었다. 이렇게 간단한 것을 그동안 어째서 하지 못했을까. 아니다. 할 수 없었다. 저를 깔고 뭉개던 돌을 치워 준 건 민호였다. 그가 없었다면 평생 그 돌 밑에 깔려 허우적대고만 있었으리라.

— 그래, 잘 생각했어. 드디어 떨쳐 냈구나. 장하다. 강안나.

진현의 칭찬에 안나는 혀를 조금 빼물었다. 동갑이면서 늘 동생 취급이었다. 오빠라고 해도 될 만큼 챙겨 줬으니 군말하지 않고 들어 줬다.

전화를 끊고 걸레질을 마저 끝내고 다용도실로 갔다. 늘 이렇게 밤에 들어오니 세탁기를 돌릴 수 있는 건 주말밖에 없었다. 빨 옷을 구분하려고 뒤적이는데 지난번에 입었던 짧은 원피스가 손가락에 걸렸다. 클럽 외에 다른 곳에 입고 가라면 절대 입지 못할 법한 옷들. 이런 옷이 여러 벌 있었다. 킴이 골라 준 것들이라 하나같이 취향에 맞지도 않았다.

이젠 다 버려야겠네.

뒤 봤자 안 좋은 기억만 불러일으킬 게 뻔했다. 빨려고 뒀던 옷을 들고 방으로 들어가 옷장을 열었다. 한편이 모조리 그런 목적의 옷들이었다. 커다란 쇼핑백을 펼쳐 모조리 담았다. 옷걸이에서 옷을 빼내는데 숨이 턱턱 막혔다. 그를 찾아다니느라 허비한 인생이, 시간이, 감정이 물밀 듯이 흘러들어와 가슴속에서 휘몰아쳤다.

견디기 어려운 가슴 통증에 잠시 주저앉아 밭은 숨을 내쉬었다. 아래 선반에 놓인 가발도 눈에 들어왔다. 처음에는 보기만 해도 거부감이 들었던 검은 생머리 가발. 지금이야 익숙해졌다지만, 떠오르는 건 답답하고 덥고 괴로운 감정뿐이었다.

그것도 버리려고 들고 일어났다. 옷가지가 가득 찬 쇼핑백과 쓰레기봉투를 현관에 내다 놓았다. 버린다는 건 제 가슴속한구석에 지독히도 단단히 들러붙은 미련도 떼어 낸다는 의미였다.

김주원이라는 이름을 잊는다. 그런 이름으로 사랑을 속삭인남자를 잊는다. 좋았던 기억도, 쓰라렸던 상처도 모두 이 쓰레기봉투에 같이 집어넣는다. 꼭꼭 묶어서 다시 제게 들러붙지못하게 한다.

몸을 일으키는데 신발장의 거울이 눈에 들어왔다. 그 안에비치는 자신이, 강안나가 시야에 가득 찼다. 안나는 똑바로 거울을 마주 보고 섰다. 옅은 갈색의 단발머리는 관리가 잘 안됐는지 푸석했다. 빗질하면 툭툭 끊어지기도 했다. 가발 탓도분명 있을 터였다. 요 며칠 잘 잔 덕에 피부는 좀 나아졌다. 지난주만 해도 껍질이 벗겨질 것처럼 건조했다. 이렇게나 자신을돌아보지 못하고 살았다.

처음으로 외모가 신경 쓰였다. 누구 때문인지는 굳이 상기하지 않아도 될 듯했다. 오랜만에 마사지 팩이라도 붙일까 하고 거울 앞을 떠나다가 문득 걸음을 멈췄다.

그러고 보니 구두도 있었다. 너무 높아 몇 번이나 발목이 나갈 뻔했던 킬힐들. 결국 신발장 문을 열고 구두도 잔뜩 꺼내 쇼핑백에 함께 담았다.

이로써 끝이다.

딩동―

반신욕에 얼굴 마사지까지 다 하고 자려고 누운 안나는 잠을 깨우는 초인종 소리에 눈을 떴다. 눕기 전에 시계를 봤을 때가 새벽 1시가 넘었을 때였다. 초인종 소리가 가슴을 두드렸다. 생각을 하기도 전에 몸을 일으켜 방을 나갔다. 인터폰을 확인했지만 사람이 보이지 않았다. 그래도 이 시간에 벨을 누를 사람은 단 한 사람밖에 없었기에 망설임 없이 현관으로 갔다.

"……민호 씨?"

문을 열었는데 밖이 휑했다. 아무도 없어서 순간 잘못 들었나 싶었다. 그러나 복도 불이 켜져 있었다. 누군가 있던 것은 확실했다. 그를 뒷받침하듯 발소리가 조용한 복도를 울렸다. 밖으로 몸을 빼자 제집 쪽으로 걸어가는 민호의 뒷모습이 보였다. 그 움직임에서 술을 마셨다는 게 바로 느껴졌다.

초인종을 눌러 놓고 그냥 돌아가는 게 무슨 심보일까. 술기운에 무작정 눌렀다가 뒤늦게 후회한 모양이었다. 제가 보고 싶었던 걸까 싶어 안나는 혀를 슬쩍 빼물었다. 초인종이 울리

밤사이

자마자 튀어나온 자신과 같은 마음이라는 게 가슴을 간질였다. 안나는 조심스레 민호를 불렀다. 고개를 돌린 민호가 그녀를 보고는 한발 늦게 웃었다.

"깨울까 봐 돌아가던 중인데……."

혼잣말처럼 중얼거린 민호가 몸을 돌렸다. 안나는 슬리퍼를 주워 신고 밖으로 나갔다. 복도의 공기가 차가웠다. 얇은 잠옷 차림으로 나온 탓에 닭살이 돋았다. 후다닥 걸어서 곁으로 가는 동안 민호는 가만히 서 있었다.

"동생은 잘 갔어요?"

민호는 고개를 끄덕여 대답하고는 실실 웃었다. 안나가 곁으로 다가오자 손을 들어 옷을 추슬러 줬다. 목이 훤한 잠옷이 마음에 안 드는 듯했다. 하지만 그의 손이 더 차가워서 살에 닿자 소름이 쫙 끼쳤다. 민호는 그걸 모르는 듯 추운데 왜 나왔느냐고 작게 타박했다. 그런 그에게서 술 냄새가 조금 났다. 술에 취해도 이 남자는 별 변화가 없구나.

민호가 손을 떼자 그 차갑게 얼어붙었던 손끝의 미약한 온기가 아쉬웠다. 안나는 그 손을 붙잡고 싶은 마음이 들었다. 고개를 들자 저를 걱정하는 그의 표정이 서글퍼 보였다.

그 표정이 참 아렸다. 항상 밝고 즐겁게만 사는 것 같던 민호의 어두운 그늘이었다. 그런 약한 모습을 제게 보여 주는 게 기뻤다.

안나는 팔을 뻗어 그의 코트 속으로 손을 넣었다. 니트가 그의 체온으로 따뜻했다. 그래서 망설임 없이 그를 끌어안았다. 코트 속으로 안나가 반 이상 감춰졌다.

"안나 씨?"

"오늘 밤은 내가 위로해 주는 날이네요."

"……."

"……따듯하다."

뺨이 닿은 그의 가슴이 뜨거울 정도로 따끈따끈했다. 역시 40도다.

민호는 대답이 없었다. 그저 꼭 끌어안을 뿐이었다. 코트 속으로 완전히 파묻힌 안나의 귀에 그의 심장박동 소리가 들려왔다. 그의 가슴이 오르내리는 감각이 기분 좋았다.

"같이 자도 돼요?"

은은한 속삭임에 안나는 망설임 없이 고개를 끄덕였다.

그날 민호는 아무것도 하지 않은 채 정말 끌어안고만 잤다. 그저 조금이라도 더 몸을 겹치려는 듯이 꼭 끌어안았다. 안나의 몸 아래에 깔린 팔이 저릴 법도 한데 느끼지 못하는 건지, 괜찮은 건지 더 가까이 붙었다. 가슴에 얼굴이 파묻힐 지경인데도 그게 좋은 듯했다. 안나 역시 이렇게까지 타인과 딱 달라붙어 자 본 적은 없었지만, 가슴에 닿는 그의 숨결에 형언할 수 없는 안정을 느꼈다.

안나는 손을 조금 움직여 민호의 등을 쓸어내려 줬다. 등을 쓰다듬을수록 그의 숨이 점차 안정을 찾았다. 이내 잠들기 전까지 안나는 계속 어루만져 주었다.

그렇게 밤새 서로의 온기를 나눴다.

밤새기

어려서부터 어머니는 편지와 전화 속에서만 존재하는 인물이었다. 한글과 함께 배운 건 영어가 아니라 일본어였다. 그래야만 어머니와 대화할 수 있었다. 한 번도 만나 본 적은 없었다. 그런 기회는 주어지지 않았다.

아버지는 일본 유학길에 올랐을 때 어머니를 만났다. 그러나 집안 반대가 심해 둘은 이루어질 수가 없었다. 어머니가 민호를 가졌다는 걸 알았지만 그들은 낳는 것조차 허락해 주지 않았다. 그녀는 혼처가 정해져 있다고 했다. 무조건 그 혼처에 시집을 가야 한다며 아버지와 만나지도 못하게 했다.

아버지는 절대 아이를 지울 수는 없다고 강경히 주장했다. 결국 그는 핏덩이를 품에 안고 귀국했다. 집에서도 호적이 파일 뻔했지만 아버지는 언제나 민호부터 챙겼다. 제 아들. 제가 사랑하는 사람이 유일하게 남겨 준 아들이라 해서 사랑을 퍼부었다.

그런데 열네 살 생일이 지났을 때 아버지가 '어머니'를 소개해 줬다. 일본어를 한 마디도 할 줄 모르는 그녀는 새어머니라고 했다. 새로이 아버지의 가족이 될 사람. 그녀를 어머니라고 부르라는 말을 들었을 때 민호는 태어나 처음으로 반항이라는 것을 했다.

새어머니가 들어오기 전날, 아버지는 민호를 불러 놓고 말했다.

'아버진 언제나 민호 네가 우선이야. 새로운 가족이 생겨도 내 아들은 너다. 민호 너밖에 없어.'

그 말은 거짓이 아니었다. 새어머니와의 불편한 관계 속에서도 아버지는 언제나 민호 편을 들었다. 민호 구박할 생각은 하지 말라고 그녀에게 경고하기도 했다. 나중에 들은 얘기지만, 민호를 아들로 인정하지 않으면 결혼은 취소하겠다고 으름장도 놨다고 했다. 그랬으니 새어머니가 민호를 더 경계하는 것도 무리가 아니었다. 사생아인 민호 때문에 제 아이가 불이익을 받는 게 마음에 들지 않았을 터였다.

'누가 뭐래도 우리 집 장남은 민호야.'

아버지는 기분이 좋으면 언제나 그 말을 입에 달고 살았다. 마치 들으라고 하는 소리처럼 가족 모두가 있을 때면 더욱더 소리 높여 말했다.

민호는 그게 싫었다. 그가 원하는 건 이런 가식적인 가족이 아니었다. 보고 싶은 어머니는 이 여성이 아니었고 함께 살고 싶은 사람 역시 이들이 아니었다. 천진난만한 동생이 자신 때문에 피해를 보는 것도 싫었다.

아버지는 민호밖에 몰랐다. 민호를 붙들고 언제나 어머니 얘기를 했다. 민호가 얼마나 그녀를 닮았는지, 그녀가 어떤 사람이었는지, 그가 얼마나 그녀를 사랑했는지. 술을 마시는 날이면 언제나 민호를 서재로 불러 추억을 되새김질했다. 그건 동시에 그가 현재 얼마나 불행한지 보여 주는 것이기도 했다.

진심으로 사랑하는 사람들이 함께하지 못하는 게 얼마나 불행한지 보고 자랐다. 스무 살이 넘어 처음 만나러 간 어머니도 행복하지 못한 건 마찬가지였다. 비록 삶은 윤택하고 부족함 없이 살지만, 마음이 허해서 행복하지 못했다. 민호를 보자마자 울음을 터트린 그녀는 분명 어머니였다. 젖도 먹이지 못하고 핏덩이를 떠나보낸 어머니의 한이 민호의 가슴을 적셨다.

'아버지는 형밖에 몰라.'

어린 민준이 받는 상처도 컸다. 아버지는 민호를 더 좋아했지만, 그래도 민준을 싫어하는 건 아니었다. 다만 그 애정의 크기가 다른 것이 새어머니의 속을 긁었다. 이대로 가다간 알짜배기는 다 민호가 차지하고 민준은 낙동강 오리알 신세가 될 것 같았다. 누가 뭐래도 서씨 집안 장손은 민준인데, 사생아인 민호가 좋은 걸 다 차지한다는 걸 받아들일 수가 없었다. 그래서 그녀는 민준을 더 엄격하게 대하며 뭐든 완벽하게 해내기를 강요했다.

민호는 그걸 보는 게 싫어 다 포기하고 집을 나왔다. 아버지는 기함하며 그러지 말라 했다. 새어머니 때문에 그러느냐며 그녀를 쫓아내려고까지 했다. 아버지가 그래서 싫은 거라고 대답하며 민호는 홀로서기를 시작했다.

물론 아버지의 지원을 아예 안 받을 수는 없었다. 그렇게 둘 아버지도 아니었다. 지금의 사업을 시작하기까지 그의 도움을 많이 받았지만, 집 재산은 전혀 손대지 않았다. 유산도 받지 않겠다고 말하고 나왔다. 새어머니가 안심한 것도 그때였다.

형이 나가 줘서 제가 죽지 않았다고 민준이 솔직히 말한 적도 있었다. 새어머니의 등쌀에 못 이겨 자살까지 생각했다는 동생이 너무도 가여웠다. 다 자신 탓인 것 같아 그에게 말로 다할 수 없을 만큼 미안했다.

민호의 인생에서 가장 중요한 건 돈도 성공도 아니었다. 집을 나오면서 단 한 가지만 다짐했다. 저는 아버지처럼 살지 않을 것이다. 저는 어머니처럼 살지 않을 것이다. 제 사람은 자신이 지키리라. 그 사람을 놓치고 불행하게 살지 않으리라!

"깼어요?"

흐릿한 시야에 살색이 잡혔다. 이내 흰색과 검은색으로 바뀌었다. 고개를 조금 들자 갈색이 보였다. 안나다. 그녀의 존재를 확인하고 나서야 민호는 눈을 깜박였다. 몇 번 눈에 힘을 줘 눈동자를 움직이자 시야가 선명해졌다.

"더 자요."

"지금 출근해요?"

목소리가 쩍쩍 갈라졌다. 안나는 가볍게 고개를 끄덕이고는 다시 치장에 나섰다. 화장대도 방 안에 있어서 거울 속에도 그녀가 비쳤다. 안나가 두 명인 것만 같다며 민호는 슬쩍 웃었다. 엎드려서 길게 하품을 하자 거울 너머로 그를 본 안나가 보시시 눈웃음을 지었다.

"보통 몇 시에 일어나요?"

"점심때쯤 배고파서 깨죠."

낮게 가라앉은 목소리가 아직도 잠에 취해 있음을 알렸다. 눈꺼풀도 무거운지 자꾸 눈이 감겼다. 그래도 안나를 보겠다고 눈에 힘을 주는 모습이 귀여웠다. 서른다섯 먹은 남잔데 자꾸만 귀엽다는 말이 나오니 큰일이다. 안나는 다시 집중해 화장을 해 나갔다.

"눈썹…… 일자로 그리면 어때요? 그럼 덜 날카로울 것 같은데……."

베개에 고개를 파묻은 채 민호가 중얼거렸다. 안나는 '그리기 어려워서요.' 하고 간결히 대답하고는 원래 그리던 방식대로 그렸다. 민호는 자기가 아는 숍에 한번 같이 가야겠다고 생각했다.

"맨얼굴이 제일 예뻐요, 안나 씨는."

"……."

"나중에 나랑 데이트할 때는 맨얼굴로 나와요."

"……."

"안 되나. 계속 뽀뽀하고 싶어서 데이트 못 하려나."

"그만. 얼른 다시 자요."

입 다물고 자라고 단칼에 끊어 낸 안나의 얼굴이 블러셔를 하기 전임에도 빨갛게 달아올랐다. 민호는 크게 웃음을 터트렸다. 그러고 보니 안나의 침대였다. 그녀가 늘 베고 자는 베개와 이불. 폭신폭신하고 두툼한 이불의 감촉이 기분 좋았다. 아직도 안나에게 안겨 있는 기분이 들어 그녀가 가더라도 잘 잘 듯했다.

그런 민호의 표정이 천진해 거울 너머로 바라보는 안나의 입가에 미소가 설핏 떠올랐다. 머리까지 손질을 마치고 자리에서 일어나자 민호가 잘 다녀오라는 듯 손을 흔들었다. 그 손짓에 마치 여기가 그의 집인 것 같은 느낌이 들었다. 뭐…… 집주인이니 틀린 말은 아닌가.

　안나는 잠깐 고민하다가 입을 열었다.

　"그럼 다녀올게요."

　다녀온다. 비록 퇴근하고 돌아왔을 때 민호가 저를 기다리고 있을 건 아니었지만 왠지 그렇게 대답해야 할 것 같았다. 민호가 싱긋 웃으며 답했다.

　"응. 올 때 메로나."

　"메로나…… 아이스크림요?"

　"큭! 아니에요. 잘 다녀와요."

　갑자기 웬 아이스크림 타령인지 이해하지 못한 안나가 되묻자 민호는 혼자 배꼽을 잡으며 웃었다. 뭐가 웃긴 건지 이해하지 못했지만 안나는 출근하러 나갔다. 뒤에서 유행어도 모른다며 민호가 혼자 구시렁대는 소리가 들렸지만 저리 웃는 걸 보니 기분이 나쁘지는 않았다.

　유행어……. 그런 쪽에 자신이 둔감하다는 걸 알고 있는지라 안나는 그저 그가 한 말이 유행어였구나 하고 넘어갈 뿐이었다.

　서른다섯인데도 참 천진하고 아이 같다. 안 좋게 말하면 철이 없다 하겠지만, 절대 그런 건 아니었다. 그가 얼마나 속이 깊은지 아는지라 안나는 그가 젊고 밝게 사는 게 보기 좋았다.

자칫 어두워 보일 수 있는 속사정을 갖고 있음에도 티 내지 않고 늘 웃는 그를 보면 자신도 배워야 한다는 생각도 들었다. 저 하나만으로도 벅차서 남과 더불어 사는 방법은 배우지 못했다. 그래서 안나는 민호를 보면 마음이 따뜻해지는 걸 느꼈다. 상처를 곱씹으며 사는 게 아니라 이 정도 상처는 자연히 치유된다며 웃는 사람이었다.

문을 닫고 계단으로 향하는데 핸드폰이 울렸다. 이 이른 아침에 연락이 올 데가 있던가 싶어 확인하니 민호였다.

—정시에 퇴근하게 되면 말해 줘요. 기다리게.

기다린다. 집에 왔을 때 빈집의 차가운 공기가 아니라 누군가가 자신을 기다린다. 그리 생각하자 갑자기 가슴이 요동쳤다. 누군가 자신을 반겨 주는 게 얼마나 기쁜 일인지 알고 있어서 상상하는 것만으로도 감정이 복받쳤다.

안나는 잠깐 스케줄을 생각해 봤다. 상무님이 오늘 출근할지는 가 봐야 알았다. 아직 연락받은 게 없었다. 상무의 스케줄을 알아야 정시 퇴근할 수 있는지도 알 수 있었다. 이렇다 답해 줄 수 없는 게 미안했다. 그가 기다려 주기를 바랐지만, 그렇다고 자기 사정을 고집할 수도 없는 노릇이었다. 정해지면 알려 주겠다고 답하고는 계단을 내려갔다.

자신이 일하는 시간에 민호는 쉬고 그가 일하는 시간에 제가 쉰다는 게 어떤 의미인지 이제야 조금 실감이 났다. 한쪽이 희생하지 않고는 오래가기 힘든 관계라니……. 들떴던 감정이

훅 가라앉는다. 바늘에 찔려 바람 빠지는 풍선처럼 갈피를 잃고 허공을 헤맸다.

❖

밖에서 밤을 새우더라도 아침은 꼭 같이 먹어야 하는 게 이 집의 신조였다. 민준도 숙취가 있긴 했지만 늦지 않게 자리에 앉았다. 더 먼저 나오신 아버지가 이미 자리에 앉아 계신 걸 보며 민준이 아침 인사를 드렸다.

민준은 그래도 형을 만나고 와서 기분이 좋았다. 그래서 저도 모르게 민호의 이야기가 나왔다.

"어제 형 만났어요."

그 순간, 아침 식탁의 공기가 이분화된 것처럼 극명하게 갈렸다. 움찔하신 어머니의 수저가 국그릇을 건드린 소리가 날카롭게 울렸다. 하지만 아버지는 근엄한 표정을 지우고 환하게 미소 지으며 말을 받았다.

"그래, 잘 지내고 있더냐?"

"네. 회의가 늦게까지 있었대요. 나중에 날짜 잡아서 아버지와 같이 식사하겠다고 했어요."

"그래, 그래."

민호 이름만 들어도 좋은 듯 웃는 아버지를 보며 어머니는 차게 표정을 굳혔다. 하지만 민준 역시 민호를 좋아했기에 어머니의 반응은 못 본 척했다.

살갑게 대하면서도 마음은 내주지 않는 형이었지만, 그래도 민준에게는 하나뿐인 형이었다. 어머니에게 완벽함을 강요받아 숨 쉬지 못할 때 견디게 해 준 사람도 민호였다. 조금만 참으라고, 자신이 나가면 어머니도 더는 널 몰아붙이지 않을 거라고 말하면서 따뜻하게 안아 주곤 했다.

그런 형이 민준은 정말 좋았다. 그가 무슨 마음으로 집을 떠나는지 알기 때문에 서운하지 않았다. 같이 살지 않아도 자신들은 형제였다.

민준은 아버지가 그를 더 좋아하셔도 크게 개의치 않았다. 심지어 아버지가 민호에게 회사를 물려준다 하더라도 반대하지 않을 생각이었다. 어머니가 절대 그렇게 두고 볼 리는 없겠지만 민준은 가족끼리 재산 다툼하는 꼴은 보고 싶지 않았다.

"민호 그 녀석이 하도 집을 불편해해서 다시 들어오라고는 못하겠지만, 민준이 네가 잘 좀 챙겨 줘라. 부족한 건 없는지 항상 물어보고."

"네."

탁. 수저를 내려놓는 소리가 컸다. 식탁의 유리가 깨지지는 않았을까 걱정될 만큼 날카로웠다. 표정을 굳힌 어머니가 자리에서 일어나는데도 아버지는 아무런 반응이 없었다. 그저 묵묵히 식사를 이어 갔다.

이 집에서 가족이 아닌 사람은 마치 그녀 혼자인 듯했다. 그나마 민호가 집을 나가고 드디어 가족다운 구색을 갖췄다고 생각했는데, 그래도 이 집 사람들은 항상 민호만 좋아했다. 그녀가 모든 것을 퍼부어 키운 하나뿐인 아들마저도.

"아, 형요. 여자 친구 생겼나 봐요?"

"그래? 만나 봤어?"

그녀는 방으로 들어가다가 제 아들의 입에서 나온 말에 걸음을 멈췄다. 어머니가 속이 상해 식사도 못 하고 자리를 뜨는데 전혀 신경 쓰지 않는 눈치였다.

그녀의 눈가가 파르르 진동했다. 자신이 민준을 어떻게 키웠는데……! 배신감에 치가 떨렸다.

"형 찾아갔을 때 마침 같이 만났어요. 인사만 했는데 괜찮더라고요."

"오, 그래? 그래……."

마음이 복받쳐 올랐는지 아버지는 쉬이 말을 잇지 못하고 고개만 연신 주억거렸다. 민호의 여자 친구. 분명 전에도 여자 친구가 있었을 것이다.

하지만 한 번도 집에 소개한 적은 없었다. 민준이 인사를 했다니까 어쩌면 만나 볼 수 있지 않을까 하는 막연한 기대가 피어올랐다.

"만나고 싶으세요?"

"아니, 아니다. 민호가 준비되면 스스로 말하겠지."

형이 과연 그럴까요. 그렇게 생각했지만 민준은 차마 소리 내어 말하지는 못하고 고개를 끄덕였다. 형을 찔러서 한번 소개해 드리라고 졸라야겠다고 생각했다. 그 고집불통이 과연 말을 들을지는 미지수였지만.

"그래도 어디 사는 누군지는 좀 알아봐라."

궁금증은 참지 못하겠는지 아버지가 그리 덧붙였다. 민준은 작게 웃음을 터트렸다. 자신도 궁금했다. 어떤 여자인지. 겉보기엔 괜찮아 보였지만 대체 어떤 사람이기에 민호가 그리 소중히 대하는지 알고 싶었다.

"네. 알아볼게요."

"안나 씨, 비품 체크 좀 해 줄래?"

"네."

비서 준비실에는 없는 게 없었다. 기본적으로 사물함을 하나씩 가지고 있었지만 그 외에도 공동 물품이라고 해서 여성용품부터 화장품까지 모두 준비해 두었다.

물품이 떨어지지는 않았는지 확인하는 안나의 눈에 패드가 보였다. 그것 역시 수량을 확인하는데 문득 제 생리 날짜가 신경 쓰였다. 하도 불규칙해 주기를 따져 볼 수도 없었다.

마지막이…….

기록해 둔 걸 봐야겠다고 생각하는데, 본사 팀 비서 서영이 들어왔다. 부족한 게 있냐는 질문에 얼른 마저 체크해 나갔다.

"안나 씨. 이 실장님이 찾아."

"바로 갈게요."

지연이 문을 열고 고개만 빼꼼 내밀어 얘기를 전했다. 상무님이 다시 출근한 터라 실장님도 함께 있었다. 실장이 말단인 안나를 찾는 이유는 딱 한 가지였다. 그녀의 언어 능력이 필요한 순간이라는 뜻이었다. 그게 비품 체크보다 중요하기 때문에 서영이 점검표를 달라며 손을 내밀었다.

고맙다고 말하고 서둘러 밖으로 나갔다.

"강 비서, 동행 가능합니까?"

"예, 언제입니까?"

"30분 후에 출발합니다."

이 실장이 손에 든 자료를 넘겼다. 그건 30분 내로 내용을 확인하라는 것과 같았다. 첫 장을 보니 영어였고 다행히 전에 한 번 체크했던 자료였다. 서둘러 다시 읽어 보느라 주기를 확인해 봐야겠다던 생각은 기억 너머로 사라졌다.

상무님과 함께 이동하는 건 조금 긴장이 됐다. 안나는 아까 봤던 서류의 내용을 떠올리려 애썼다. 그러나 신경은 온통 옆자리의 상무님에게 쏠려 있었다. 솔직히 말해서 궁금했다. 그의 몽유병이 나았는지.

안나는 사실 요즘 몽유병을 겪는 일이 줄어들고 있었다. 고작 일주일도 안 된 시간이니 완전히 나았다고 하기는 어렵지만, 그래도 큰 발전이었다. 반은 민호 덕이었고 반은 마음 정리를 한 덕이라 생각했다.

민호와 같이 자는 날이면 특히 개운하게 잤다. 자다 도중에 깨는 법도 없었다. 그래서 요즘 몸이 여느 때보다 훨씬 더 가벼웠다. 다만 민호와 따로 잔다면 그때도 몽유병이 안 일어날지는 장담할 수 없었다. 시간이 맞을 때는 같이 자기도 하지만 기본적으로 민호는 밤에 일하는 사람이었다. 그에게 피해를 줄 수는 없었다. 그를 이용하고 싶은 마음도 없었다.

차가 멈췄다. 그제야 안나는 상념에서 깨어났다. 상무님이 자신을 바라보는 게 느껴졌다. 얼른 차에서 내렸다. 이동 중이라고는 해도 일하는 중인데 정신을 놓은 자신이 한심했다. 실장님의 뒤를 따르며 흐트러진 정신을 다잡았다.

확실히 시간 차를 줄이기는 어려웠다. 안나의 일 특성상 정시 퇴근이 정말 드물었다. 상사가 퇴근하는 시간이 그녀의 퇴근 시간이었다. 그래서 안나가 퇴근할 때면 민호는 일 모드에 돌입한 후였다.

그래도 마음이 가니 그 정도 벽은 뛰어넘을 수 있었다. 평일에는 민호가 다른 클럽에 가거나 놀러 가는 일을 최대한으로 줄였고 그가 일할 때면 안나가 클럽으로 찾아가 얼굴을 보곤 했다.

문제라면 주말이었다. 주말의 민호는 정말 얼굴 보기 힘들 정도로 바빴다. 그래서 금요일이나 토요일 새벽에 안나가 그를 만나러 가는 것으로 타협을 봤다. 낮에 자야 한다는 단점이 있었지만, 몇 달간 그리해 왔기에 딱히 힘든 일은 아니었다.

그렇게 서로 시간을 맞춘 첫 번째 일요일 밤, 아니, 월요일 새벽이었다. 어슴푸레한 새벽에 퇴근하던 민호가 제집 문 앞에 쭈그려 앉아 잠든 안나를 발견했다. 실로 일주일 만의 몽유병이었다.

화요일 저녁, 안나는 7시에 집에 도착했다. 다행히 같이 저녁 먹고 얘기 나눌 정도의 여유는 있었다. 민호는 그냥 같이 있어도 된다고 말했지만 그래도 10시로 제한 시간을 잡아 뒀다. 같이 커피 한잔 하며 소파에 앉았을 때였다.

"서민호 게이지가 부족한 거예요."

"그게 뭔데요?"

"안나 씨 안에 서민호 게이지가 있는 거죠. 나를 만나면 최고치까지 차는 거고 나를 안 만나면 점점 줄어서 바닥나는 거다, 이 말씀. 일요일에 나를 못 봤으니 고갈됐고 그 결과 몽유병이 발생했다. 이런 거?"

"……소설 써요?"

"맞다니까 그러네."

말도 안 되는 소리를 민호는 매우 진지하게 말했다. 얼마나 진지하냐면 안나가 순간적으로 정말인가 하고 믿을 뻔했을 정도였다.

"그럼 고갈되지 않으려면 어떻게 해야 하느냐 이게 관건인데, 안나 씨 생각에는 어떻게 해야 할 것 같아요?"

"……모르겠는데요."

사실 알 것 같은데 차마 입 밖으로 내뱉을 수가 없어서 안나는 모르겠다며 고개를 저었다. 그러자 민호가 쳇 하고 크게 혀를 찼다. 단단히 실망한 듯한 느낌이 물씬 풍겼다. 하지만 아랫입술을 삐죽 내밀고 볼을 빵빵하게 부풀린 표정에서 그가 진짜 화를 내는 게 아니라는 게 느껴졌다.

"이러니까 늘 나만 좋아하는 것 같단 말이죠. 안나 씨, 정말 몰라서 그러는 거 아니죠?"

"모, 모르겠는데요."

매일 만나서 게이지를 채운다는 말을 대체 제 입으로 어떻게 하라는 건지. 꿋꿋이 모르겠다고 발뺌하자 민호는 크게 한숨을 내쉬며 어깨를 늘어뜨렸다. 지금 매우 시무룩하니 얼른 다독여 달라는 무언의 압박이 느껴져서 안나는 가볍게 팔을 벌렸다.

"알았어요. 대답할게요."

팔 벌린 자세를 본 민호가 웃으며 안나를 끌어안았다. 자세가 조금 불편한지 한 다리를 올려 밖으로 뺐다. 그러자 자연스레 민호의 품에 갇힌 자세가 됐다. 배를 꼭 끌어안은 탓에 안나는 괜히 배에 힘을 주게 됐다.

"그래서 대답은?"

꼭 안나의 입으로 듣고 말겠다는 듯이 민호가 집요하게 굴었다. 안나는 잠깐 망설이다가 결국 대답했다.

"매일…… 하루도 빠짐없이 서민호를 만난다."

"잘했어요."

아이를 칭찬하듯 머리를 쓰다듬어 주는 손길에 뺨이 조금 발그레해졌다.

"맞다. 안나 씨, 이번 금요일에 클럽 놀러 올래요? 제 친구 생일 파티 하는데 안나 씨 내놓으라고 어찌나 성화인지. 나도 자랑하고 싶기도 하고……."

살짝 말끝을 흐리는 게 부끄러워하는 느낌이 들어 안나가 뒤를 돌아봤다. 머리카락이 그의 얼굴을 스쳤는지 민호가 고개를 조금 뒤로 뺐다. 머리를 귀 뒤로 넘겨 주는 손이 내려가고 나서야 그의 표정이 제대로 보였다. 대답을 예상하기 힘든지 긴장한 기색이 역력했다. 친구에게 소개하겠다는 것이 어떤 의미인지 안나도 모르지 않았다.

"토요일에 일 있으면 그냥 거절해도 돼요."

거절해도 된다고 말하지만 본심은 그게 아니라는 걸 알았다. 조금은 강하게 '그날 와.' 하고 말해도 될 법한데 민호는 절대 그러는 법이 없었다. 그의 그런 마음 씀씀이가 안나는 정말 좋았다.

"좋아요. 갈게요. 대신 조건이 있어요."

"뭐든 말해 봐요."

오겠다는 말에 이미 기분이 좋아진 듯 민호는 뭐든 들어줄 태세였다. 좋다고 뺨이고 입술이고 가리지 않고 쪽쪽대는 바람에 안나는 입도 떼지 못했다. 혹시 고도의 작전으로 말을 못하게 하는 건가 싶기도 했다. 물론 그런 의도는 아니었지만.

슬금슬금 니트 속으로 못된 손이 들어오기에 안나가 얼른 고개를 돌려 시계를 봤다. 10분 뒤면 10시였다. 곧 가야 하지 않느냐며 손목을 잡았지만 민호는 잠깐만, 조금만 하면서 손끝을 꿈틀댔다.

맨살에 닿는 그의 감촉에 안나는 살짝 몸을 떨었다. 그의 손끝은 부드러우면서도 단단해서 묘하게 음심을 자극했다. 가슴 위로 올라오는 손이 안나의 몸을 뜨겁게 달궜다. 브래지어 안으로 들어와선 톡톡 건드리는 게 얄미우리만큼 자극적이었다.

"웃……."

"말해 봐요. 무슨 조건인데?"

"그, 그거요. 존댓말."

"음?"

손날로 밑을 받치고 손바닥 전체로 가슴을 쥐자 그대로 민호가 느껴졌다. 자극 탓에 단단해진 가슴이 그의 손바닥에 짓눌렸다. 그 감각이 생생하게 느껴져 안나는 밭은 숨만 자꾸 내쉬었다.

"존댓말 하지 않아도 된다고요. 후우……. 사귀는데 계속 존댓말 하는 것도 웃…… 이상하잖아요."

손등을 꽉 꼬집으면 그만할까. 안나는 눈을 살짝 감고 크게 숨을 내쉬었다. 이렇게 자극하면 헤어지기 싫어진다. 어쩌면 민호는 자신이 매달리기를 바라는 건지도 모르겠다는 생각이 들었다. 좀 더 같이 있어 달라고 애교를 피우라는 건가. 만감이 뒤엉켜서 무슨 생각을 하는 건지 스스로 판단하기도 힘들었다. 민호가 손을 가볍게 움직이자 더 큰 자극이 왔다.

"음, 존댓말이라. 안나 씨도 말 놓으면 놓을게요."

"네?"

"그거. 연인 안 같아요. 응 해 봐요, 응."

민호가 말을 놓는 건 당연하게 생각했지만, 같이 말을 놓는 건 생각해 보지 않은 터라 안나는 조금 당황했다. 저보다 여섯 살이나 나이가 많은데 아무리 연인이어도 맞먹는 건 좀 아니라고 생각한 탓이었다.

민호가 그런 안나의 생각을 읽었다는 듯 목덜미에 입술을 파묻었다. 입술을 붙인 채로 쪽쪽대니 그 소리가 바로 귓가를 파고들었다. 야릇하다. 가슴을 희롱하는 손길에 입술 공격까지 이어지니 결국 안나는 몸을 반쯤 돌려 그를 바라봤다. 그의 손이 얌전하게 배로 내려왔다. 흡, 배에 힘을 주니 민호가 웃으며 배를 콕콕 찔렀다. 짓궂은 장난에 안나는 잠깐 고민하다가 입을 열었다.

"오빠. 자꾸 만질 거야?"

굳었다. 누가 봐도 티 나게 민호가 몸을 굳혔다.

안나는 피식 웃었다. 배를 간질이던 손이 오갈 곳을 잃고 허공을 헤맸다.

"거봐요. 존댓말이 낫죠?"

"그, 거, 더, 어, 하……."

대체 무슨 말을 하는 건지 알아들을 수 없어 고개를 갸웃댔다. 그러기가 무섭게 민호의 손이 허리를 끌어안고 옆으로 비틀었다. 배에만 집중하고 있던 안나는 그의 힘에 휩쓸려 옆으로 넘어갔다.

소파 위로 넘어져 비명을 지르려는 순간 입속으로 혀가 파고들었다. 소리가 그대로 먹혔다. 거칠기 짝이 없는 키스였지만 싫지 않았다. 적극적으로 응하며 팔을 민호의 목에 둘렀다. '10시인데…….'라는 생각이 '화요일이니까.'로 바뀌기까지는 얼마 걸리지 않았다.

운명을 뒤틀어서라도

수요일, 목요일은 서울 디지털 포럼 탓에 유독 더 바빴다. 다행히 금요일은 끼어 있지 않아서 민호가 말한 친구의 생일 파티에 참석할 수 있었다.

"오늘 데이트야? 힘 좀 줬는데?"

화장을 고치는 중에 혜선이 말을 걸어왔다. 옅은 미소로 대답한 후 거울을 바라봤다. 힘을 주다니…… 그러고 보니 평소보다 화장이 좀 진한 것같이 느껴졌다.

원래는 집에 잠깐 들러 옷도 갈아입고 가려 했다. 그러나 지난번에 클럽용 의상을 다 버린 탓에 입을 옷이 마땅찮았다. 클럽 TAKE에 몇 번 가 본 덕에 어떤 옷차림을 해야 하는지는 대충 아는데 그런 옷이 하나도 없었다. 가진 옷이라고는 집에서 입을 만한 편한 옷이나 정장뿐이었다.

뭘 입어도 그 자리에 어울리지 않는다면 차라리 회사 끝나고 바로 온 회사원 이미지가 나을 것 같아서 그냥 가기로 했다. 다행히 오늘 입은 옷이 아주 딱딱한 정장은 아니었다. 원피스에 볼레로를 겹쳐 입은 복장이라 부드러운 느낌이 났다.

청담동으로 간다니까 혜선이 태워다 주겠다고 했다. 안나는 극구 사양했지만, 약속 전에 저녁 러시아워에 시달리고 싶으냐는 말에 결국 도움을 받았다.

"안나 씨 표정이 좀 부드러워졌어."

청담역 앞에 내려 주기 직전, 혜선이 그렇게 말했다. 표정의 변화를 인지해 본 적 없는 안나는 그 말이 조금 낯설었다. 청담역에서 클럽까지 걸어갔다.

간판이 보이고 나서야 고개를 끄덕였다. 제 표정이 부드러워졌다면 그건 모두 다 민호 덕분이라고.

"이야, 만나서 반갑습니다."

"얘기 많이 들었어요."

"꼭 한번 보고 싶었어요. 민호가 어찌나 좋아하던지."

여기저기서 인사를 하니 정신이 하나도 없었다. 그런 안나를 민호가 얼른 챙겼다. 클럽 안은 발 디딜 틈 없이 인산인해를 이뤘지만, 생일 파티를 한다는 룸은 그보다 훨씬 널찍했다.

예전에 김주원을 찾아 클럽 안을 헤맬 때는 들어와 보지 못한 곳이라 안나는 살짝 입술을 깨물었다. 입구가 아예 달리 있어서 이런 곳이 있는지도 알지 못했다. 만약 그동안 김주원이 이 안에서 놀았다면 그를 눈앞에 두고도 놓쳤을 거란 뜻이기도 했다. 안나는 짧게 고개를 흔들어 상념을 떨쳐 냈다. 그런 생각을 하려고 온 자리가 아니었다.

처음 소개만 다 같이 했을 뿐, 다들 각자 노느라 정신이 없었다. 사람들이 클럽 스테이지로 다 빠져나간 후에야 좀 한산해졌다. 이따가 자정에 다시 다 모인다고 민호가 귀띔해 줬다. 그는 몇몇 친구들만 남은 자리로 안나를 데리고 가 앉혔다.

"일 괜찮아?"

"일 있으면 호출하라고 했어. 그때까진 괜찮아."

반말이 어느 정도 익숙해져 처음만큼 어색하지는 않았다. 오빠라는 호칭을 민호가 그렇게 좋아할 줄은 몰랐다. 다만 너무 좋아하니 평소에는 잘 안 불러 줬다. 오빠라고 불러 달라고 민호가 애교를 부리는 것도 일종의 재미였다.

"와, 챙겨 주는 것 봐. 달달하다 못해 아주 꿀이 흐르네."

"부럽냐?"

오늘 이 자리의 주인공이라는 지훈이었다. 그가 놀리는 것도 민호는 태연하게 받아쳤다. 그뿐만 아니라 안나의 목에 팔을 감으며 볼에 뽀뽀도 했다. 안나가 깜짝 놀라 조금 피했지만 그 정도로는 역부족이었다. 민호가 짓궂게 혀도 날름거리자 지훈은 술잔을 집어 던지려는 손짓을 취했다.

좋다고 웃는 민호를 보니 안나는 이 자리에 참석하길 잘했다는 생각이 들었다. 불편하지 않다고 하면 거짓말이겠지만 그가 이렇게 좋아하니 덩달아 기분이 좋아졌다.

그의 친구들이 건네는 술을 한 잔씩 받다 보니 조금 취기가 돌았다. 민호가 능숙하게 술잔을 뺏어 자신이 마시며 속도를 줄여 줬다. 그 때문에 눈꼴시단 말을 한마디 듣긴 했지만.

"그나저나 한진원이가 안 와서 좀 섭섭하네."

"연락은 했어?"

"못…… 안 했지. 아니, 진짜 이건 좀 아니다 싶은 게, 오늘 회사로 화환이랑 선물이 왔더라고. 그 자식 이름으로! 그러고는 입 닦았다 이거야. 야, 우리가 그렇게 사무적인 관계냐? 하, 나 참."

"그래도 챙겨 줬네."

"야, 씨. 그게 걔가 챙겨 준 거겠냐? 회사에서 챙겨 줬겠지."

아까 술잔을 집어 던지는 척했던 지훈이었다. 투덜거리면서 서운함을 표로하는 그에게 민호가 술이나 마시라며 한 잔 따라 줬다.

안나는 조금 당황한 채 그를 바라봤다. 자신이 술에 취해서 잘못 듣지 않았다면 그의 입에서 분명 제 상사의 이름이 나왔다. 안나의 머릿속에 그가 말한 화환과 선물이 스쳐 지나갔다.

'대웅상사 이지훈 상무 앞으로 화환하고 선물 보내는 것 잊지 마.'

지연의 목소리가 뒤늦게 따라왔다. 그래, 자신이 한 상무님의 이름으로 보낸 선물이었다.

"왜 그래? 취했어?"

안나의 표정이 이상한 걸 본 민호가 살뜰하게 그녀를 챙겼다. 물 마시라고 생수를 건네는 그에게 안나가 몸을 숙였다.

밤차미

취해서 기대고 싶은 건가 하고 민호가 어깨를 내주려는 찰나 귓속말로 속삭였다.

"혹시…… 대웅상사의 이지훈 상무님이셔?"

"어? 그걸 어떻게 알……."

민호가 깜짝 놀라 몸을 뗐다. 그의 말 덕분에 안나는 제 생각이 맞았음을 알았다.

"응? 왜 그래?"

아무것도 모르는 지훈이 물었다. 안나는 멍하니 민호를 바라보다가 그만 살짝 웃고 말았다. 이 정도 우연이면 운명의 상대라고 말하는 게 이상하지 않았다. 민호가 얼떨떨한 듯 목을 긁적였다.

"지금 말씀하신 분이 제 상사분이시거든요."

안나가 대신 대답하자 지훈의 눈이 왕방울만 하게 커졌다. 그나마 입안에 술이 없었기에 망정이지, 술을 마시던 중이었다면 다 뿜어 버렸으리라.

"한진원이가요?"

"네. 한진원 상무님요. 아까 말씀하신 그 선물도 사실 제 손으로 보낸 거라……. 먼저 알았다면 오늘 상무님께 살짝 말씀드렸을 텐데, 죄송해요."

"아, 아, 아니! 죄, 죄송하다뇨! 어이쿠, 갑자기 급 높임말이 나오니 제가 다 송구스럽습니다."

"아, 죄송해요. 갑자기 상무님이 떠올라서 말이……."

안나가 손을 내저으며 웃자 민호가 얼른 팔을 둘러 제 품으로 끌어당겼다. 이런 환한 웃음이라니, 그걸 제가 아니라 저

쓸모없는 이지훈에게 보여 줬다는 것에 질투가 팍팍 났다.

"디경 비서라더니 한진원 담당이었어?"

"응. 센터 팀 막내거든."

"역시 내 운명."

민호가 끌어안은 안나의 뺨에 뽀뽀를 수십 번 날려 댔다. 안나도 싫지는 않은지 피하지 않았다. 술의 효과라면 효과였다.

"이야, 운명이라더니 운명 맞네."

지훈도 고개를 끄덕이며 수긍했다. 운명을 축하한다는 이유로 술을 따라 줬다. 이번에는 안나도 받아 마셨다. 민호와 사귀면서 그가 제 운명의 상대인지 알아 가고 싶었다. 그런데 그 운명의 조건 하나가 지금 채워진 듯했다.

"상무님과 친해?"

"응. 엄청. 그…… 요즘 좀 일이 있어서 안 만나고 있거든."

"알 것 같아. 회사 내에서도 바람 잘 날 없거든."

"그 정도야?"

한 상무님 스캔들은 모르면 간첩이라 할 만큼 유명했던지라 안나는 잠자코 고개를 끄덕였다. 지훈이 끼어들었다.

"어떻게 될 것 같아요? 비서니까 알겠네."

"네. 다시 만나시는 것 같아요. 회사 내에서도 숨기지 않으시거든요."

"헐, 이런 빅 뉴스! 그럼 한진원 약혼 깨지는 건가? 대박!"

지훈이 오두방정을 떨며 자리에서 일어났다. 이 소식을 어찌 퍼트리지 않을쏘냐 난리를 피우는 그를 민호가 재빨리 붙들었다. H그룹에서도, 약혼 상대인 다온 그룹에서도 나오지 않은 소식이었다. 안나가 그 소식의 제공자가 되도록 둘 수는 없었다.

"야, 이지훈."

민호가 짧게 경고하자 지훈도 왜 그러는지 알아차리고는 다시 자리에 앉았다.

"내가 조만간 진원이 놈 만나 볼게. 그 후에 얘기하자."

"알았다, 알았어."

민호가 조만간 회사로 찾아가겠다고 말해 안나는 눈을 크게 떴다. 일하는 모습을 볼 수 있는 거냐고 말해서 뭐라 대답하지 못했다. 일하다 민호를 보면 무슨 느낌일까. 이 자리에 참석하는 것보다 훨씬 더 긴장될 테다. 안나가 주저하는 사이 민호는 또 지훈과 주거니 받거니 술을 마셨다.

11시가 넘은 무렵이었다. 민호는 잠시 일을 보러 갔고, 혼자 앉아 있던 안나는 잠시 바람을 쐬러 가고 싶어 일어났다. 화장실부터 들를 생각으로 걸어가는데 전에 한 번 봤던 여자와 마주쳤다. 여전히 육감적인 몸에 검은 정장을 걸치고 있었다.

알은척해야 하는 건지 그냥 지나가야 하는 건지 살짝 고민하는데, 여자가 노려보는 게 느껴졌다. 그냥 지나가는 게 낫겠다고 판단하고 옆을 걸어가는데 그녀가 중얼거리는 소리가 들렸다. 아니, 들으라고 한 소리가 틀림없었다.

"운명 좋아하네."

그래서 그냥 알 수 있었다. 직접 들은 것도 아니지만 느껴졌다. 민호를 좋아하는구나 하고. 그리고 민호가 그렇게 신봉하는 운명 때문에 거절당했으리라는 것도.

딱히 화가 나지는 않았다. 하지만 굳이 대꾸할 필요도 못 느껴 안나는 아무런 반응도 하지 않고 걸음을 옮겼다. 그 앞에 선 검은 머리의 남자를 보기 전까지는.

"……김……주원?"

가슴이 철렁 내려앉았다. 안나는 순간적으로 달렸다. 그 순간만큼은 이곳이 어딘지, 지금 무슨 상황인지 전혀 신경 쓰지 못했다. 무작정 달려 나가 그의 어깨를 잡고 돌려세웠다.

"김주원!"

여자와 대화하고 있던 남자가 제 어깨를 잡아채는 손길에 깜짝 놀라 안나를 바라봤다.

"뭐야?"

"…….."

"누구야? 나 아세요?"

남자가 짜증 가득한 얼굴로 노려봤다. 안나는 순간 움찔해서 뒤로 한발 물러났다. 남자의 옆에 있는 여자가 누구냐며 인상을 썼다. 남자는 얼른 여자에게 모르는 사람이라 말했다. 의심스러웠는지 여자가 안나에게 직접 말을 걸었다.

"당신 뭐야? 얘 알아?"

"아, 아니…… 죄송해요. 사람을 잘못 봤어요."

"아, 뭐야."

여자가 짜증을 확 냈다. 남자는 그런 여자를 달래려는 양 '왜 그래. 나 아는 여자 없어.' 하고 말하며 안나를 확 노려봤다. 괜히 의심 사게 했다는 시선에 안나는 황급히 고개 숙여 사과했다. 얼른 뒤돌아 뛰다시피 걸어갔다. 뛸 힘도 없어 얼마 가지 못하고 벽을 짚고 멈춰 섰다. 다리가 후들후들 떨렸다.

이성을 잃었다. 김주원과 비슷한 외모에 눈이 뒤집혔다. 좀 더 자세히 봤더라면 다른 사람이라는 걸 알았을 텐데……. 옆모습은 정말 닮았지만 정면으로 보자 어디가 닮았나 싶을 정도로 다른 외모였다. 허탈감에 한숨을 내쉬며 고개를 들었다.

"……민호 씨."

언제부터 저기 서 있던 걸까. 어디서부터 봤을까. 안나의 얼굴이 창백해졌다. 그의 표정에 색이 없었다. 무표정한 그를 마주하자 전신에 소름이 끼쳤다.

"그때도 그랬어."

저벅저벅 다가오는 발걸음이 무겁게 느껴졌다. 안나는 뒤로 물러나지도 못한 채 민호가 제 앞에 서는 것을 바라보기만 해야 했다.

"사람을 잘못 봤다고 했지. 대체 누구와 잘못 본 건데? 누구를…… 찾는 거야?"

민호의 목소리는 차분했다. 안나는 아무 대답도 하지 못했다. 알게 하고 싶지 않았다. 제 비참한 과거를 들키고 싶지 않았다. 그래서 포기했건만, 이제 정말 눈앞의 행복만 바라보기로 했건만…….

"대답하기 곤란해?"

"그게……."

힘겹게 입을 떼 봤지만 할 수 있는 말이 없었다. 안나는 크게 침을 삼키고는 웃었다. 그 웃음이 얼마나 일그러져 있는지 본인은 알지 못했다. 그 웃음을 본 민호의 표정이 좋지만은 않았다.

"그냥 아는 사람을 닮아서 그랬어요. 나 화장실 가려고 나온 건데……. 이따 봐요."

그렇게 둘러대고는 몸을 돌렸다. 얼마나 정신이 없으면 다시 존댓말을 했다는 것조차 눈치채지 못했다. 화장실 위치도 헷갈려 헤매는 그녀를 바라보는 민호의 표정이 험악하게 일그러졌다.

이후 분위기는 좋지도 나쁘지도 않았다. 그저 민호와 안나 사이에 아주 얇은 비닐이 하나 놓여 있는 것 같았다. 그래서 서로 섞이지 못했다. 같이 웃고 있지만 온도가 달랐다. 민호는 계속 뜨거워져 갔고 안나는 점점 더 차가워졌다.

그날 밤, 안나는 다시 몽유병을 겪었다. 그리고 처음으로 민호의 집이 아니라 계단 아래로 내려가는 일이 발생했다. 민호가 안나를 걱정해서 4층과 5층 사이에 있는 문에 카드 키 도어록을 설치해 둔 덕에 4층 아래로 내려가지는 못했다.

그녀를 발견한 건 다름 아닌 지헌이었다. 클럽 문을 닫고 퇴근하던 그가 위에서 들려오는 소리를 알아차렸다. 누가 문 저편에서 문을 자꾸 열려고 하고 있었다. 이상한 낌새를 느낀 지헌이 민호에게 전화했다. 밖으로 나가 본 민호는 안나를 보고 다릿심이 풀릴 뻔했다. 실망과 절망이 동시에 찾아왔다. 안쓰러움이 그 두 감정을 휘감았다.

잠에서 깼을 때 안나는 왜 자신이 민호의 품에 안겨 있는지 잠시 생각해야 했다. 몇 시인지 알 수 없었지만, 토요일이었고 다른 일정이 없으니 큰 걱정은 없었다. 안나의 뒤척임에 민호도 잠에서 깼다.

"일어났어?"

"나…… 몽유병 도졌었어?"

안나의 말에 민호는 대답하지 않은 채 그녀의 뺨을 쓰다듬었다. 위를 올려다보자, 아직 눈을 뜨지 않고 있었다. 저 때문에 제대로 자지 못했다고 생각하니 콧등이 시큰했다. 안나도 손을 조금 움직여 그의 가슴에 살짝 댔다. 그 손에 찬기가 가득한 탓에 민호가 슬쩍 움찔했다.

차가워서 좀 그렇겠다 싶어서 손을 떼자 민호가 그 손을 잡아 제 뺨에 대고 비볐다. 얼굴의 온기로 데워 주는 것 같은 느낌이었다. 그의 온기가 손에 전해져 오자 안나는 이루 말할 수 없이 울연한 기분이 들었다.

"안나야."

'안나 씨'에서 '안나야'로 바뀐 지 며칠 되지 않았다. 그래서 여전히 그 호칭이 어색하면서도 두근거렸다. 그가 무슨 말을 하려는 건지 짐작할 수 없어서 더 긴장됐다.

"나…… 별로 의지 안 돼?"

"……."

"난 네가 원하는 거 다 해 줄 수 있어. 원한다면 별도 따다 줄 생각인데."

얼핏 들으면 오글거릴 만큼 다정한 말이었지만, 그가 이렇게 말하는 이유를 알기에 무섭게 들렸다. 안나는 바짝 마른 입술을 연신 핥았다. 입술이 따가울 정도로 마른 이유가 막 잠에서 깬 탓인지, 민호 탓인지는 알 수 없었다.

민호는 그 이상 입을 열지 않고 팔만 가끔씩 움직였다. 등을 쓰다듬어 주는 손이 언제나처럼 따뜻했다.

"민호 씨니까……."

"응?"

웅얼거리는 소리라 제대로 들리지 않았다. 민호가 고개를 숙여 안나와 시선을 맞췄다. 아직 잠기운이 폴폴 묻어났지만 눈동자만큼은 또렷했다.

"민호 씨니까 보이고 싶지 않았어."

그리 말하는 안나의 눈가에서 느껴지는 물기에 민호는 그대로 입을 맞췄다. 단내를 느끼지 못할 만큼 격렬한 키스였다. 무작정 안으로 파고들어 와 혀를 얽어 깊게 빨아올렸다. 안나는 피하지 않았다. 오히려 대담하게 입을 열어 주었다. 그를 받아들였다.

서민호니까 들키기 싫었다. 어렵게 시작한 그와의 관계에 찬물을 들이붓고 싶지 않았다. 아직도 전 남자의 망령에서 헤어나지 못하는 모습을 보여 주고 싶지 않았다. 그를 실망하게 하고 싶지 않았다.

"나는 좋아. 어떤 모습이라도 다 좋아. 도와주고 싶어. 나를 의지해, 안나야."

"……."

"고작 옛날이야기 좀 듣는다고 내가 실망할 것 같아? 나 그렇게 가벼운 마음으로 운명 운운하는 거 아니야."

민호는 안나를 와락 끌어안았다. 가슴에 얼굴이 파묻혀 숨이 막히도록 꼭 안았다. 그녀의 눈물이 민호의 맨가슴을 적셨다. 아무 말도 하지 못하고 우는 그녀의 등을 민호는 조용히 쓰다듬어 주었다. 그녀가 품은 아픔이 얼마나 클지 알기에 위로해 줄 수밖에 없었다.

"오늘 진원이 회사에 있지?"

출근 준비를 하는데 민호가 물었다. 평소 같으면 아직도 침대에 있을 시간인데 오늘따라 같이 일어나기에 의아해하던 참이었다. 안나는 고개를 끄덕이며 되물었다.

"오려고?"

"응."

"약속 잡았어?"

"그런 거 없어. 그냥 쳐들어가는 거지."

민호가 씩 웃자 안나도 살짝 따라 웃었다. 그만큼 거리낌 없는 사이라는 게 느껴졌다. 씻고 나오자 민호가 식탁에 커피 잔을 내려놨다.

"태워다 줄 테니 마셔."

"이렇게 일찍부터 오려고? 상무님 출근 9시에 하셔."

"그런데 넌 왜 지금 가?"

"원래 비서라는 게 그렇지 뭐. 아침에 할 일이 많아서. 아,

따듯하다."

민호와 마주 보고 앉아 커피 잔을 쥔 안나가 조금 표정을 풀었다. 긴장이 풀어질 만큼 손끝의 온기가 따스했다. 한 모금 마시고 맛있다고 말해 주자 민호의 미소도 더불어 환해졌다.

한참 마시다 보니 민호의 시선이 커피보다 더 뜨거웠다. 왜 그렇게 쳐다보느냐고 물으려다가 그냥 입을 다물었다. 어쩐지 부끄러운 말이 나올 것 같았다. 아니나 다를까, 민호가 선수 쳐 입을 열었다.

"오늘은 더 예뻐서."

"아아, 예."

대충 고개를 주억거리자 민호가 박장대소를 터트렸다.

"넌 자신에게 너무 박해. 칭찬을 듣는 게 싫어?"

"과분하잖아."

"뭐가 과분해? 내 눈에 너는 예뻐. 어제보다 오늘 더 예쁘고. 난 솔직할 뿐이야."

"……으으."

안나가 몸서리치는 것을 보며 민호는 계속 웃었다. 귀에 딱지가 앉을 때까지 매일 예쁘다고 말해야겠다고 했을 땐 견디지 못하고 자리에서 일어났다. 방으로 들어가는 안나의 뒤에 대고 민호가 말했다.

"그럼 30분 후에 계단 앞에서 봐."

안나도 고개를 끄덕인 후 안으로 들어갔다. 화장대에 앉는 모습이 식탁에서도 보였다. 머리를 말리는 모습이 묘하게 자극적이었다. 저 머리카락에 입을 맞추고 그대로 침대로 뛰어들고 싶은 욕구가 가슴을 간질였다.

　안나가 입을 연 건 일요일이 끝날 무렵이었다. 얼마나 어렵게 결정한 건지 알 수 있어서 민호는 잠자코 경청했다. 이미 대부분 예상했던 말이었음에도 놀람을 감출 수가 없었다. 왜 하필 그런 쓰레기를 만난 건지, 제가 조금만 더 일찍 안나를 만날 수 있었더라면……. 후회와 연민이 같이 밀려왔다.

　'내가 그를 찾아 주는 게 낫지 않겠어? 한 번은 만나서 해결하는 게 차라리 나을지도 몰라.'

　민호는 안나가 원하면 제 인맥을 총동원해서라도 그를 찾아낼 생각이었다. 사실 이전부터 그렇게 하고 싶었는데, 그녀의 의견을 듣고 싶어서 참고 있었다.

　'이 일을 아는 애가 나한테 대체 왜 찾는 거냐고 물어봤어. 돈을 돌려받고 싶은 거냐, 사과를 받고 싶은 거냐.'
　'…….'
　'그것도 아니면 널 사랑했던 것만큼은 진심이었다는 말이 듣고 싶은 거냐.'

　순간 민호는 혀를 깨물 정도로 동요했다. 그를 눈치채지 못한 듯 안나는 옅게 웃으며 말을 이었다. 웃고 있지만 눈은 잔뜩 젖어 있었다.

'보상받고 싶었어. 함께한 시간도, 그를 찾아다닌 시간도. 적어도 마음만큼은 지키고 싶었어. 하지만 다 부질없단 걸 깨달았어.'

'안나야.'

'좁은 서울 바닥에 살다 보면 언젠가 마주칠 수도 있겠지. 하지만 이제는 굳이 찾으면서까지 만나고 싶지는 않아. 잊을 거고 또 잊는 중이야. 민호 씨. 나 조금만 더 이기적이어도 돼? 내 안의 서민호 게이지 꽉꽉 채워 달라고…… 욕심부려도 돼?'

민호는 울고 싶었다. 안나의 마음이 고스란히 흘러들어 와서 그가 대신 울고 싶었다. 울지 않으려 눈에 힘을 주는 모습을 보니 더욱 그랬다. 차라리 마음 편하게 울라고, 가슴을 빌려줄 테니 마음껏 울라고 말했다.

안나는 고집스레 눈물을 참았다. 과거에 사로잡혀 우는 것조차 이제는 싫다는 단호한 의지였다.

"준비 안 해도 돼?"

머리를 말리던 중 민호의 시선을 깨달은 듯 안나가 물었다. 그제야 민호는 자리에서 일어났다. 너무 예뻐서 넋을 놓았다고 말하면 또 어쩔 줄 몰라 하겠지.

그 반응이 상상돼 웃으면서 걸음을 옮겼다. 그 웃음이 수상하다며 안나는 눈을 가늘게 뜬 채 그의 뒷모습을 바라봤다.

"서민호 씨께서 오셨습니다."

방시비

민호는 안나가 있는 곳을 슬쩍 바라봤다. 회사에서는 알은 척하지 않기를 바라는 그녀의 의견에 따라 일부러 그쪽은 안 보고 있었다. 겨우 한 번 바라봤는데, 그녀는 시선조차 주지 않고 일에만 집중할 뿐이었다. 조금 서운한 마음이 들었지만 그게 그녀의 프로페셔널한 모습이라 여기고 안으로 들어갔다.

"이 벼락 맞을 놈아."

민호가 연락하지 않으면 죽어도 연락 안 하는 못된 놈. 한진 원이 쓰게 웃으며 자리에서 일어났다.

한 대 때리는 시늉을 하며 다가가자 진원이 맞아 주려는 듯 관대하게 팔을 펼쳤다. 제가 잘못했다는 걸 안다는 제스처에 민호는 씩 웃으며 와락 끌어안았다.

"어떻게 반년 동안 얼굴 한 번 안 비치냐?"

"미안하게 됐다."

서운하다고 화조차 내지 못할 만큼 불쌍한 친구였다. 그가 얼마나 힘겨운 싸움을 하고 있는지 알아서 민호는 그저 어깨를 다독거려 주기만 했다.

"약혼 파기했다며."

알고 있을 줄은 몰랐는지 진원이 조금 놀란 표정을 지었다 가 이내 수긍했다. 민호도 사실 안나가 아니었다면 절대 알지 못할 일이었다. 그만큼 극비였다.

그때 상무실 문이 열렸다. 민호는 순간적으로 뒤를 돌아봤 다. 안나가 들어오지는 않을까 하는 기대감이었다. 하지만 들 어온 건 다른 비서였다. 안나가 일부러 안 들어온 것도 아닐 텐데 막연한 기대감이 실망감으로 돌변했다. 짧게 고개를 내젓고 다시 진원을 향했다.

"나는 다시 될 줄 믿었다. 사람은 역시 자기 운명의 상대를 만나야 해."

진원이 또 운명론이냐며 웃었다. 하지만 이젠 그도 막연히 헛소리라고 하지 못했다. 그 역시 운명의 상대를 찾았으니까.

"아, 나도 얼른 운명의 상대랑 행복해지고 싶다."

"운명의 상대가 나타나긴 했고?"

"글쎄, 그런 것도 같은데…… 내 운명의 상대에게 내가 운명의 상대가 아닐까 봐 걱정이다."

민호 안에 조그맣게 자리 잡은 의구심이었다. 처음부터 가지고 있었지만 요즘 들어 조금 크기를 키운 의구심은 시도 때도 없이 민호를 괴롭혔다.

혹시라도 안나의 운명의 상대가 제가 아니라 그 사기꾼 쓰레기일까 봐. 물론 그렇다고 해도 포기할 생각은 없었다. 운명을 뒤틀어서라도 안나의 운명의 상대가 되고 싶은 게 그의 본심이었다. 민호는 이제 안나가 아니면 안 되니까, 그녀도 저가 아니면 안 되기를 바랐다.

저녁에 친구들과 다 같이 보자며 일방적으로 약속을 잡고는 일어났다. 잠시 난처해하던 진원도 결국 알았다며 고개를 끄덕였다. 그래도 이제는 어느 정도 일이 해결된 건지 친구들 만날 여유도 생긴 모양이었다.

진원의 배웅을 받으며 밖으로 나왔다. 민호는 비서들 사이에 자연스럽게 녹아든 안나에게 흘끗 시선을 던지고는 이내 엘리베이터로 향했다. 뒤따라 나오던 진원이 '왜, 네 운명의 상대라도 있냐?' 하고 묻기에 하마터면 '응.' 하고 대답할 뻔했다.

우리 안나랑 같이 일을 하다니 부러운 놈. 매일같이 만나고 있는데도 가슴이 시린 탓인지 더 오래 같이 있고 싶다. 좋아하는 마음이 나날이 커져서 안나와 함께 있지 않고는 감당하기 어려웠다.

안나에게 도움이 되고 싶었다. 그녀를 웃게 해 주고 싶었다. 그건 비단 안나를 위해서만이 아니라 민호 자신을 위한 것이기도 했다.

안나의 전부를 원했다. 그녀의 마음 깊숙한 곳에 자리한 그늘마저도 사랑해 주고 싶었다. 아직 제게 완전히 마음을 열어 주지 않는 그녀를 보면 마음 한편이 시렸다.

"그럼 이따 보자."

"그래. 늦으면 네가 쏘는 거다."

"안 그래도 쏠 거야, 인마."

"아주 좋은 마음가짐이야."

웃으며 진원과 헤어지고 차에 탄 민호가 핸드폰을 들었다.

―오늘 저녁에 친구들하고 약속 잡았어. 밤에 갈게.

민호는 아직 도착하지도 않은 답장을 쉬이 예상할 수 있었다. 알았어. 음성 지원도 될 만큼 뻔했다. 그리고 그 예상에서 벗어나지 않은 답장이 왔다.

―알았어.

민호는 쓰게 웃었다. 허탈감이 가슴에 들어찬다. 조금 더 사랑받고 싶다. 애정을 갈구하는 욕심이 자꾸 마음에 생채기를 냈다. 한동안 시트에 몸을 파묻은 채 마음을 가다듬은 후 시동을 켰다. 핸들을 잡는데, 띵동 하고 문자메시지가 하나 더 왔다. 출발하기 전에 읽으려고 핸드폰을 집은 그의 눈이 커졌다.

—4456

안나가 보낸 메시지였다. 숫자 네 개가 가리키는 의미를 알수가 없었다. 숫자……. 빠르게 인터넷에 검색했다. '중국 숫자 4456'으로 검색하니 바로 한자가 나왔다.

速速回来 얼른 돌아와.

핸드폰을 쥔 민호의 손이 파르르 떨렸다. 차게 굳어 가던 마음이 헤실헤실 녹아내린다.

❖

토요일 낮이었다. 회사 일로 코엑스에 간 안나는 일을 마치고 바로 진현을 만났다. 같이 늦은 점심을 먹는데 민호에게서 연락이 왔다. 오늘은 일이 좀 여유로운데 회사 구경 오지 않겠느냐는 이야기였다.

진현도 같이 와도 된다는 말에 둘이 함께 민호의 회사로 갔다. 클럽 TAKE 압구정점 건물에 회사가 있는 것에 안나는 조금 놀랐다. 늘 어두울 때만 봐서 몰랐는데 이제 보니 건물 전체가 TAKE였다. 진현도 조금 놀란 듯 '놀기만 하는 줄 알았더니 건실하긴 한가 보네.' 하고 그를 인정했다.

사실 금수저 이미지가 없잖아 있었다. 있는 집 자식이 놀면서 일하려고 차린 회사 같은 느낌이었다. 그렇다고 민호가 놀고먹는 이미지는 아니었지만, 쉽게 일하는 느낌을 지울 수는 없었다.

그런데 아니었다. 직접 일하는 모습을 보니 그가 얼마나 열심인지 느껴졌다. 그래서 안심한 부분도 있고 기분도 좋았다. 진현도 그를 마음에 들어 한 것 같아서 마음이 놓였다.

한 가지 마음에 걸리는 건 이곳에 온 때부터 피부가 따갑도록 느껴지는 시선이었다. 설마 클럽에서 마주쳤던 여자를 회사에서도 마주칠 줄은 몰랐기에 안나는 조금 불편했다. 대놓고 적의를 보이던 재인이란 여자는 민호가 올 때만 그 적의를 감췄다. 너무도 뻔한 태도에 진현이 다 비웃을 정도였다.

아끼는 동생이라며 민호가 선을 그었기에 안나도 신경 쓰지 않기는 했지만 너무 적대적인 시선이 부담스러운 건 사실이었다. 그렇지만 그녀에게 안나가 할 수 있는 건 아무것도 없었다. 그건 사랑받는 자의 여유였다. 절대 좋게 보지 않을 게 뻔했다.

"어때, 어느 쪽이 마음에 들어?"

다음 파티 홍보용 포스터였다. 이왕 자리에 함께 있으니 민호가 안나와 진현에게도 의견을 물었다. 안나는 크게 생각하지 않고 마음에 딱 들어오는 디자인을 선택했다. 그게 예전에 SNS에서 많이 봤던 클럽 포스터들에 비하면 약하다는 건 알고 있었다. 다만 마음에 드는 쪽을 선택하라니까 제가 좋아하는 쪽을 선택했을 뿐이었다.

"눈이 형편없네."

그런데 그런 말이 튀어나왔다.

"유재인."

민호가 당황한 듯 재인을 불렀다. 재인은 싱긋 웃으면서 어깨를 으쓱했다.

"내 말은 클럽 디자인을 영 모른다는 의미였어. 누가 봐도 이쪽 아니야?"

재인이 안나가 선택하지 않은 쪽을 가리키며 말했다.

"그 말, 안나뿐만 아니라 우리 영우에게도 실례야."

소속 디자이너를 들먹이는 말에 재인이 입술을 앙다물었다.

"사과 안 하지?"

민호가 한마디 덧붙이자 그제야 사과했다. 성의 없는 인사였지만 안나는 괜찮다며 옅게 미소 지었다.

"여기 2층에 있는 카페 진짜 괜찮아. 거기로 가자."

민호가 카페에서 얘기 나누자며 자리를 정리했다. 제 일은 끝나서 괜찮다고 했다. 안나도 진현도 다른 스케줄은 없었기 때문에 흔쾌히 2층으로 내려가기로 했다. 진현이 응접실에서 기다리는 사이 민호는 옷을 가지러 제 방으로 들어갔다. 그리고 안나를 불러 안을 구경시켜 줬다.

"이제 나에 대해 좀 더 알았어?"

"많이. 이렇게 제대로 일하는 줄 솔직히 몰랐어."

"하하. 매일 클럽에서 노는 모습만 보여서 그럴 것 같았어."

한 번쯤 제대로 보여 주고 싶었다면서 가볍게 안나를 끌어 안았다. 이마에 입술을 진하게 맞추자 안나가 조금 고개를 뒤로 뺐다.

옆면이 통유리라 밖에서 다 보였다. 주변에 하도 높은 건물들이 많아서 다른 곳에서 충분히 볼 수 있는 위치였다. 민호는 그래서 이마에 하지 않았느냐고 투덜거렸다. 안나가 머뭇거리는 사이 이마에 몇 번이나 더 쪽쪽댔다.

"어때, 서민호 게이지가 꽉 찼어?"

원래는 못 만났을 주말까지 민호를 만나니 게이지가 차다 못해 흘러넘쳤다. 하지만 두근두근하며 답을 기다리는 그를 보니 조금 짓궂은 마음이 들었다. 안나는 그의 허리를 끌어안아 몸을 조금 더 밀착하면서 속삭이듯 말했다.

"Max가 올라갔어."

"뭐?"

"그러니까 다 차려면 더 꽉 안아 줘야 해."

"하······."

게이지 바가 길어졌다는 말에 민호가 짧게 숨을 내뱉었다. 그 입술 끝이 양쪽으로 슬금슬금 올라갔다. 좋아 죽으려는 표정에 안나는 잘 말한 것 같아 내심 뿌듯했다.

"안아 주는 걸로 돼? 키스라도 해 줘야 하는 거 아니야?"

"음······ 여기선 좀 그래. 찜해 둘게. 나중에 집에서 해 줘."

찜해 두겠다고 말하며 까치발을 들었다. 민호가 반응하기 전에 짧게 입술을 훔쳤다. 쪽 하고 빠르게 떨어진 입술의 감촉이 꿈인가 생시인가 싶을 정도였다.

"대체 어디서 이렇게 예쁜 짓을 배웠어?"

"글쎄?"

모르는 척 눈을 가늘게 뜨며 배시시 웃는 안나를 보니 여기가 사무실인 건 아무 상관 없어졌다. 정말 이대로 안고 진한 키스를 퍼붓고 싶었다. 안나가 몸을 떼지 않았다면 정말 그리했을 터였다.

"와……. 나 완전 몸이 달았는데, 이렇게 끝이야?"

"원래 뭐든 기다림이 크면 즐거움도 커지는 법이라잖아."

"하, 못 이기겠네, 진짜."

민호가 웃으면서 옷을 입었다. 그러더니 갑자기 생각난 듯 말했다.

"뭐야. 나 오늘 집에 못 가는데?"

"아, 그렇구나. 그러면 월요일 밤까지 기다려야 하겠네요, 서민호 씨."

안나는 일부러 존댓말을 하며 살짝 윙크를 날렸다. 지갑과 차 키를 챙기던 민호가 그만 차 키를 떨어뜨렸다. 바닥에 구르는 소리가 꼭 그가 받은 충격처럼 느껴졌다.

"그럼 얼른 나와."

안나는 아무것도 모르는 척 몸을 돌려 먼저 밖으로 나갔다. 진현이 왜 이렇게 늦게 나오느냐고 작게 투덜댔다.

방에 홀로 남은 민호가 안나의 뒷모습을 멍하니 바라보다가 크게 웃음을 터트렸다. 그 웃음소리가 밖으로도 새어 나가서 다들 의아한 듯 쳐다봤다. 안나는 그저 싱글벙글 웃기만 했다.

"강안나, 스물아홉. 현재 H전자 소속 디자인 경영 센터에 다니고 있습니다."

"H전자?"

"예. 차남 한진원 소속 비서라고 합니다."

"진원이 형 소개로 만났나⋯⋯."

민호의 여자 친구 뒷조사는 어려웠다. 어디 사는 누구라는 단서가 전혀 없는 탓이었다. 그래서 그의 주변에 사람을 붙였다. 그래서 알게 된 게 민호와 같은 건물에 거주한다는 것과 얼굴이었다. 그 뒤는 쉬웠다. 출근하는 여자의 뒤를 밟으면 그만이었다. 그렇게 조사해서 나온 게 민준도 아는 진원의 비서라고 했다.

"핸드폰 번호는 이쪽 서류에 있습니다."

민준의 마음을 읽은 듯 가장 중요한 자료를 내밀었다.

"과거도 조사해 봤는데 한국에서의 기록이 없습니다. H전자에 입사한 게 2012년이라고 합니다. 소속 변경은 없었습니다."

그렇다면 민호와의 접점은 한진원 하나뿐이었다.

민준은 서류 앞에 있는 사진을 물끄러미 바라봤다. 민호와 같이 찍힌 사진의 여자는 단정해 보였다. 갈색 단발머리가 정말 잘 어울렸다. 민호와 함께 웃는 모습을 보니 괜히 민준의 마음이 다 들썩였다.

제가 하는 짓이 형을 화나게 할 수 있다는 걸 알지만, 민준은 끝내 자료를 들고 아버지께 찾아갔다. 뒤늦게 이 일을 알고 민호가 화낸다 하더라도 떳떳할 자신이 있었다. 이왕이면 모르기를 바라지만.

"강 비서. 안으로 들어와요."

이 실장의 호출이 있었다. 오전에 전달받은 서류 내용의 업데이트 여부를 확인하던 참이라 정신이 없던 때였다. 기한이 오늘까지라 급했지만, 상사의 부름보다 급한 일은 세상에 없었다.

안나는 하던 일을 내려놓고 바로 상무실로 들어갔다. 가장 말단인 안나를 따로 부르는 것에 몇몇 시선이 와 닿았다. 하지만 부름을 받은 안나조차도 연유는 알지 못하는 상황이었다.

"부르셨습니까."

이 실장이 밖으로 나가 대기하는 것이 조금 의아했다. 진원이 안나를 가까이 불렀다.

"부탁이 있어서 불렀습니다."

제 위로 비서가 수두룩한데 굳이 자신을 불렀다는 게 영 이상했지만, 그런 걸 티 낼 만큼 어수룩하지는 않았다. 분부대로 하겠다는 식으로 곁으로 다가가 서자 진원이 책상 위에 서류 봉투 하나를 올렸다. 회사 로고가 그려진 봉투는 그다지 두툼

하지는 않았다.

"우성그룹 회장님께 드릴 서류입니다. 퀵으로 보내는 건 예의가 아니라 직접 다녀올 사람이 필요했습니다."

"예."

우성그룹. 안나의 머릿속에 우성그룹에 대한 정보가 차곡차곡 떠올랐다. 그러나 그건 한국에 살면 자연히 알게 되는 정보들이었고 한진원의 비서로서 아는 건 달리 없었다.

"그리고 이건 강 비서 상사가 아니라 한진원 개인의 부탁입니다. 그러니 만에 하나 일이 생기면 책임도 제가 집니다."

"예? 아, 예."

안나가 저도 모르게 되물었다가 얼른 알겠다고 대답했다. 개인의 부탁이라는 건 이상하지 않았다. 상사의 개인적인 심부름도 분명히 비서의 역할이었다. 그런데 책임 운운하는 말에 조금 놀라 버렸다. 책임질 각오를 해야 하는 일인가 싶어 긴장했다. 서류를 받아 들자 아주 얇은 봉투임에도 묵직하게 느껴졌다. 책임의 무게일 터였다.

"아래에 차를 대기시켜 뒀습니다. 사택으로 갈 테니 회장님께 직접 전해 드리고 오면 됩니다."

"예. 그럼 다녀오겠습니다."

그가 말하는 책임이 뭔지는 알 수 없었지만, 안나는 그만 궁금증을 접었다. 자신은 시키는 대로 서류를 전해 드리고 오기만 하면 되는 거라며 비서의 얼굴로 돌아갔다.

……물론 그건 오산이었다.

"내가 무리한 부탁을 좀 했어요."

"......."

"민호 애빕니다."

우성그룹 회장이라는 남자가 두 손을 꼭 잡아 왔다. 안나는 아무런 반응도 하지 못한 채 그 손의 온기를 접해야 했다.

커피의 쓴맛이 유독 껄끄럽게 느껴졌다. 설탕을 넣었지만 단맛과 쓴맛이 따로 놀아 되레 더 이상했다. 결국 더 마시지 못하고 들고만 있었다. 그나마 얼어붙은 듯 차가웠던 손끝이 조금이나마 데워지는 것을 위안으로 삼았다.

"우리 민호가 아끼는 사람이라니 만나고 싶었어요. 내가 이런 식으로 불렀다고 화내지 않았으면 좋겠고."

"저…… 말씀 편하게 하세요."

"그래도 될지…… 하하. 사실 지금도 민호가 화낼까 봐 조금 무섭거든. 내가 우리 민호에게 미움받으면 살 수가 없어."

바로 말을 놓는 것보다 그의 말이 더 마음에 걸렸다. 그는 지나치게 민호의 눈치를 봤다. 그런 것치고는 대담하게 안나를 집으로 불러들인 게 신기했다.

행동은 내키는 대로 하면서 말은 민호를 신경 쓰는 게 대체 무슨 속셈인지 파악하기 어려웠다. 그래서 안나는 일일이 대응하지 않고 잠자코 경청하기만 했다.

그는 민호가 바로 떠오를 만큼 닮지는 않았다. 하지만 아버지라고 듣고 보니 닮은 점이 보이기는 했다. 인자한 미소에 비해 또렷한 안광이 그의 인상을 매섭게 보이게 했다. 민호가 웃음이 많은 게 아버지를 닮은 것 같다는 느낌이 들었다.

밤이

"민호와는 진지한 관계겠지?"

진지한 관계의 의미가 사귀는 사이라는 뜻이라면 그렇다 대답하겠지만, 그리 단순한 의미가 아닌 듯해 안나는 잠시 망설였다. 어른들이 말할 법한 의미를 떠올리니 하나밖에 없었다.

결혼을 염두로 만나는 관계.

그런 생각은 해 본 적이 없었다. 하지만 만약 민호가 말하는 대로 서로가 서로의 운명의 상대라면 결혼은 자신들의 앞날에 놓인 하나의 통과점일 터였다.

대답이 없어도 그는 크게 신경 쓰지 않았다. 그저 흐뭇한 미소를 지은 채 안나를 바라볼 뿐이었다. 그 시선이 불편하고 어색했지만, 적의는 느껴지지 않았다.

"못된 말을 하려고 부른 건 아니야. 걱정하지 않아도 좋네."

마치 그가 마음을 읽은 듯 입을 열었다. 안나는 꿀꺽 침을 삼킨 후 예 하고 대답했다.

그는 안나가 들고 온 서류를 꺼내 들었다. 얇은 서류 봉투에서 나오는 서류가 안나는 지나치게 눈에 익었다. 특히 가장 앞에 붙어 있는 사진이.

"그래. 이력서야. 내가 특별히 부탁했네. 물론 자네 손에 다시 돌려보낼 걸세."

이력서……. 아들에게 어울리는 상대인지 조사하려는 걸까. 안나는 바짝 마른 입술을 견디다 못해 커피를 들었다. 쓴 액체가 입술을 적셔 주니 조금 살 것 같았다.

그가 이력서를 들춰 보는 동안 안나는 식은땀만 흘리고 앉아 있었다. 민호와 반쯤은 동거하며 살고 있긴 했지만 한 번도 이런 사태는 생각해 보지 못했다. 그의 동생을 만났을 때 뭔가 좋지 않은 분위기가 풍기기는 했지만 그의 가정사에 간섭하려는 생각은 없었다.

어째서 자신을 근무 중에 불렀는지는 묻지 않아도 뻔했다. 이렇게 만나는 걸 민호가 허락하지 않을 테니 민호 모르게 만나려는 속셈이었다. 그러니 안나는 상사의 심부름을 왔을 뿐인 걸로 상황을 만들어 버린 것이다. 주도면밀하다. 그룹의 회장 정도 되면 당연한 이야기겠지만 그게 자신을 향하니 좋은 기분은 아니었다.

그는 이력서를 다시 서류 봉투에 넣었다. 그저 처음부터 끝까지 쭉 훑어본 것밖에 없었다.

"사실 이런 건 아무 의미도 없네. 민호가 아무 말도 해 주지 않으니 조금 알고 싶었을 뿐이야."

"……민호 씨가 아무 말도 하지 않았다면 그 나름의 사정이 있으리라 생각합니다, 회장님."

안나가 어렵사리 한마디 입을 뗐다. 민호가 저에 대해 집에 아무 말도 하지 않았다면 하지 않은 이유가 있을 터였다. 그게 무슨 이유든 간에 굳이 실망할 필요는 없었다. 그렇게 따지면 안나 역시 크리스에게 민호 이야기를 하지 않았다.

그는 이렇다 할 만한 반응을 보이지 않았다. 안나는 되바라졌다는 말을 들을 각오를 하고 그를 마주 봤다. 그가 소파 팔걸이에 올려 둔 오른손을 살짝 움직였다. 손끝으로 팔걸이를 톡톡 두드렸다. 시계 초침과 비슷한 속도로. 안나는 저도 모르게 그 손끝을 바라봤다.

밤지이

손이 닮았다고 하면 웃긴 소리일까. 얼굴보다 손에서 더 민호의 느낌이 묻어났다. 멍하니 손끝의 움직임을 주시하다가 문득 정신 차리고 시선을 들었다. 눈이 마주치자 그는 미소를 띠었다. 기다려 준 듯한 느낌이 들었다.

"이왕이면 아버님이라고 부르지 않겠나?"

"예?"

"우리 민호와 사귀는 아가씨 입에서 회장님 소리는 듣고 싶지 않아. 나중에 우리 며느리가 될 테니 아버님이 더 어울리는 것 같아서 말이지."

아버님, 며느리……. 나온 단어들이 당황스러워 안나는 눈만 멍하니 깜박였다.

"나는 말이야. 단 한 가지밖에 바라는 게 없네."

그는 잠시 커피를 들이켜며 숨을 골랐다.

"우리 민호의 행복."

역시 안광이 매서웠다. 다정한 목소리와 말투에도 감춰지지 않는 날카로움이 눈에서 보였다. 민호의 행복에 방해된다면 가만두지 않을 것만 같았다.

자신이 민호를 행복하게 하는 존재인가. 늘 마음에 묵혀 두었던 질문이 다시금 수면 위로 떠올랐다. 어떻게 보나 서민호가 손해 보는 관계였다. 그럼에도 그는 그런 소리 하지 말라고 했다. 강안나만 온전히 제게 주면 된다고 했다.

그게 가장 어려운 일인 걸 아는지 모르는지, 민호는 맑은 미소를 지으며 말했다.

방 안의 공기가 숨을 조인다고 느껴질 만큼 힘든 자리였다.

하지만 안나는 무언가 자꾸 마음에 걸렸다. 이건 헤어지라고 종용한다기보다는 응원하는 쪽에 가까웠다. 격이 맞지 않는다는 게 아니라 어떤 사람인지 알고 싶었다고 했다. 아들의 여자 친구가 어떤 사람인지 알고 싶은 부모의 마음밖에 느껴지지 않았다. 그래, 민호의 행복에 대한 것도 민호를 행복하게 해 줄 사람이라면 환영이라는 쪽에 더 가까웠다.

"부탁이 있는데, 들어주겠나?"

그래서 그 부탁이 뭔지 몰라도 걱정은 들지 않았다. 안나는 예 하고 단정하게 대답했다. 민호에게 오늘 일을 말하지 말아 달라고 하면 그럴 작정이었다.

그런데 그는 조금 다른 이야기를 꺼냈다.

"민호 이야기를 좀 해 주게."

다시 차에 올랐을 때는 이미 해가 뉘엿뉘엿 넘어가고 있었다. 기사는 아무 말 없이 회사로 차를 돌렸다. 안나의 손에는 아까 전과 똑같이 서류 봉투가 들려 있었다. 그러나 그 안에 든 이력서의 무게가 아까와 전혀 다르게 느껴졌다.

'다음에는 민호와 함께 만나길 바라네.'

'민호 씨가 그러자고 하면 거절하지 않을게요.'

'하하. 그래, 그래. 진원이에게 내 고맙다고 따로 말해 두겠네.'

민호가 무슨 사정으로 가족과 척을 지고 사는지 안나는 알지 못했다. 그녀가 오늘 그의 아버지를 만나 알게 된 건 그의 부정뿐이었다. 그는 민호에 대한 애정으로 똘똘 뭉친 사람이었다. 민호의 이름만 불러도 행복한 듯 보였다. 그와 얘기를 나누는 동안 안나는 어쩐지 민호의 속에 있는 그늘을 본 기분이 들었다. 그 그늘이 얼마나 어두운지도.

대화가 필요했다. 민호도 저도. 서로에 대해 알아야 할 게 너무도 많았다. 그걸 다 알기 전에는 운명의 상대라 단정할 수 없었다.

회사로 돌아가는 동안 안나는 묵묵히 창밖만 바라봤다. 짙게 선팅이 된 창문은 바깥을 있는 그대로 보여 주지 않았다.

회사에 들어가자, 도착하면 상무실로 오라는 전언이 있었다. 안나는 이력서가 든 서류 봉투를 든 채로 상무실로 가 노크했다. 이 실장이 문을 열어 주고는 바로 자리를 피해 줬다.

진원이 펜을 내려놓고 안나를 마주했다. 덤덤히 걸어가 그의 책상 앞에 섰다. 품에 안듯이 들고 있었던 서류 봉투를 내려놓자 그의 시선이 서류 봉투로 향했다.

"서 회장님께서 다시 상무님께 드리라 하셨습니다."

그는 말없이 봉투를 집어 들었다.

"강안나 씨께는 미안했습니다. 하지만 서 회장님을 잘 알기에 믿고 보여 드렸습니다."

이름으로 부르는 것이 무슨 의미인지 알았다. 하지만 굳이 아는 티를 내고 싶지 않았다.

"내가 주제넘었다는 건 압니다. 하지만 나 역시 서 회장님과 같은 마음이었습니다."

안나는 그냥 잠자코 듣기만 했다. 하지만 진원이 마치 대답을 기다리는 듯 바라봤다. 한참 망설인 끝에 작은 한숨을 내쉬며 답했다.

"서민호 씨는 정말 복이 많은 분이네요. 이렇게 걱정해 주시는 분들이 계신 걸 보니. 다만 저와의 관계에서 서민호 씨가 불행해지든 다치든 상처받든 그건 저와 서민호 씨의 문제지, 제삼자가 간섭할 문제는 아닙니다."

"……."

"한 상무님이라면 누구보다 더 잘 알고 계실 듯합니다. 아닌가요?"

아무리 개인적인 대화라 하더라도 안나는 상무를 이름으로 부를 자신이 없었다. 진원이 살포시 웃음을 흘렸다. 고개를 끄덕이는 그를 본 안나는 몸에 힘을 조금 뺐다.

"그렇군요. 참견해서 미안합니다."

진원은 산뜻하게 사과했다. 민호는 소중한 친구였지만, 그의 연애에 참견하는 건 잘못된 일이었다. 그가 자신의 연애에 참견하지 않았듯이 저 역시 그저 지켜봐 주는 것만 해야 했다.

'내 운명의 상대에게 내가 운명의 상대가 아닐까 봐 걱정이다.'

민호의 말이 생각났다. 그건 안나를 염두에 두고 한 말이 맞았다. 확실히 강 비서는 천하의 서민호가 자신 없어 할 만한 성격이었다. 속을 읽을 수 없는 타입이라 상대하기 가장 까다로웠다.

"좋아요. 그럼 오늘은 이만 퇴근하세요."

진원도 곧 퇴근하려는 듯했다. 짧게 묵례한 뒤 몸을 돌린 안나가 멈칫했다.

"저…… 저도 개인적인 질문을 하나 드려도 되겠습니까?"

안나의 질문에 진원이 눈을 조금 크게 떴다. 하지만 먼저 실례를 범했기에 그는 흔쾌히 물어보라 허락했다. 안나는 최대한 덤덤하게, 별일 아니라는 듯 차분히 물었다.

"상무님 몽유병은…… 완치되셨나요?"

진원의 눈이 파르르 요동치는 게 안나의 눈에도 똑똑히 보였다.

"그걸…… 어떻게 알았습니까?"

그의 목소리가 많이 가라앉았다. 경계하는 게 고스란히 느껴져 안나는 덤덤하게 저도 같은 증상을 겪는다고 대답했다. 그는 많이 놀라는 눈치였다. 주변에 비슷한 증상을 겪는 사람이 나타난 건 처음인 모양이었다.

안나도 그랬다. 진원이 처음이었다. 상사와 부하 사이에 처음으로 느끼는 동질감은 기묘했다. 이런 일로 동질감을 느끼는 게 우스웠지만, 안나도 진원도 처음으로 자신의 이야기를 남에게 털어놓을 수 있었다. 이야기 끝에 진원이 답했다.

"완치되었다고 장담은 못 합니다."

진원의 말에 안나의 눈에 옅게 그늘이 졌다. 원하던 대답이 아니었다. 그 표정의 변화를 진원도 눈치챘다. 하지만 그의 말은 아직 끝나지 않았다.

"그러나 치료법을 찾았으니 언젠간 완치되리라 믿습니다."

치료법……. 그가 말하는 게 의학적인 얘기가 아니라는 것 정도는 알 수 있었다. 입술을 앙다무는 안나를 보며 진원이 조심스레 물었다.

"민호도 알고 있습니까?"

안나는 고개를 끄덕이는 것으로 답을 대신했다. 진원과 안나의 병명은 같았으나 거기엔 큰 차이가 있었다. 한진원의 병은 윤예하로 인한 것이었다. 그러니 해결법도 윤예하였다.

하지만 안나의 병은 민호로 인한 게 아니었다. 그러나 민호는 자신이 해결법이라 말했다. 서민호 게이지……. 그건 확실히 효과적인 해결법이었다. 그리고 동시에 아주 불안정한 방법이기도 했다. 원인을 제거하지 않으면 언제든 몽유병이 다시 생길 터였다.

원인…….

잊는다. 잊겠다. 잊고 있다. 잊을 것이다. 기억이 지워지지 않는 한 가능한 일일까. 이렇게 발버둥 치는데도 과거는 마치 낙인처럼 따라다녔다.

"조언 감사드립니다. 그럼 나가 보겠습니다."

"그래요."

안나의 뒷모습을 바라보며 진원이 쓴 한숨을 내뱉었다.

어쩐지 자신이 회사에서 난리를 쳤을 때 너무 아무렇지 않게 참견했다 싶었다. 웬만해서는 상사의 일이니 끼어들지 않으려고 할 텐데 그녀는 그보다는 얼른 상황을 수습하는 게 중요한 듯 행동했다. 그게 이유를 알고 있었기 때문이라니…… 진원은 허탈한 웃음을 흘렸다.

"서민호 이 자식……. 골라도 참 어려운 상대를 골랐구나."

연차를 쓰는 건 어렵지 않았다. 하던 일이 있어서 일주일 정도 여유를 두고 말했더니 이 실장은 흔쾌히 허락했다. 선배 비서들에게 피해 주지 않게끔 일을 다 끝내고 나오느라 평소보다 퇴근이 더 늦어졌다.

현관문 앞에 선 안나의 표정에 비장함이 감돌았다. 작게 심호흡하고 나서야 짐을 내려놨다.

159…….

비밀번호를 누르는 손끝이 조심스러웠다. 손끝이 닿은 숫자가 예쁜 파란빛을 발산했다. 중국어를 배운 것이 이런 식으로 도움이 될 줄은 몰랐다. 분명 숫자를 누르고 있는데 머릿속으로는 그 의미를 되새기게 된다. 그러자 아주 우습게도 혹시 이 비밀번호를 아는 여자가 또 있을까 하는 생각으로 이어졌다. 다른 여자에게도 평생 운운한 적이 있을까.

'없어. 전혀 없어.'

민호의 목소리가 들리는 듯해 그만 실소를 흘리고 말았다. 그래, 없다고 했다. 심장이 반응한 건 자신이 처음이라고. 그 말이 그때보다 지금 더 두근거렸다. 그의 마음의 크기가 지금 더 와 닿았다. 어째서인지는 굳이 묻지 않아도 분명했다. 제 마음이 커졌다. 제 마음이 그에게 반응했다. 그때보다 지금, 어제보다 오늘, 오늘보다 내일 더 그를 좋아하리라.

삑, 작은 소리와 함께 잠금이 풀렸다. 민호가 일 때문에 나간 건 이미 알고 있었다. 퇴근이 늦기도 했지만, 끝나고 장을 보고 오느라 얼굴을 보지 못했다. 밤 11시가 넘었으니 지금은 클럽에 있을 듯했다. 얼굴을 못 보고 간다고 민호가 툴툴대던 게 떠올랐다. 자다가 자기가 덮쳐도 놀라지 말라고도 했다.

"참 깨끗하다니까."

안나는 먼지가 전혀 느껴지지 않는 집을 보며 묘하게 감탄했다. 저는 일주일에 한 번 청소하기도 힘든데, 그는 매일 청소하는 건지 집이 참 깨끗했다. 워낙 물건이 별로 없기도 했지만 먼지도 없었다. 평소에도 참 깔끔한 사람이기는 했다. 자신을 꾸미는 걸 좋아한다고 생각했는데, 그저 더러운 게 싫은 걸지도 모르겠다.

특히 부엌은 모델하우스의 모형을 보는 양 깔끔했다. 집에서 뭘 안 해 먹는다고 하더니 심하게 아무것도 없었다. 그나마 인덕션 앞에 보이는 모카 포트와 스팀 피처만이 사용했다는 느낌이 났다.

"믹스 좋아한다더니……."

안나는 옅은 웃음을 흘렸다. 공통점을 만들려고 거짓말을 한 건지, 주로 커피를 내려 마시지만 인스턴트 커피도 좋아하는 건지는 모르겠다. 하지만 기분 나쁘지는 않았다. 제게 마음 써 준 티가 났다.

팔을 걷어붙이고 짐을 식탁 위에 풀었다. 딱 오늘 쓸 재료만 사기는 했는데, 그래도 꽤 묵직했다. 찬장을 열어 본 안나는 기본적인 재료를 가지러 집에 다녀와야 했다. 어쩜 이렇게 아무엇도 없을까 싶을 정도로 텅 비어 있었다.

재료 손질을 시작하면서부터는 더욱 바빠졌다. 음식물 쓰레기는 나오는 대로 봉지에 넣었다. 주방 구조는 익숙하지만 뭔가 많이 없어서 평소보다 불편했다. 양배추에 쌀과 간 소고기, 잘게 썬 양파 등을 뭉쳐 넣는 중에서야 안나의 머릿속에 애초에 집에서 해 올걸, 하는 후회가 들었다. 민호에게 서프라이즈 선물을 해 줄 생각으로 그의 집에서 시작한 게 잘못이었다. 혀를 슬쩍 빼문 안나는 다시 요리에 집중했다.

오늘 준비하는 요리는 핀란드풍으로 엄마가 자주 해 주던 요리였다. 참 좋아했는데, 스스로 만들어 먹어 본 적은 없었다. 그 추억의 요리를 민호를 위해 만들고 있었다.

한국의 연잎밥이나 양배추 쌈과 비슷한 요리라서 민호의 입에도 잘 맞을 듯했다. 물론 정식으로는 링곤베리 잼을 곁들여서 먹어야 했지만, 구하기도 힘들거니와 없는 쪽이 한국인 입맛에 더 맞을 터였다.

퇴근하고 온 민호가 자기 전에 가볍게 들기 좋을 것 같아 선택한 메뉴였다. 새벽에 자면 늘 꼬르륵거리는 배를 움켜쥔다는 말이 신경이 쓰였다.

딱 찌기만 하면 되게끔 만들어 두고 냉장고에 넣어 두었다. 치즈와 살라미를 빼면 술밖에 없는 냉장고는 안주용인 듯했다. 이러니 그렇게 말랐지. 민호는 안주도 크게 즐기지 않는 타입인 듯했다. 살라미도 사서 그대로 넣어 둔 듯 뜯은 흔적 하나 없었다.

혼자 밥 먹는 게 얼마나 처량한 일인지 안나도 잘 알았다.

부디 전에 말한 대로 백반집에서 끼니를 해결하는 것이길 바랐다. 냉장고에 먹을 것을 채워 넣어 봤자 꺼내 먹을 것 같지 않아 안나는 대신 제 냉장고를 가득 채우는 쪽으로 마음을 정했다.

양배추 쌈에 곁들일 뭇국을 한 번 끓여 놓았다. 이제 부엌을 다시 깨끗이 정리해 두고 쓰레기만 버리고 오면 우렁 각시의 일은 끝난다.

집에서 씻고 온 안나는 민호의 침대 속으로 쏙 들어가 누웠다. 마침 민호의 문자메시지가 왔다. 잘 자라는 글자에서 민호 냄새가 나는 것만 같았다. 따듯하고 달콤한 냄새가.

❖

청담점 마감을 맡은 지헌과 같이 퇴근한 민호가 피곤한 몸을 이끌고 계단을 올랐다. 씻는 거고 뭐고 이대로 안나를 끌어안은 채 자고 싶었다.

"그럼 들어가십쇼."

"그래. 잘 자라."

4층에서 지헌과 헤어진 민호가 중문을 지났다. 여기에 카드 키 도어록을 설치한 건 정말이지 신의 한 수였다. 그날 안나가 이 아래로 내려갔다면…… 생각하고 싶지도 않은 일이었다.

5층으로 올라온 민호의 걸음은 당연한 듯이 오른쪽으로 향했다. 이제는 제집보다 안나의 집이 더 익숙할 만큼 자연스럽게 안나를 찾았다.

같은 층의 두 집은 내부 구조가 같았다. 차이가 있다면 민호의 집에는 옥상 테라스로 향하는 연결 통로가 있다는 것 정도였다. 처음 이 건물을 구매할 때 옥상을 파티 룸처럼 꾸며 두었다. 그래서 연말이나 생일 때는 TAKE 식구들이 모여 파티를 하기도 했고 여름에는 바비큐 파티를 열기도 했다.

민호는 익숙하게 문을 열고 들어가 안방으로 향했다. 그 걸음에는 아무런 망설임도 없었다. 이불 속에 폭 파묻힌 안나에게 보고 싶었다는 키스를 날리는 게 최우선적 과제였다.

"……."

그런데 침대가 비어 있었다. 민호는 당혹감을 감추지 못하고 침대를 만져 봤다. 차갑게 식은 시트가 그의 손 아래에서 서걱댔다.

뒤돌아 밖으로 나가는 그의 표정이 긴장으로 딱딱하게 굳어 있었다. 설마 오늘 못 봤다고 몽유병이 발생하기라도 한 걸까, 심장이 그의 뜀박질에 맞춰 내달렸다.

민호의 집 앞에는 아무것도 없었다. 중간 계단 앞에 서자 얼굴에 핏기가 싹 가셨다. 설마 아래로 내려간 건가 싶어 다리마저 후들거렸다. 크게 침을 삼키고 고개를 빠르게 흔들었다. 냉정해져야 했다. 침착해야만 했다.

……몽유병 증상이라기엔 아예 침대에 잔 흔적이 없었어. 몽유병으로 움직이는 사람이 이불을 가지런히 정리해 둘 리는 없겠지. 우선 CCTV…… 그래, CCTV 확인부터…….

그나마 떠오른 게 CCTV였다. 얼른 핸드폰을 꺼냈다. 중문에 도어록을 설치하면서 같이 설치해 둔 CCTV였다. 앱으로 바로 확인할 수 있었다. 앱 아이콘을 누르는 그의 손이 슬쩍 떨렸다.

앞 시간으로 돌려 보는 사이 긴장이 조금 풀렸다. 나간 사람은 없었다. 더 앞으로 돌리자 퇴근한 안나가 올라오는 모습이 잡혔다. 양손 가득 든 짐을 보니 장을 보고 오겠다던 말이 떠올랐다.

"그럼 대체 어디에……."

먼저 자겠다고 메시지를 보낸 사람이 대체 어디로 사라졌을까. 민호는 안나의 집으로 되돌아가 방과 화장실, 거실을 쭉 둘러봤다. 하지만 아무 데도 없었다. 밑으로 내려가지도 않았고 집에도 없다면 남은 곳은 단 한곳이었다. 하지만 제집으로 가면서도 민호는 고개를 갸웃했다. 안나가 제집에 있을 일이 없었다.

"안나……야?"

제집에 들어가는 건데도 걸음이 조심스러웠다. 신발을 벗는데 옅게 음식 냄새가 났다. 제집에서 날 리 없는 냄새였다. 고소한 향이 공기 중에 희미하게 묻어났다. 그리고 공기가 조금 따뜻했다. 사람이 없으면 자동으로 꺼지고 사람이 있으면 켜지는 보일러였다. 그런 보일러가 작동했다는 건…….

"하……."

이불이 볼록하다. 그를 보자마자 굳었던 얼굴이 사르르 녹아내렸다. 언제 긴장했었냐는 듯 풀어진 표정이 밝았다.

민호는 한참 동안 침대를 바라보다가 부엌으로 시선을 돌렸다. 인덕션 위에 모르는 냄비가 보였다. 살금살금 걸어가 조심

밤세이

스레 뚜껑을 들어 보니 고소한 냄새의 정체가 보였다. 그 옆에는 다르게 생긴 냄비도 있었다. 받침이 있는 걸 보니 찜기인 모양인데 안이 비어 있었다.

냉장고를 열어 봤다. 아니나 다를까, 찜기에 들어갈 법한 요리가 그를 반겼다. 표정이 밝아진 만큼 가슴이 뛰었다. 심장이 콩콩콩 뺨을 두드렸다.

강안나는 운명의 신이 제 신심에 감복해 내려 준 천사가 분명했다. 이런 여자가 대체 여태 어디에 숨어 있었을까.

민호는 침대 앞에 서서 안나를 내려다봤다. 이불을 푹 뒤집어쓰고 있어서 머리카락과 이마만 살짝 보였다. 이불을 조금 끌어 내리니 반듯하게 감긴 눈이 드러났다. 화장을 지운 터라 그 인상이 순하디순하다.

마음이 간질간질했다. 이런 예쁜 짓을 하고 자신은 아무것도 모른다는 듯 색색 자고 있다니.

이마를 가린 머리카락을 살며시 넘겨 주자 눈이 파르르 떨렸다. 깨우고 싶은 마음이 가득해서 드러난 이마에 쪽 입을 맞췄다. 안나가 조금 더 뒤척였다. 얼른 일어나라고 콧잔등에, 입술에 쪽쪽댔다. 그제야 안나의 눈이 살짝 뜨였다.

"으음……."

"자꾸 이렇게 나 미치게 할 거야?"

"아…… 민호 씨다……."

아직 잠이 다 안 깬 듯 안나가 배시시 웃었다. 그 웃음이 앳됐다. 순하고 예뻤다. 참지 못하고 입술을 겹치자 안나가 팔을 들었다. 이불이 위로 들리며 공간이 생겨났다. 민호가 그리로

몸을 뉘었다. 그의 몸에 묻은 찬 공기가 이불 속 뜨거운 공기
와 만나 데워졌다. 한참을 쪽쪽대던 민호가 안나의 입술을 가
볍게 깨물었다.

"놀랐잖아."

"그럼 성공했네."

"성공? 하하, 진짜 못 말려."

성공했다면서 웃는 모습이 예뻐서 민호는 그만 따라 웃고
말았다.

"왜 이렇게 예쁜 짓이야?"

"내일 쉬는 날이라… 민호 씨한테 뭘 해 줄까 고민해 봤거
든. 그런데 내가 해 줄 만한 게 없었어."

"그래서 이렇게 예쁜 짓을 생각했어?"

"예쁜 짓이면 다행이고."

안나가 웃으며 눈을 비볐다. 눈곱이 끼었을까 비비적대는
손을 무시하고 민호는 다시 입술을 맞댔다. 얼른 입술을 열라
고 혀를 날름거리자 순순히 열어 주는 게 또 좋았다. 한참을
물고 빨다가 놔준 후 작게 토로했다.

"나 진짜 간 떨어질 뻔했어. 설마 길거리를 헤매나 싶어서."

"아…….."

거기까지는 생각하지 못했던 안나가 뒤늦게 아랫입술을 깨
물었다. 그러자 민호가 아니라며 고개를 저었다.

"그런데 진짜 엄청난 선물을 받았어."

"선물?"

민호는 조금 멋쩍은 듯 웃고는 다시 입술을 한번 쪽 훔쳤다.

얼굴이 가까워서 서로에게 서로의 눈만이 보였다. 창밖으로 들어오는 어슴푸레한 새벽빛에 그 눈동자가 반짝였다.

"내 소원을 들어줬어, 너."

내 집에 내 사람이 있다는 것. 그건 민호가 평생 꿈꿔 왔던 일이었다. 불쌍한 아버지는 단 한 번도 경험해 보지 못한 일. 그가 평생을 염원해 오던 일.

소원이라는 말을 안나가 이해하지 못한 듯했지만, 민호는 신경 쓰지 않았다. 웃으면서 뽀뽀를 퍼부었다. 그게 그의 현 심정이었다.

"어떡해. 진짜 어떡하지, 안나야."

안나의 양 뺨을 붙들고 쪽쪽대던 민호가 큰 한숨을 토해 냈다. 웃음이 섞인 한숨이 어쩐지 애잔해서 안나는 민호에게서 눈을 뗄 수 없었다. 단정한 눈매가 자신만을 바라보는 것에 가슴이 두근거려 사지가 다 떨렸다.

"어때? 지금은 조금이라도 내가 운명의 상대라는 생각이 들어?"

민호가 안나의 손을 잡아 제 가슴 위로 올렸다. 셔츠 너머로 그의 심장이 드럼을 연주하는 양 울리는 게 느껴졌다. 그 빠른 비트가 손바닥에 고스란히 전해졌다.

"나는 이렇게 미치겠어. 진짜, 강안나, 네가 좋아 미치겠어."

왜…… 시야가 흔들릴까. 안나는 지금 눈물이 나는 이유를 알 수가 없었다. 그의 마음이 진실하다는 게 절절히 느껴졌다. 안나는 대답 대신 그의 왼손을 잡아 제 가슴에 올렸다.

다르지 않으리라. 물론 조금 부족할지도 모른다. 하지만 괜찮다. 내일은 오늘보다 더 좋아할 테니까 언젠가 제가 더 민호를 좋아할 날이 올 것이다.

안나가 생각하는 운명의 상대는 인생의 동반자에 가까웠다.

평생 서민호를 사랑할 것 같은가?

이 사랑에 정말 유효기간이 없는가?

마음이 식거나 떠나지 않겠는가?

미래는 아무도 모른다. 함부로 장담할 수도 없다. 하지만 이 남자라면, 서민호라면 감히 대답해 본다.

"사랑해, 민호 씨."

안나의 대답에 민호의 표정이 거칠게 일그러졌다. 그는 웃으면서 울었다. 다시 맞붙은 입술에서 짭짤함이 느껴졌다. 누구의 눈물인지는 구분하기 어려웠다. 하지만 아무도 신경 쓰지 않았다.

엉덩이 한 짝이 민호의 한 손에 딱 들어맞았다. 손가락을 쫙 펴서 양 엉덩이를 잡고 벌리면 이루 말할 수 없이 달콤한 냄새가 났다. 한입 베어 물자 안나가 허리를 띄우며 신음을 흘렸다. 재촉하듯 젖어 든 중심에 얼굴을 파묻고 싶은 욕구가 울끈했다.

"아옹……."

안쪽 여린 살을 이로 긁자 안나가 참지 못하고 허리를 뒤틀었다. 그래도 꽉 잡고 놔주지 않으니 엉덩이를 들썩거리며 불만을 표시했다. 엉덩이 살이 흔들리는 게 얼마나 자극적인지 모르는 게 분명했다.

더 안쪽에 얼굴을 묻자 안나가 짧은 비명을 내질렀다. 혀로 길게 쓸어 올리자 견디지 못하고 부르르 몸을 떨었다. 방감한 물을 핥아 올리니 신음이 점점 더 달콤해졌다.

"아으…… 오늘 너무 집요해……. 하아."

베개에 고개를 파묻은 채 신음하던 안나가 조금 젖은 눈으로 흘겨봤다. 여전히 엉덩이에 얼굴을 파묻고 있던 민호가 눈을 곱게 접어 씩 웃었다. 웃는 바람에 그 숨결이 중심을 간질여 안나는 다시 몸을 떨어야 했다.

"오늘은 안 참을 거니까."

그동안은 참았다는 말일까. 기가 차서 피식 웃었다. 민호는 얼굴을 떼는 것 같더니 손을 움직였다.

"앙!"

"큭, 너무 귀여운 거 아니야?"

가볍게 문지르는 손길에 안나는 속절없이 신음을 터트렸다. 예상치 못한 귀여운 소리에 민호는 활짝 웃었다.

"장난 그만하고 얼른……."

안나가 부끄러움을 참고 속삭였다. 빨개진 얼굴에 담긴 유혹에 민호는 흔쾌히 넘어가 주기로 했다. 몸을 들어 위로 올라가며 안나의 엉덩이에 허리를 맞췄다.

"아, 콘돔……."

키스하다가 그대로 뒹굴었다 보니 깜빡했다. 민호가 침대 옆 서랍에서 박스를 꺼냈다. 두어 개 꺼내고 다시 박스에 넣어 서랍에 넣었다. 포장을 벗기려고 보니 이미 안나가 벗기고 있었다. 손끝으로 벗기는 게 어려운지 몇 번 놓쳤다. 이로 물고짝 뜯는 게 간편한데 안나가 까 주는 게 어쩐지 기분이 좋아서 민호는 그냥 지켜봤다.

미끈미끈 말랑말랑한 콘돔을 꺼낸 안나가 민호에게 내밀었다. 까 줬으니 이제 끼우라는 의미였다. 알지만 왠지 짓궂은 마음이 들었다. 받지 않자 안나가 고개를 갸웃거렸다.

"직접 해 줘."

"……어떻게 하는 건데?"

"끝에 꽁다리를 손으로 누르고 끼우면 돼. 아주 간단해."

아주 간단하게 말하는 게 되레 간단치 않게 들렸지만, 안나는 순순히 그가 말하는 대로 했다. 민호를 보니 얼마나 흥분하고 있는지 건들지 않아도 가볍게 탄동했다.

안나가 생각 외로 주저하며 손을 뻗지 못하자 민호는 입술을 씰룩댔다. 웃음을 억지로 참느라 그 표정이 가관이었다.

"왜? 못 하겠어?"

"……해."

포기하는 건 또 싫은지 안나가 하겠다고 고집했다. 용기 내 손을 뻗는데 아까와는 차원이 다르게 요동쳤다. 깜짝 놀란 안나가 저도 모르게 손을 떼자 민호는 결국 웃음을 터트렸다. 아, 진짜 이렇게 귀여워도 되는 건가.

"이거…… 민호 씨가 흔드는 거야?"

"내가? 내가 왜 흔들어. 크크큽!"

민호가 배꼽을 잡고 웃자 안나는 멋쩍은 얼굴로 괜히 볼을 부풀렸다. 뭘 그리 웃긴 소리를 했다고 저리 웃나. 그냥 확 잡아서 쑥 씌웠다. 성공한 게 조금 뿌듯해서 살짝 웃으니 민호가 확 덮쳐 오면서 뽀뽀를 퍼부었다. 뭐가 그리 좋은지 모르겠지만 싫은 기분은 아니었다. 안나는 웃으며 그를 끌어안았다.

잘 익은 양배추 쌈은 꼭 만두처럼 보였다. 한입에 먹기에는 조금 컸다. 깨물어 먹으려는 민호에게 안나는 속이 뜨거울 거라며 반 잘라 먹으라고 권유했다. 뜨거운 고기 육즙에 혀가 델 수도 있었다. 엄마 말을 잘 듣는 아이처럼 칼로 슥슥 써는 그의 표정에 기대감이 가득 차 있었다.

간장으로 간을 해서 한식 느낌을 냈으니 입맛에 안 맞을 거라는 걱정은 사실 하지 않아도 될 터였다. 그렇지만 그럼에도 불구하고 안나는 긴장을 조금 했다. 자신이 좋아하는 요리를 민호도 좋아해 주길 바라는 마음이었다.

그녀의 마음을 아는지 모르는지, 민호가 손을 움직였다. 수저에 예쁘게 담아 입으로 가져갔다. 쏙 입에 넣고 오물오물하는데 그 얼굴조차도 단정했다. 안나는 제가 민호에게 꽤 빠졌구나 하고 인정하고 말았다.

"진짜 맛있어. 안에 밥도 들어 있는 게 여태 먹어 본 거랑 좀 달라."

"맛있어? 아, 다행이다."

극찬하며 입속을 비운 민호가 나머지 반을 수저에 담아 내밀었다. 잠깐 주저하다가 이내 얌전히 받아먹었다. 엄마가 해주던 맛은 아니었지만 그래도 맛은 괜찮았다.

"원래 여기에 링곤베리 잼이라고 조금 새콤한 잼을 곁들여서 먹는 요리거든. 그런데 음식에 잼 곁들여 먹는 게 좀 생소할 것 같아서 뺐어."

"링곤베리 잼?"

처음 듣는 생소한 단어에 민호가 눈을 동그랗게 떴다. 안나는 칼을 들어 양배추 쌈을 반으로 가르며 고개를 끄덕였다.

"응. 크랜베리랑 비슷한 거."

그런 게 있느냐는 반응에 살짝 웃었다. 의미심장한 웃음에 민호가 고개를 갸웃거리는 사이, 이번에는 안나가 수저를 내밀었다. 덥석 받아먹는 모습이 억지로 먹는 느낌은 전혀 들지 않았다.

"원래 이게 핀란드 요리거든. 소고기 양배추 롤에 링곤베리 잼 곁들여 먹는."

"핀란드?"

"응. 나 핀란드에서 살았어."

"……."

"몰랐지?"

안나는 배시시 웃고는 물을 한 모금 들이켰다. 민호는 씹는 것도 멈춘 채 눈만 껌벅거리고 있었다. 서로에 대해 이렇게나 모른다. 안나는 싱긋 웃고는 나머지 반을 제 입으로 가져갔다. 그제야 정신을 차린 듯 민호가 서둘러 씹어 삼키고는 물었다.

"어렸을 때 이민 간 거야? 아니면 유학? 한국엔 언제 왔는데?"

질문이 쏟아진다. 예상한 질문들이라 안나는 덤덤하게 제

이야기를 풀었다. 민호에게 얘기하겠다고 결심한 순간부터 계속 생각했다. 최대한 간결하게 설명하려고 돌아본 과거는 생각보다 기구했다.

"초등학생 때 엄마 손 꼭 붙들고 비행기 탔지. 돌아온 건 이제 4년째인가."

아버지를 일찍 여의고 외국으로 갔는데, 어머니마저 안나가 성인이 되기 전에 세상을 떴다. 크리스에게 넘치는 사랑을 받지 않았다면 아마 이겨 내기 힘들었으리라.

"진현이 말고 그럼 다른 친척은 없어, 한국에?"

"연락하고 지내는 건 진현이밖에 없어. 엄마는 외동딸이셨다는데 외할머니나 외할아버지에 대한 기억이 없거든. 일찍 돌아가셨던 게 아닐까 싶기도 하고……."

크리스와 진현이 아니면 안나는 정말 혼자였다. 그래서 사실 결혼에 대한 마음이 컸다. 제 가정을 꾸려서 아이를 낳고 단란하게 살고 싶은 그런 꿈이 있었다. 그렇게 산산이 짓밟힐 줄 알았다면 애초에 꿈도 꾸지 않았을 텐데……. 제 표정이 어두워졌을까 봐 안나는 눈을 연신 깜박이며 미소를 유지하려 애썼다.

"크리스가 진짜 아빠처럼 잘해 줘서 딱히 힘들다거나 하지 않았어."

밝게 말한다고 한 것이 조금 억지스럽게 느껴졌다. 애꿎은 입술만 괴롭히는데, 민호가 크리스에 대해 물었다. 그 목소리가 조금 조심스럽게 느껴졌다.

"크리스라는 분은 지금 핀란드에 있는 거지?"

"응."

"그럼 왜…… 혼자 한국에 온 거야?"

안나는 바로 대답하지 않고 잠깐 사분사분 웃기만 했다. 깍지 낀 손을 내려다보는 시선이 짙었다. 아는 사람 하나 없는 한국으로 가는 비행기에서 창밖을 바라보면서 했던 생각이었다. 과연 이게 옳은 걸까. 한국에 가면 뭐가 달라질까. 크리스가 미셸하고 살림을 합치는 건 사실 아무런 문제가 되지 않았다. 그저 독립하면 되는 일이었다. 그럼에도 한국행을 선택했다.

어머니의 나라. 기억 저편에 파묻힌 어린 날의 추억. 그런 말들로 포장할 수도 있지만, 그보다 더 본질적인 그리움이 있었다. 강안나라는 사람의 정체성이 한국을 가리켰다.

"처음에는 너무 무작정 와서 몇 달 있어 보고 돌아갈 생각이었어. 아마 진현이를 만나지 않았으면 돌아갔을 거야."

가만히 안나의 얘기를 듣던 민호가 고개를 주억거렸다.

"진현이한테 거하게 한턱내야겠어."

"응?"

안나가 눈을 깜박이며 고개를 갸웃거리자 민호는 슬쩍 웃으며 손을 뻗어 그녀의 손을 잡고 살살 어루만졌다. 깍지 낀 손이 여느 때처럼 차가웠다. 안나는 원체 체온이 서늘하기도 했지만, 특히 손과 발이 매우 찼다. 몇 번 어루만지는 사이 민호의 손에서 전해지는 열기에 얼음장 같던 그녀의 손이 조금 매작지근해졌다.

"덕분에 이렇게 만났잖아."

"아⋯⋯."

만약 한국에 적응하지 못하고 돌아가 버렸다면, 고향에 다녀왔다는 것에 만족하고 돌아가 버렸다면 많은 것이 달라졌으리라. 김주원을 만나지 않았을 테니 상처받을 일도 없었을 것이고 서민호를 만나지 않았을 테니 이런 행복도 알지 못했으리라.

"⋯⋯마이너스를 다 상쇄하고도 남는 플러스네."

"응?"

작게 중얼거린 말을 알아듣지 못한 민호가 되물었다. 안나는 살짝 웃고는 다른 말로 둘러댔다.

"민호 씨 말대로 진현이한테 술 사 줘야겠다고."

"아아."

나중에 클럽으로 초대해 거나하게 파티를 열어 줘야겠다며 민호가 웃었다. 그러는 동안에도 손은 놓지 않아 그의 열기로 안나의 손이 조금 더 밍근해졌다.

다시 침대로 가던 참이었다.

"아, 크리스한테 인사할래, 민호 씨?"

"지금?"

"응. 지금쯤 저녁일 테니까 괜찮을 것 같은데."

안나가 침대에 걸터앉아 탁자 위의 핸드폰으로 손을 뻗었다. 그 옆에 같이 앉은 민호가 조금 난감해했다.

"나야 좋지만⋯⋯ 그, 뭐지, 핀란드어⋯⋯ 쓰는 거야?"

핀란드어는 대체 어떤 말인지 감도 오지 않았다. 가장 기본인 '안녕하세요.'조차도 모르니 어떻게 해야 할지 걱정했다. 안나한테 벼락치기로 인사말이라도 배울까 하는데, 그녀는 이미 크리스에게 메시지를 날린 상태였다.

"뭐라고 인사해야 해?"

민호가 답지 않게 매우 당황한 모습을 보이자 안나는 크게 웃음을 터트렸다.

"설마 긴장했어?"

"당연하지. 봐."

민호가 그걸 말이라고 하느냐며 안나의 손을 끌어다가 제 가슴에 올렸다. 그러자 마치 그의 말을 입증이라도 하는 양 심장박동이 두두두두 손바닥을 두드렸다.

"귀여운 면이 있어, 우리 오빠."

"……이럴 때만 오빠라고 부르기야?"

민호가 멋쩍은 듯 인상을 찡그리며 웃었다. 평소에는 죽어도 '민호 씨'를 고집하더니 멋있지 못한 모습을 보이니까 오빠라며 애교를 부린다. 입술을 삐죽 내밀고 툴툴대자 안나가 마치 달래 주듯 쪽 하고 뽀뽀를 날렸다.

"내 남자 공략법, 뭐 이런 책 샀어?"

"뭐어?"

"아니면 이럴 수가 없는데."

너무 진지하게 말해서 안나는 오히려 웃음이 터졌다. 그런 책이 있기는 해? 하고 묻자 민호는 어깨만 으쓱거렸다.

"아, 왔다."

그때 전화가 왔다. 화상으로 통화하는 인터넷 전화였다.

"그, 그래서 핀란드 인사말이 뭐라고?"

"Moi. Hei. 그냥 Hello나 안녕하세요 해도 되고."

"모이?"

아무거나 하라는 말과 함께 안나가 통화 버튼을 눌렀다.

— Anna!

딱 들어도 매우 밝고 활기찬 목소리였다. 톤 자체는 허스키했지만 밝은 기운이 가득했다. 안나가 그와 얼굴을 본 채로 뭐라 이야기를 나누는 동안 민호는 뻣뻣하게 굳어 있었다. 괜히 얼굴은 괜찮은지, 옷은 또 어떤지 확인했다. 급히 턱을 매만지는데 안나가 핸드폰 방향을 민호 쪽으로 돌렸다.

"여기 내 남자 친구 서민호 씨."

화면을 가득 차지한 남자의 얼굴에 민호는 바짝 굳어 얼른 인사했다. 얼마나 긴장했느냐면, 안나가 자신을 한국어로 소개했다는 것도 알아차리지 못했다.

"모이!"

그 목소리가 우렁차서 안나는 자꾸 웃음이 나려 했다. 이 남자의 이런 모습을 언제 또 볼 수 있을까. 늘 자신만만하고 당당한 그가 이렇게 긴장해서 어쩔 줄 몰라 하다니. 가슴이 뭉클해서 입꼬리는 위로 올라가는데 자꾸 시야가 젖어 들었다.

— 안나 남자 친구? 반가워요. 나는 안나 파파 크리스예요.

"……어? 예, 예! 만나 뵙게 되어 영광입니다."

갑자기 튀어나온 한국어에 민호가 당황해 고개 숙여 인사했다. 핸드폰에 대고 고개를 숙이는 모습에 안나는 웃으며 울었다.

— 아주 잘생긴 남자 친구예요. 멋있어요.

어눌한 한국어를 뱉는 크리스는 핏기 없어 보이는 흰 피부와 투명하리만큼 밝은 눈동자를 가진 푸근한 인상의 아저씨였다. 반쯤 허옇게 센 금발 탓인지 전체적으로 인상이 연하고 보드라웠다.

그는 원래 지금보다 더 능숙하게 한국어를 구사했었는데, 몇 년 동안 쓸 일이 없다 보니 많이 까먹었다고 했다. 하지만 그래도 대화하는 데는 아무 무리가 없었다. 민호도 처음에 긴장했던 게 거짓말인 것처럼 금세 편하게 대화했다.

얼마 지나지 않아 화면 너머에 크리스보다 젊어 보이는 여성이 등장했다. 안나를 보며 매우 반가워한 그녀가 바로 미셸이었다. 안나가 마치 옆에 있는 것처럼 키스를 날려 대는 그녀는 활력이 넘쳤다. 그녀 덕분에 크리스가 더 밝아진 거라며 안나가 소곤거렸다.

아무리 피가 통하지 않았다고 해도, 접점이 없어졌다 할지라도 이들은 분명 가족이었다. 안나와 크리스를 보며 민호는 문득 아버지 생각이 났다.

그러고 보니 한번 연락드린다고 했지…….

민준의 생일날 집에 가지 않아서 한번 따로 뵙겠다고 했다. 하지만 아직까지 전화도 드리지 않는 처지였다. 사실 까마득히 잊고 있었다. 아버지 생신도 그만 지나쳤다는 걸 지금 떠올렸다. 혹여 아들이 싫어할까 봐 절대 먼저 전화하지 않는 분이었다. 그가 받았을 실망감이 절로 느껴져 입술을 깨물었다. 안나와 크리스를 보고 있으니 죄책감이 몽글몽글 피어올랐다.

— 여름휴가 때 같이 놀러 와요. 헬싱키의 뜨거운 밤을 보여 줄게요.

"예. 무조건 가겠습니다."

민호가 그리 말해 줘서 안나는 솔직히 고마웠다. 크리스가 말한 뜨거운 밤이 백야를 의미한다는 걸 설명해 주며 안나는 살포시 그의 어깨에 머리를 기댔다. 미셸이 핀란드어로 보기 좋다고 말하며 깔깔댔지만 민호는 전혀 알아듣지 못했다.

"고마워, 민호 씨."

전화를 끊은 후 안나는 민호를 끌어안으며 고마운 마음을 드러냈다. 그런 그녀를 마주 안은 채 민호가 몸을 한 바퀴 침대 위로 굴렸다. 순식간에 민호가 침대에 등을 대고 눕고 안나가 그를 덮치는 형색이 됐다. 안나는 부끄러워하거나 피하는 법 없이 그대로 입을 겹쳤다. 위에서 쏟아지는 키스에 민호도 응수했다.

"나 제대로 한 거야? 버벅대서 첫인상 안 좋을까 봐 걱정되네."

"민호 씨 느낌 진짜 좋대. 미셸도 좋은 남자라고 칭찬했어."

"기뻤겠네, 너."

"그럼."

어찌 기쁘지 않을까. 안나가 당연한 소리를 한다며 웃었다. 그 눈웃음이 정말 예뻐서 민호는 가슴이 요동쳤다. 민호의 손이 허리를 슬금슬금 쓰다듬자 안나가 그의 콧등을 입술로 가볍게 물었다.

"피곤할 텐데, 자야 하지 않아?"

"나 아직 팔팔한 나이라고."

민호가 제 체력과 정력을 우습게 보지 말라며 허리를 튕겼다. 그의 위에 엎드려 있던 안나가 중심을 잃고 옆으로 미끄러지자 능숙하게 자세를 바꿨다. 이번에는 안나가 등을 대고 눕고 민호가 모로 누워 그녀를 내려다봤다. 머리칼이 흐트러져도 예쁘기만 했다. 눈과 코를 가린 머리카락을 치워 주는 손길이 다정했다.

"안나야."

반듯하게 드러난 이마를 스치고 지나가는 손가락의 감촉에 안나의 눈이 파르르 떨렸다. 손가락이 관자놀이를 지나 뺨으로 내려왔다. 아랫입술을 검지로 꾹 누르자 안나는 입술에 힘을 빼고 그가 원하는 대로 벌려 줬다. 그 안으로 들어가 혀를 톡톡 친 검지가 상냥하면서도 야릇했다.

"우리 아버지는……."

민호가 진중한 목소리로 속삭이듯 말했다. 들으라고 말하는 건지 혼잣말을 하는 건지 헷갈릴 정도로 작은 소리였다. '우리 아버지는'으로 시작한 말은 끝을 맺지 못했다. 한참 입술만 달싹이던 민호가 이내 작게 한숨을 내쉬었다.

안나는 굳이 말할 필요 없다는 의미로 그의 뺨을 손바닥으로 감쌌다. 그 손 위에 손을 겹치면서 민호가 손바닥에 몇 번 쪽쪽댔다. 그것으로도 부족했는지 입술을 진하게 붙인 채 눈을 감았다. 그 표정만으로도 안나는 저 못지않은 사정이 있을 거란 걸 감지했다.

"나중에 소개할게."

무거운 웃음을 지어 보이는 그에게 안나는 가볍게 고개만 끄덕였다. 회장님을 만난 일에 대해 말할 생각은 전혀 없었다. 혹여 민호가 알게 되어 제게 왜 말 안 했느냐 추궁한다 해도 어쩔 수 없는 일이었다. 그가 아버지와, 나아가 가족과 어떤 사이인지 알지 못하는 이상 나설 수 없었다.

민호는 말로 표현할 수 없는 복잡한 감정들을 내리누르고 안나에게 입을 겹쳤다. 서늘한 몸과 달리 그녀의 혀는 뜨거웠다. 민호의 혀가 가볍게 노크하자 뒤로 빼는 법 없이 그녀의 혀가 응수했다. 얽히고설키는 혀에 담긴 감정이 붉은 꽃을 피웠다.

봄 태풍

봄비가 추적추적 내렸다. 다 피기 전에 이미 떨어져 버린 꽃잎들이 길 위에 눌어붙었다. 구두 굽에 밟혀 원래 색과 모양을 잃어버린 꽃잎을 가만히 바라보다가 안나는 핸드폰으로 시선을 돌렸다. 화면을 가득 메운 붉은 튤립은 보고 있기만 해도 기분이 좋아졌다.

사진 찍어 두기를 잘했다는 생각에 살짝 웃는데 기가 막히게 민호에게서 메시지가 도착했다.

—점심 먹었어?

배고파서 일어난 모양이었다. 먹었다고 답장하자 사진이 하나 날아왔다. 아침에 차려 두고 나온 밥상이 보였다. 잘 먹겠다며 밥상이 나오게끔 찍은 셀카에 안나는 웃음을 터트렸다. 막 일어났을 텐데도 말끔한 모습이었다. 사진 찍기 전에 씻고 면도까지 마친 건지 자고 일어난 모습이라고 믿기 어려웠다. 맛있게 먹으라고 답장하고 나서도 안나는 한참 동안 사진을 바라봤다. 가슴이 간질간질했다.

"와. 남자 친구?"

"앗."

안나는 깜짝 놀라 핸드폰을 떨어뜨릴 뻔했다가 얼른 손에 힘을 줘 잡았다. 뒤를 돌아보니 지연이었다. 사진을 본 모양이었다. 핸드폰 내놓으라는 명령 아닌 명령에 살짝 빼다가 결국 건넸다. 지연은 사진을 보더니 옅은 탄성을 내질렀다.

"잘생겼어!"

그 점은 동의했다. 비록 자고 일어난 모습이지만 그래도 멀끔한 모습으로 찍혔기에 망정이었다. 나이, 직업을 비롯한 신원 조사가 이어졌다. 어쩔 줄 모르고 난감해하는데 구세주처럼 혜선이 나타났다.

"점심시간 다 끝났는데 여기서 뭐 해?"

"글쎄, 안나 씨 남친이 대박 잘생긴 거 있죠."

"그래? 그건 그거고 상무님보다 늦게 올라갈 거야?"

혜선이 엄지로 뒤를 가리켰다. 그 끝에 로비로 들어가는 상무 진원이 있었다. 그 옆에 나란히 걷고 있는 윤 대리의 모습도. 지연이 기함해서 얼른 핸드폰을 안나에게 돌려줬다.

"왜 이제 말해 줘요. 나 아직 커피 못 샀는데!"

"여태 뭐 하고."

"아앙, 난 몰라."

지연이 서둘러 뛰어가는 걸 보며 혜선이 피식 웃었다. 커피야 위에 올라가서 마셔도 되지만 지연은 1층에 입점한 카페의 커피를 더 선호했다.

로비로 걸어가는 혜선의 뒤를 안나도 열심히 쫓았다. 상사 앞을 가로질러 갈 수는 없다 보니 뒤를 졸졸 따라가게 됐다. 그래서 엘리베이터 앞에 모두 다 같이 서게 됐다. 윤 대리는 조금 부담스러운 듯 다른 곳을 쳐다보고 있었다.

이유 모를 침묵이 감돌았다. 가만히 서 있던 혜선이 슬쩍 안나를 쳐다보며 물었다.

"그런데 그렇게 잘생겼어?"

혜선마저……. 짓궂은 질문에 안나가 버벅댔다. 제 입으로 잘생겼다고 할 수도 없고 그렇다고 아니라고 하긴 싫었다. 아무 대답도 못 하고 있는데, 누군가 대신 답했다.

"아주 잘생겼죠."

헉. 안나는 지금 제가 무슨 소리를 들은 건가 귀를 의심해야 했다. 윤 대리만 바라보던 상무가 어느새 뒤돌아 서 있었다. 혜선이 눈을 크게 뜨고 상무를 바라봤다. 그 눈이 안나 남자친구를 상무님이 어떻게 아느냐 묻고 있었다.

"제 친구입니다."

진원은 씩 웃고는 다시 돌아섰다. 마침 문이 열린 엘리베이터 안으로 윤 대리를 유도하며 걸어갔다.

안나는 이후 혜선에게 시달려야 했지만, 다행히 그녀는 소문내지 않았다. 소문냈더라도 큰 문제야 없겠지만 구설에 오를 수 있는 일이었다. 그 자리에 혜선 외에 다른 비서들이 없던 것이 다행이었다.

진원은 안나가 민호의 여자 친구라고 해서 더 티 나게 잘해 주거나 하지는 않았다. 다만 가끔 시선이 느껴지기는 했다. 분명히 '그 서민호의 여자 친구' 혹은 '서민호가 입 아프게 떠들어 댄 운명의 상대'를 보는 시선이었다. 다만 그가 아무것도 묻지 않기에 안나도 모르는 척했다.

민호가 집에 오기 싫어한다는 걸 아는 서 회장은 일부러 약속 장소를 따로 잡았다. 민호의 회사 바로 건너편에 있는 중식 레스토랑이었다. 방을 따로 잡을 수 있고 벽이 두꺼워 안에서 무슨 소리를 하든 밖으로는 새어 나가지 않는 곳이었다.

정확히 말하면 민호가 집에 오는 걸 싫어하는 사람이 있어서 민호도 그 집에 가는 걸 꺼리는 것이지만, 서 회장에게 그건 그다지 중요한 문제가 아니었다. 민호를 볼 수만 있다면 그 장소가 어디든 중요하지 않았다.

민호가 방으로 들어오자 서 회장은 만면에 미소를 띠며 자리에서 일어났다. 서둘러 걸어오며 팔을 벌리는 아버지를 보며 민호도 피하지 않고 그를 마주 안았다. 연신 등을 두드려 주며 좋아하는 아버지를 보니 진즉 연락드리지 않았던 것이 죄송스러웠다.

민호와 만날 때면 서 회장은 비서조차 안에 들어오지 못하게 했다. 오붓하게 부자의 시간을 보내고 싶어 하는 걸 알기에 경호원과 비서들은 문밖에서 대기했다.

"민준이도 온다지 않았어요?"

"곧 온다고 했다. 어디 우리 아들 얼굴 좀 보자."

뺨을 쓰다듬는 그의 표정이 애틋해서 민호는 피하지 않고 그가 원하는 대로 하시도록 내버려 뒀다. 아버지를 향한 감정은 한마디로 정의할 수 없었다. 대부분은 애정이었지만 부정적인 감정도 없다고는 할 수 없었다.

피 한 방울 섞이지 않은 안나와 크리스는 제삼자인 민호가 봐도 분명한 가족이었는데, 어째서 진짜 가족인 제 아버지는 이리도 어렵고 먼 존재일까. 민호는 쓰게 웃고는 아버지를 모시고 자리로 가 앉았다.

"그래, 하는 일은 잘되고?"

"예. 덕분에 순조로워요."

덕분이라고 말하지만, 민호가 웬만해서는 도움받기 싫어하는 걸 서 회장도 잘 알았다. 혼자 회사를 키우는 아들이 대견하면서도 한편으로는 그 작은 스케일이 못마땅했다. 그가 원하기만 하면 지금이라도 후계자 수업을 시킬 텐데, 민호는 늘 단칼에 거절했다.

"민준이가 잘하잖아요."

아버지의 표정만 봐도 무슨 생각을 하시는지 알겠는지 민호가 덤덤하게 말했다. 그 바람에 서 회장은 입도 뻥끗하지 못했다. 그래, 회사를 물려받지 않으면 어떠랴. 제 아들이 지금이 더 행복하다는데.

음식이 나오기 전에 민준이 왔다. 자리에 앉으면서 그는 '이렇게 셋이 모이니 엄마만 따돌리는 것 같잖아요.' 하고 가볍게 웃었다. 서 회장은 아무런 대꾸도 하지 않았지만 민호는 그 말이 가슴에 콕 와서 박혔다. 자신과 오 여사는 상극이었다.

민호의 표정이 굳어지자 서 회장이 눈빛으로 민준을 혼냈다. 민준은 쓴웃음을 지어 보일 뿐이었다. 넷이 다 같이 둘러앉아 식사하는 꿈은 아무래도 평생 이루지 못할 모양이었다.

민호는 굳이 생신날 이야기를 꺼내지는 않았지만, 준비한 선물을 건네 드렸다. 만년필과 가죽 노트였다. 소박하다 말하면 소박하고 사치스럽다 하면 사치스러운 선물이었지만, 가격과 상관없이 서 회장은 뛸 듯이 기뻐했다. 전화 한 통 없었던 것에 대한 서운함은 이미 가신 듯했다.

그런 아버지를 보며 민준은 한숨 섞인 웃음을 흘렸다. 자신은 어떤 비싼 선물을 하더라도 아버지의 저런 미소를 보지는 못하리라.

"저 드릴 말씀이 있어요."

상이 깔끔히 치워지고 커피를 내온 웨이터가 나간 후에야 민호가 입을 열었다.

"소개하고 싶은 사람이 있어요."

"사귀는 사람이냐?"

서 회장이 조금 들뜬 표정으로 물었다. 민호는 순순히 고개를 끄덕였다. 그리고 아까보다 훨씬 단정한 목소리로 말했다.

"결혼하고 싶은 사람입니다."

회사를 마치고 안나가 TAKE 압구정점을 찾았다. 민호가 오늘은 회사에서 바로 클럽으로 내려간다고 해서 밖에서 같이 저녁을 먹기로 했다. 근처에 있는 일식집에서 저녁을 먹는데 민호가 지나가는 말처럼 덤덤하게 말을 꺼냈다.

　"오늘 아버지께 네 얘기를 했어."

　"오늘?"

　"응. 낮에 만났거든."

　아침에 오늘은 일찍 나가 본다고 했던 게 기억이 났다. 일 때문인 줄 알았더니 아버지를 뵌 모양이었다. 안나는 별일 아닌 것처럼 고개를 끄덕였다. 민호도 회 한 점을 집어 먹으며 가볍게 말했다.

　"같이 한번 식사했으면 해."

　그냥 얼굴 보는 김에 밥을 먹자는 말인지, 정식으로 소개하는 자리라는 말인지 헷갈렸다. 안나가 젓가락질을 멈추자 민호가 고개를 들어 그녀를 바라봤다. 그 시선이 조금 긴장한 듯 보여 안나는 입꼬리를 조금 끌어 올리며 부드럽게 웃었다.

　"언제?"

　"언제라도, 뭐…… 시간 맞으면."

　딱히 정한 날짜가 없는 걸 보니 말을 꺼낸 민호도 아직 망설이는 듯했다. 안나는 그런 민호를 가만히 바라보다가 이내 고개를 끄덕였다.

　"나는 좋아."

"그래……."

크게 심호흡한 민호가 다시 식사를 시작했다. 어려워하는 티가 팍팍 났다. 그가 아버지 얘기를 하려다 말았던 일이 기억 났다.

'나는 우리 민호 행복만을 바라네.'

그날의 서 회장님이 흐릿하게 떠올랐다가 사라졌다. 이렇게 보니 또 닮은 것도 같았다. 안나는 민호의 위로 서 회장님을 그려 보다가 그를 불렀다.

"민호 씨."

"응."

"그러고 보니 나는 민호 씨 가족에 대해 전혀 모르네."

민호가 말해 줄 때까지 기다리려 했지만, 식사 얘기까지 나온 마당에 물어보지 않을 수가 없었다. 안나의 질문에 곤란한 듯 웃은 민호는 묵묵히 식사를 이어 갔다. 안나도 굳이 지금 당장 말하라는 것은 아니었기 때문에 다시 손을 움직였다. 다만 언급은 하고 싶었다. 관심 없는 게 아니라 말해 주기를 기다리고 있다고.

식사를 마친 안나는 민호와 함께 클럽으로 갔다. 어차피 내일은 토요일이고 다행히 결혼식이 없어 여유로웠다. 지난주에는 결혼식을 두 군데나 참석해야 해서 정말 힘들게 뛰어다녔다. 차라리 시간이 겹쳤다면 다른 비서가 갔겠지만, 연달아 있다 보니 말단인 안나가 뛰는 수밖에 없었다.

금요일이라 민호도 오늘은 꽤 바쁘겠다 싶었다. 하지만 웬걸, 클럽에 들어간 지 얼마 되지 않아 민호가 이태원에 가야 한다고 했다.

"이태원에?"

"응. 우리가 포섭하려던 밴드 보컬이 지금 이태원 클럽에 있다는 정보가 들어왔어. 직접 만나서 담판 지으려고."

"흐음…… 그럼 일하러 가는 거네."

그럼 방해되지 않게 그냥 집으로 가야겠다고 생각하던 안나가 순간 킴을 떠올렸다.

"아, 그럼 나도 이태원 갈래."

"너도?"

"응. 아는 친구가 그쪽에서 일하거든."

"이쪽 일 하는 친구가 있었어?"

민호가 놀란 듯 되물었다. 안나는 빠르게 손을 내저었다. 일이라는 말에 오해의 소지가 있었다. 그냥 아르바이트하는 거라고 말하자 그제야 민호가 고개를 끄덕였다. 클럽 이름을 듣더니 자신이 가는 곳과 5분 거리라고 했다.

"그럼 같이 가자. 일 끝나는 대로 데리러 갈게. 그 킴이라는 친구 나도 소개해 줘."

"알았어."

여자라는 소리는 들었지만 어떤 사람인지 매우 궁금한 눈치였다. 하긴 안나 자신도 제가 클럽에서 일하는 사람과 인연이 생길 거라고는 생각도 못 했다.

비록 알게 된 경로는 착잡하다 할지라도 킴은 좋은 동생이었고 또 선배이기도 했다. 인생 선배.

아직은 바쁜 시간이 아니라 킴과 얘기할 시간이 충분히 있을 듯했다. 좀 바빠지면 바에 앉아서 민호를 기다리면 된다. 가도 되겠냐는 안나의 연락에 킴은 무조건 웰컴이라며 웃었다.

"스물셋?"

"응. 유학 비용 버는 거래."

"와……."

스물셋이라니, 예상보다 훨씬 어려서 민호는 입을 다물지 못했다.

"그뿐이 아니야. 미국에 사는 남자 친구가 있대. 장거리 연애. 대단하지?"

"그럼 미국으로 유학 준비하는 거야?"

"그렇겠지?"

안나도 거기까지는 모른다며 어깨를 으쓱거렸다. 가끔 안나 앞에서 화상 채팅을 할 때가 있어서 간단히 인사를 나눈 적이 있었다. 그 정도밖에 몰랐다.

이태원까지는 택시를 타고 이동했다. 술을 마시게 될 수도 있고 주차 문제도 있었다. 돌아올 때 택시가 잡힐지 의문이었지만 그거야 단골 콜택시를 부르면 될 일이었다.

소방서 앞에서 내리자 민호는 안나를 클럽 앞까지 데려다주겠다고 했다. 같이 언덕을 올라가니 도로변에 클럽에 보였다. 현란하게 불이 들어와 있는 전구 장식이 둘을 반겼다.

"그럼 다녀올게. 술 너무 많이 마시지 말고."

"후회할 일 하지 않게 민호 씨도 적당히 마셔."

안나가 콧잔등을 찡그리며 웃었다. 민호가 했던 말이었다. 술을 주량 이상 마시면 분명 후회할 일을 하게 된다던. 요즘 안나는 두 잔 이상 술을 마시는 일이 드물었다. 민호와 함께 마셔도 두 잔이 딱 적당했다.

민호는 알겠다며 붙잡고 있는 안나의 손을 한 번 더 강하게 쥐고는 놔줬다. 들어가는 거 보고 가겠다는 말에 안나가 먼저 클럽 문을 열고 들어갔다. 문 닫기 전에 가볍게 손을 흔들었다. 민호는 입을 모아 쪽 하고 키스를 날리고는 뒤돌아 언덕을 내려갔다.

소방서 앞에서 신호를 기다릴 때가 돼서야 킴을 먼저 만나고 올 걸 그랬나 하는 생각이 들었지만, 그거야 끝나고 봐도 상관없었다. 여자라니까. 남자였다면 못 만나게 했을 거다. 클럽에서 일하는 남자와 안나를 둘이 두다니…… 절대 있을 수 없는 일이었다. 안 되지, 암.

엄밀히 말하면 민호도 클럽에서 일하는 남자였지만, 그래도 남자는 다 늑대였다. 그리고 클럽에서 일하는 남자는 특히 더 늑대였다.

"언니, 이리로 앉아!"

킴이 의자를 팡팡 치며 안나를 불렀다. 카운터 바로 앞자리였다. 킴의 말에 따르면 이 클럽에서 가장 안전한 자리라고 했다. 바로 앞에서 노련한 60대 할머님이 카운터를 보고 계시니

맞는 말이었다. 이 클럽의 터줏대감인 그녀를 앞에 두고 추근 댈 남자는 없었다. 바로 옆에 푸근한 인상의 바텐더도 있고, 오늘은 킴이 바 안에서 일한다고 해서 얘기 나누기도 좋은 장 소였다.

"무엇으로 드릴까요?"

바텐더가 웃으면서 물었다. 아직 사람이 그리 많지 않아서 일하는 사람들 모두 여유로웠다. 하지만 금요일이니 이 여유가 금방 끝난다는 걸 모두 다 알고 있었다.

"전 스크류 드라이버 주세요."

"오빠, 오빠. 술 약하게, 아주 약하게. 오케이?"

"알았어."

킴이 과격한 애교를 부리며 말했다. 바텐더가 그래도 되겠 느냐 물어서 안나는 고개를 끄덕이며 말했다.

"같은 걸로 킴도 한 잔 주세요."

"헐, 언니가 사 주게?"

"응. 양주 사 주는 게 더 좋아?"

술을 한 잔 사 주거나 양주를 주문하면 주문을 받은 사람에 게 인센티브가 나온다고 들었기에 안나는 어떻게든 킴에게 인 센티브가 가게끔 해 주려 했다. 그녀에게는 받은 게 너무 많아 서 이 정도로는 다 갚을 수 없었다.

"아휴, 됐어, 언니. 다 마시지도 못할 양주를 왜. 돈 아껴. 그 리고 술 사 주는 게 인센티브 더 커. 히히."

킴이 눈을 한쪽 찡긋했다. 그리고 바텐더를 향해 '내 술은 줄 이면 안 돼!' 하고 외쳤다. 그녀의 말 한 마디 한 마디에 분위기가 매우 활기차게 변했다. 지나가던 DJ가 킴과 농담을 주고받는 걸 보며 안나는 거의 오렌지 주스라고 할 법한 칵테일을 마셨다.

"그래서 요즘은 어때? 좀 인생이 달라졌어?"

킴이 눈을 반짝반짝 빛내며 술잔을 들었다. 쨍 부딪히는 소리가 경쾌했다. 안나는 살짝 고개를 끄덕였다. 그러자 킴이 어깨를 퍽 내리치며 축하해 줬다. 과격한 인사에 들고 있던 잔에서 주스가 넘쳤지만, 그녀는 와하하 웃으면서 행주를 들었다.

"좋은 소식이 있어."

"뭐야? 남자 친구?"

척하면 착이다. 안나는 혀를 살짝 빼물며 수긍했다. 어느새 잔을 비운 킴이 눈을 동그랗게 뜨며 얼른 사진을 보여 달라 호들갑을 떨었다.

"사진…… 아직 없는데?"

"여태 사진도 안 찍고 뭐 했어?"

"아니…… 아, 하나 있다."

순간 예전에 민호가 메시지로 보낸 사진이 떠올랐다. 막 일어났을 무렵의 사진이라 아주 잘 나온 사진은 아니지만, 그래도 멀끔하니 괜찮았기에 꺼내 보여 줬다.

"오오. 최상급인데."

킴이 엄지를 치켜들며 잘생겼다고 인정했다. 그녀의 독특한 표현에 안나는 조금 웃고 말았다. 볼일 보고 이리로 오기로 했다고 하니 킴이 마구 웃음을 터뜨렸다.

"그럼 끝나고 소주 한잔? 요 앞집 순두부가 죽여주지, 또."

개그맨의 유행어처럼 혀를 튕겨 똑 하고 소리를 내며 소주 마시는 흉내를 내는 킴을 보며 안나는 알겠다며 고개를 끄덕였다. 알면 알수록 유쾌한 아이였다.

확실히 2시간쯤 지나니 이루 말할 수 없이 바빠졌다. 킴도 안나만 상대하고 있을 수는 없어서 일하러 뛰어다녔다. 바 안에서 대부분 일했지만, 바쁘니 가끔은 주방에도 뛰어가고 화장실 문제도 해결하러 가고 룸에 양주를 가져다주러 가기도 했다.

그다지 크지 않은 클럽이라 문이 닫히는 룸이 두 개밖에 없었다. VIP와 VVIP룸이라고 했다. 양주 세트를 시켜야 예약이 가능하다는데, 오늘은 두 룸 다 꽉 찬 상태였다. 킴이 무거운 쟁반을 들고 아슬아슬하게 사람들 사이를 스쳐 지나가는 걸 안나는 조금 걱정스러운 눈으로 쳐다봤다. 사람들 사이로 사라진 킴이 얼마지 않아 룸 안으로 들어갔다.

안나는 킴이 조금 안쓰러웠다. 물론 그녀에게는 절대 하지 않는 말이었다. 벌써 여섯 달째 주 6일씩 클럽에서 일하고 있다고 했다. 유학을 위해 돈을 번다니 대견했지만 걱정이 먼저 앞섰다.

안나는 김주원을 찾아다니느라 밤에 돌아다닐 때 호신용으로 전기 충격기까지 가지고 다녔다. 언제 무슨 일이 일어날지 아무도 모르니 스스로 자신을 지킬 수밖에 없었다. 이제 쓸 일이 없는 전기 충격기를 킴에게 줘야겠다는 생각을 했다.

다음에 가지고 와야지…… 하고 생각하는데 킴이 들어간 룸의 문이 거칠게 열렸다. 싸움이 붙기라도 한 건지 소란스러웠다. 음악 소리가 묻힐 정도로 시끄러웠다. 클럽 가드들이 얼른 그쪽으로 갔다. 안나는 킴이 걱정돼서 그쪽에서 눈을 떼지 못했다.

"너무 걱정하지 않아도 돼요. 킴은 노련해서 잘 빠져나오거든요."

바텐더가 안나를 달랬다. 그의 말은 정확했다. 어느샌가 빠져나온 킴이 바 안쪽으로 돌아왔다. 사람들 사이를 빠져나오느라 머리가 헝클어졌다며 짜증을 냈다. 그 표정이 좋지 않았다. 그래도 아무 일도 없던 것 같아서 안나는 한시름 놓았다.

돌아오고 나서도 자꾸 싸움이 붙었던 룸 쪽을 바라보며 인상을 쓰는 킴을 보고 안나도 룸을 흘끗거렸다. 얼추 소란이 진정된 듯 문이 닫혔고 그 앞은 다시 사람들로 그득해졌다.

"언니. 남친 언제 와?"

"응?"

갑자기 민호를 찾는 킴에 안나는 눈을 동그랗게 떴다.

"글쎄? 끝나면 연락한댔는데."

안나는 바에 올려 둔 핸드폰을 바라봤다. 연락은 아직 없었다. 이제 고작 자정이었다. 금요일이니 킴의 일은 5~6시나 돼야 끝날 터였다.

"왜?"

"좀 일찍 올 수 없…… 네, 네. 지금 가요, 간다고!"

바 끝에서 주문받으라고 성화를 부렸다. 바 안쪽에는 킴밖에 없어서 그녀는 서둘러 그쪽으로 향했다. 말을 하다 말고 가서 안나는 고개를 갸웃거렸다.

카운터 앞자리는 안전한 자리일지는 몰라도 매우 혼잡했다. 웨이터, 웨이트리스가 주문받으러 오는 걸 기다리지 못하는 사람들이 몰려들어 주문했다. 카운터의 할머님과 바텐더에게 직접 주문하는 사람들이 시끄러워서 안나는 자리에서 일어났다. 잠시 화장실로 피신할 생각이었다.

바 끝에서 돌아오던 킴이 그런 안나를 발견했다. 큰 소리로 어디 가느냐 묻는 그녀에게 검지로 화장실을 가리켰다. 알아들은 듯 킴은 고개를 끄덕이며 카운터로 뛰어갔다.

"휴. 금요일에는 오는 게 아니었는데……."

사람을 찾을 때는 자신도 돌아다녀서 별생각이 없었는데, 바쁜 와중에 한 자리 차지하고 앉아 있으니 민폐라는 생각이 들었다. 술이라 우기는 오렌지 주스를 계속 주문하고는 있지만, 그래도 눈치가 보였다.

핸드폰을 보니 아직 민호의 연락은 없었다. 킴이 물어본 것도 있고 하니 언제 끝날 것 같은지 물어볼까 하다가 방해하기 싫어 그냥 내버려 뒀다. 끝나면 어련히 올 사람이었다.

화장실 안은 훨씬 한적했다. 사람이 없는 건 아니었지만, 홀에 비하면 차라리 숨 쉬기 편했다. 볼일을 보고 나온 안나는 손을 닦고 거울 앞에 섰다. 화장이 번지지는 않았나 확인하는데 여자 서넛이 한꺼번에 들어왔다. 벽 쪽으로 피한 안나는 주머니에서 립밤을 꺼내 입술에 덧발랐다.

클럽 화장실치고는 매우 깨끗한 편이었지만, 단점이 있다면 천장 근처 벽이 뚫려 있었다. 그래서 남자 화장실과 공기가 통했다. 냄새가 나는 건 아니었지만 남자들이 떠드는 소리가 시끄럽게 들렸다. 여자들이 떠드는 소리도 그쪽으로 넘어갈 테니 피장파장이기는 했다.

"아, 내가 그 미친 게 여기 올 줄 알았냐고!"

술을 마셔서 그런 건지 본성이 그런 건지 모르겠지만, 남자의 목소리는 매우 과격했다. 옆에서 떠들던 여자들도 인상을 찌푸렸다. 과한 언사는 한 여자를 매도하는 내용이었다.

"같이 온 적 없으니까 절대 모를 줄 알았지. 아, 존나…….화장실에 숨었다. 완전 깽판을 쳐 놨어. 씨발, 작업하던 중이었는데 다 도망갔잖아. 넌 어디야? 비원?"

통화 중인 모양이었다. 들으려고 귀를 기울이지 않아도 하도 큰 소리라 다 들렸다. 거울에 비친 안나의 눈동자가 덜덜 떨렸다. 안나는 시선을 들어 올렸다. 거울에는 화장실 문과 그 위의 전등이 비칠 뿐, 당연하게도 사람은 절대 보이지 않았다.

"나도 갈래. 몰라. 잘 피해 봐야지. 완전 거머리야, 미친."

남자의 목소리가 이동했다. 안나의 시선이 그 이동 경로를 따라 움직였다. 곧 화장실 밖으로 나가는 복도가 시야에 들어왔다. 남자가 화장실을 빠져나가고 있었다. 안나는 무의식적으로 걸음을 옮겼다.

막 화장실 안으로 들어오던 여자와 부딪쳤지만 보지도 않고 마구 사과한 다음 그녀를 지나쳐 밖으로 나갔다. 여자가 욕을 날렸지만 귀에 들어오지 않았다.

스테이지로 나가자 시야가 순식간에 어두워졌다. 사람들이 꽉 차 목소리의 주인공을 찾을 수가 없었다.

'나도 갈래.'

그는 분명 그렇게 말했다. 그러니 클럽 밖으로 나갈 게 분명했다. 안나는 죄송합니다, 죄송합니다 하고 사과를 연발하며 사람들을 헤치고 밖으로 향했다.

이중으로 되어 있는 클럽 문을 박차고 밖으로 나갔다. 클럽 밖에도 사람들이 꽤 있었다. 서둘러 주위를 둘러봤다. 없다. 아무 데도 없었다.

분명 김주원이었다. 그 목소리를 어떻게 잊을까. 과격한 언사는 낯설었지만, 그 목소리만큼은 분명히 김주원이었다. 환청이었을까. 그러기엔 지나치게 또렷이 들렸다.

허탈함에 뒤를 돈 안나가 움찔했다. 막 클럽 문을 열고 나오는 남자가 있었다. 위로 깔끔하게 올린 머리에 몸에 착 붙는 슬림한 정장을 입은 남자도 정면에 서 있는 안나를 발견했다.

"……."

"……."

둘 다 쉬이 입을 열지 못했다. 저와 만날 때와는 전혀 다른 모습이었지만 얼굴이 달라진 게 아니니 바로 알아볼 수밖에 없었다. 그건 주원도 마찬가지였다. 저와 사귈 때보다는 머리가 길었지만 어디를 봐도 강안나였다.

"오늘 진짜 엿 같은 날이네."

먼저 입을 연 건 김주원이었다. 그는 입술을 비죽이며 계단을 한 칸 내려왔다. 안나의 코앞까지 걸어와 서서는 눈웃음을 쳤다.

"이게 누구야. 우리 안나네?"

우리 안나……. 안나가 헛웃음을 흘렸다. 우리 안나. 대체 어떻게, 무슨 염치로 우리 안나라고 부를까. 눈에 힘을 주고 노려보자 그는 실실 웃음을 흘렸다. 그 웃음이 참을 수 없이 역겨웠다. 사귈 때는 보는 것만으로도 좋았던 웃음이 소름 끼치게 다가왔다.

"너도 혹시 나 찾아왔냐?"

너도……. 아까 전화하면서 말한 여자도 저와 같은 피해자라는 의미에 안나의 눈에 불꽃이 튀었다. 주원은 그래도 눈 하나 깜짝 안 하고 웃으며 그녀의 어깨를 두드렸다.

"그래. 찾았으니까 어디 말해 봐. 무슨 일이야? 오빠 보고 싶었어?"

능청스러운 것도 정도가 있어야 하는데 그는 그런 것 따위 모르는 듯했다. 이미 다 들킨 마당에 변명할 생각도 없는 듯 뻔뻔했다. 안나는 너무 열이 받아서 시야가 얼룩졌다. 끓어오르는 속을 다스리지 못하니 눈물부터 났다. 서럽고 억울하고 화가 나서 견딜 수가 없었다.

"김주원. 아니, 어차피 이름도 가짜겠지. 너 뭐야. 뭔데 사람을 갖고 놀아?"

안나의 목소리가 파르르 떨렸다. 그때 클럽으로 들어가던 사람들이 불평을 쏟아붓고 지나갔다. 입구를 막고 있다는 이유였다. 잠깐 주변을 휙휙 둘러본 주원이 안나의 어깨에 팔을 둘러 클럽 옆 난간으로 몸을 옮겼다. 어깨를 감싸는 감촉이 소름 돋아 안나는 얼른 그 팔을 쳐 냈다.

"어이쿠."

주원이 과장되게 손을 떼며 웃었다. 그에게서 벗어나려고 몸을 돌리는 바람에 안나가 난간을 등지는 자세가 됐다. 어쩐지 김주원에게 갇힌 기분이 들어 속이 뒤집혔다.

"꺼져. 너 같은 새끼를 만나서 허비한 내 시간이 아까워."

"하하, 그래? 어쩌나, 나는 참 유익했는데."

주원이 웃으면서 혀로 아랫입술을 훑었다. 뱀이 혀를 날름거리는 듯한 느낌이었다. 안나의 낯빛이 점점 창백해졌다.

"됐어. 난 더는 볼일도 없고, 너 찾아다니지도 않아. 내 인생에서 너란 놈 만난 적 없는 걸로 칠 테니까 다신 얼굴 보지 말자."

"어허. 그렇게 말하니까 아쉽잖아. 오랜만에 만났는데 딱딱하게 굴지 말고 회포나 풀자."

주원이 어깨를 가볍게 밀었다. 말이 '가볍게'지, 남자의 힘을 무시할 수는 없었다. 안나는 난간에 등을 부딪치고 휘청거렸다. 그새 주원이 한 발 가까이 다가왔다. 완전히 그의 품에 갇힌 꼴이었다. 전기 충격기 생각이 간절했다. 이제는 괜찮다며 화장대 서랍에 집어넣어 둔 걸 후회했다.

"그동안 어떻게 지냈어, 우리 안나?"

"……."

"오랜만에 보니까 더 예뻐졌네? 아직도 H전자 다녀?"

전신에 소름이 돋아나는 걸로도 모자라 내장에까지 돈 느낌이었다. 토기가 올라왔다. 핏기 없는 안나의 뺨을 손가락으로 톡톡 친 주원이 얼굴을 숙였다. 입술이 지나치게 가까웠다.

"⋯⋯비켜."

안나는 그를 밀쳐 냈다. 하지만 난간을 붙잡고 있는 주원은 전혀 꿈쩍하지 않았다. 오히려 킬킬 웃으며 안나를 내려다봤다. 그 시선이 무서웠다. 주원의 안에 갇혀 옴짝달싹 못 하는 안나를 도와주는 이는 없었다.

안나는 처음으로 주원이 무서워졌다. 그에게 속았을 때도 배신감을 느꼈을 뿐이지, 그를 두려워할 이유는 없었다. 하지만 본색을 드러낸 그는 무슨 짓이든 저지를 것 같았다. 이를 악물고 그를 밀어냈다.

"비키라고."

"왜. 오빠는 우리 안나 만나서 좋은데. 아, 밖이라 그래? 자리 옮길까?"

주원이 그래서 그러는 거냐며 능청을 떨었다. 안나는 더는 참을 수 없어 주머니에 손을 넣어 핸드폰을 꺼냈다.

"경찰 부를까? 사기죄로 고소해 줘?"

"글쎄. 사기죄가 성립이나 돼? 네가 좋아서 준 돈이잖아. 내가 달랬어?"

"사기 쳤잖아. 네 이름, 회사, 주소, 다 거짓이었잖아!"

"내가 그랬다는 증거 있어?"

주원이 재밌는 농담이라도 들었다는 양 웃음을 터트렸다. 안나는 부들부들 떨었다. 뺨이라도 날려 주고 싶은 마음과 당장 이 자리를 벗어나고 싶은 생각이 어지럽게 교차했다.

그렇게 찾아다녔을 때는 죽어도 안 나타나더니 잊고 살겠다고 결심하니 만나게 되다니 이 무슨 운명의 장난일까.

그래도 오늘 이렇게 만난 덕에 안나는 과거를 완전히 떨쳐 냈다는 걸 확신했다. 그에게는 아무런 미련도 없었다. 그 때문에 허비한 인생에의 후회도 이제는 끝이었다. 앞으로가 더 중요했다. 앞으로 민호와 함께할 시간들이 훨씬 더 소중했다. 과거에 연연하며 그 시간을 소홀히 할 수는 없었다.

"성추행으로 신고하기 전에 손 떼."

주원이 다시 뺨을 쓰다듬자 안나가 차게 경고했다. 그 시선이 진짜라서 주원의 눈이 슬쩍 움찔했다. 이렇게 강경하게 나오는 걸 보니…….

"뭐야. 새 남자 만들었어?"

"비키라고 경고했어. 경찰 불러서 좋을 거 없을 텐데?"

경찰서 가서 신원 조회만 해도 걸릴 게 꽤 있을 터였다. 안나가 눈을 부라리자 주원이 크게 웃음을 터트렸다.

"진짜 새 남자 생겼나 보네. 잘해 줘? 걔도 너 이용하는 거 아니야? 강안나 이용해 먹기 존나 쉽잖아."

"닥쳐."

그 더러운 입으로 담을 사람이 아니다. 안나의 눈에 서늘한 분노가 일자 주원이 미간을 좁혔다. 아무 미련도 없는 여자였지만 이렇게 저를 벌레 보듯 보니 거슬렸다. 그래도 1년간 연인 행세를 하며 그녀와 잘 지냈던 순간들이 머리를 스쳤다.

생각보다 뽑아낼 돈이 없는 여자였다. 전 재산이라는 전세 보증금을 받았을 때 이제 이 여자도 끝이구나 하고 정리했다. 제 흔적을 다 지우고 모습을 감췄다. 안나가 자신을 찾아다닐 것 정도는 알고 있었지만 별로 신경도 쓰지 않았다. 돈이 조금 더 있었으면 좋았을 텐데 하는 생각은 해 본 적이 있었다. 조금 더 어울려 줄 수 있었을 테니까. 그만큼 정직하고 우직하게 주원만 본 여자였다.

핀란드에서 살다 왔다는 안나는 너무 순진해서 쉬워도 이렇게 쉬울 수가 없었다. 뭐 딱히 크게 속이지 않아도 다 믿었다. 거짓말을 뒷받침할 상황을 만들지 않아도 됐을 정도였다. 그녀는 주원이 거짓말을 한다고는 생각조차 하지 않는 듯했다. 그랬던 만큼 그녀에게 많은 사랑을 받았다. 모래 위에 공든 탑을 쌓아 봤자 무너질 뿐인데, 모래인 줄도 모르는 안나는 늘 최선을 다했다.

"아, 괜히 아깝네."

주원이 웃음을 터트리자 안나는 부들부들 떨며 손을 올렸다. 핸드폰을 쥔 채로 그의 뺨을 내리쳤지만, 너무 손쉽게 손목을 잡혔다. 이 정도는 이미 예상하고 있던 주원이 그녀를 비웃었다. 키스나 하고 놔줄까.

그는 다른 손으로 안나의 턱을 꽉 움켜쥐고 고개를 숙였다. 안나의 눈이 걷잡을 수 없이 커졌다.

"죽어."

귓속을 파고드는 목소리가 소름 끼쳤다.

"오빠, 안나 언니 봤어?"

끊임없이 밀려드는 사람들 때문에 한참 정신없이 일하던 킴이 문득 안나를 찾았다. 바텐더 역시 수십, 수백 잔의 칵테일을 만드느라 안나를 신경 쓸 새가 없었다.

카운터의 자리는 안나가 화장실에 간 이후로 계속 비어 있었다. 하지만 카운터로 주문하러 오는 사람들이 그 자리까지 차지하고 서서 주문했다가 술이 나오면 떠나기를 반복해서 빈자리가 티 나지 않았다. 그걸 뒤늦게 발견한 킴은 표정을 일그러뜨렸다.

"화장실에 빠져 죽었나."

황급히 화장실로 갔다. 그사이에도 주문이 들어왔지만 '화장실!' 하고 호탕하게 소리치며 떠났다. 홀 서빙 하는 사람들이 화장실까지 신경 쓸 여력이 없었는지 어느새 다시 더러워진 화장실 어디에도 안나는 없었다. 안에서 볼일 보고 나오는 사람 중에도 없었다. 그래도 혹시 몰라 안나를 몇 번 불러 본 킴이 입술을 깨물었다.

"설마……."

지난번에 봤던 그 남자를 아까 룸에서 또 봤다. 여전히 헷갈리는 모습이었다. 사진 속 모습과 비슷한 듯 많이 달라 확신할 수 없었지만, 남자는 웬 여자와 실랑이를 벌이고 있었다. 그게 꼭 안나가 찾는 이유와 비슷하게 보여서 킴은 불안한 마음이 들었다.

"킴! 매니저 언니가 얼른 컴백하래!"

그때 화장실로 들어온 홀 서빙 알바가 킴을 찾았다. 바에서 일하는 애가 바를 비우고 어디로 사라졌느냐며 매니저 언니가 화를 냈다고 했다. 킴은 짧은 머리를 마구 헝클어뜨리며 인상을 쓰다가 우선 밖으로 나갔다.

가슴에 끼워 둔 핸드폰을 꺼내 안나에게 전화를 걸며 자리로 돌아갔다. 저쪽에서 매니저 언니가 인상을 쓰는 게 똑똑히 보였다. 검지와 중지를 세워 자신의 눈을 가리켰다가 킴의 눈을 가리켰다. 지켜보겠다는 의미의 손짓에 킴은 질린다며 혀를 찼다. 스피커 버튼을 눌러놓고 가슴에 다시 핸드폰을 끼웠다. 통화 연결음이 건조하게 울렸다. 다시 열심히 주문을 받는데, 안나가 전화를 받지 않았다.

"아씨, 어딜 간 거야."

괜히 불안했다. 나중에는 주문에 집중할 수 없을 정도로 불안해져서 킴은 결국 주문 종이를 내려놨다. 안나부터 찾아야 했다. 카운터로 주문을 알리러 온 홀 서빙 애를 억지로 바 안에 데려다 놨다.

"야, 잠깐 여기 좀 있어."

"어? 나 술 갖다 줘야 해!"

"아, 알았어. 술 나올 때까지만 있어!"

킴은 금방 오겠다고 대충 말하고는 얼른 바에서 나왔다. 스테이지를 둘러보는 그녀의 눈빛이 흔들렸다. 사람이 너무 많아 안나를 찾기가 여간 어려운 게 아니었다.

"미치겠네……."

계속 전화를 걸었지만 받질 않았다. 안절부절못하며 주위를 둘러보던 킴의 시야에 밖으로 물밀 듯이 빠져나가는 사람들이 보였다. 마치 밖에 무슨 일이라도 있는 것처럼 달려 나갔다. 가드들도 움직이는 걸 보니 혹시 밖에서 또 싸움이 붙었나 싶었다.

킴도 문 쪽으로 달려갔다. 바텐더도 밖이 신경 쓰였는지 그쪽을 보고 있었다. 바는 문 옆에 있어서 반투명한 유리로 바깥이 희미하게 보였다. 사람들이 몰려 있는 게 킴의 눈에도 들어왔다. 아무래도 그곳이 문제의 현장인 모양이었다.

"설마 저기에 휘말리진 않았겠지."

설마……. 킴은 바짝 마른 입술을 한 번 핥고는 사람들 사이를 헤쳐 나갔다. 밖으로 나오자 사람들은 여전히 많았지만 그래도 상쾌한 공기에 숨이 트였다.

"119 불렀어?"

"불렀겠지."

"와, 저거 어쩌냐."

문 앞에 선 남자들이 끔찍하다는 듯 혀를 내둘렀다. 그들보다 키가 작은 킴은 상황이 제대로 보이지 않았다. 바로 앞에 잘 아는 가드 오빠가 서 있는 걸 본 킴이 무슨 일이냐고 물었다. 그가 입을 떼려던 순간이었다.

"내 돈으로 저년이랑 놀았냐고!"

악을 지르는 소리가 귀를 찢었다. 하이 톤의 찢어지는 목소리는 마치 손톱으로 칠판을 긁는 것처럼 듣기 괴로웠다. 순간 인상을 찡그린 킴이 앞으로 나가려 움직였다. 가드가 두툼한 손으로 사람들을 밀쳐 공간을 만들어 줬다.

"야, 길인혜. 그것 좀 내려놓고 얘기하자. 다 설명할게, 응?"

"아니, 너도 죽어! 죽어!"

막 맨 앞으로 나온 킴의 눈에 뭔가를 들고 마구 팔을 휘두르는 여자가 보였다. 한 남자가 그녀를 피해 뒤로 계속 물러났다. 그의 손이 피범벅이었다. 여자가 손에 든 것은 깨진 병이었다. 그걸로 남자를 찌르려는 양 여자는 악을 쓰며 계속 팔을 움직였다. 얼마나 살기가 등등한지 아무도 쉬이 여자를 말리지 못했다.

"다 죽여 버릴 거야!"

여자의 발악은 처참했다. 그 말을 지키려는 듯 휘두른 팔이 아슬아슬하게 남자를 스쳤다. 킴은 그가 아까 룸에서 본 그 남자라는 걸 알아차렸다. 그렇다면 병을 휘두르는 여자는 남자와 실랑이하던 여자가 틀림없었다. 밖에까지 나와 이 사달을 벌이느냐 한숨을 내쉬던 킴의 귀에 다시금 '119' 소리가 들렸다. 왜 112가 아니라 119지? 그런 의문이 생겨 킴이 고개를 돌렸다.

"왜 이렇게 안 와? 혹시 아무도 신고 안 한 거 아니야?"

"했어, 했다고."

사람들이 모여 있어서 그 안은 보이지 않았다.

"이거 피 어떻게 해. 병 조각 때문에 건드리질 못하겠어."

"그냥 놔둬. 괜히 뒤집어쓰지 말고."

불안감이 순간 폭발했다. 킴은 미친 사람처럼 사람들을 헤집고 무리 안으로 들어갔다.

"어…… 언니!"

안나가 난간에 기댄 채 쓰러져 있었다. 그녀의 주변으로 쭈그려 앉아 있던 남자들이 킴을 바라봤다. 안나가 오늘 입고 온 흰색 슬랙스가 짙게 물들어 있었다. 허리춤부터 무릎까지 온통 붉었다. 그 위의 니트 역시 붉게 얼룩져 있었다.

"뭐, 뭐야……. 무슨 일이야!"

깜짝 놀라 주저앉은 킴이 무릎으로 기어가 안나에게 다가갔다. 난간에 기댄 채 헉헉대던 안나가 힘겹게 눈꺼풀을 들어 올렸다. 킴을 알아본 듯했다.

"언니, 언니!"

"……하아, 하아."

안나는 아무 말도 하지 못한 채 힘겨운 숨만 겨우 내뱉었다. 킴은 그제야 저 미친 여자가 들고 있는 병이 이미 안나를 찔렀음을 알아차렸다. 깨진 병 조각들이 니트에 묻어 빛을 반사했다. 킴은 덜덜 떨리는 손으로 조심조심 니트를 들어 올렸다. 안나가 순간적으로 신음을 흘렸다. 상처에 니트가 박힌 듯 괴로워해서 킴은 손을 뗄 수밖에 없었다.

"언니, 아, 어떡해……. 아씨, 언니. 정신 차려!"

킴은 저도 모르게 엉엉 울며 안나를 불렀다. 저를 끌어안는 킴에게 안나는 괜찮다고 말해 주려 했다. 하지만 말하는 게 너무 어려웠다.

허억, 허억……. 마른 입술로 힘겹게 숨만 내쉬었다. 공기가 심장까지 들어가지 못하고 입 근처에서만 왔다 갔다 하는 듯했다. 점점 숨 쉬기가 괴로워졌다. 상처는 마치 불에 데기라도 한 듯 아팠다. 머리가 핑 돌고 눈앞이 흐릿했다.

자신을 찌른 여자도, 끔찍한 김주원도 머릿속에서 지워졌다. 이제 아무것도 상관없었다. 정신이 나갈 만큼 아팠지만 오히려 깔끔하게 끝났다는 생각이 들었다. 쉬고 싶었다. 안나는 무거운 눈꺼풀을 더는 들고 있을 수 없었다. 까맣게 물드는 시야로 떠오르는 건 단 한 사람이었다.

걱정할 텐데…….

까만 시야에 가득 찬 민호의 모습이 사라질 즈음, 언덕 아래서 사이렌 소리가 들려왔다.

　"윽."

　민호가 짧은 신음을 흘렸다. 술을 한 모금 머금는데 입술이 따가웠다. 깜짝 놀라 잔을 떼고 보자 입술의 피가 술잔에 묻어났다. 자세히 쳐다보니 금이 살짝 가 있었다. 민호는 인상을 찡그리며 잔을 테이블에 내려놨다. 잔의 밑동이 테이블에 닿는 순간 금이 아래로 쭉 퍼지더니 팟 하고 두 동강 났다.

　"윽."

　"헐, 뭐야? 형, 괜찮아요?"

　민호가 서둘러 손을 떼자 윤재가 깜짝 놀라 그를 바라봤다. 반으로 갈라진 술잔이 호박색 액체를 줄줄 토해 냈다. 옷이 젖지 않게 뒤로 물러난 민호가 손을 털었다. 손에는 상처가 나지 않았는지 확인하니 다행히 술만 좀 묻었을 뿐, 상처는 없었다. 물수건으로 손을 닦은 민호가 자리에서 일어났다.

　"나가시게요? 같이 가요."

　윤재가 검지와 중지를 모아 담배 피우는 시늉을 하며 따라 일어났다. 민호는 담배를 피우지 않았지만 흔쾌히 고개를 끄덕였다. 핸드폰을 꺼내 보니 자정이 훌쩍 지난 시간이었다. 안나는 잘 있을까 싶어 손가락을 움직였다.

──재밌어?

메시지를 보내 놓고 계단을 올라 도로변으로 나왔다.

"그 잔은 갑자기 왜 깨졌데요."

윤재가 이상하다며 말을 걸어왔다. 윤재는 이 클럽에 상주하는 친구로 뮤지션들을 잘 알았다. 여기에 오늘 민호가 찾는 보컬이 온다고 알려 준 것도 윤재였다.

"원래 금이 가 있었더라고."

"아아."

바텐더가 잘못했네요, 윤재는 그렇게 말하며 입술을 비죽였다. 틀린 말은 아니었다. 미리 확인했어야 하는 일이니까. 민호는 별일 아니라며 입술을 쓸었다. 찢어진 듯 쓰라렸다.

"원래 컵 같은 게 그냥 깨지면 불길한 일을 암시한다던데."

"뭔 미신이야, 그건."

"진짜라니까요. 왜, 그, 신발 끈이 갑자기 끊어지거나……."

미신을 줄줄 읊던 윤재가 민호의 시선을 받고는 실실 웃었다. 금이 가 있던 잔이 깨지는 것에도 의미를 부여하고 싶으냐는 시선을 이해한 듯 입을 다물었다. 쓸데없는 소리라며 일축한 민호가 핸드폰을 바라봤다.

웬일인지 안나의 답이 없었다. 심지어 확인했다는 표시도 없었다. 너무 즐겁게 노느라 핸드폰을 볼 시간도 없는 건가? 그렇게 생각하던 민호가 순간적으로 눈을 찌푸렸다. 이 시간이면 클럽은 매우 혼잡할 터였다. 일하는 애가 이 시간까지 안나와 놀아 줄 수 있을 리는 없었다.

민호는 재빠르게 안나에게 전화를 걸었다.

"불길하긴 하네요. 앰뷸런스 지나가는 걸 보니."

윤재가 자꾸 실없는 소리를 했다. 통화 연결음에 윤재가 말한 앰뷸런스의 사이렌 소리가 섞여 들었다. 민호의 시선도 저절로 소리가 나는 쪽으로 향했다. 언덕을 내려온 앰뷸런스가 코너를 돌아 이쪽으로 달려오고 이었다. 길이 막혀 엉금엉금 기어가는 앰뷸런스의 사이렌 불빛에 눈이 다 아팠다.

"어휴, 하여간 인식이 문제예요. 어쩜 한 대도 안 비켜 주냐."

윤재가 혀를 차며 운전자들을 비난했다. 실제로 앰뷸런스는 한참 동안 민호의 시야에 머물러 있었다. 그동안에도 안나는 전화를 받지 않았다.

"……야. 나 아무래도 가 봐야겠다. 나중에 자리 좀 따로 마련해 줘."

"예? 형, 가시게요?"

윤재가 황당한 듯 눈을 크게 떴다. 민호는 그에게 신경 쓸 겨를이 없었다. 안나가 전화를 받지 않는 게 마음에 걸렸다. 시끄럽게 귀를 울리는 앰뷸런스의 사이렌 소리도 거슬렸다. 전화를 다시 걸며 민호는 내달렸다. 길이 좀 뚫린 듯 앰뷸런스는 민호의 반대편으로 달리기 시작했다. 횡단보도 앞에 서서 초조하게 신호를 기다리는데, 안나가 전화를 받았다.

"강안나!"

민호는 저도 모르게 소리쳤다. 괜찮냐고 물어볼 뻔했다. 다 그놈의 윤재 탓이었다. 그놈이 괜한 불안감을 심어 줬다. 그런데 수화기 너머로 흐느끼는 소리가 들려왔다. 민호의 미간이 깊게 파였다.

"안나야?"

— 어, 어헝……. 언니, 언니…….

"……누구시죠?"

머릿속에 안나가 안다는 동생이 떠올랐다. 그녀는 한참 울음 섞인 소리로 알아듣지 못할 말을 주절댔다. 그 끝에 나온 한마디에 민호는 막 횡단보도를 건너려다 멈춰 섰다.

— 언니가 다쳐서…… 지금 병원에, 으허어엉!

울음이 민호의 고막을 후려쳤다. 민호는 저도 모르게 아까 지나친 앰뷸런스 쪽으로 시선을 돌렸다. 차는 이미 시야에서 사라진 지 오래였다. 다만 환청처럼 남은 사이렌 소리가 민호의 귀에 맴돌았다.

수술은 쉬이 끝나지 않았다. 상처 자체는 깊지 않은데 병 조각이 내장을 찔렀을 가능성이 있다고 했다. 잘게 바스러진 병 조각을 일일이 다 제거하는 데 시간이 걸리는 듯했다.

바깥에서 초조하게 기다리는 민호는 온몸의 수분이 다 마르는 기분이었다. 혹시 잘못되기라도 하면…… 그렇게 생각할 때마다 한 번씩 심장이 멎었다. 정신을 차리려고 해 봐도 수술실 문을 바라보면 다시 불안이 엄습했다. 제발, 제발……. 그가 할 수 있는 것은 기도밖에 없었다.

그 남자를 만났다고 했다. 울음투성이인 목소리로 킴은 제 탓이라며 자책했다. 비슷한 남잘 봤을 때 말해 줬어야 하는데 일하느라 정신이 없어 그만 안나를 놓쳤다고 했다. 설마 그 사람은 아니겠지, 아닐 거야. 그렇게 쉽게 생각했던 게 문제였다.

남자를 찌른 여자는 경찰들에게 제압당했다. 일에 얽힌 남자 역시 같이 경찰서로 갔다고 했다.

"민호 형!"

연락을 받은 진현이 달려왔다. 깍지를 낀 채 무릎 사이에 고개를 파묻고 있던 민호가 그의 목소리에 고개를 들었다. 잠깐 사이에 황폐해진 그의 모습에 진현이 움찔했다.

"대체…… 뭐가 어떻게 된 거예요?"

옆으로 고개를 돌리자 아직 수술 중이라며 들어온 붉은빛이 음침하게 빛났다. 후우……. 인상을 찌푸린 진현이 무거운 숨을 토해 냈다. 야근하던 중에 받은 전화는 황당했다. 대체 무슨 일이 벌어진 건지 이해하기 어려웠다. 왜 안나가 저 안에서 수술을 받고 있다는 건지 모르겠다.

진현의 어지러운 마음이 눈빛에 드러난 듯 민호가 입술을 깨물었다. 이가 잘게 떨렸다. 울음이 터져 다시 몸을 숙였다. 끅, 끄윽, 으흑, 낮게 토해 내는 숨이 뜨거웠다. 피타는 울음이었다.

"이거라도……."

눈이 퉁퉁 부은 킴이 생수병을 끌어안은 채 돌아오다 진현을 발견했다. 누군지는 알지 못했지만, 같이 서 있는 것을 보아 안나의 지인이라 여겼다. 생수병을 하나 건네자 진현은 가볍게 고개를 저어 사양했다.

"그런데 누구십니까?"

진현이 킴에게 물었다. 킴은 자기소개를 하고 일의 경위를 다시 설명했다. 찔린 안나를 발견했다는 말을 할 때는 결국 참지 못하고 다시 울음을 터트렸다.

한참 고개를 파묻고 있던 민호가 몸을 들었다. 눈동자가 마치 시체의 그것처럼 보여 진현은 순간 몸을 떨었다. 덜덜 떨리는 손으로 핸드폰을 든 민호가 어딘가에 전화를 걸었다. 전화목록을 뒤지는 손이 심하게 떨려 몇 번이나 핸드폰을 놓칠 뻔했다.

"나야. 당장 이태원 파출소로 가. 거기에 상해 사건으로 얽힌 남자 있어. 그 새끼 나오면 잡아."

찌른 건 남자가 아니라고 했다. 여자가 이 남자 때문에 찔렸다고 한다 해도 진술서를 작성하고 나면 우선 풀려날 터였다. 지헌은 민호가 누구를 말하는지 바로 알아차린 듯 두말하지 않고 전화를 끊었다.

전화를 끊은 민호가 힘이 풀린 듯 핸드폰을 떨어뜨렸다. 무릎에 부딪치고 바닥으로 떨어진 핸드폰 액정이 산산이 조각났다. 불이 들어온 화면에 안나의 얼굴이 가득했다. 그 위로 금이 잔뜩 가서 사진이 이상하게 일그러졌다.

진현이 이를 악문 채 핸드폰을 집어 들어 민호에게 돌려줬다. 그를 받아 드는 손이 덜덜 떨렸다. 화면 속의 안나가 질책하는 것만 같았다. 왜 이렇게 늦게 왔느냐고, 왜 구해 주지 못했느냐고. 운명의 상대라면 상대가 위험하기 전에 알아차려야 했다.

하지만 민호는 그러지 못했다. 그런 자신에게 화가 났다. 안나를 혼자 둔 자신이 어리석어 견딜 수가 없었다.

얼마나 시간이 지났을까, 수술실의 문이 열렸다. 벌떡 일어난 세 사람의 앞으로 환자 운반용 카트가 모습을 드러냈다. 드디어 수술이 끝났다는 것에 안도하는 그들을 비웃듯 의료진들은 다급하게 그 앞을 지나갔다. 민호는 깜짝 놀라 뒤이어 나오는 의사에게 달려갔다.

"무슨 일입니까? 수술은, 수술은 잘된 겁니까?"

그리 묻는 와중에도 그는 몇 번이나 고개를 돌렸다. 다급히 멀어지는 안나를 쫓아가야 하는 건지 난감해했다. 킴이 카트를 따라가고 있었다. '언니!' 킴의 울음이 먹먹하게 울렸다.

"제거 수술은 무사히 끝났습니다. 옷이 막아 준 덕에 깊은 상처는 없었고요. 다만……."

"다, 다른 문제가 있는 겁니까?"

긴장한 민호를 바라보는 의사의 표정이 심각했다.

"수술 중 하혈이 있어서 부인과 응급실로 이송했습니다. 자세한 경위는 부인과에 문의하십시오."

의사는 가볍게 묵례하고는 발을 돌렸다. 민호는 탁 주저앉았다. 다리에 힘이 풀려 설 수가 없었다. 바닥에 쿵 찧은 무릎이 마치 뼈가 산산이 부서진 듯 통증을 호소했다.

진현이 다가와 그를 부축하며 대체 그게 무슨 소리냐고 물었다. 하지만 민호도 아무것도 알지 못했다. 해 줄 수 있는 말이 없었다.

꽃비가 내렸다. 창밖이 마치 한 폭의 그림처럼 분홍빛으로 물들었다. 정사각형의 창문은 네 쪽으로 쪼개져 있었는데, 그중 오른쪽 아래 창문 앞에 참새가 두 마리 내려앉았다. 창문이 두껍고 닫힌 상태라 지저귀는 소리가 들릴 리 없는데, 마치 들리는 것처럼 선명하게 느껴졌다. 상상하는 것일 테다. 이렇게 울겠지. 이렇게 예쁘게 속삭이겠지.

지금 날씨는 초봄이지만, 안나는 가을을 닮은 여자였다. 단순히 낙엽을 연상케 하는 머리카락 때문만은 아니었다. 그녀가 풍기는 분위기가 그랬다. 처음에는 이유 모를 안쓰러움만 어렴풋이 느껴졌다. 그녀의 과거사를 듣고 나니 그 분위기가 이해가 됐다. 하지만 기구해도 너무 기구했다. 부모님 모두 잃고 혼자 살아 보겠다고 하니 사기당하고 배신당하고 그것도 모자라 죽을 뻔도 했다.

그런데 유산이라니.

뺨을 타고 줄줄 흐르는 눈물을 닦을 생각도 하지 못한 채 민호는 입술만 앙다물었다. 소리를 내지 않으려고 애를 썼지만 입술 사이를 비집고 나오는 억눌린 울음소리를 감추지는 못했다.

고작 5주라고 했다. 본인조차 느끼지 못한 작은 생명이었다. 2주 전쯤 안나에게 생리 주기를 물은 적이 있었다. 거의 매일 얼굴을 보고 그렇게 자주 관계를 갖는데도 생리하는 낌새가 없었던 탓이었다.

밤차이

안나는 덤덤하게 주기가 불규칙하다고 말했다. 전에도 두 달 정도 생리를 안 했을 때가 있었는데 이번에도 그런 것 같다고 했다. 그래서 민호도 그렇다고만 여겼다. 설마 임신을 했을 줄은 꿈에도 몰랐다. 5주라면 처음 만났을 무렵이었다. 의심 가는 순간이 두 번이나 있었다.

안나는 부인과로 옮기고도 계속 피를 흘렸다. 아기집이 피에 쓸렸다는 얘기를 들었을 때 민호는 실신할 뻔했다. 소파 수술을 해야 한다고 했다. 전 수술의 마취가 풀리지 않은 상황에서 곧바로 두 번째 수술이 이어졌다.

눈치조차 채지 못한 아이를 잃었다. 안나가 무사한 것만으로 감사해야 하는데 그렇지 못했다. 지키지 못했다는 죄책감이 마음을 휩쓸었다.

"형. 잠은 좀 잤어요?"

언제 들어온 건지 진현이 어깨를 툭툭 쳤다. 민호는 바지가 다 젖도록 내내 숙이고 있었던 고개를 들었다. 진현이 굳은 표정으로 손수건을 건넸다. 하지만 민호가 미동이 없자 직접 손을 움직여 눈물을 훔쳐 줬다.

"또 아무것도 안 먹고 이러고 있었나 보네."

"……."

"제가 볼 테니 뭐라도 먹고 와요."

민호는 대답하지 않았다. 눈물로 어룽진 시선을 다시 안나에게 돌릴 뿐이었다. 내내 안나의 옆에만 매달려 있는 그가 진현은 안타까워 견딜 수가 없었다.

안나는 의식이 돌아왔다가 다시 정신을 잃기를 반복했다.

잠깐이라도 깨어났을 때는 곁에 있는 민호를 멍한 시선으로 바라봤다. 그 시선에 민호의 눈동자가 파르르 떨렸다. 안나에게 눈물을 보이지 않으려고 애를 썼지만, 그건 쉽지 않았다. 안나는 정신을 차릴 기력조차 없는 듯 다시 눈을 감았다.

아직 유산에 대해서는 말하지 않은 상태였다. 민호는 제발 말하지 말아 달라고 의사의 바짓가랑이를 붙들고 애원했다. 완전히 비밀에 부칠 수 없다면 적어도 완치할 때까지만이라도 보류해 달라고 매달렸다.

"안나가 형 얼굴 보면 다시 기절하겠네요."

진현이 엄하게 말하고 난 후에야 민호가 비척비척 자리에서 일어났다. 얼굴만 닦고 오겠다며 몸을 돌렸다. 1인실이라 화장실도 안에 있었다. 거울에 비친 제 몰골이 심각함에도 민호는 그저 찬물을 틀어 어푸어푸 세수만 했다. 한가득 받은 찬물에 얼굴을 처박은 채 미동이 없던 민호가 숨이 막혀 사지가 부들부들 떨릴 지경이 되어서야 고개를 들었다.

하악! 하악!

몸이 괴로운 듯 산소를 탐했다. 비틀거리던 끝에 벽에 몸을 기댔다. 물이 죽죽 흘렀다. 눈물인지 물인지 구분하기조차 어려웠다. 화장실 벽을 쾅쾅 내리치는 손이 거칠었다.

"형!"

쿵쿵 울리는 소리를 들었는지 진현이 화장실 안으로 들어왔다. 민호의 상태를 살핀 그는 한숨을 내쉬었다. 그의 표정에도 표출되지 않는 분노와 짜증이 복잡하게 얽혀 있었다.

"형이 이러면 안 되잖아요. 안나 일어났을 때 의지할 수 있게끔 형이 정신 차려야죠."

그래야 했다. 민호도 생각은 그렇게 했다. 제가 정신을 차려야 한다고. 하지만 생각과 행동은 별개였다. 참아도 눈물은 쏟아졌다. 마음이 시리고 쓰리고 저려서 제정신을 유지할 수가 없었다.

진현이 자신도 괴로운 듯 입술을 꾹 깨물었다가 놓았다. 괜히 아무렇지 않은 척 목소리를 높였다. 그렇게 떨림을 감췄다.

"아이는…… 다시 가지면 되잖아요. 앞으로 세 명, 네 명 팍팍 낳아서 사랑해 줘요."

"……"

"그럴 각오로 버텨야죠. 형."

진현의 쓴소리에 민호의 눈이 일그러졌다. 뜨거운 눈물이 다시 뺨을 적셨다. 하나같이 다 옳은 소리였다. 안나가 눈을 떴을 때 이런 꼴을 보여 줄 수는 없었다.

"안나를 안아 줄 수 있는 사람, 형밖에 없어요."

"……"

"못하겠으면 돌아가요. 그런 꼴로 있으면 안나를 더 괴롭히는 것밖에 안 되니까."

진현이 화장실 문을 쾅 닫고 나갔다. 문이 반동으로 반쯤 열렸다가 다시 닫혔다.

돌아가라는 말을 들으니 민호는 눈이 떠졌다. 그럴 수는 없었다. 안나의 곁에 있어 줄 사람은 저여야 했다. 제가 이렇게 힘든데 안나는 얼마나 더 힘들까. 그녀가 무너지지 않게 받쳐 줄 수 있는 사람은, 받쳐 줘야 하는 사람은 바로 저였다.

아직 그대로 받아져 있는 찬물에 한 번 더 세수하고 거울을 바라봤다. 여전히 못난 몰골의 서민호가 서 있었다. 일부러 입술을 벌려 보고 옆으로 찢어 보기도 했다. 웃는 표정을 만들었다. 양옆으로 입꼬리를 올리는데 입술 전체가 덜덜 떨렸다. 무리였다. 입술에 힘을 푼 후 짧게 머리를 털고는 수건을 들었다. 물기를 훔치면서 눈을 꾹 눌렀다. 까맣게 물든 시야에 현란한 빛이 춤을 췄다.

마음을 가다듬고 문을 열었다. 젖은 머리를 쓸어 올리는데, 문 앞을 막고 서 있는 진현이 보였다. 그리고 그 너머로 이쪽을 바라보는 안나 또한 또렷이 시야에 들어왔다.

"안나…… 안나야!"

민호는 얼른 뛰어가 안나의 곁에 섰다. 진현을 바라보던 시선이 민호에게로 미끄러졌다. 민호는 떨리는 마음으로 그 시선을 받았다. 손을 꼭 잡아 주자 안나의 눈에 눈물이 고였다.

"수술 잘 끝났대. 요즘은 성형 기술이 좋아서 상처도 안 남는대."

민호는 얼굴 가득 미소를 머금었다. 눈을 조금 가린 머리카락을 넘겨 주는데, 안나의 눈에서 눈물이 주룩 흘렀다. 얼른 손수건을 꺼내 그 눈물을 훔쳐 주는데 손이 덜덜 떨렸다. 안나는 눈을 질끈 감았다. 흰 손수건이 물을 머금어 색이 짙어졌다.

"괜찮아. 다 괜찮아."

그리 속삭이는 민호도 울먹이고 있어서 안나는 눈을 뜨지 못했다. 질끈 감은 눈이 바들바들 떨렸다. 마치 물에 빠진 사람이 허우적대는 듯 속눈썹이 갈피를 잡지 못하고 흔들렸다.

진현은 더 지켜보지 못하고 자리를 피했다. 그런 그의 눈가
도 시뻘겋게 물들었다.

"쉬이……. 괜찮아."

민호는 주문을 외듯 괜찮다고 말했다. 그건 안나에게 하는
말이기도 했고 저 자신에게 하는 말이기도 했다. 안나가 무사
하니 괜찮다. 그럼 다 괜찮다. 아이를 다시 가진다 한들 어찌
그 아이가 이 아이라 하겠느냐마는 이 아이의 몫까지 사랑해
주리라 다짐하며 슬픔을 삼켰다.

바람이 강하게 불며 꽃비가 휘몰아쳤다. 빗방울을 머금었는
지 꽃잎들이 창문에 덕지덕지 달라붙었다. 바람이 노크하듯 창
문을 웅웅 울렸다.

민호는 안나의 손을 꼭 잡은 채 다른 손으로 얼굴을 연신 쓰
다듬어 주었다. 그의 손의 온기가 안나의 서늘한 얼굴을 아주
조금씩 녹였다.

"그래. 안 그래도 강 비서 일로 전화하려 했다."

월요일, 안나가 무단결근하자 진원은 자신이 책임지겠다고
병결 처리해 두라고 일렀다. 전화 연결마저 안 된다고 들었지
만 민호에게 물어보면 되니 크게 걱정하지 않았다. 일이 바빠
퇴근하고 집에 온 후에야 생각이 났는데 민호가 먼저 연락을
해 왔다.

"병원이라고?"

다쳐서 수술을 받았다는 말에 진원의 표정이 심각하게 굳었다. 예하가 옆에서 무슨 일인가 하는 표정으로 쳐다봤다. 진원의 표정이 강하게 일그러졌다.

"……그런 일이."

민호의 흐느낌이 수화기 너머까지 흘러나왔다. 진원은 쉬이 위로해 줄 수가 없었다. 가만히 듣기만 하다가 힘겨운 한숨을 내쉬었다.

"알았다. 우선 세 달 기간계 휴직 처리해 둘 테니까 몸조리 잘하도록 해. 더 오래 걸려도 괜찮으니까 회사는 걱정하지 말고."

전화를 끊고도 진원이 한동안 말이 없자 예하가 가까이 다가와 손을 잡았다. 그녀와 눈을 맞췄지만 진원은 차마 세세히 말해 줄 수가 없었다.

"우리 팀 강 비서가 상해 사건에 휘말려서 좀 다쳤나 봐. 수술하고 입원했다네."

"헉……. 괜찮대요?"

"응……."

어딘지 석연치 않은 목소리라서 예하는 의아함을 감추지 못했다. 뭔가 더 있는 것 같지만 진원이 얘기해 줄 것 같지 않았다.

"병문안 가야겠네요."

"가야지."

진원은 고개를 끄덕이며 예하를 바라봤다.

만약 예하가 그런 일을 겪었다면…… 상상도 할 수 없었다. 아니, 상상조차 하기 싫었다. 절망? 그런 단어로 가볍게 표현할 수 없으리라. 그래서 진원은 지금 민호의 심경을 차마 이해한다고 말할 수 없었다.

그의 아픔이 절절히 느껴지자 괴로워진 진원이 예하를 꼭 끌어안았다. 갑자기 저를 껴안는 진원에 놀란 예하가 눈을 동그랗게 떴다. 이러는 것을 보아 그냥 다친 게 아니라 더 큰 일이 있는 게 틀림없었다. 하지만 진원이 말하지 않는 데는 그럴 만한 이유가 있으리라 생각해 예하는 묵묵히 그의 등을 쓰다듬기만 했다.

"지금 이 상황에 나한테 전화해야겠어? 다 김 전무에게 일임했으니까 그의 방식을 따르라고."

회사에서 계속 전화가 오자 한동안은 받지 않던 민호가 결국 핸드폰을 들고 병실 밖으로 나왔다. 여태 사소한 일 하나라도 다 제 결재를 받아 왔으니 저를 찾는 걸 이해 못 하는 건 아니었다. 하지만 이런 상황에까지 자신을 찾자 민호는 솔직히 조금 짜증이 났다. 제가 없다고 일이 안 돌아가는 것도 아니고 이런 상황에 일 얘기를 들어 신경을 분산시키고 싶지 않았다.

"김 전무가 팥으로 메주를 쑨다고 해도 그의 말을 들어. 그가 그렇게 말할 때는 다 이유가 있는 거니까. 그래도 정 아니다 하면 찬희에게 말해."

— 형은 언제 돌아오실 건데요.

이렇게까지 말했는데도 다시 원점으로 돌아가는 대화에 민호는 입술을 깨물었다.

"자꾸 이런 식으로 나오면 공연 다 취소해 버릴 거야. 아예 문 닫을까?"

민호가 극단적으로 얘기를 끌자 드디어 재인이 입을 다물었다. 민호는 그녀가 듣든 말든 신경 쓰지 않은 채 크게 한숨을 내쉬었다.

"재인아. 너랑 김 전무면 아무 문제 없잖아. 내 빈자리에 연연하지 말고 일에 집중해 줘. 너를 믿으니까 내가 자리를 비울 수 있는 거야. 알잖아, 응?"

억지로 부드러운 목소리를 내 살살 달래 준 후 전화를 끊었다. 정말이지, 숨을 쉴 수가 없다.

몇 번 길게 심호흡해 숨을 가다듬은 민호가 뺨을 두어 번 두드렸다. 뺨에 얼얼한 통증이 느껴지자 겨우 입꼬리가 움직였다. 입술을 가지런히 모아 몇 번 웃는 연습을 한 뒤 안으로 들어갔다. 창밖을 바라보던 안나가 민호의 기척에 고개를 돌렸다.

수술 후, 안나는 복부 상처 관리와 부인과 진료를 동시에 받느라 부쩍 수척해졌다. 가뜩이나 마른 사람이 더 마르자 보는 민호가 더 괴로웠다. 민호는 그런 마음을 전혀 내색하지 않은 채 웃으며 곁으로 다가갔다.

병실 안에는 병문안 왔던 비서팀이 주고 간 꽃다발들이 예쁘게 장식되어 있었다. 색색의 꽃들이 무채색의 병실에 봄을 가져왔다.

"물 마실래?"

말라서 갈라진 입술을 본 민호가 물을 권했다. 안나는 짧게 고개만 저었다. 민호는 물 대신 립밤을 꺼내 안나의 입술에 곱게 발라 줬다. 검지에 닿는 까칠한 입술 감촉에 순간 울컥했다.

"회사…… 가 봐."

"응? 아, 별일 아니야. 그냥 내가 없는 게 익숙지 않은가 봐. 별로 중요한 일도 아닌데 괜히 전화했더라고."

민호는 대충 둘러대며 웃었다. 입술을 매만지고 나니 까칠한 눈가도 신경 쓰였다. 킴과 함께 챙겨 온 안나의 물품을 뒤져 아이크림을 꺼내자 안나가 설핏 웃었다.

그렇게 챙겨 주지 않아도 된다고 생각했지만 오죽 몰골이 추레하면 그럴까 싶어 그냥 내버려 뒀다.

민호의 손길에 안쓰러움이 가득해서 손끝이 닿을 때마다 눈물이 고였다. 티를 내지 않으려 했지만, 민호는 항상 귀신같이 눈치채고 닦아 줬다.

그러면서도 아무렇지 않은 척하는 그를 보면 안나는 속이 답답해 견딜 수가 없었다.

'괜찮아. 다 괜찮아.'

그의 말이 안나를 지탱했다. 그리고 안나의 목을 졸랐다.

똑똑.

노크 소리에 쳐다보기가 무섭게 문이 열렸다.

"언니!"

킴이었다. 밝은 에너지를 온몸으로 풍기며 안으로 들어왔다. 늘 그랬듯 6시 무렵이었다. 8시 출근인 킴은 항상 이맘때 들러서 안나를 보고 출근했다. 안나의 식사 시간이기도 해서 아주 좋은 감시역을 자청하고 나섰다.

그녀가 들어오고 얼마 지나지 않아 식사가 도착했다. 안나가 킴의 활기찬 감시 아래 수저를 들자 민호는 잠시 핸드폰을 뒤적였다. 아까 도착했지만 아직 읽지 못했던 지헌의 메시지를 열었다.

——현재까지 다섯 명 피해자 찾았습니다. 사기를 입증할 증거로 명함, 핸드폰 번호 및 녹취록이 있고요. 대포 통장도 찾았습니다. 그중 한 명은 카페에서 돈을 건네줘 CCTV도 확보한 상태입니다.

김주원이라는 남자는 그조차 가명이었다. 파출소에서 조회된 신원은 전혀 다른 사람이었다.

안나의 집을 뒤졌지만 남자에 대한 것은 아무것도 나오지 않았다. 그나마 있던 게 사진이었다. 그걸로는 사기죄를 입증할 수 없었다. 그래서 민호는 그에게 당한 다른 여자들을 찾아내기로 했다. 그렇게 지금까지 찾은 여성이 다섯 명이었다.

최대 형량 10년. 하지만 10년을 다 받을 리 없었다. 그렇게 가벼운 처벌로 그 남자를 풀어 줄 수는 없었다.

—경찰에 넘길까요?

현재 지헌이 남자를 확보한 상태였다. 답장 버튼을 누른 민호는 한동안 손가락을 움직이지 않은 채 화면만 뚫어지도록 바라봤다.

"민호 씨?"

안나의 목소리에 민호가 퍼뜩 정신을 차렸다. 후다닥 고개를 들자 식판을 치운 안나가 의아한 듯 쳐다보고 있었다. 살짝 웃으면서 핸드폰을 주머니에 집어넣고 다가갔다.

"다 먹은 거야?"

마치 아무 일도 없었다는 양 웃는 민호를 보며 안나는 마른 입술을 꾹 다물었다. 병원에 있는 동안 둘 사이에는 작은 선이 생긴 듯했다. 손은 맞잡고 있지만, 둘 다 선을 넘지는 않는다. 그래서 함께 있어도 숨이 막히고 답답했다.

민호가 건네는 물을 마시며 안나는 민호에게서 시선을 떼지 못했다. 그 눈빛이 처연해서 민호는 웃는 것밖에 하지 못했다. 손을 잡고 곁에 앉자 킴이 어색하게 웃었다. 미묘하게 융합되지 않는 둘의 분위기가 그녀에게까지 느껴지는 모양이었다. 잠시 애꿎은 입술만 괴롭히던 킴이 먼저 자리에서 일어났다.

"언니, 언제 퇴원해?"

"실밥 풀면."

대답한 건 민호였다. 그전에 퇴원해도 되지만 민호는 꿋꿋이 실밥을 풀고 퇴원하기를 고집했다. 킴은 웃으면서 고개를 끄덕였다.

"퇴원하면 나 언니 집에 놀러 갈게. 퇴원 기념 파티하자."

어떻게든 분위기를 띄우려는 킴이 안쓰러워 안나는 무조건 알겠다고 대답했다. 부드럽게 웃어 주는 안나를 한 번 꼭 끌어안은 킴이 이내 병실을 나갔다.

"민호 씨."

문이 닫힌 걸 확인한 후에야 안나가 입을 열었다. 그녀의 손을 부드럽게 주무르고 있던 민호가 시선을 들었다.

"저녁 먹고 와."

"응. 조금만 있다가."

조금 있으면 진현이 퇴근하고 올 시간이었다. 민호는 안나를 혼자 두지 않으려 했다. 안나가 괜찮다고 해도 막무가내였다.

안나의 시선이 아래로 흘러내렸다. 짙은 안광 아래로 살이 쭉 빠진 뺨이 보였다. 움푹 팬 뺨에 가슴이 시렸다. 살은 안나만 빠진 게 아니었다. 진현이 오면 식사하러 나가는 민호지만 뭘 먹기는 하는 건지 의심스러운 정도였다. 조금 더 시선을 내리자 손을 꾹 잡은 민호의 손에 힘줄이 다 솟은 게 보였다.

안나는 천천히 입술을 움직였다. 세 글자밖에 안 되는데 소리 내기 참 어려웠다. 언제나 너무 쉽게 내뱉던 단어가 이리도 무겁고 어려운 말이었던가. 민호가 어떤 마음으로 말했을지 생각하자 울컥했다. 이를 악물어 울음을 힘겹게 집어삼켰다.

"괜찮아."

"응?"

겨우 뱉어 내자 민호가 제대로 듣지 못한 듯 되물었다. 안나는 한 번 더 입에 힘을 주고 말했다.

"나 괜찮다고, 민호 씨."

민호가 항상 얼마나 애를 쓰는지 봐 왔다. 안나는 그가 하는 대로 입꼬리에 힘을 줬다. 입술 끝을 위로 들어 올리는 것이 제 마음대로 되지 않았다. 입술 끝에 무거운 추라도 달아 놓은 것 같다.

덜덜 떨리는 눈을 한 번 감았다가 뜨고 나서 자신이 보여 줄 수 있는 가장 부드러운 미소를 지은 채 한 번 더 말했다.

"정말 괜찮아."

그러니까 힘들어하지 마. 자책하지 마.

민호는 안나의 손을 붙잡은 채로 몸을 숙였다. 손에 닿은 이마가 벌벌 떨렸다. 안나는 그저 가만히 그의 울음을 들어 줬다.

봄비가 마치 장마처럼 왔다. 인접국에 봄 태풍이 왔다더니 그런 영향이 없잖아 있는 모양이었다. 퇴원하는 날에는 다행히 는개가 내리는 정도였다. 물안개 같은 비가 느릿느릿 옷을 적셨다. 바로 차에 타서 문제는 없었지만 민호는 그조차도 신경 쓰이는 모양이었다.

평일 오전이라 길은 한적하기 그지없었다. 민호가 튼 라디
오에서 클래식이 잔잔하게 흘러나왔다.

"정말 안 가 봐도 돼, 회사?"

오늘 중요한 미팅이 있다고 했다. 민호는 죽어도 안 알려 줬
지만, 재인이 아예 병원까지 찾아와서 모르려야 모를 수가 없
었다.

"괜찮다니까."

"그…… 재인 씨 말이야."

안나가 조수석 창 너머를 바라보며 재인을 입에 담았다. 그
러자 민호가 붙들고 있는 왼손에 작은 악력이 느껴졌다. 신경
쓸 것 없다는 의미였다.

"일에 있어서는 민호 씨가 믿고 맡길 수 있는 사람이잖아.
그렇지?"

"……그렇지."

"그런 재인 씨가 민호 씨를 필요로 하는 건 정말 필요하다는
의미지?"

"……."

"지금 민호 씨가 필요한 건 내가 아니라 민호 씨 회사잖아.
나 때문에 일 소홀히 하고 뒷전으로 넘겨 버리면 내가 얼마나
부담스럽겠어."

"안나야."

"나 이제 걸을 수도 있고 혼자 다 할 수 있어. 알잖아."

민호는 대답하기 싫은 듯 손에 힘만 더 강하게 줬다. 뼈마디
가 으드득 소리를 냈지만, 싫지 않은 압박감이었다. 안나는 더

는 이야기하지 않았다. 민호의 손이 주는 열기와 압력에 조용히 몸을 내맡겼다.

집에 도착해 같이 계단을 올랐다. 4층 중문을 지나고 나니 미묘한 공기가 감돌았다. 5층까지 오르는 동안 민호는 고민을 멈추지 못했다. 같이 안나의 집에 가서 짐을 풀어야 하는 건지, 제집으로 데려가는 게 좋을지. 각자의 집으로 헤어지는 것만은 사절이었다. 그러는 사이 5층 복도에 도달했다.

자연스럽게 오른쪽으로 방향을 트는 안나를 보며 민호가 걸음을 멈췄다. 손을 잡고 있었기 때문에 안나에게도 그 움직임이 전해졌다. 뒤를 돌아본 안나가 고개를 살짝 갸웃했다.

"우리……."

입안이 바짝 타들어 갔다. 민호는 잠시 숨을 가다듬고 말을 이었다.

"결혼하자, 안나야."

민호는 내내 좌불안석으로 부엌 이곳저곳을 왔다 갔다 했다. 안나가 정신 사납다며 웃자 슬그머니 옆으로 다가와 허리를 끌어안았다. 그 와중에도 상처 부위에는 닿지 않도록 신경 썼다. 관자놀이나 뺨 등 가리지 않고 쪽쪽 입을 맞추는 것에 안나가 슬쩍 고개를 옆으로 피했다.

"칼 들었잖아. 위험해."

"내가 한다니까."

"괜찮아. 민호 씨 덕분에 다 나았다니까."

민호의 고집으로 끝까지 입원하고 있던 덕에 일상생활은 물론, 간단한 운동도 가능할 만큼 완쾌했다. 그렇지만 민호는 여전히 불안한 모양이었다. 밥 하나 하는 것도 혹여 무리가 되지는 않을지 걱정했다.

"저걸 좀 보고 말해."

안나가 가리킨 곳의 참혹한 현장에 민호는 아랫입술을 삐죽 내밀었다. 10분 전, 민호가 하도 자신이 한다고 해서 안나는 그럼 같이하자며 오이 껍질을 깎아 달라고 부탁했다. 그 결과가 참으로 처참했다. 오이는 여기저기 파여서 속이 다 드러난 상태였다. 누가 껍질을 까랬지, 조각을 하라 그랬느냐며 안나는 손을 휘이휘이 내저었다. 그랬더니 뭐 마려운 강아지처럼 옆을 배회했다. 저를 끌어안고 있는 게 더 불편해 안나는 간단한 일이라도 부탁하기로 했다.

"그럼 이것 좀 뒤적여 줘."

"알았어. 내가 끝내주게 무칠게."

오이와 토마토, 양파, 적양배추를 속이 넓은 볼에 담고 레몬 소스를 뿌렸다. 설마 뒤적이기만 하는 건데 사고를 치지는 않겠지. 다행히 흘리는 일 없이 잘했다. 안나가 쳐다보자 '나 잘하지?' 하는 표정으로 민호가 웃었다. 고개를 끄덕이며 따라 웃자 얼굴이 가까워졌다. 쪽 하고 닿았다가 떨어지는 입술이 다습다.

안나도 요리를 잘하는 편이라고는 말 못했지만, 민호를 보니 그녀는 잘하는 편이었다. 적어도 밥해 먹고 사는 데 문제는 없었으니까. 민호는 아예 부엌에 서 본 적이 없었다. 먹을 게 없으면 나가서 사 먹거나 아니면 그냥 굶고 마는 타입이었다.

"이것도 저어 줄래?"

"응."

계란을 풀어 다진 파와 당근을 넣고 주자 민호가 조심스레 받아 들었다. 정성을 다해 젓가락을 움직이는 그를 보며 안나는 작게 웃음을 터트렸다. 초등학생에게 요리 실습을 시키는 느낌이었다.

거의 안나가 다 요리하기는 했지만, 그래도 함께 요리해서 그런지 더 맛있게 느껴졌다. 어쩌면 환자식만 먹다가 제대로 간이 된 음식을 먹어 그렇게 느끼는 건지도 모르겠지만, 민호는 사랑이 담겨서 맛있는 거라며 웃었다.

"미팅 몇 시야?"

내내 맛있다를 연발하던 민호가 조금 쓰게 웃었다. 핸드폰을 켜 시간을 확인하고는 괜찮다고 답했다.

"2시. 아직 여유 있어."

재인이 말한 중요한 미팅이 오늘 있었다. 국내 굴지의 엔터테인먼트사에서 TAKE 압구정점 공연 홀을 세트장으로 삼아 방송을 제작하고 싶다고 제안해 왔다. PD가 직접 방문하는 거라 재인은 대표인 민호가 꼭 자리에 있기를 원했다.

민호는 김 전무에게 일임했다고 계속 뒤로 뺐지만, 안나의 얘기를 듣고 나니 더는 뺄 수가 없었다. 자신 때문에 일을 소

홀히 하면 마음이 편치 않다고 얘기하는 안나에게 그래도 네가
더 소중하다며 아이처럼 굴 수는 없었다.

"금방이네."

곧 1시였다. 정각에 도착할 생각이 아니라면 슬슬 움직여야
했다. 안나의 말에 민호는 어깨를 축 늘어뜨렸다가 다시 자세
를 바로 했다. 안나는 자리에서 일어나 물을 끓이러 갔다. 그
모습을 민호는 가만히 바라봤다.

'결혼하자, 안나야.'

쉽게 뱉은 말은 아니었다. 전에는 막연히 생각하기만 했지
만 안나가 입원했을 때 결심했다. 그렇게 갑작스레 프러포즈할
생각은 아니었지만, 그 순간 말하지 않을 수가 없었다.

'……들어가자. 추워.'

그러나 답은 없었다. 안나는 말을 돌리며 웃었다. 그 웃음이
너무 애달파서 민호는 차마 답을 요구하지 못했다. 그대로 안
나의 집으로 들어왔다. 그 얘기를 계속하면 울어 버릴 것만 같
았다. 집으로 들어오자마자 뒤에서 끌어안았다. 안나가 무슨
생각으로 안겨 있었는지 알지 못했다. 하지만 잘게 떨리는 그
등을 끌어안는 것 외에 민호가 할 수 있는 것은 없었다.

"아, 오랜만이네."

"전에 사 준 거, 개봉은 했어?"

"당연하지. 그런데 내가 탄 건 이렇게 맛있지 않았어."

"그래? 비율이 안 맞았나."

대추차였다. 처음 선물 받았을 때 몇 번 타 마셔 봤지만 안나가 끓여 주는 것만큼 맛있지는 않았다. 그래서 안 먹게 되다가 이후 잊어버렸다. 대부분 안나와 함께 있다 보니 혼자 타마실 일이 없기도 했다.

"조금 진하게 탄 게 맛있더라고."

머그를 하나씩 들고 거실로 자리를 이동했다. 민호는 집을 살짝 둘러봤다. 안나의 침실 벽을 트면 두 집이 하나가 될 터였다. 그렇게 하고 싶었다.

"왜?"

멀뚱히 선 민호를 보며 안나는 고개를 갸웃거렸다. 시선의 방향이 침실을 향해 있었다.

"설마 잘 생각은 아니지?"

곧 나가야 하는 사람이 침실을 보는 게 수상해서 그리 묻자 민호가 고개를 저으며 곁으로 다가왔다. 아무 말도 하지 않고 옆에 앉아 목에 고개를 파묻는 행동이 조금 수상쩍었다. 하고 싶은 말을 집어삼키는 그런 느낌이 났다. 그러나 물어볼 수 없어서 안나는 머그를 내려놓고 그의 목을 꼭 끌어안았다.

무게가 아래로 쏠리면서 안나가 소파 위로 넘어갔다. 혹 제무게가 상처에 부담을 줄까 봐 민호가 얼른 몸을 옆으로 돌렸다. 폭이 넓어 둘이 함께 누워도 문제는 없었다.

"민호 씨……."

"잠깐만. 잠깐만 이러고 있자."

어깨와 목 사이에 고개를 파묻은 채 민호가 속삭였다. 그 숨결에 안나는 살짝 몸을 떨었다. 깊은 숨결이 뜨거웠다. 입술이 닿은 살갗이 축축해지는 느낌이었다. 안나는 불편한 고개를 민호의 반대편으로 돌리고 눈에 힘을 줬다. 조금만 긴장을 풀면 눈물이 쏟아질 것만 같았다.

아무것도 바뀌지 않기를 바랐다. 평소와 똑같이 이야기를 나누고 웃고 사랑하는데 어째서 다를까. 그 이유를 생각하면 할수록 절망스러웠다. 애써 아닌 척해 보지만 그렇게 쉬이 숨겨지지 않았다.

한참을 안나의 목에 고개를 파묻고 짙은 숨만 내쉬던 민호가 고개를 들었다. 눈물이 고여 젖은 눈을 본 그의 눈동자가 잘게 요동쳤다. 엄지로 눈가를 훔쳐 주자 안나도 눈을 곱게 접어 웃었다. 맺혔던 눈물이 또르르 흘러내렸다.

민호는 하고 싶은 말을 모두 삼킨 채 입을 겹쳤다. 안나도 피하지 않고 입술을 열어 줬다. 얽히는 혀에 힘이 가득하다. 속에 담아 둔 말들의 무게로 무거워진 혀가 비감스럽다. 숨이 막힐 정도로 키스를 퍼붓던 민호가 입술을 살짝 떼고 거친 숨을 토해 냈다.

"사랑해."

단단히 붙은 마음을 끄집어내 보여 주듯 그 말이 참으로 고통스러웠다. 안나는 손을 들어 그의 뺨을 매만졌다. 입술 가까이에 닿은 엄지를 민호가 살짝 깨물었다.

엄지손톱을 꾹 누르는 이의 압박에 안나는 엉망으로 일그러진 표정을 풀고 미소 지었다. 눈물겨운 미소에 민호는 이에 힘을 풀었다. 잇자국이 난 살을 지그시 핥아 주고 입을 맞췄다.

"이불 꼭꼭 덮고 자. 보일러 틀었다고 전기장판 끄지 말고."

손수 전기장판을 틀어 온도를 맞춰 준 민호는 절대 끄지 말라고 엄포를 놓았다. 한숨 푹 자고 있으면 오겠다는 그에게 안나는 내내 고개만 끄덕였다.

"그럼 다녀올게."

가볍게 뺨에 키스한 민호가 눈을 맞추며 인사했다. 현관까지 나가지도 못하게 하려는 것을 억지로 움직여 배웅했다. 계단까지 나가겠다고 했지만 민호가 극구 말린 터라 현관에서 인사를 나눴다. 미팅하고 그동안 보지 못했던 일들을 체크하면 저녁 늦게나 돌아오게 될 터였다. 몇 시간이나 보지 못할 거라 생각하니 영 발걸음이 떨어지지 않는 모양이었다. 민호는 결국 독촉 전화를 받고 나서야 집을 나섰다.

문이 닫히고 자동으로 잠기는 소리를 듣고 나서도 안나는 가만히 서 있었다. 민호의 발걸음 소리가 들리지 않았다. 침묵의 시간이 흐르고 나서야 천천히 걸음이 멀어졌다.

안나는 창가로 걸음을 옮겼다. 베란다가 없는 대신 거실에는 커다란 창가가 있었다. 엉덩이를 걸터앉을 만큼 공간이 있었다. 거기서 아래를 내려다보면 로데오 거리가 한눈에 보였다. 화창한 봄날의 거리가 시야에 가득 들어왔다. 바람이 강한지 바닥에 떨어진 꽃잎들이 쓰레기와 함께 작은 회오리를 만들며 거리를 돌아다녔다.

창문에 머리를 기댄 채 기다렸다. 얼마 지나지 않아 민호의 차가 골목을 빠져나갔다. 차의 뒤꽁무니가 시야에서 사라질 때까지 가만히 바라봤다.

❖

미팅이 끝나자마자 핸드폰을 드는 민호를 보며 재인이 떨떠름한 표정을 지었다. 그렇게 신경 쓰이면 집에 가라고 말하려고 다가갔는데, 보는 화면이 SNS나 문자메시지 창이 아니었다.

"CCTV는 왜 봐요?"

흑백의 화면을 묵묵히 바라보던 민호가 재인의 목소리에 퍼뜩 고개를 들었다. 아무것도 아니라며 웃지만 앱을 끄거나 하지는 않았다. 다시 화면으로 시선을 돌리는 민호를 보며 재인이 인상을 찡그렸다. CCTV 속 보이는 장소가 어딘지 알아보기 힘들었다. 벽과 계단만 살짝 보이는 것이 클럽이나 회사 CCTV는 아닌 듯했다.

"형."

그때 지헌이 문을 열고 들어왔다. 지헌을 본 민호가 그제야 화면을 껐다. 작게 내쉬는 한숨에 재인은 혀를 이로 짓이겨 말을 삼켰다. 이렇게 힘들어하는 모습을 보고 싶지는 않았다. 그 여자는 이미 완쾌해서 퇴원했다는데 왜 이렇게 힘들어할까.

솔직히 재인은 당해도 싸다는 못된 생각을 했다. 과거의 일에 연연하니 그런 일을 당하지 하고 혀를 찼다. 1년이나 속았고 돈도 꽤 뜯겼다지만 잊는다 했으면 잊어야지, 그걸 굳이 왜

밤지이

쫓아간담. 뭐, 그 남자가 찌른 건 아니라 해도 그 자리에 없었다면 찔릴 일도 없었을 것이다. 이런 생각을 하는 걸 민호가 안다면 자신을 얼마나 끔찍하게 여길지 알기에 입도 뻥긋 안 했지만.

유산에 대해서 전혀 모르는 재인은 민호가 이렇게까지 회사를 뒤로하고 안나를 챙기는 게 이해되지도, 좋게 보이지도 않았다. 민호가 지헌과 함께 대표실로 들어가는 걸 보며 재인은 짧게 혀를 찼다.

민호는 아직 김주원의 처우를 결정하지 못하고 있었다. 변호사에게 자문해 봤지만, 현재 가진 증거로는 길어야 3년 정도 구형할 수 있을 거라는 답을 받았다. 피해자 세 명에게 32억을 사기 친 사람도 5년형밖에 안 받는 실정이라 그 이상은 힘들다고 했다. 김주원을 고작 3년 실형으로 풀어 줄 수는 없었다.

"더는 신경 쓰지 않아도 돼요, 형."

그런데 문을 잠그고 들어온 지헌이 생뚱맞은 말을 뱉었다. 마치 모든 게 끝났다는 듯한 어감이 느껴졌다. 어리둥절해하는 민호를 보며 지헌은 짧게 웃었다.

TAKE 청담점을 맡기 전 지헌은 조금 어두운 과거를 가지고 있었다. 고교 시절까지 운동을 전공하다가 다쳐서 꿈을 잃은 자가 방황 끝에 선택할 만한 길은 얼마 되지 않았다. 지헌도 여타 친구들처럼 나쁜 길로 빠졌고 갈수록 수렁에 빠져 헤어나기 힘들어했다.

그런 지헌을 끄집어내 준 게 민호였다. 민호는 지헌에게 충분한 배포와 능력이 있다며 청담점 사장까지 맡겼다. 그의 전적인 신뢰가 없었다면 지헌은 지금처럼 밝게 살지 못했을 터였다. 물론 민호의 배경이 피라미들이 덤비기엔 너무나 거대하다는 점도 이점으로 작용했다. 덕분에 지헌은 깔끔하게 손을 털 수 있었다. 그게 벌써 6년 전이었다.

"저희 애들이 방심한 사이 도망갔더라고요."

지헌은 애들을 시켜 김주원을 그의 집에 감금하고 있었다. 그가 사는 다가구 주택에는 CCTV가 없었고 근처에 블랙박스가 있는 차량에 얼굴이 보이지 않게끔 움직였다. 그를 붙잡고 집을 뒤져 대포 통장, 대포 폰 등의 증거를 추가로 찾아냈다. 그리고 민호의 결정을 기다리던 중이었다.

"그런데 이놈이 뭘 잘못 먹은 건지, 차도로 뛰어들었지 뭐예요?"

"……뭐?"

민호가 당황해 인상을 썼다. '뭘 잘못 먹었다'는 말이 유독 또렷이 들렸다. 지헌은 어깨를 으쓱거렸다. 놓쳐서 죄송해요, 형. 그리 말하는 얼굴이 조금도 죄송해 보이지 않았다.

"병원으로 이송됐다는데 평생 반신불수로 산다네요. 이왕 놓친 거 뭐, 피해자들에게 추가 증거까지 다 넘겼어요. 아마 곧 경찰 조사가 시작되겠죠."

의도한 게 분명했다. 그러면서 마치 '실수로' 잘못된 양 태연히 얘기했다. 민호는 순간 소름이 쫙 끼쳤다. 잊고 살았지만 지헌은 이런 쪽 대응이 더 익숙한 녀석이었다.

"지헌아."

낮게 가라앉은 목소리에 지헌이 살짝 눈치를 봤다. 마음대로 일을 처리해서 그가 부담스러워할까 봐 솔직히 신경이 쓰이던 참이었다. 민호는 더는 말하지 않고 가까이 다가가 그를 끌어안았다.

　"고맙다."

　깜짝 놀란 지헌이 쓴웃음을 지었다. 무서워해도 이상하지 않은 일이었다. 제 은인인 민호에게 이렇게 큰 상처를 입힌 자식을 용서할 수 없어서 마음대로 처리했다. 그와의 사이에 거리가 생겨도 어쩔 수 없다고 생각했다. 하지만 그는 오히려 지헌을 감싸 안았다. 고맙다는 말에 지헌은 울컥한 속을 다스리고 그를 마주 끌어안았다.

　"힘내십쇼, 형."

　"그래. 정말 고맙다."

　안나를 찌른 여자는 흉기를 이용했고 상해의 정도가 크기 때문에 바로 구치소로 넘어갔다. 폭처법상의 흉기 휴대 상해죄에 해당해 3년 이상 실형을 선고받아야 했지만, 안나가 합의를 해 줬고 초범인 점과 반성하고 있음을 참작할 것이라 했다.

　"혹시라도 무슨 문제가 생기면 내 이름 대. 내 지시였다고."

　"그럴 일 없어요, 형."

　지헌은 뒷마무리도 확실히 한 듯 장담했다. 그에게 이런 부담을 씌운 게 미안했다. 하지만 고마움이 더 컸다. 민호의 핸드폰이 울리자 지헌이 몸을 뗐다.

　"형수님은요?"

　지헌은 당연하게 안나를 형수라고 불렀다. 클럽에서 몇 번 만나 안면을 트기는 했지만 그렇게 살가운 사이는 아니었다. 하지만 민호를 보고 그는 그녀를 형수로 인정했다.

"이제…… 데리러 가야지."

데리러 간다는 말에 지헌이 고개를 갸웃거렸다. 좀 괜찮으시냐 물은 건데 동문서답이었다. 어디 가셨느냐 물으려다가 민호가 전화를 받는 걸 보고 입을 다물었다. 오늘 퇴원했다고 들었는데 벌써 돌아다니는 걸까 궁금증이 일었다.

"6시 비행기? 남은 좌석은?"

비행기라니……. 지헌의 눈이 커졌다. 민호가 시간을 확인했다. 바로 공항으로 달려가도 빠듯할 터였다. 그는 묵묵히 상대의 말을 듣다가 이내 한 자리 예약해 달라는 말로 전화를 끊었다.

"형, 무슨 말이에요? 비행기라뇨?"

민호는 입술을 깨물며 웃고는 겉옷을 집어 들었다.

"지헌아. 나 없는 동안 일 좀 부탁한다."

"어디 가시……."

되묻던 지헌이 '데리러 간다'는 민호의 말을 떠올렸다. 그래서 입을 다물었다. 지금 붙잡아서는 안 되는 급한 상황인 게 분명했다.

"알았어요. 조심히 다녀오십쇼."

"고맙다."

민호는 겉옷을 입을 시간도 없는 듯 들고 뛰어 나갔다.

"형? 형!"

밖에서 일하던 재인이 놀라서 그를 불렀다. 민호는 지헌에게 했던 말과 똑같이 잘 부탁한다고 말하고는 가 버렸다.

"뭐야?"

재인이 지헌을 쳐다보며 물었다. 그는 그녀에게 다가가 어깨를 팡팡 두드렸다.

"좋아해라. 형이 널 진짜 믿으니까 곁에 두는 거다."

"……."

지헌의 말에 재인이 입술을 꾹 깨물고 그를 노려봤다. 물론 능력으로 민호에게 인정받는 건 기분이 좋았다. 하지만 그녀가 원한 건 그런 관계가 아니었다. 지헌이 그녀의 어깨를 꾹 잡았다. 포기하라고. 저런 모습을 보고도 미련이 남느냐고. 재인은 이를 악물었다. 민호가 열어 둔 문으로 찬바람이 들어왔다.

"형의 행복을 빌어 줘."

지헌의 목소리가 진중하게 속을 파고들었다.

당일 티켓은 인터넷으로 주문할 수가 없었다. 전화해서 알아보니 6시 비행기에 남은 비즈니스석이 있어 현장 예약 및 발권이 가능하다고 했다. 택시에 올라 공항으로 향하는 안나의 표정이 어두웠다.

아무 말도 하지 않고 떠났다고 민호가 화낼 게 분명했다. 하지만 그에게 말하면 상처를 핑계로 안 된다고 할 것 같아 차마 말할 수가 없었다. 돌아오겠다고 쪽지를 남겨 두기는 했지만, 부디 그가 너무 걱정하지 않기를 바랐다.

오늘 떠나는 비행기 중에는 헬싱키 반타 국제공항까지 한 번에 가는 직항편이 없어서 암스테르담을 경유해야 했다. 모레 오전에 있는 직항을 타는 것보다 더 빨라서 그대로 발권했다. 들고 온 짐이 아무것도 없어서 맡길 것도 없었다.

공항에서 환전하면서 크리스와 통화했다. 갑자기 무슨 날벼락이냐며 그는 놀람을 감추지 못했다. 하지만 아무것도 묻지 않고 공항으로 마중 가겠다고 말했다. 안나는 괜찮다고 답했다. 볼일 보고 집에 들르겠다는 말로 전화를 끊었다. 아무것도 묻지 않아 줘서 고마웠다.

비행기에 오르니 복통이 약하게 일었다. 밑이 빠지는 고통에 팔걸이를 붙들고 신음해야 했다. 승무원이 깜짝 놀란 듯 괜찮으냐며 말을 걸어왔다. 안나는 괜찮다며 웃어 보이고는 등받이에 몸을 기대 숨을 골랐다.

몸이 뒤늦게 잃어버린 상실감을 호소했다. 하루에도 몇 번씩 찾아오는 복통에 안나는 몸도 마음도 만신창이가 되어 있었다. 병원에서는 수술 후 2주 정도 지나야 복통이 사라질 거라며 진통제를 처방해 줄 뿐이었다.

하지만 2주가 지났음에도 복통은 여전했고 몸도 자꾸 부었다. 의사는 몸이 원상회복되는 데 시간이 더 걸리는 거라며 몸조리를 잘하라며 약을 처방해 줬다. 그러면서 마음을 다스리는 게 가장 우선적인 치료법이라 귀띔해 줬다.

안나가 비행기에 몸을 실은 이유가 바로 그것이었다. 이대로는 아무것도 안 될 것 같았다. 민호와의 관계에도 분명 좋지 않으리라.

친정. 안나는 지금 친정에 가는 것이었다. 자신이 자란 곳, 추억이 있는 곳, 크리스가 있는 곳, 그리고 어머니가 잠든 곳. 엄마가 보고 싶었다. 아이를 잃었다는 것을 알게 된 후로 늘 엄마가 떠올랐다. 엄마의 품에 안기고 싶었다.

결혼하자는 민호의 마음이 고마웠고 슬펐다. 그를 이렇게까지 벼랑 끝으로 내몰았다. 하늘이 원망스러웠다. 밤마다 저를 끌어안고 온몸을 차근차근 주물러 주는 그의 사랑에 안나는 매일 울었다. 눈물이 죽죽 흐르는 뺨에 민호는 조용히 입을 맞췄다. 괜찮다고 다독였다. 마치 주문처럼 괜찮다고 말했다.

이륙한다면서 핸드폰 전원을 꺼 달라는 말을 들어 핸드폰을 꺼냈다. 화면 가득한 붉은 튤립은 시든 잎 하나 없이 생기가 넘쳤다. 민호의 사랑이 그득했다. 그를 가만히 바라보다 전원 버튼을 길게 눌렀다.

공항에 내리자마자 택시를 잡아탔다. 봄의 화창한 날씨에 초목은 모두 생기를 가득 머금고 있었다. 한국 도심에서는 쉬이 보기 힘든 초록색의 향연에 안나는 드디어 핀란드에 왔음을 실감했다.

차로 30분쯤 달려 남핀란드의 Runebergsgatan 거리에 도착했다. 안나는 근처의 꽃집 앞에 내려 꽃다발을 주문했다. 엄마가 평소 좋아하셨던 피오니가 보여 그걸 위주로 만들어 달라고 부탁했다.

그때 안나의 눈에 들어온 게 붉은 튤립이었다. 이 상황에 전혀 상관없는데도 그냥 지나치기 힘들었다. 결국 한 송이만 곁다리로 넣어 달라고 했다. 흰 장미, 베로니카 등 여러 종류의 꽃을 섞어 만든 꽃다발은 화려하면서도 차분한 느낌이 났다. 어디에 가져갈 꽃다발인지 이미 아는 눈치였다.

꽃다발을 들고 42번가로 걸어가며 안나는 푸른 하늘을 올려다봤다. 이미 백야의 계절이 돌아와 하늘은 훤하기 그지없었다. 차분한 색의 건물들이 기분마저 차분하게 해 줬다. 눈물이 왈칵 쏟아질 것 같았는데, 오히려 안정을 느끼며 묘원에 도착했다.

엄마를 떠나보냈을 때 안나는 마치 몸의 반쪽을 잃은 것 같았다. 3년 넘게 병치레를 해서 마음의 준비를 어느 정도 하고 있었지만, 실제로 돌아가시고 나니 그런 준비 따위는 아무것도 아니었다. 더는 엄마를 볼 수 없다는 것에서 오는 고통은 상상을 초월했다. 그렇게 엄마를 묻은 곳에 안나는 제 고통을 묻으러 왔다.

이름 하나 지어 주지 못한 아이였다. 엄마 배 속에서 조심스레 생명을 싹 틔웠을 텐데 알아주지 않았다. 자신의 둔함이, 무지함이 미웠다. 스스로를 미워하는 만큼 아팠다. 벌을 받는다고 생각했다. 밑이 빠지는 고통도, 복통도, 전신의 저림도 모두 다 제가 받아야 하는 벌 같았다.

꽃다발을 내려놓고 안나는 자리에 주저앉았다. 어느새 엉엉 울고 있었다. 눈물이 마른 입술을 적셨다. 안나는 엎드려 울었다.

"읏, 엄마…… . 엄마……!"

괜찮다던 민호의 얼굴이 떠올랐다. 그에게 미안해서 견딜 수 없었다. 그래서 같이 있는 게 힘들었다. 모두 다 제 잘못인 것만 같고 제가 같이 있으면 민호마저도 힘들게 하는 것 같아 참을 수 없었다. 그가 괜찮다며 웃어 줄 때마다 가슴에 생채기가 났다.

"아, 아아……. 아!"

쏟아지는 눈물 탓일까, 숨이 턱턱 막혔다. 안나는 가슴을 내리치며 오열했다. 팔이 없는 묘비는 그녀를 안아 주지 못했다. 대신 그녀를 꼭 안아 주는 손길이 있었다. 엎드린 안나의 양팔을 잡아 일으켜 제 쪽으로 기대게 했다. 눈물로 어룽진 시야 탓에 앞이 제대로 보이지 않았지만 그 손길에, 체온에, 감촉에 안나는 그를 알아볼 수 있었다.

"으, 으흐, 어흑, 아아……!"

숨도 제대로 쉬지 못하며 우는 안나를 민호는 꽉 끌어안았다. 그의 가슴에 고개를 파묻은 채 안나는 오열했다. 팔을 끌어안는 손에 힘이 가득 들어갔다. 옷을 두 겹이나 입었음에도 손자국이 날 만큼 손아귀가 억셌다.

"우리 아이 예쁘게 봐 주세요, 어머님."

음절 하나하나에 힘을 주며 민호가 간청했다.

"잘…… 부탁드립니다. 안나는 제가 책임지겠습니다."

그의 마음이 절절히 흘러들어 와서 안나는 울고 또 울었다. 흐릿한 시야로 엄마의 얼굴이 떠올랐다. 누가 모녀 아니라고 하면 서운할 정도로 닮은 얼굴이 이제는 많이 희미해졌다. 하루하루, 해가 거듭될수록 한층 더 흐려진다. 그래도 엄마의 미소만은 아직 또렷하게 기억났다.

민호는 안나를 꼭 끌어안은 채 묘비를 바라봤다. 안나에게 이 장소가 얼마나 소중한 곳인지 단번에 느낄 수 있었다. 안나가 핀란드행 비행기에 올랐을 때만 해도 크리스를 만나러 간다고만 생각했다. 그래서 뒤따르긴 했어도 모습을 드러낼 생각은 없었다.

하지만 안나가 혼자 묘원으로 향하는 것을 보고는 깜짝 놀랐다. 꽃다발을 내려놓자마자 주저앉는 안나를 보았을 때 민호의 가슴도 철렁 내려앉았다.

"미안해……. 정말, 정말 미안…… 흐윽."

한참을 울던 안나가 고개도 들지 못한 채 사과했다. 민호는 그게 자신에게 하는 말이라는 걸 알아듣고 표정을 굳혔다. 안나가 얼마나 자책하는지 어렴풋이 느끼고는 있었다.

하지만 그녀의 잘못이 아니었다. 일이 좋지 않게 돌아갔을 뿐이었다. 안나의 고통을 고스란히 느낀 민호가 안나를 더 세게 끌어안았다.

"우리 아이는 어머니께 무한히 사랑받을 거야. 우리 몫까지 사랑해 주실 거야."

"아, 으, 아아……."

아무 말 못 하고 우는 안나의 고개를 들게 한 민호가 눈을 맞췄다. 퉁퉁 부은 눈이 새빨갛게 물들어 애잔함을 풍겼다. 엄지로 눈가를 쓸어 줄 때마다 눈물이 줄줄 흘렀다.

민호는 입술과 뺨, 눈가에 쉴 새 없이 입을 맞췄다. 제 마음을 입술에 담아 전했다.

갑작스러운 방문에도 크리스는 두 팔 벌려 환영했다. 아직 일하고 있던 미셸도 소식을 듣고는 조퇴하고 달려왔다. 안나를 보자마자 와락 끌어안은 그녀는 온몸으로 행복을 전파하는 듯 밝은 사람이었다. 자초지종을 들은 그녀는 마치 제 일인 양 슬퍼하며 안나를 위해 기도해 줬다.

그래도 집에 오니 안나의 표정이 조금 밝아진 것 같아 민호는 한시름 놓았다. 묘원에서 실신할 때까지 울어서 걱정을 많이 했다. 이러다 혹시 잘못될까 봐. 슬프기는 민호도 매한가지였지만 그래도 그에게는 안나가 가장 소중했고 중요했다.

"네 느낌이 나."

안나의 방으로 올라온 민호가 부드럽게 웃으며 말했다. 벌써 몇 년째 쓰지 않는 방이었지만 크리스는 항상 안나의 방을 청소하며 관리했다. 모든 것이 이 집에 살았던 그 당시 그대로 놓여 있었다.

휴가를 받아 핀란드에 오면 늘 이 방으로 돌아왔다. 어렸을 때부터 산 곳이라 추억이 모두 녹아 있는 소중한 공간이었다. 사실 다 치우고 짐을 창고로 옮겨도 할 말이 없었는데, 크리스는 자진해서 방을 남겨 줬다. 마치 언제 와도 환영이라는 듯이.

침대 옆 아담한 소파에 앉은 민호가 안나에게 손을 뻗었다. 벽에 걸린 가족사진을 물끄러미 바라보던 안나가 그 손을 잡고 옆에 앉았다. 민호의 시선도 사진으로 향했다. 미셸이 있음에도 크리스는 안나와 안나 어머니와 함께 찍은 사진을 그대로 걸어 두었다. 미셸도 신경 쓰지 않는 눈치였다.

"엄마를 많이 닮았네."

사진을 바라보던 민호가 안나에게로 고개를 돌렸다. 왼손을 들어 검지로 코를 콕 찍었다.

"코가 똑같아."

"민호 씨."

"눈매도 똑같고."

민호는 살짝 웃고는 손을 내렸다. 안나의 손은 여전히 찼다. 하지만 걱정하지 않았다. 이렇게 잡아 주면 곧 매작지근히 데워지고 밍근해질 것이다.

"기억해? 우리 관계는 어디를 보나 민호 씨 손해라고 했던 말."

민호는 살짝 인상을 쓰면서 고개를 끄덕였다. 기억이 나니 고개는 끄덕이지만, 이제 와 다시 그 말을 꺼내는 이유가 마음에 들지 않았다. 혹시라도 역시 한쪽이 손해 보는 관계니까 헤어지자는 말이라도 하면 정말 혼쭐을 낼 생각으로 안나를 바라봤다.

안나는 제 손을 아플 정도로 꼭 잡은 민호의 손을 가만히 내려 보다가 고개를 들었다. 민호의 눈은 참 진솔했다. 생각하는 바를 숨기는 일이 없었다. 후우. 작게 한숨을 내쉬었다. 온종일 우느라 부르튼 입술이 따가웠다.

"민호 씨는 나를 원한다고 했지."

"응. 강안나의 전부를 원해."

민호가 즉답했다. 안나는 크게 한숨을 내쉬었다. 긴장으로 뻣뻣하던 어깨가 조금 처지는 듯했다. 모든 걸 내려놓은 기분이 들어 어쩐지 살짝 웃음이 났다.

"민호 씨 소원 들어줄게."

"소원……?"

안나는 잠시 심호흡을 하고는 속삭였다.

"1594184."

툭 튀어나온 번호는 민호의 현관 비밀번호였다. 민호의 눈이 커졌다. 안나는 손에 힘을 줘 제 진심을 보였다.

"민호 씨 소원 1594184…… 평생에 걸쳐 들어줄게."

평생 너와 내가 함께. 그 뜻이 너무 좋아서 선택한 번호였다. 오로지 강안나에게밖에 알려 주지 않은 비밀번호.

민호의 눈에서 눈물 한 방울이 톡 떨어졌다. 그를 본 안나가 슬며시 미소 지으며 고개를 앞으로 했다. 입술에 은근하게 입을 맞댔다.

여기까지 달려와 줄 거라곤 꿈에도 몰랐다. 엄마의 무덤 앞에서 그가 보여 준 마음에 안나는 저를 짓누르던 죄책감에서 벗어날 수 있었다. 이렇게까지 자신을 사랑해 주는데, 그에게 폐를 끼칠까 두려워하며 피할 수는 없었다. 그를 피하는 게 도리어 그를 아프고 힘들게 하는 일이었다. 그렇다면 그의 진심에 저 역시 진심으로 대해야 옳았다.

엄마. 이 사람이 내가 사랑하는 사람이에요. 엄마의 나라에서 만난 내 운명의 상대예요.

환하게 웃는 사진 속의 엄마가 축복해 주는 듯 방 안의 공기가 여느 때보다 훨씬 더 따듯하게 느껴졌다. 맞잡은 손으로 서로의 심장박동이 전해진다.

민호가 입술을 살짝 뗀 채 떨리는 숨을 내뱉었다.

"정말…… 네가 아니면 안 돼. 차라리 내가 아프길 바랐어. 네가 잘못될까 봐 나 정말…….”

말을 잇지 못하고 입술을 꾹 깨무는 민호를 보며 안나는 웃었다. 눈에 눈물이 잔뜩 고였지만 자연스럽게 입꼬리가 올라갔다. 자신이 얼마나 행복한 존재인지 새삼 실감했다.

살면서 서로가 서로의 운명의 상대인 사람을 만날 확률이 얼마나 될까. 그 희박한 가능성 속에서 서민호와 강안나가 만났다. 서로를 자신의 목숨보다 더 깊이 사랑했다. 그것만으로도 행복한 인생이리라.

"돌아가면 결혼하자, 민호 씨. 내가 정말 잘해 줄게.”

하지 못했던 대답을 조심스레 속삭였다. 그런 안나를 보며 민호는 쓰게 웃었다. 자신이 해야 할 말이었다. 정말 잘해 줄 테니까 곁에만 있어 달라고 속삭이며 다시 입을 맞췄다.

뜨거운 혀가 얽히고설키며 가약을 맺었다.

에필로그

"훨씬 인상이 따뜻하고 우아해 보이네요."

"그래요?"

"그럼요. 이렇게 한번 자리를 잡아 주면 이 라인에 맞춰서 관리해 주면 돼서 편하실 거예요."

민호의 추천으로 온 숍에서 결국 눈썹 관리를 받았다. 각진 아치가 들어갔던 눈썹을 둥근 선으로 바꾸니 인상이 확 달라 보였다.

안나는 그런 자신의 눈썹이 어색하기만 했지만, 뒤에서 민호가 너무 좋아하는 게 보여서 그냥 고개를 끄덕였다. 늘 인상이 차갑다고 아쉬워했던 걸 알기에 차마 싫다고 거절할 수가 없었다.

일명 기러기라 불리는 눈썹 모양에 딱히 의미를 두고 있던 건 아니기에 관리하기만 쉽다면 어떤 모양이든 상관없기도 했다.

민호가 좋아하는 걸 보니 바꾸기 잘했다는 생각도 들었다. 전문가의 손길로 화장과 머리를 마치고 나니 거울 속에 보이는 자신이 전혀 다른 사람 같기도 했다.

"괜찮아?"

곁으로 다가온 민호의 모습도 평소보다 훨씬 힘이 들어가 있었다. 위로 깔끔하게 올린 올백 머리라든지, 또렷한 이목구비가 그를 훨씬 잘생기게 보이게 했다. 요즘은 남자도 화장하는 시대라더니 확실히 눈썹을 다듬어 눈매를 또렷하게 하니 모델 같은 느낌이 났다.

신기해서 안나가 민호의 뺨에 검지를 쓱 문질러 봤다. 파운데이션은 안 한 듯했다. 그건 어쩐지 조금 꺼려지는 터라 다행이었다. 안나의 손짓을 이해한 듯 민호가 웃음을 터트렸다.

"눈썹 정리밖에 안 했어."

"훨씬 잘생겨 보여."

"그러니까 눈썹이 중요한 거라고."

오길 잘했지? 하고 묻는 느낌이라 안나는 작게 웃음을 터트렸다. 어색한 건 곧 익숙해질 것이다. 고개를 끄덕여 주니 민호는 정말 기분이 좋은 듯 고개를 숙여 안나의 입술을 짧게 훔쳤다.

안나가 그의 어깨를 주먹으로 콕 때렸다. 이런 데서 왜 그러냐는 핀잔이 섞였다.

"예쁘니까 못 참겠잖아."

태연하게 대답하는 민호를 보며 안나는 고개를 절레절레 흔들었다. 못 말린다, 진짜.

제 입술에 옮겨 묻은 립글로스를 엄지로 스윽 닦아 낸 민호가 매력적인 웃음을 흩뿌렸다. 메이크업 아티스트가 옆에서 웃음을 터트렸다.

"진짜 민호 형의 재발견이네요."

민호와 오랜 친구인 신재는 이런 민호의 모습을 처음 본다며 혀를 내둘렀다.

여자에게 이렇게 껌벅 죽으면서 애교까지 피우는 모습이라니. 서민호를 아는 사람이라면 아무도 믿지 않을 터였다. 두 눈으로 직접 본 자신도 믿기 어려우니 말 다했다.

그런 서민호를 꽉 잡은 여자는 확실히 평범하지는 않았다. 눈썹 뼈와 광대를 두드러지게 하는 화장법은 요즘 한국에서는 보기 힘들었다. 서양에서는 각광받는 메이크업이었지만, 한국에선 그보단 둥글고 자연스러운 화장법이 더 먹혔다.

그럼에도 그녀의 얼굴에 그 화장법은 참 잘 어울렸다. 그래서 한국인 같으면서도 어딘가 서양적인 느낌이 물씬 풍겼다. 화장법을 바꾸니 분위기가 확 달라졌다. 차갑고 날카롭던 인상이 순식간에 우아하게 변했다. 눈이 크고 깊어 짙은 골드로 색을 맞추자 고급스러움이 넘쳤다. 화장하는 보람이 있는 얼굴이었다.

민호가 그녀의 어떤 점에 반했는지는 모르겠지만, 적어도 보고 있으면 질릴 일은 없겠다 싶은 사람이었다. 그럼 신재의 속을 아는지 모르는지 민호는 그저 안나가 예뻐 죽겠다는 눈치였다.

"화장 망가져요. 건드리지 마요."

쓰다듬고 쪽쪽대고……. 보는 솔로 마음에 불을 지르는 행동에 신재가 입술을 삐죽거렸다.

안나의 입술에 립글로스를 새로 발라 주며 민호에게 손을 휘이휘이 내저었다. 안나가 혀를 살짝 빼물며 뒤로 물러났다. 타인 앞에서의 애정 행각이 부담스럽던 차에 잘됐다는 식이었다. 민호가 아쉬운 듯 치 하고 툴툴댔다.

안나는 오늘을 위해 염색도 하고 옷도 새로 샀다. 전문가가 입혀 주고 화장해 주고 머리도 해 줬다. 그렇게 만반의 준비를 했는데도 긴장은 사라지지 않았다. 아니, 준비하면 준비할수록 긴장이 배가됐다.

민호의 부모님을 만나러 가는 날이었다. 지난번에 회장님을 뵙기는 했지만 이유가 전혀 달랐다. 결혼 허락을 받으러 가는 자리였다.

민호는 허락이 아니라 보고하러 가는 거라고 말했지만, 그게 그렇게 간단할 리 없었다. 그것도 민호의 가족 모두를 만나러 가는 자리니까 안나의 부담이 클 수밖에 없었다.

"그럼 가실까요."

뒤에 공주님이라고 덧붙이지 않은 걸 고마워해야 할까. 안나는 과장스럽게 손을 뻗는 민호에게 눈을 흘기고는 작게 한숨을 내쉬었다. 신재에게 고맙다고 인사한 민호가 어깨를 끌어안았다.

"왜 그렇게 긴장했어."

"그냥 자꾸 긴장돼."

"허락 못 받을까 봐 걱정하는 거면 그럴 일 없다니까."

민호는 저만 믿으라며 가슴을 팡팡 쳤다. 그 자신만만한 미소에 안나는 살짝 미소 지었다. 그의 단단한 어깨에 머리를 기대려는 찰나 배웅하던 신재가 소리쳤다.

"머리 망가져요!"

솔로 염장 그만 지르고 얼른 가 버리라는 손짓에 안나와 민호는 웃음을 터트리며 문을 나섰다. 소리 내서 웃었더니 긴장이 조금 풀린 듯도 했다.

왔던 티를 내지 않기 위해 안나는 슥 주변을 둘러봤다. 지난번에 왔을 때와 다른 점은 없었다. 다만 제 마음가짐이 달라졌을 뿐이었다.

"어서 와, 형. 안녕하세요. 그때 만났죠, 우리?"

민준이 버선발로 마중 나왔다. 환하게 웃으며 반겨 주는 그를 보며 안나는 짧게 고개를 끄덕여 인사했다.

"그때도 예쁘셨는데 훨씬 아름다워지셨네요. 사랑의 힘인가?"

민준이 짓궂게 콧잔등을 찡그리며 웃었다. 긴장을 풀어 주려는 의도가 다분했다. 민호가 그런 민준의 어깨를 툭툭 치며 들어가자 했다.

나이 차가 꽤 나는 형제였다. 안나의 눈에도 민준이 일방적으로 민호를 따르는 게 보였다. 민호가 거리를 두면 민준이 능청스럽게 그 거리 안으로 들어서는 느낌이었다.

민호에게 이복동생이라는 이야기를 들었기에 그 관계가 이해됐다. 민준이 조금 안쓰럽기도 했지만, 그렇다고 민호가 그를 싫어하거나 하는 건 아님을 알기에 안나는 형제 사이에 끼어들지 않았다.

"어서 와요."

"만나서 반가워요."

안으로 들어서자 민호의 부모님이 이미 현관까지 나와 계셔서 안나는 깜짝 놀라 얼른 인사를 올렸다. 두 분 다 환한 미소로 안나를 반겨 줬다.

"안녕하세요. 강안나라고 합니다."

"긴장할 필요 없어요. 얼른 들어와요."

둘 중 유독 살갑게 구는 쪽은 어머니였다. 새어머니와 사이가 좋지 않다고 들었기에 안나는 조금 떨떠름했다. 그녀는 만면에 미소를 띠며 안나를 끌어안기까지 했다.

안나는 흘끗 민호를 바라봤다. 그는 조금 쓴웃음을 짓고 있었다.

"어쩜 이렇게 예쁠까. 우리 민준이도 이런 며느리를 데리고 왔으면 좋겠네."

"내 와이프는 엄마가 골라 줄 거 아니었어?"

"얘는, 무슨 그런 말을 해. 네가 좋다는 사람이면 돼."

확실한 가식에 민준이 피식 웃었다.

아직 대학생인 민준에게 함부로 여자를 만나면 안 된다고 충고하던 사람이 누구더라. 엄마가 좋은 사람 소개해 줄 테니까 공부만 열심히 하라던 사람은 저기 저 오 여사가 아닌 모양이었다.

민준이 보기에 엄마가 안나를 반기는 건 당연했다. 그녀가 평범한 사람이니까. 민호가 여느 재벌가 딸이나 힘 있는 여자를 선택하지 않고 평범한 회사원을 선택했다는 점에서 확실히 후계자 자리를 포기했다고 판단했을 게 분명했다.

민호는 항상 회사에는 아무런 욕심이 없다고 밝혀 왔지만, 그녀는 끝까지 긴장을 풀지 않고 있었다. 서 회장이 워낙 강력하게 민호를 밀어주고 있었으니까 그럴 법도 했다. 민호가 평범하게 결혼하면서 확실히 후계 계도에서 물러나니 이제는 그를 미워할 이유가 없어진 듯했다. 오히려 민호가 안나와 매우 잘되기를 바라고 있을 게 뻔했다.

뭐, 나쁘지 않았다. 이렇게 돼서 엄마와 형의 관계가 나아지기를 민준은 진심으로 바랐다. 그러면 언젠가는, 10년이든, 20년이든 지난 후에는 다른 가족들처럼 화목해질지도 모른다.

"핀란드에서 결혼식을 올리겠다고?"

저녁을 먹고 다시 거실에 앉고 나니 결혼식 이야기가 나왔다. 민호가 말한 대로 결혼에 대한 허락은 전혀 걱정할 필요 없었다. 오히려 결혼식은 언제 할 거냐고 먼저 물어보기까지 했다.

"네. 이 사람 가족과 친구들이 다 핀란드에 있어서 그쪽에서 결혼식하고 바로 신혼여행 떠나는 걸로 결정했어요."

결정했다. 단정적인 말투에 서 회장은 조금 못마땅한 표정을 지었다. 이미 결정했으니 토 달지 말라는 느낌이 강하게 들었다.

잠시 정적이 감돌았다. 그를 깬 건 민준이었다.

"그럼 형 가족과 친구들은? 형수만의 결혼식이 아니잖아."

서 회장이 동감한다는 듯 고개를 연신 끄덕였다.

"결혼식 가기 전에 한국에서 피로연 할 거야. 결혼식을 양쪽에서 두 번 하는 것보다는 낫잖아."

"두 번 하는 게 어디가 어때서. 양쪽에서 하도록 해라. 장소와 비행기는 내가 다 제공하마."

서 회장의 말에 민호가 곤란한 얼굴을 했다. 계열 항공사를 가지고 있으니 아예 헬싱키 반타 공항에 취항지 항공 협정을 체결할 힘이 있는 사람이었다. 그렇다면 굳이 핀 에어를 이용하지 않아도 직항 이용이 가능해진다.

다만 그런 건 민호도 안나도 원하지 않았다. 말만 하면 그렇게 해 주겠다는 서 회장의 눈빛에 민호는 감사하다는 말로 운을 띄웠다.

"말씀은 정말 감사해요, 아버지. 그렇지만 저는 결혼식 크게 하고 싶지 않아요. 부모님께 인사드리고 친구들과 축하 파티 하는 걸로 충분합니다."

서씨 집안 장남으로서의 결혼식은 거부한다는 의미였다.

서 회장이 대놓고 뿔난 표정을 지었다. 제 소중한 아들이었다. 세상에서 가장 화려하고 아름다운 결혼식을 열어 주고 싶었다.

하지만 그렇게 되면 친척들이 모두 모이게 될 것이다. 그게 민호가 가장 싫어하는 일이었다. 혼외자로 주변에 따가운 시선을 받고 자란 민호는 굳이 그 사람들에게 축하 인사를 받고 싶은 마음이 없었다. 평생 쳐다보기도 싫은 사람들이었다.

"네 의견이 정 그렇다면……. 그래도 네 결혼식은 봐야겠다. 새아가 부모님 모셔 와서 집에서라도 결혼식 올려라. 집 정원에서 올리는 결혼식도 뜻깊을 테니."

거기까지는 거절할 수 없었다. 가족들만 모여서 올리는 결혼식이라는 말에 안나도 민호를 바라보며 고개를 끄덕였다. 민호도 이내 표정을 풀고 어깨를 조금 늘어뜨렸다. 그 얼굴이 조금 전보다 훨씬 편해 보였다.

"예. 그렇게 할게요, 아버지."

"잘됐네요. 그럼 정원을 예쁘게 꾸며야겠어요."

오 여사의 표정도 밝았다. 손님은커녕 친척도 부르지 않는 결혼식이라니, 반대할 이유가 전혀 없었다. 서 회장이 원하는 대로 대대적으로 결혼식을 올렸다면 그 자리가 얼마나 가시방석일지 상상만 해도 끔찍했다.

여름 결혼식에 맞추려면 얼른 사람을 불러야겠다며 호들갑을 떠는 그녀를 보며 민준이 혀를 내둘렀다. 어쩜 이렇게 속이 빤히 보일까. 그래서 더 안쓰러웠다. 슬그머니 엄마의 허리를 끌어안고 어깨에 턱을 괴자 갑자기 웬 어리광이냐며 오 여사가 쑥스러운 듯 웃었다.

모두의 마음이 다 같지는 않지만, 그래도 겉보기로는 꽤 화목한 모습에 민준은 자꾸 웃음이 나왔다. 겉모습으로나마 자신이 바라는 이상적인 형태를 갖춰 가는 것 같았다.

민준은 형수 안나의 존재가 정말 고마웠다. 그녀 하나로 집에 평화가 찾아왔다.

그녀가 그렇게 되도록 노력한 게 아닐지라도 존재 자체로 이런 일이 가능케 했다.

"여름에 결혼하려면 준비하기 빠듯할 텐데, 필요한 게 있으면 말하렴."

"네. 감사합니다."

민호가 아버지와 얘기하러 방에 들어간 사이 오 여사가 안나에게 말했다. 민준이 있기 때문인지, 아니면 계속 연기를 하기로 마음먹은 건지 그녀는 상냥하기 그지없었다.

"그럼 형수는 한국에 가족이 없어요?"

"사촌 한 명 있어요."

"그분도 꼭 초대해요."

"그럴게요."

민준은 소파에 팔을 괸 채 안나를 바라봤다. 안나는 꼿꼿이 등을 편 채 아주 예의 바른 자세를 유지하고 있었다. 비서라더니 그런 느낌이 물씬 풍겼다.

저도 모르게 일할 때의 자세를 취할 만큼 어려운 자리일 터였다. 조금 편하게 있어도 좋으련만.

민준은 흘끗 엄마를 바라봤다. 차를 마시고 있지만 눈만큼은 안나를 훑고 있었다. 말 잘 듣고 부리기 쉬운 며느리가 될지 가늠해 보는 게 분명했다.

피식 웃고는 발끝으로 엄마의 정강이를 톡톡 쳤다. 그녀의 시선이 제 쪽을 향하자 고개를 살짝 흔들었다. 시어머니 노릇

하도록 놔둘 형이 아니었다. 건드리지 말라는 눈빛을 보내자 오 여사는 샐쭉 고개를 돌렸다.

"잠시 실례하겠습니다."

안나가 화장실에 가자 민준이 얼른 참았던 말을 뱉었다.

"부담스러워하잖아, 엄마."

"얜. 내가 뭘 했다고. 계속 웃느라 얼굴에 경련이 다 난다."

"그렇게 좋아?"

"좋고말고."

숨기는 것 없이 냉큼 고개를 끄덕이는 엄마를 보며 민준이 못 말린다는 듯 웃었다. 그녀는 민준의 손을 꼭 붙잡고 말했다.

"엄마는 이제 마음이 놓여. 엄마 마음 알지?"

"알지."

후우. 깊은 한숨이 이어졌지만 오 여사는 그래도 좋은 듯했다. 20년 묵은 체증이 드디어 내려간 듯 밝은 표정에 민준은 쓰게 웃을 수밖에 없었다.

"그래도 잘 어울리는 한 쌍이지?"

"그래."

오 여사도 그는 부정하지 않았다. 저 까다로운 서민호가 선택한 여자니 괜찮지 않을 리가 없었다.

"욕심 없는 게 가장 좋더라."

역시 그녀의 관심사는 돈이었다. 이런 집안에 시집오게 되면 뭔가 원하기 마련인데, 안나는 그런 게 전혀 없었다. 평범하게 자라서 그런가, 검소한 티가 났다.

아까 서 회장이 크고 화려한 결혼식을 올리도록 도와주겠다고 했을 때도 곤란해하는 눈치였지, 그걸 바라는 기색은 전혀 없었다.

둘이 오기 전, 서 회장은 예비 며느리에게 결혼 선물로 빌딩을 주고 싶다면서 오 여사의 속을 발칵 뒤집었다. 사람 앞날을 누가 안다고 덜컥 빌딩을 선물하느냐고 뜯어말렸다.

그 속이 말이 아니었다. 지금 안에 들어가서도 분명 그런 얘기를 하고 있을 게 뻔했다. 오 여사가 말린다고 들을 인간이 아니었다.

다만 아무리 사이가 안 좋아도 수십 년을 지켜봤으니 민호가 그런 걸 덥석 받을 리 없다는 것 정도는 알고 있었다. 혹여 며느리가 탐낼까 노심초사했는데 만나 보니 그런 걱정은 할 필요가 없어 보였다.

안나가 돌아오고 민호도 방에서 나왔다. 빠르게 표정을 살핀 오 여사는 역시 빌딩 건은 거절했음을 알아차렸다. 오늘처럼 기분 좋은 날이 없었다. 드디어 민준의 자리가 굳건해졌다. 저 서민호의 족쇄에서 벗어나는 순간이었다.

오 여사는 정말 기분이 좋아 신부 예물은 자신이 준비하겠다며 만족스러운 미소를 그렸다.

"피곤하지?"

"괜찮아. 민호 씨야말로 괜찮아?"

"응. 어쩐지 후련하다."

핀란드에서 돌아오고서도 민호는 집에 가는 걸 많이 망설였다. 부모님을 뵙기 전, 자신의 이야기를 안나에게 해 줘야 한다는 생각 때문이었다.

　평생을 함께할 사람에게 무엇을 숨길까. 하지만 말문을 여는 건 생각보다 어려웠다. 며칠을 고심한 끝에 민호는 제 출생에 관한 이야기를 모두 털어놨다.

　민호의 이야기를 듣고 나서야 안나는 서 회장이 왜 그런 태도를 보였는지 이해하게 됐다. 그리고 어째서 민호가 운명의 상대에 집착하는지도.

　'참 이상하지. 나는 밝은 사람에게는 아무런 매력을 느끼지 못했어. 어쩌면 질투했는지도 몰라.'

　나는 이렇게 상처투성이인데 저 사람은 어떻게 저리 밝을까. 상처 하나 없는 사람이 나를 이해해 줄 리가 없어.

　'그래서 나한테 끌렸구나. 민호 씨처럼 상처투성이라?'
　'그런가. 너에 대해 아무것도 몰랐는데, 자석처럼 끌렸어.'

　민호가 쓰게 웃었다. 안나가 두 팔을 벌리자 얼른 그 품을 끌어안았다. 안나는 민호의 목에 고개를 파묻으며 깊은숨을 토해 냈다. 자석처럼 끌렸다는 말이 마음에 와 닿았다.

　안나는 민준을 만나기 전까지 민호의 그늘을 전혀 알지 못했다. 그는 품이 넓은 사람이었다. 두 팔 벌려 안나를 끌어안고 품어 줬다.

　민호 역시 안나에게 같은 감정을 느꼈다. 그녀는 한 번도 상처를 내색한 적이 없었다. 민호의 그늘은 아무것도 아닐 정도로 기구한 인생을 살았지만 그녀는 자연스럽게 민호를 품에 안았다.

둘 다 의도하지 않았다. 하지만 서로의 존재가 서로를 치유했다. 함께 있는 것만으로 상처가 옅어지고 아물었다.

"그럼 우리 집에 갈까?"

"응."

집으로 차를 모는 동안 둘은 손을 놓지 않았다. 손이 맞닿아 있는 것만으로 연결됐다는 느낌이 들었다. 이러면 충분했다. 충분히 행복했다.

상무의 중국 출장에 안나가 따라가게 됐다. 사흘 일정이라 민호의 입술이 삐죽 튀어나왔다. 사흘째 날에는 귀국하니 고작 이틀 정도 못 보는 건데 어째 단단히 삐친 듯했다.

그 많은 비서 중 왜 하필 안나를 데리고 가는 거냐고 진원에게 따지기도 했다.

결혼을 앞두고 있으니 그의 마음을 이해하지 못하는 것은 아니나 진원은 '강 비서가 필요하니까.' 하고 딱 선을 그었다. 집에서는 네 예비 신부일지 몰라도 사회에서는 내 비서니까 신경 끄라는 말에 민호가 뿔이 단단히 났다.

상무와 둘이 가는 것도 아니고 이 실장과 본사팀 비서까지 합쳐 넷이서 가는 출장이었다. 현지 만찬 모임에 참석하는데 통역사를 쓰는 것보다 안나를 데려가는 게 더 낫다는 판단이었다.

능력 되는 비서를 두고 왜 굳이 통역사를 쓰냐는 진원의 말에 민호는 아무 반박도 하지 못했다. 신입일 때는 출장이 있어도 안나를 찾는 일이 없었는데, 이제 3년을 채워 가니 안나를 찾는 경우가 꽤 늘었다.

안나는 회사에서 인정받으니 기뻐했지만 민호는 안나의 일이 많아지는 게 불만이었다. 특히 이런 해외 출장은 절대 반대였다.

"고작 이틀이잖아. 그리고 우리는 해외 출장 거의 없는 편이야. 알잖아, 민호 씨."

그건 맞는 말이었다. 하지만 고작 이틀이라니. 이틀이나 못보는 거다.

민호가 나이에 어울리지 않게 삐치자 안나는 자꾸 웃음이 나왔다. 이 남자는 귀여운 행동을 아무렇지 않게 했다. 나이를 생각하면 주책없다 해야 하는데, 어울리니 마냥 웃게 됐다.

"아, 그래!"

옷을 챙기던 손을 멈추고 그를 돌아봤다. 뭔가 좋은 생각이 든 듯 밝은 표정을 한 민호가 앞으로 와 앉으며 말했다.

"그럼 내가 스카우트할래."

"뭐?"

"강안나 씨. 우리 회사로 모시겠습니다."

"그게 뭐야."

갑작스러운 진지한 표정에 안나는 인상을 쓰며 웃었다. 실없는 소리 하지 말라고 일축하고 짐을 마저 챙기는데 민호가 그 손목을 잡았다.

"농담 아니야. 우리도 외국어 능력자가 절실하다고."

"하지만 나는 음악은 영 모르는걸."

"그야 차차 알아 가면 되지."

관심도 없어. 차마 하지 못할 말을 꾹 삼키고 민호를 바라봤다. 눈이 반짝반짝 빛나는 게 농담이 아닌 티가 팍팍 났다. 안나는 손을 멈추고 그와 정면으로 마주 봤다.

"우리 회사 복지도 되게 좋아. 야근도 없……다고는 할 수 없지만 사랑하는 사람과 함께하는 야근이라니, 신나잖아. 해외 출장은 여행 같을 거야. 와, 이 좋은 생각을 왜 못했지?"

"민호 씨."

"우리 회사가 가장 필요로 하는 사람이 바로 옆에 있었잖아."

"민호 씨."

이름을 두 번 불리고 나서야 민호가 말을 멈췄다. 씩 웃으면서 손을 꼭 잡는 그를 보며 안나는 한숨을 내쉬었다.

"내가 민호 씨 회사로 가면 재인 씨가 어떻겠어."

예상치 못한 말을 들은 듯 민호의 미간이 깊게 팼다.

"여기서 재인이가 왜 나와?"

"많이 불편해할 거야. 나도 그런 식으로 일하는 거 싫어."

"왜 재인이를 신경……."

쓰냐는 말이 이어지지 못했다. 정말 불편해할 것이 눈에 절로 그려졌다. 가뜩이나 한 번 재인이 대놓고 술주정한 적이 있었다. 대체 왜 강안나여야만 했느냐고 따져 물었다. 지헌이 얼른 둘러업고 자리를 피했다.

평소 일할 때는 아무 내색 안 했지만, 같이 일하게 되면 분명 좋은 관계는 되지 못할 게 뻔했다.

그리고 그런 상황이 길어지면 민호는 선택의 순간을 맞을 것이다. 일 잘하는 동료 재인과 사랑하는 안나를 두고 선택해야 하는 순간이.

답은 정해져 있지만 그 답이 항상 옳다고는 할 수 없었다. 안나가 외국어 능력에는 특출할지 몰라도 재인만큼 음악과 이쪽 업계에 빠삭할 리는 없었다.

"젠장."

"우리 일과 사생활은 구분하자."

민호가 어깨를 늘어뜨렸다. 축 처진 모습을 보니 괜히 애잔하다. 안나는 캐리어와 옷가지를 옆으로 밀어 두고 민호에게 무릎으로 걸어갔다. 몸이 밀착될 만큼 가까이에 멈춰 손을 잡았다.

"이틀 동안 떨어져 있어도 그립지 않을 만큼 사랑해 줄래?"

"……그럼 내일 못 일어나게 해 버린다?"

"그건 좀 무섭네."

안나가 웃으면서 무섭다고 하자 민호도 웃었다. 그대로 안나를 덮쳤다. 안나의 몸이 옷더미 위로 넘어졌다. 작은 웃음이 터졌다.

5층의 집은 현재 리모델링 공사에 들어간 상태였다. 중앙 벽을 터 안나의 침실과 민호의 거실을 하나로 만들고 전체적으로 싹 손을 보기로 했다.

민호의 부엌을 미니 바로 바꾸고 두 개의 현관 대신 중앙에 새로 현관을 만들기로 했다. 그러느라 두 사람은 2층 빈집에 임시로 거주하고 있었다.

집이 완공되면 진짜 신혼 생활이 시작된다. 백야의 계절이 끝나기 전 핀란드에 식을 올리러 간다. 미셸이 발 벗고 나서 준 덕에 핀란드에서의 결혼식 준비는 문제없이 진행되고 있었다.

서랍을 뒤져 콘돔을 꺼낸 민호가 안나를 바라봤다. 침대에 누워 기다리던 안나가 그 시선에 고개를 갸웃거렸다.

"우리…… 허니문 베이비 만들자."

이전의 사건 이후 민호는 항상 꼼꼼하게 콘돔을 챙겼다. 허니문 베이비라는 말에 안나가 아랫입술을 가볍게 깨물었다가 놨다.

"내가 일하는 게 싫어서 그러는 건 아니지?"

"바보야."

민호가 인상을 찡그리며 웃자 안나도 따라 웃었다. 그러고는 크게 심호흡했다.

베이비. 그 단어가 참 무겁게 다가왔다. 하지만 늘 가슴에 품고 있던 단어였다. 그때의 배란일이라든지, 현실적 실현 가능성은 중요하지 않았다. 아이를 가질 마음의 준비가 되었다는 신호였다.

"기다렸어, 그 말."

가슴이 뭉클해 시야가 조금 어룽졌다. 짙게 물드는 눈동자를 가만히 바라보던 민호가 몸을 숙였다.

눈가에 입을 맞추자 눈물의 감촉이 입술에 묻어났다. 안나가 눈을 접으며 웃자 눈물이 조금 더 고였다. 민호는 몇 번이나 눈가에 입을 맞췄다.

"사랑해."

"응. 나도 사랑해."

"어제보다 오늘 더 사랑해. 오늘보다 내일 더 사랑할 거야."

안나는 이를 꾹 악물어 눈물을 삼키고는 이내 손을 들어 민호의 뺨을 잡았다. 제 쪽으로 끌어당겨 입을 맞추고는 진한 키스를 날렸다.

사랑하면 생각도 닮는 걸까. 저와 같은 생각을 하는 그가 너무 사랑스러워서 입을 맞추지 않고는 견딜 수 없었다. 서로를 갈구하는 혀의 움직임이 다디달다.

"여기예요, 크리스."

크리스와 미셸을 마중하러 공항에 나온 건 민호였다. 평일이다 보니 안나는 출근해야 했다. 핀란드 신혼여행을 위해 다음 주부터 장기 휴가를 잡아 놓은 상태라 하루 더 빠지는 건 꽤 눈치가 보였다.

"오, 민호."

크리스가 함박웃음을 지으며 민호를 끌어안았다. 그의 품에서 퍼져 나오는 따뜻한 기운에 민호는 덩달아 크게 웃었다. 미셸도 질 수 없다는 듯 민호를 끌어안으며 인사를 나눴다.

"안나는 일이 있어서 못 왔어요. 제가 안내할게요."

"얘기 들었어요. 민호도 좋아요."

서 회장은 친히 비행기 티켓을 선물하면서까지 안나의 부모님을 모시는 것에 적극적으로 나섰다. 공항에까지 나오신다고 하는 것을 민호가 뜯어말렸다.

"우선 집으로 모실게요. 한국 와 보신 적 있으세요?"

"나는 오래전에 한국에서 근무했어요. 미셸은 처음이고."

"한국 많이 바뀌었는데, 오신 김에 관광도 하세요."

아무리 직항이라 얼마 안 걸렸다고는 하나 약 9시간의 오랜 비행으로 피곤할 터라 민호는 우선 집으로 모시기로 했다. 그런데 미셸이 눈을 빛내며 바로 관광해도 좋다고 했다. 장시간의 비행이 아무렇지도 않은지 처음 온 한국에의 호기심이 매우 큰 듯했다.

바쁘게 돌아다니는 게 시간이 잘 가고 또 덜 어색할 것 같아 민호는 그녀의 의견을 흔쾌히 받아들였다. 집에 짐을 두고 바로 광화문으로 향했다.

미셸의 첫 경복궁 체험

첨부된 사진 속 미셸은 마치 햇살 같았다. 그녀의 뒤로 보이는 경복궁이 어쩐지 이질적이다. 미셸이 한국에 있다는 게 실감 나는 사진이었다. 크리스와 다정하게 찍은 사진을 보니 얼른 만나고 싶어서 몸이 달았다. 둘을 데리고 서울 가이드에 나서 준 민호가 정말 고마웠다.

"안나 씨. 결혼식 준비는 다 끝난 거야?"

"준비한다고 했는데…… 잘 모르겠어요."

"신경 많이 쓰이겠네. 그러다 웨딩드레스 헐렁해지는 거 아니야? 살 좀 빠진 거 같은데."

"아뇨. 살은 안 빠졌는데……. 저는 딱히 하는 게 없는 데도 정신없네요."

지연이 다가오자 안나는 핸드폰을 옆에 내려놨다. 오늘은 상무가 본사로 출근해서 매우 여유로웠다. 덕분에 안나는 일을 정리하는 데 집중할 수 있었다.

지연은 피로연을 정말 기대하는 눈치였다. 남자 친구와 식었다더니 갈아타려는 걸지도 모른다는 얘기가 심심찮게 들려왔다.

결혼식은 민호의 본가에서 가족끼리 올리기로 했지만 피로연은 호텔에서 크게 하기로 했다. 민호의 인맥이 모두 모이는 자리이니 작게 하려야 할 수가 없었다.

안나 역시 회사 동료들을 초대했다. 늘 한 팀에서 같은 밥 먹으며 함께 일하는 사람들이니 친한 정도를 떠나 와 줬으면 하는 마음이었다.

귀찮아하면 어쩌나 하고 걱정한 것과 달리 모두 흔쾌히 오겠다고 해서 좀 안심했다. 물론 사심 섞인 대답이라는 것을 눈치챘지만, 그건 안나가 상관할 일이 아니었다.

"웨딩드레스 입은 걸 못 보니 아쉽네."

웨딩드레스 고를 때 찍은 사진을 같이 보기는 했지만 실제로 못 본다는 얘기에 안나가 살짝 곤란한 미소를 지었다.

"부케도 못 받잖아."

"얼씨구? 받으면 남친이랑 결혼하게?"

묵묵히 모니터를 보고 있던 혜선이 한마디 거들었다. 지연은 혀를 빼물면서 슬쩍 웃었다. 대답을 피하는 게 아무래도 지금 남자 친구와 결혼할 생각은 없는 모양이었다. 아무렇지 않게 사랑이 식었다며 이별을 생각하는 지연을 보면서 안나는 조금 등줄기가 서늘했다.

사랑이 식는 날이 올까. 민호를 봐도 가슴이 뛰지 않고 아무 생각이 들지 않는 날이 올까. 곁에 있어서 오히려 짜증이 나고 단점이 거슬리는 날이 올까.

민호 씨 단점이…… 있던가?

안나는 순간 고민에 빠졌다. 민호의 단점을 못 찾겠다. 그는 안나보다 훨씬 깔끔했다. 그렇지만 그런 깔끔함을 안나에게까지 요구하지는 않았다. 혹 화장대 밑에 안나의 머리카락이 떨어져 있어도 자신이 청소기를 돌리지, 치우라고 말하는 일은 없었다.

같이 지내다 보니 안나는 민호의 집이 어쩜 그리 깨끗한지 알 수 있었다. 그는 애초에 집을 어지르는 일이 없었다. 그리고 청소를 귀찮아하지 않았다. 아니, 조금 즐기는지도 모르겠다.

물론 그 덕에 자연스럽게 역할 분담이 되기는 했다. 안나가 부엌일을 하는 동안 청소는 민호가 맡아서 했다.

빨래는 주로 평일 낮에 집에 있는 민호가 했고 드라이 맡기는 건 안나가 했다. 쓰레기는 안나가 버렸고 분리수거는 민호 담당이었다. 하지만 지금은 불만이 없어도 나중엔 불만이 생길 수도 있었다.

……내가 아니라 민호 씨가 식을지도.

그리 생각하니 조금 반성이 들었다. 아무리 운명의 상대라고 하지만, 노력하지 않으면 사랑이 식을 수도 있을 터였다. 사랑이 식는다는 건 말만 들어도 무섭다.

민호의 감정이 그렇게 가볍다고 치부하는 건 절대 아니었다. 다만 주변의 이야기를 듣다 보면 무서워지는 순간이 있었다. 우리는 다르다, 우리는 괜찮다, 그렇게 대수롭지 않게 넘겨서는 안 된다는 생각이 들었다.

"왜 그래?"

생각에 잠긴 안나를 보며 지연이 고개를 갸웃했다. 안나는 아무것도 아니라고 답하고는 옅은 미소를 그렸다. 내일모레 결혼하는 신부의 표정이 어두워서는 안 됐다.

지연과 혜선이 대화하는 것을 들으며 안나는 짧게 심호흡했다.

노력하면 괜찮을 것이다. 나태해지지 말고, 그의 사랑에 자만하지 말고, 늘 사랑받고자 노력하면 지금 이 좋은 상태를 유지할 수 있을 것이다. 나머지는 믿는 수밖에 없다. 민호가 말한 대로 신뢰와 믿음으로 함께하면 될 것이다.

—고마워, 민호 씨.

핸드폰을 들어 민호에게 답장하는 안나의 표정이 한결 밝아
졌다.

일요일 점심에 결혼식을 올리고 저녁에 피로연을 하기로 했
다. 핀란드로 출발하는 건 그다음 날 저녁 비행기로 잡았다.
핀란드에서는 교회 예식을 올리기로 했다.

초대를 받은 친구들이 모두 기대하고 있다는 이야기에 안나
의 표정이 대번에 밝아졌다. 그 표정을 본 민호는 핀란드에서
결혼식을 올리기로 해서 다행이라고 생각했다.

안나의 친구들은 곧 안나의 과거이기도 했다. 민호를 만나
기 전, 강안나가 어떻게 살아왔는지를 보여 주는 스토리보드였
다. 그래서 더 핀란드를 고집한 것도 있었다. 그리고 간 김에
북유럽에서 신혼여행도 즐기니 일거양득이었다.

"민호 씨!"

퇴근한다고 연락하니 민호가 와 있었다. 오늘 상사가 없어
서 정시 퇴근한다고 얘기는 했지만, 설마 데리러 왔을 줄은 몰
랐기에 얼른 뛰어 내려갔다. 민호뿐만 아니라 미셸과 크리스도
함께 있었다.

얼른 달려가 미셸과 끌어안자 민호가 슬쩍 입술을 삐죽였
다. 왜 자기가 첫 번째가 아니냐는 눈치였다. 그래도 크리스까
지 끌어안고 인사하고 나서야 민호에게 다가갔다.

삐죽인 건 장난인 듯 민호의 표정이 대번에 밝아져서는 강

하게 안나를 끌어안았다.

"마무리 잘했어?"

"응. 선배가 많이 도와줬어."

장기 휴가 전 마지막 출근이라 처리할 일이 많았다. 팀 말단이다 보니 잡일이 모두 안나의 일이라서 안나의 빈자리가 더욱 클 터였다. 그래도 오늘 미리 처리한 덕에 팀에 큰 폐를 끼치지는 않을 듯했다.

다 같이 민호가 고른 한정식집으로 이동해 저녁을 즐기기로 했다. 크리스가 보조석에 타고 미셸과 안나가 뒤에 탔다.

민호가 차를 출발시키는 사이 미셸과 안나는 이야기꽃을 피웠다. 안나가 오기 전에는 영어로 말해 줘서 민호도 대충이나마 알아들었는데, 지금은 핀란드어였다. 그래서 단 한 마디도 알아듣지 못했지만 민호는 둘이 부쩍 모녀 같은 느낌이 난다고 생각했다.

"I love it! It's so beautiful."

차에서 내리자마자 미셸은 얼른 핸드폰을 꺼내 사진을 찍기 시작했다. 한정식집은 건물부터가 한옥이라 미셸의 마음에 쏙 들었다. 민호에게 이런 곳에 데려와 줘서 고맙다고 말하는 것도 잊지 않았다.

크리스는 김치찌개 같은 것도 잘 먹는다고 들었지만 미셸은 한식이 처음이라 해서 조금 걱정한 부분이 있었다. 다행히 건물 외관부터 마음에 들어 한 미셸은 음식도 가리지 않고 잘 먹었다. 특히 소갈비찜이나 해물 잡채는 그녀의 입맛에도 잘 맞는 듯했다.

밥을 먹고 나오니 날이 완전히 어두워졌다. 미셸이 하늘을 올려다보며 달을 가리켰다. 고층 빌딩 사이로 구름에 걸린 달이 보였다. 평소 달이 떴는지도 모르고 살던 민호와 안나도 하늘을 올려다봤다.

밖에 나와 고개를 젖히는 게 얼마 만이더라. 은은한 주황빛 달을 바라보는 사이 자연스럽게 손을 잡았다. 따뜻한 실내에 있다가 나와서 그런지 안나의 손도 평소보다 덜 찼다. 비슷한 온도의 두 손이 기분 좋게 맞닿았다.

서울의 야경은 핀란드와 전혀 다른 느낌이었다. 이대로 집에 들어가기 아쉬워하는 미셸을 위해 한강 야경의 꽃이라는 성산대교를 보여 준 후 집으로 향했다.

결혼식을 간소하게 치르다 보니 폐백은 생략하기로 했다. 그래서 안나와 민호는 한복을 맞추지 않았는데, 의외로 미셸이 한복을 입어 보고 싶어 했다. 경복궁에서 한복 입은 아이들을 봤는데 정말 예뻤다며 그런 전통 의상을 입지 않는 게 이상하다고 했다.

크리스와 미셸은 원래 결혼식에 정장을 입기로 했었는데, 그녀의 강력한 주장으로 결국 결혼식 전날 급히 한복집에 갔다. 맞춤 제작하는 건 어렵지만 구입해서 수선하는 건 가능하다고 했다.

하루밖에 없어 시간이 촉박했지만, 민호의 부모님이 한복을 맞춘 곳이라 무조건 해 주겠다는 대답을 들었다. 너무 많은 도움을 받는 것 같아 고마움과 부담이 동시에 느껴졌다.

옅은 복숭앗빛이 감도는 분홍 저고리와 상앗빛 치마를 고르니 미셸의 흰 피부와 옅은 금발에도 아주 잘 어울렸다.

크리스도 같이 한복을 입자 안나는 알 수 없는 뭉클함에 눈물이 났다. 비록 피는 이어지지 않았다 할지라도 그들은 분명제 가족이었다. 그들의 축복 아래 결혼식을 올린다는 건 이렇게 가슴 뭉클한 일이었다.

이후 안나는 신부 화장과 머리를 담당한 업체에서 제공하는 두피 스파를 받으러 갔다. 미셸과 같이 갔는데, 그게 꼭 엄마와 데이트하는 느낌이 들어 마음이 간질간질했다.

미셸에게 안나는 남편의 전처 딸일 뿐이었다. 심지어 남편의 친자식도 아니었다. 하지만 그녀는 한 번도 안나에게 거리를 둔 적이 없었다. 오히려 거리를 둔 건 안나였다. 미셸이 크리스와 함께 살기로 했을 때만 해도 안나는 그녀에게 마음을 터놓지 못했다.

지금이나 그때나 겉으로 보기에는 비슷한 관계 같을지 몰라도 확실히 예전에는 없던 유대감이 생겼다. 상상도 못 했던 일이었다. 그렇게 된 계기에 민호가 있음은 절대 부정할 수 없는 일이었다.

……중증이네. 헤어진 지 얼마나 됐다고 벌써 보고 싶지.

떨어진 지 고작 2시간인데 보고 싶다. 지난번 출장 때도 그랬다. 민호에게는 일이니까 당연하다는 식으로 말했지만 중국에 있는 동안 내내 보고 싶어 미치는 줄 알았다.

너무 안달하면 이상하게 볼까 봐 태연한 척했지만 사실 민호보다 자신이 더 떨어져 있고 싶지 않았다.

그가 말한 대로 그의 회사에서 같이 일한다면 얼마나 좋을까. 그런 생각을 안 해 본 것도 아니었다. 하지만 그런 개인적인 욕심을 드러낼 수는 없었다. 객관적으로 봤을 때 저보다 재인이 더 일적으로 필요한 사람이었으니까. 통역사는 아무나 쓸 수 있지만 재인을 대신할 사람은 쉽게 구할 수 없었다.

재인과는 가끔 마주칠 때가 있었다. 예전처럼 대놓고 잡아먹을 듯 노려보지는 않지만, 그래도 그녀가 여전히 자신을 좋아하지 않는다는 것쯤은 느낄 수 있었다.

그래도 그녀는 프로페셔널한 사람이었다. 자신의 감정이 어떻든 간에 일 하나는 완벽하게 해냈다. 그런 그녀를 단순히 껄끄럽다는 이유로 밀어낼 수는 없었다.

'네가 불편하다 하면 나는……'

민호가 직접적으로 재인의 이야기를 꺼낸 적이 있었다. 말로는 해고도 불사하겠다고 하지만, 그의 표정이 그렇지 않았다. 그래서 안나는 괜찮다고 했다. 자신은 전혀 신경 쓰지 않는다고 대답했다.

재인이 들었다면 무슨 자신감이냐고 또 화를 냈겠지만 그건 자신감이 아니라 믿음이었다. 서민호를 향한 믿음. 서민호에게 유재인은 그저 일 잘하는 동생일 뿐이라는 믿음. 저를 생각해 준 것으로 충분했다.

무작정 이해를 바라는 게 아니라 원하는 대로 해 주려고 결심했던 것으로 만족했다.

두피 마사지를 받으니 잠이 솔솔 왔다. 눈을 감자 까만 시야에 민호 얼굴이 둥실 떠올랐다. 얼른 집에 가고 싶었다. 서민호와 강안나의 보금자리에.

"이게 다 뭐야?"

"남자들이 준비한 만찬?"

스파를 끝내고 집에 오니 크리스와 민호가 저녁을 차려 뒀다. 민호의 실력을 익히 아는 터라 대부분 크리스가 했을 게 뻔했지만, 그도 도우려 노력했을 게 느껴졌다.

가슴 깊숙한 곳에서부터 밀려오는 감동에 안나는 민호를 안으며 좋아했다.

"오늘은 조각 안 했어."

민호가 샐러드를 가리키며 말했다. 울퉁불퉁하기는 했어도 오이가 제 모습을 갖추고 있었다. 안나가 웃음을 빵 터트리자 미셸이 왜 그러느냐는 듯 고개를 갸웃거렸다.

크리스가 옆에서 오이 깎는 시늉을 하며 민호가 했다고 알려 줬다. 마치 초등학생의 작품 같은 오이를 보며 네 사람은 한참을 웃었다.

채소 수프와 감자 그라탱을 보니 크리스의 마음이 대번에 이해가 됐다. 한식을 대접받았으니 핀란드 요리를 선보인 것이다. 그것도 특히 평소 집에서 먹는 요리라서 안나는 깊은 향수를 느꼈다.

"고마워요, 크리스."

크리스는 그저 웃을 뿐이었다. 하나뿐인 딸의 결혼을 축하하는 아버지의 모습이었다.

하루하루가 선물인 것만 같다. 평생에 이렇게 행복했던 기억이 또 있을까. 그중 가장 큰 선물은 역시 서민호다.

잠자리에 들기 위해 방으로 들어온 안나가 침대에 걸터앉아 노트북을 보고 있는 민호를 물끄러미 내려다봤다. 일 보고를 받는 터라 집중하고 있는 그가 그렇게 멋있을 수가 없었다.

일하느라 바쁠 텐데도 전혀 내색하지 않고 크리스와 미셸을 챙겨 줬다. 평소 그리 잠이 많은 사람이 잠도 줄이고 움직이는 것에 이루 말할 수 없이 고마웠다.

"금방 끝낼게."

안나의 시선을 느낀 듯 민호가 노트북에서 시선을 떼지 않은 채 말했다.

"천천히 해. 회사 못 가서 어떡해. 일은 괜찮아?"

"걱정하지 마. 나 지금 휴가 중이라고."

지금도 일하고 있으면서 휴가라는 말이 잘도 나온다. 안나의 마음을 읽었는지 민호는 살짝 고개를 들고 '확인만 하는 거야.' 하고 둘러댔다. 주말이라 더 신경 쓰일 터였다.

"다녀오는 게 낫지 않겠어?"

"아냐. 실황 체크만 하면 돼. 다들 알아서 잘하고 있어."

얘기하는 중 다 끝났는지 민호가 노트북을 닫았다. 신경 쓰게 한 것 같아 미안했다.

노트북을 내려놓고 곁으로 다가온 민호가 가볍게 입술을 붙였다. 마른 안나의 입술이 마음에 들지 않는 듯 혀로 천천히 핥아 줬다.

안나는 입술이 잘 텄다. 요즘은 그나마 결혼식 준비로 입술 관리도 철저히 해서 껍질이 일어나지는 않았다.

"내일이네."

입술이 살짝 떨어진 틈으로 안나가 중얼거렸다.

이 밤이 지나면 결혼식을 올린다. 웨딩드레스를 입고 반지를 주고받으며 결혼 서약을 맺는다. 서민호의 아내가 된다. 서민호를 남편으로 맞는다.

"떨려?"

민호가 미소 지으며 물었다. 손이 어느새 허리를 감싸고 있었다. 그 손의 열기가 가슴 떨리게 좋았다. 옷 속으로 들어온 손이 등을 어루만졌다.

씻고 나와 브래지어를 하지 않은 탓에 그 손의 움직임을 막을 것이 아무것도 없었다. 맨살을 쓰다듬는 감촉에 절로 흥분이 일었다.

"응. 생각보다 더."

"예행연습해 볼까?"

"응?"

예행연습이라는 말에 안나는 눈을 동그랗게 떴다. 민호가 손을 아래로 내려 안나를 안아 들었다. 안나는 자연스레 다리를 벌려 그의 허리를 휘감았다. 민호가 엉덩이를 받치자 자연스레 안나의 시선이 더 높아졌다.

그를 내려다보니 민호가 활짝 웃었다.

입술을 가볍게 모으는 걸 본 안나는 고개 숙여 입을 맞췄다. 쪽 하고 뗄 생각이었는데 민호가 입술을 비집고 혀를 밀어 넣었다. 자연스레 긴 키스가 이어졌다.

뒷걸음치며 침대로 걸어간 민호가 안나를 안은 채로 침대에 앉았다. 서로를 마주 본 상태에서 민호가 먼저 입을 열었다.

"당신을 찾는 데 35년이 걸렸습니다. 어렵게 찾은 내 사람이니 최소 2배, 70년은 행복하게 살아야 수지가 맞겠죠. 백 살이 되어도 당신 손 꼭 붙들고 '우리 할멈 예쁘네' 하고 말해 줄게요. 사랑합니다."

혼인 서약이었다. 내일 낭독하겠다고 준비한 문구는 아니었지만, 듣는 순간 느낌이 왔다. 안나의 눈에 눈물이 살짝 고였다. 아무 생각이 없었는데 그의 말을 들으니 저절로 떠오르는 말이 있었다.

"믿을게요, 강안나는 서민호의 운명의 상대라는 말. 그리고 믿게 해 줄게요. 강안나의 운명의 상대가 서민호라고. 아흔네 살이 되어도 당신에게 예쁘단 소리 들을 수 있게 곱게 늙을게요. 백 살의 서민호도 멋있다고 말해 줄게요. 사랑합니다."

말로 맹세하니까 더 묵직하게 다가왔다. 사랑한다고 말했을 때는 결국 눈물이 또르륵 굴러떨어졌다. 그 눈물이 결혼반지에 박힌 다이아몬드보다 더 예쁘다.

민호가 손을 들어 안나의 뺨을 붙잡았다. 뺨이 뜨거웠다. 강안나가 이렇게 뜨거워졌다. 서민호의 온도에 맞춰 이렇게 달아올랐다.

자연스럽게 입술이 맞닿았다. 민호가 몸을 뒤로 젖혀 누웠다. 내일을 위해 오늘은 얌전히 잠만 자기로 했던 게 무색하게 몸이 달았다. 뜨겁게 서로를 갈구했다. 둘이 하나가 되어 사랑을 속삭였다.

　순백의 웨딩드레스를 입은 안나와 멋들어진 턱시도를 입은 민호가 한목소리로 서약서를 낭독한다.

　"사랑하겠습니다. 존중하겠습니다. 대화하겠습니다. 이해하겠습니다. 배려하겠습니다. 아껴 주겠습니다. 지켜 주겠습니다."

　한 박자 쉬고 마지막 선언을 한다.

　"행복하겠습니다."

결혼식 뒷이야기

나무로 지어진 교회 앞에서 신께 맹세하는 결혼식을 올리는 것은 종교나 국적을 떠나서 민호에게도 귀중한 경험이었다.

신부 들러리들은 안나의 고등학교 친구들이 맡았다. 연보라색 들러리 드레스를 입은 친구들 사이에서 안나는 정말 행복해 보였다.

"진짜 형처럼 지극정성인 사람 처음 봐요."

낙동강 오리알처럼 혼자 남은 민호의 곁으로 진현이 다가왔다. 그는 가족 결혼식에 참석했지만, 연차를 써서 핀란드까지 날아왔다. 그가 있는 덕에 민호는 다행히 혼자 멀뚱히 서 있지 않아도 됐다. 안나의 친구들이 다가와 영어로 축하한다고 말해주고 가기를 반복해 어색함을 느끼던 찰나였다.

"이게 지극정성인 거야?"

"아니라고 하지 마요."

아내를 위해 핀란드까지 날아와 결혼식을 올리는 게 어찌 지극정성이 아니라 할까. 진현이 가볍게 눈을 흘기자 민호는 당연한 거라며 웃었다.

"그나저나 시간이 됐는데."

진현의 말에 민호도 시계를 봤다. 결혼식이 시작하려면 아직 조금 시간이 남아 있었다.

"아, 저기 온다."

진현이 말한 건 결혼식이 아니었던 모양이었다. 진현이 팔을 뻗은 방향으로 민호가 시선을 돌렸다. 그의 눈이 걷잡을 수 없이 커졌다.

"뭐야……."

"뭐긴요. 강안나식 서프라이즈 선물이죠."

"……."

"형이 이렇게 혼자 있을까 봐 걱정 많이 했거든요, 안나가."

일곱 명의 남자가 정장을 멋지게 빼입은 채 민호를 향해 걸어오고 있었다. 놀란 표정으로 그들을 바라보던 민호가 웃음을 터트렸다.

"여어, 새신랑. 신랑 들러리도 없이 결혼하려고 했나?"

지훈이 타박을 주며 다가왔다. 그 옆에 폼 잡고 선 진원이 한쪽 눈을 찡긋거렸다.

"여길 어떻게 왔어?"

진현에게서 안나의 선물이라는 얘기를 듣고도 민호는 얼떨떨한 듯 물었다. 진원이 품에서 초대장을 꺼내 들었다. 민호와 안나가 고심해서 만든 청첩장이었다.

"신랑 들러리를 부탁받았다."

"하……."

생각지도 못한 일이었다. 친구들과는 가족 결혼식을 끝내고 피로연을 했기 때문에 딱히 핀란드에 초대할 생각은 하지 않았다. 각자 스케줄이 바쁘기도 하니 핀란드까지 부르기 미안한 점이 없잖아 있었다. 그런데 이제 보니 피로연을 하면서도 다들 모르는 체하고 있었던 것이다.

"이 자식들……."

민호의 목소리가 슬쩍 떨렸다. 하지만 입꼬리는 자꾸 위로 향했다. 진현이 그런 민호의 어깨를 두드려 주고는 자리를 떴다.

안나에게 가는 그를 보며 민호는 자신이 달려가고 싶었다. 달려가 끌어안고 고맙다고, 사랑한다고 속삭이고 싶었다. 그 마음을 눈치챈 듯 지훈이 괜히 주먹을 쥐고 배를 때리는 시늉을 했다.

"좋냐? 그렇게 좋아?"

"진짜…… 선물이다, 선물."

하늘이 서민호를 보우하사 내려 준 선물. 민호의 눈이 조금 젖은 걸 보며 친구들은 웃음을 터트렸다. 이 자식, 애처가 다 됐네.

"전혀 몰랐냐?"

"진짜 몰랐지. 너네도 내색 하나 안 했잖아! 완전히 속았어."

"제수씨가 절대 비밀로 해 달라는데 별수 있냐? 그리고……"

재밌을 것 같잖아!"

장기 휴가를 신청할 때 안나는 진원에게 이 이야기를 제안했다. 진원은 흔쾌히 고개를 끄덕였다.

서민호의 인생 친구라고 부를 만한 친구들을 추려 일곱 개의 초대장을 받았다. 안나는 손수 직행 티켓도 끊어 초대장과 함께 줬다. 결혼식을 올리는 교회에서 가까운 호텔도 잡아 줘 민호의 친구들이 불편을 느끼지 않도록 심혈을 기울였다.

"이렇게까지 해 주는 부인이 어디 있냐. 진짜 복 받은 줄 알아라."

지훈이 역시 한 대 때려야 부러움이 가실 것 같다며 자꾸 주먹을 쥐었다. 그런 그의 얼굴에도 미소가 만연했다. 피로연 때 축하하기는 했지만, 그래도 이렇게 결혼식을 직접 보고 축하하는 건 또 다른 느낌이었다.

"그러니까 너희도 운명의 상대를 찾아! 한진원이는 찾았으니 빼고."

민호가 함박웃음을 지으며 기뻐했다.

"민호 씨."

그때 신부 들러리들과 함께 있던 안나가 이쪽으로 걸어왔다. 순백의 웨딩드레스를 입고 티아라를 쓴 안나의 모습이 아까 봤을 때보다 몇 배는 더 예뻐 보였다.

민호는 친구들에도 아랑곳하지 않고 달려가 안나를 안아 들었다. 빙글빙글 돌며 기뻐하자 안나도 놀람을 뒤로하고 그와 함께 기뻐했다.

휘익!

친구들이 휘파람을 불며 축하해 줬다. 웨딩드레스 자락이 넓게 퍼져 두 사람을 감싸는 꽃잎처럼 보였다.

민호가 몸을 멈추고 안나를 올려다봤다. 그 눈에 사랑이 그득하다. 감동이 물결치는 마음이 눈동자에 고스란히 담겨 있다.

안나가 고개 숙여 입을 맞췄다. 다른 사람들도 신랑, 신부의 사랑스러운 모습에 박수하며 환호했다.

기쁨과 행복이 두 사람으로부터 퍼져 나갔다.

−The End

작가 후기

사랑에 상처받은 여자, 강안나.

사랑을 기다리는 남자, 서민호.

두 사람의 이야기는 《나이트NIGHT》를 쓸 때부터 정해져 있었어요. 몽유병이라는 키워드로 또 다른 이야기를 보여 드릴 생각이었거든요.

운명이라고 하는 건 어쩌면 굉장히 촌스러운지도 모릅니다. 하지만 우리 민호 씨는 촌스럽지 않죠? (팔불출)

심장이 이 사람이라고 지목하고 머리가 이 사람이라고 확신했을 때 민호의 운명은 성립합니다. 사실 거창하게 운명의 상대라고 표현했지만 평생을 함께할 사람이라면 당연한 일이겠죠.

상처 있는 사람의 이야기를 쓰는 걸 좋아합니다. 그게 지난

인연에의 상처든 가정사든. 상처 있는 사람은 어쩐지 매력적이에요. 사람과 사람의 만남이 그 상처를 어루만져 준다고 믿는 것도 있고요.

서로가 서로에게 운명의 상대인 안나와 민호의 앞날에 행복한 일만 가득하길 바라는 마음으로 '완결'이라는 단어를 적습니다.

《부부잖아요, 우리?》때 시작된 인물 관계도가 어느새 여기까지 가지를 뻗었습니다. 과연 다음 이야기의 주인공은 누굴까요? :)

읽어 주셔서 감사합니다. 부디 기분 좋게 책장을 덮으시길 바라며 이만 줄입니다.

아이수 올림

BONUS TRACK

Bonus Track

"이거 뭐야?"

갑자기 눈앞에 책이 나타났다. 고개를 들자 진우가 서 있었다. 제 몸통만 한 그림책을 들고 한곳을 가리켰다.

"이거 어떻게 읽어?"

"왜 나한테 물어봐."

"치사해. 엄마한테 이른다?"

"네가 치사해!"

엄마한테 이른다는 말에 진아가 버럭 화를 냈다. 하지만 진우는 마냥 웃으면서 책을 툭툭 쳤다. 그가 짚은 부분에 알파벳이 보였다. 하지만 영어가 아니었다.

《Rakastan Suomea》. 진아가 피식 웃었다. 한쪽 입꼬리를 있는 힘껏 들어 올리자 진우의 눈이 움찔거렸다.

"너 못 읽어?"

"이, 읽을 수 있어! 너, 너, 너 읽을 수 있는지 알아본 거야!"

"난 알지."

"뭔데."

"넌 모르지?"

"아, 알아!"

진아의 눈초리에 절대 믿지 않는 기색이 역력했다. 순간 진우의 눈에 눈물이 그렁그렁 매달린다. 진아는 알고 자기는 모른다는 게 분한 모양이었다.

진아는 알려 줄 마음이 없었다. 알려 주면 엄마에게 달려가서 '엄마! 나 이거 읽을 줄 알아!' 하고 칭찬을 받으려는 게 분명했다. 내가 알려 줄 줄 알아?

다시 맞추고 있던 퍼즐로 시선을 내리자 옆에서 훌쩍이는 소리가 났다. 몇 초 내로 울음이 터질 것 같은 느낌이 들었다. 짜증이 난 진아는 퍼즐을 두고 자리에서 일어났다. 피하는 게 상책이라고 자리를 뜨는데 방문이 열렸다.

"우리 공주님, 왜 뿔이 났을까?"

민준 삼촌이다. 진아의 표정이 환해졌다. 민준이 진아의 곁으로 다가오는데 누군가 진아의 팔을 퍽 쳤다.

"삼초온!"

누구긴 누굴까. 당연히 서진우지. 진아를 밀치고 민준에게 달려간 진우가 폴짝폴짝 뛰며 좋아했다. 안아 달라는 표시다. 진아는 넘어져 아픈 엉덩이를 문질렀다. 민준이 진우를 안아 주며 그런 진아를 걱정했다.

"괜찮아, 진아야?"

괜찮았는데 그 소리를 들으니 눈물이 난다. 다 서진우 때문이다. 못생긴 게 욕심만 많다. 알 수 없는 서러움이 밀려왔다. 히윽, 끅.

"누가 우리 진아를 울렸어?"

그때 세상에서 가장 좋아하는 목소리가 들렸다. 진아는 몸이 붕 뜨는 느낌에 울다 말고 눈을 떴다.

"아빠!"

"민준 삼촌이 울렸어?"

"형. 설마 그랬겠어?"

민준이 황당하다는 듯 웃었다. 진아는 아빠의 목을 와락 끌어안고 울며 일렀다. 삼촌이 아니라고. 서진우라고. 울음에 섞여서 알아듣기 어려운 목소리에 민호는 무조건 등을 쓸어 주며 진아를 달랬다. 분명 또 진우랑 다퉜을 게 뻔했다.

"나 아냐! 나 아냐!"

민준의 품에 안겨 있던 진우가 버둥거리며 울었다. 쟤가 먼저 안 알려 줬어. 나 놀렸어. 그러면서 아빠를 향해 팔을 마구 뻗었다. 자기도 아빠에게 안기겠다는 의지의 표현에 민준이 혀를 내둘렀다. 남매의 아빠 사랑이 무지막지하다. 하지만 이것도 지금 이 순간뿐이다.

"왜 이렇게 소란스러워?"

진짜 실세는 따로 있는 것이다.

"엄마!"

"엄마!"

진아가 먼저 전광석화처럼 민호의 품에서 빠져나와 안나에게 달려갔다. 진우가 뒤늦게 버둥거리며 민준에게 내려 달라고 했다. 뒤뚱뒤뚱 달려왔을 때는 이미 진아가 엄마의 품에 안긴 후였다.

"……으, 으, 으에에엥!"

진우가 울든 말든 진아는 엄마의 목을 꽉 끌어안고 있다. 민호가 눈을 찡그리며 웃었다.

이란성 쌍둥이라 그런지 참 다르다. 모든 잘하고 어른스러운 진아에 비해 진우는 항상 한발 뒤처졌다. 그게 어린아이의 마음에도 느껴지는 모양이었다.

진우를 안아 들자 진우가 울며 아빠에게 매달렸다. 진아에게 엄마를 뺏겼다는 분함이 느껴졌다.

"이제 밥 먹을 건데 누가 이렇게 어질러 놨어?"

방바닥에 퍼즐과 책이 아무렇게나 어질러져 있었다.

"흐음. 엄마는 방 이렇게 어지르는 아이는 안 안아 줄래."

안나가 몸을 숙이자 진아는 떨어지기 싫은 듯 고집을 부리다가 내려왔다.

엄마가 화나면 무섭다. 터벅터벅 걸어가 퍼즐 앞에 주저앉았다. 고사리 같은 손으로 퍼즐을 하나씩 집어 상자에 넣기 시작했다.

"진우는 치울 거 없어?"

"어…… 없어."

진아가 '거짓말!' 하고 소리쳤다. 진우가 절레절레 고개를 흔들다가 민호의 목덜미에 고개를 파묻었다.

"진우야. 거짓말하면 엉덩이에 뿔 나."

민호가 진우의 엉덩이를 콕콕 찌르며 속삭였다. 민준도 가세해서 옆구리를 콕콕 찔렀다. 간지러움에 킥킥거리며 웃던 진우가 슬쩍 엄마를 바라봤다. 안나는 가만히 서서 눈을 맞췄다.

엄마는 대단하다. 거짓말하면 다 안다.

진우가 시선을 돌려 바닥을 바라봤다. 진아가 퍼즐을 치우며 자신을 쳐다보고 있었다.

"······책 치울래."

"우리 진우 착하네."

민호가 내려 주자 얼른 달려가 진아의 옆에 앉는다. 투닥거리는 둘을 보며 민호가 어깨를 늘어뜨렸다.

"장난 아니네, 부모 노릇."

민준이 혀를 내둘렀다. 민호와 안나가 알콩달콩 사는 걸 보면 얼른 결혼하고 애도 갖고 싶지만 이런 모습을 보면 조금 더 생각해 봐야겠다고 고개를 흔들게 된다.

"안 힘들어?"

"예쁘잖아."

"아, 예."

팔불출. 민준의 말에 민호는 딱히 반박할 생각이 없었다. 말썽을 부려도 예쁘기만 하니 팔불출이라 불려도 할 말이 없다.

"엄마, 엄마!"

어쩐 일로 남매가 같이 달려왔다. 진우의 품에 커다란 그림책이 들려 있다. 진아가 한쪽을 잡아 주자 진우가 제목을 가리켰다. 《Rakastan Suomea!》

"이거, 이거!"

그러고는 둘이 한목소리로 합창했다.

"나는 핀란드가 좋아요!"

그림책에는 핀란드의 푸른 숲이 아름답게 그려져 있었다. 그를 바라보는 안나의 눈동자가 심하게 요동쳤다. 진아의 다섯 살 생일에 사 준 그림책이었다.

칭찬을 바라는 아이들의 반짝이는 눈동자에 안나는 입술을 꾹 깨물었다. 감동이 목에 걸려 입을 떼기 어려웠다. 민호가 뒤에서 다가와 둘을 번쩍 안아 들었다.

"우리 예쁜이들이 엄마를 울렸네."

"엄마 울어?"

진우가 고개를 갸웃거렸다. 안나가 서둘러 고개를 저으며 웃었다.

"상으로 외할아버지 만나러 가야겠는걸?"

엄마를 울렸다면서 상을 준다. 아빠가 영 뜻 모를 말만 하니 진우와 진아는 고개만 갸웃거렸다. 안나가 곁으로 다가와 진아의 뺨에 뽀뽀해 줬다. 진아 먼저 해 줬다고 진우가 툴툴댔지만, 민호가 뽀뽀해 주니 좋다고 까르르거렸다. 안나가 진우에게도 뽀뽀해 주고 나니 이번에는 민호가 입술을 쭉 내밀었다. 자기 차례란다. 쪽 하고 닿는 입술이 달콤하다.

옆에서 미소를 지은 채 바라보던 민준이 머리를 긁적였다.

역시 얼른 결혼해서 아이를 갖는 게 좋을 것 같다.